新装版

島 左近

石田三成を支えた義将

佐竹申伍

PHP文庫

○本表紙図柄＝ロゼッタ・ストーン（大英博物館蔵）
○本表紙デザイン＋紋章＝上田晃郷

島　左近◎目次

決断のとき　4
その波紋　34
洞《ほら》ケ《が》峠《とうげ》　70
筒井家退去　99
運命の出会い　134
意気に感ず　181
落日の異変　250
底に流れるもの　295
黒衣の男　352
虎穴に入る　384
謀略の渦　416
会津征討　459
佐和山の謀議　486
西軍旗上げ　514
小山の陣　542
長良川　561
雨夜の篝火《かがりび》　593
男は勝負　626

決断のとき

京の町からは、ちょうど西北方。

山城《やましろ》と丹波《たんば》の国境に、ひときわ高く聳《そび》え立つのが、標高九百二十四メートルといわれる愛宕山《あたごやま》である。

この山上には、古来、王城鎮護のために火伏せの神、迦遇槌命《かぐつちのみこと》がまつられ、中世のころからは神仏習合によって、多くの修験者が住みつき、その祭神は、

――愛宕権現太郎坊

という、霊験《れいげん》あらたかな大天狗の神さまとして、畏怖《いふ》され、信仰をあつめている。

毎年、旧暦六月二十四日の夜には、千日詣《もうで》と称し、この日に参詣すれば千日の参詣とひとしい功徳《くどく》があるというので、京の人々が、山麓の鳥居本《とりいもと》から五十町のけわしい山道を、えんえん長蛇の列をなして登ってゆく光景が見られたものである。

その千日詣には、まだひと月ほども早すぎる五月の二十七日に、京とは反対側の丹波の亀山（現在の亀岡市）から、愛宕の山頂めざして汗をふきふき登ってゆく七、八人の一行があった。

かなりきつい登りにそなえての軽装だが、いずれも身なりの立派な武士ばかりである。

それもそのはず。この一行は、亀山の城主、惟任《これとう》（明智）日向守《ひゅうがのかみ》光秀と、その近習《きんじゅ》の面々であった。

一行はやがて、山上の一院、威徳院に到着した。この山上には教学院、福寿院、長康坊など多くの坊舎があったが、この威徳院は、通称西ノ坊と呼ばれている。

寺僧たちは、なんの前触れもなく、一日早く登頂してきたこの賓客に、大あわての様子だったが、

「よいよい、いっさい構うてくれるな。思うところあって、今夜は、神前に参籠《さんろう》をいたしたいと存じ、約束より早く参ったのだから」

と、光秀はかれらを制して、ひとまず、奥の客間に案内をうけた。

事実、光秀のこの愛宕詣《もうで》は、彼自身、にわかに思い立ったことであった。

光秀は、わずか十日前の五月十七日には、まだ安土《あづち》城にいて、主人信長のもとを訪れていた徳川家康の饗応役を務めていたのである。

家康は、この年、天正十年（一五八二）の三月に、織田信長が甲斐《かい》へ攻め入って、武田勝頼を一気に攻めほろぼした折り、全面的に協力をした功績で、戦後、駿河《するが》一国

を加封されている。その加封に対する、

——御礼言上
のために家康は、はじめて遠路わざわざ、安土城まで訪れてきたのだ。

信長にとっても、永禄四年（一五六一）以来、かたく同盟の誓いを守るこの良き協力者は、大事な客人であった。

そこで特に、その「接待役」には光秀をえらんだ。織田家中の諸将のなかで、まず光秀ほど教養もあり、礼儀作法をわきまえている者は、ほかに見当たらなかったからである。

家康は、五月十五日に、安土へ到着した。

大役を仰せつかった光秀は、細かく心くばりをして、京や堺《さかい》あたりから珍味を取りそろえ、この遠来の客人をもてなした。

なにひとつ落度《おちど》もないまま、三日目を迎えた十七日の早朝のこと。この安土城へ、砂塵を蹴立てて、一騎の侍が走り込んできた。

早馬の使者である。

使者は、中国路に出陣している羽柴筑前守《ちくぜんのかみ》秀吉から、さし向けられたものであった。

いま秀吉は、中国地方遠征軍の総大将として、備中《びっちゅう》の高松城を「水攻め」にして包囲中である。

ところが毛利方としても、目前に迫ったこの高松城の危急を見捨ててはおけない。

小早川隆景《たかかげ》、吉川《きっかわ》元春が先鋒となって、三万の大軍を率いると、高松城を眼下にのぞむ山の上に陣を布きはじめた。

本家の毛利輝元も大軍を擁して、さらに六里あまりうしろに控えている。

まさに毛利氏は、その全勢力をあげて、高松城救援に押し出してきたのだ。

この大軍が集結し終わったのは、五月二十一日のことだが、すでに毛利方の動きを事前に察知していた秀吉は、

「いまこそ、宿敵毛利氏を一挙に打倒してしまう絶好の機会」

と睨んで、早くも五月の中旬に、安土城の信長へ急使を走らせ、情勢を報告するともに、

「援軍の派遣」

を要請し、加えて、

「でき得ますれば、上様《うえさま》のご出馬を」

と願い出してきたのである。

この使いをうけて、

「そうか。いよいよ毛利が乗り出してきたか――よし、わしが参ろう」

信長の決断は、早かった。

いったん方針が決まれば、あとの処置もまた、電光石火の早わざである。

信長は、急使が着いたその十七日のうちに、まず堀秀政に命じて、信長の上使として秀吉のもとへ出立をさせた。つづいて、惟任（明智）光秀をはじめ、細川忠興《ただおき》、筒井順慶、高山右近、中川清秀などに、

「備中の羽柴勢を救援すべく、ただちに城地へ戻って、中国路へ出陣の用意にかかれ」

と、命令を下したのだ。

彼等にとっては、まったく降って湧《わ》いたような出陣命令であった。

「しかし、殿――そうなりますと、徳川どのの接待は、いかが相成りましょう」

光秀は、役目柄、その点が気にかかって真っ先に尋ねた。

「さようなこと、いちいちおぬしが心配するには及ばぬ。あとは誰にでも引き継がせる」

信長が、じれったそうに言い放ったので、光秀は押し黙ってしまった。

しかし、このとき、

（それでは、わたしの接待役なぞ、誰にでも任せられる役目だったというのか）

光秀の胸のうちに、ふと、不快な思いがよぎっていたのは事実である。

——とにかく
こうして光秀は、その日のうちに安土城下から、自分の本拠地の近江坂本城へ向かった。

いまでこそ丹波一国を与えられて、居城を丹波の亀山に構えているが、もともと光秀にとっては、元亀二年（一五七一）に信長からはじめて近江滋賀郡に領地を与えられ、坂本の地に築城をしたこの城こそ、もっとも愛着をおぼえ、心やすまる思いのする本拠といえた。

ここには、妻子も置いてある。


急遽、出陣命令を受けていた光秀が、なぜか、この坂本城に腰を落ち着けたまま、二十五日まで動こうとしなかった。

毛利との決戦で中国路へ出陣すれば、おそらく半年や一年は戻って来られぬであろう。いや、まかり間違えば、ついに帰らぬ身となるかもしれないのである。

その思いもあって、光秀はしばし、妻子と共に時をすごしたのかもしれない。だが、それにしては、ふだんに似合わず光秀は口数が少なかった。どこか重っ苦しい表情で、終始、もの想いにふけっている様子だった。

「どうなされました。安土のお城で、なにかあったのでございますか」

妻女の於牧《おまき》が気づかわしげに尋ねたが、光秀は、

「いや――」

と、首をふっただけである。

だが、その表情があまりに、突き詰めたものだったので、於牧もあとの言葉がつづかなかった。

良人が、なにを思い煩《わずら》っているのか。於牧もこのときは、まるで見当がつかなかったのである。

その光秀は、五月二十六日の早朝に、琵琶湖南岸の坂本城を発つと、夕刻には居城の丹波亀山に入った。

すでに家中の面々にも、中国路出陣のことは知れ渡っていた。坂本へ着いた翌日、使いを走らせ、重臣たちには告げておいたからである。

亀山城内の居室に入って、くつろいだところへ、早速、明智弥平次秀満が顔を見せ

た。

　弥平次秀満は、光秀の女婿《じょせい》である。

　光秀の長女は、はじめ摂津《せっつ》伊丹《いたみ》城の荒木村重の嫡子、新五郎のもとに嫁したが、天正六年（一五七八）に村重が信長に叛旗をひるがえしたとき、村重の計らいで離別をされ、光秀のところへ送り帰された。そののちに、弥平次の妻となったのだ。

　弥平次自身、光秀の従弟という間柄だったから、光秀にとっては、まさに腹心のなかの腹心といえる。

「殿――出陣の準備は、もはやすべてととのっております」

「うむ」

　光秀の返辞は、どこかうわ
の空であった。

「いろいろ日取りを案じさせましたところ、六月一日が出陣には大吉日と申しますが」

　戦国の武将たちは、とかく縁起をかついで出陣の日の吉凶には、ひどく気を使った。この吉凶の割り出しには、さまざまな秘伝、口伝《くでん》もあって、これを占うのが「軍師」の重要な務めともいわれていたくらいである。

「なに、いま何日と申した」

「六月一日でございます。それでは遅すぎると、お考えでしょうか」

「いや、そういう意味ではない。一日か」

光秀は、何やらしきりに指を繰って思案をしていたが、

「よかろう——ついては、明日、愛岩山へ登り参籠いたして参ろうと思う」

と、突然言い出した。

愛宕山は、奥の院の祭神が大天狗の「太郎坊」として、俗世間から畏怖をこめて崇《あが》められているが、元来その本地仏としては、

——勝軍地蔵
がまつられ、これが本宮である。

勝軍地蔵は、その名の示す通り、これを尊崇するものは必ず軍陣の勝利を得ると言い伝えられて、戦国武将のあいだでは、特に信仰が厚かった。

それだけに、いま出陣を目前にして、光秀が愛岩山へ登り参籠すると言い出したとき、明智弥平次も別に不審は抱かなかった。

「では供の者の手配を命じましょう」

「それには及ばぬ。近習の者、数人だけを連れ微行《しのび》で参るゆえ」

こうして光秀は、翌五月二十七日、なんの前触れもなしに愛宕山上の西ノ坊を訪れたのである。

――この夜

光秀は、供の者も遠慮させて、ただひとり、勝軍地蔵の尊像を前にお籠《こも》りをした。そよとした風もない晩で、葉ずれの音ひとつ聞こえぬ静寂さのなかに、山上の霊気がひしひしと身に迫ってくる。

(決行すべきか、見送るべきか)

いま、光秀の胸中を去来する懊悩《おうのう》は、その一点にある。

このまま信長の配下として、手足の如く自在にこき使われる境遇に甘んじても、安泰の道をえらぶべきか。

それとも、たとえ地獄の修羅道を歩むことになろうとも、乱世に生きる武将として、ここで一挙に「勝負」を挑《いど》むべきか。

光秀は、重大な岐路に立っている。

確かに、いま光秀がひそかに抱いている計画は、許されざる叛逆行為かもしれない。しかし、「天下」を手に入れるためには、この非常手段もやむを得ないことなのだ。

——天下を取ること。

これこそ、ひとかどの武将にとっては、まさに「男の夢」なのである。

とはいえ、光秀はこの場に及んでも、まだ決断がつかなかった。ためらいと迷いがあった。

彼は、神に縋《すが》る思いで、神前にすすむと、怖る怖る神籤《みくじ》を引いた。

凶、であった。

光秀は、ほうっと大きく肩を落として吐息をもらした。

（違う、なにかが違う）

胸のうちで、はげしくかぶりを振るものがあった。

（念には念を入れよ、という。いま一度——）

光秀は、神籤箱を頭上にかざすと、丹念にゆさぶりつづけて、さっと、箱を逆さにした。

また、凶であった。

（こんな筈はない）

と、嚙《か》みつかんばかりの形相で、正面の尊像を見上げる光秀の眼は、血走っていた。

なぜ、神籤なぞ引く気になったのかと、自分自身の弱さに激しい憤りを覚えながら、もうこうなると、自分の思い通りの卦が出るまでは、あとには退けぬ光秀だった。

三度目の神籤を引く。

大吉であった。

(神籤なぞ、あてにしたのが間違いだった。必要なのは、冷静な情勢判断なのだ)

ようやく落ち着きを取り戻した光秀は、おのれ自身にそう言い聞かせた。

だが、これは坂本城に滞在していたときから、さんざん考え抜いてきたことなのだ。

確かに目下の情勢を見渡したとき、事を起こすには、いまこそ千載一遇の好機と言えるに違いない。

まず第一に、武田討伐の戦勝を祝して、十三年ぶりに上方へ上ってきた徳川家康を、安土城に迎えて歓待の宴を催した信長は、その数日間にわたる行事を終えると、みずから中国路へ出馬するため、近臣わずか数十人を率いて五月二十九日には京都へ入り、それから三、四日は本能寺に滞在する予定になっている。

その信長の嫡子、信忠は、馬廻り衆五百人を引きつれ、すでに二十一日に京都へ来ていて、これは妙覚寺に宿営している。

賓客の家康は、どうか。彼も二十一日、信長から付けられた長谷川秀一を案内役として、数人の近臣と共に京都へ入り、六月一日には堺の町へ赴くことになっている。

一方、地方にいる織田家の諸将たちを見渡せば、まず滝川一益《かずます》は武田氏の旧領の上州厩橋（群馬県前橋市）に入ったばかりで、新領土の統治に追われ、すぐには動ける状態ではない。

柴田勝家も、上杉景勝の属城魚津（富山県魚津市）を攻囲中で身動きはとれない。

信長の三男の神戸《かんべ》（織田）信孝は、副将の丹羽長秀と共に、六月一日か二日には、四国の長宗我部征伐のため、軍勢を率いて大坂から渡海する予定になっている。

信長の二男、北畠（織田）信雄《のぶかつ》は領国の伊勢に居り、これは一人では何もできないだろう。

そして、光秀にとっては最も手強い相手になるはずの羽柴秀吉は、いま備中で毛利の大軍と真っ向から対峙《たいじ》して、自分たちに救援すら求めてきている状態ではないか。

（——まず、こう見渡したところ、誰ひとりとして、立ち向かってくる余裕なぞ持ち合わせては、おるまい）

さて、それでは味方はと見れば、丹後の宮津には光秀の三番目の娘、玉の婿である細川忠興と、その父の藤孝がいる。ましてや、この藤孝と光秀は、前将軍足利義昭《よしあき》を世に出すために尽力し合って以来の因縁浅からざる仲なのだから、まず細川父子の加勢は確実と見てよいだろう。

それに近江の前《さき》の守護大名だった京極氏や、若狭《わかさ》の守護大名武田氏も、成り上がり者の戦国大名に奪い取られた旧領回復の好機とばかりに、勇んで味方してくるだろう。

(そして、さらに心強い味方としては)

大和の郡山《こおりやま》に、盟友、筒井順慶がいる。

光秀とは以前から深い関係にあり、ただならぬ恩義もうけている男なのだ。

(うむ。順慶の味方は間違いない。順慶のもとに、あの者がおる限り……)

光秀は、このとき、一人の男の顔をあざやかに思い浮かべていた。

――島左近

と名乗るその男の、精悍なる面構えを、である。

光秀が、この島左近勝猛《かつたけ》という男と、はじめて出会ったのは、五年前のことである。

その年——天正五年（一五七七）という時期は、前年に安土城を完成させ、内大臣の地位にも昇って、まさに日の出の勢いだった織田信長が、ここで計らざる大きな壁に突き当たった、困難と試練のときであった。

それというのも、先年（天正元年）に信長の手で将軍の座から追放された足利義昭が、その持ち前の「謀略家」ぶりを発揮して、反信長の強力な包囲態勢を作りあげてきたからである。

前将軍の義昭は、京を追われたあと流人《るにん》同様の暮らしを送っていた紀伊の由良から、ひそかに脱出するや、備後の鞆《とも》の港に上陸し、吉川元春を通じて中国地方の強豪、毛利家に身を寄せた。

ここで義昭は、得意の弁舌と、異様な情熱を傾けて、

「専横、不遜なる秩序の破壊者、信長こそ打倒すべきだ」

と、懸命に説いて、毛利輝元の蹶起《けっき》をうながした。

その一方で、義昭は、大坂の石山本願寺門跡の顕如《けんにょ》や、甲斐の武田勝頼にも内書を送って、

「信長を打倒し、幕府再興に協力されよ」

と、檄《げき》を飛ばす。

さらに、そのころ越中から能登にまで進出していた上杉謙信のもとにも、

「一日も早く関東の北条、甲斐の武田両氏と和睦を結び、上洛の準備をととのえよ。上杉氏と加賀の一向宗徒との年来の対立、悶着については、わしが本願寺に調停の労をとるゆえ、上洛途上の障害は心配に及ばぬ」

と、密使を送って決意をうながす。

とにかく精力的な策謀家なのだ。

こうして、まず第一番に、本願寺の顕如が、信長との和約を破って開戦に踏み切った。

石山の本願寺は、毛利氏にとって信長防衛の第一線だ。こうなっては見捨てておけない。ついに、毛利家でも足利義昭を奉じて、京都へ進撃しようという戦略が決定した。

これらの動静を察知した信長は、早速、出羽米沢の伊達輝宗に働きかけて、謙信を背後から牽制させると同時に、柴田勝家や羽柴秀吉を加賀へさし向けて、謙信の進出に備えさせた。

しかし、なんといっても目の前の大坂で叛旗をかかげる本願寺が最大の難敵であっ

た。石山（のちの大坂城）という要害の地に立て籠った門徒たちは、「ここで死ねば来世は極楽浄土」と信じきっているだけに、結束も固く死を怖れない兵力だ。これには信長もすっかり手を焼いて、持久戦に持ち込むより仕方がなかった。

だが、本願寺一つを持て余しているうちにも、義昭のめぐらした包囲網はじりじりと重圧をこめて迫ってくる。信長にとっては、まさに四面楚歌ともいうべき一大危機であった。

この形勢を見て、突如、足元から叛旗をひるがえしたのが、松永久秀である。

この松永弾正《だんじょう》久秀という男。

もともとは京都の郊外、西岡の商人の出身で、はじめ三好長慶《ながよし》の右筆《ゆうひつ》（書記）から身を起こして大名にのし上がった、「下剋上《げこくじょう》」の時代の典型的な人物であった。

永禄八年（一五六五）五月、三好義継と共謀して、将軍足利義輝を暗殺したのを手はじめに、いつも時代の流れと権力の推移を変わり身はやく先取りして、つねに「陽の当たる場所」を占めようと、謀叛《むほん》と謀略に明け暮れてきた男だった。

こんな話が伝わっている。

元亀元年（一五七〇）、朝倉征伐の打ち合わせのため、徳川家康が織田信長と京都で対面した折り、信長はかたわらに控えていた一人の老人のほうを指さし、

「この男が松永弾正と申す者にて、世の人の成し難きことを、三つもなし遂げた偉い男じゃ。第一に将軍を殺し、第二に主家の三好を滅ぼし、第三に奈良の大仏を焼いた」

と、遠慮会釈もなく言い放ったので、さすがの久秀も赤面し、頭からけむりが立ったという。

いかにも信長ならではの、痛烈な揶揄《やゆ》だが、こう言われてもいたし方のない久秀の行状だったのである。

この松永久秀が、信長の命令で石山の本願寺攻めに加わり、摂津の天王寺に陣を布いていたが、天正五年の八月十七日に突如、陣を引き払い、倅の久通《ひさみち》と共に、居城の大和信貴山城（奈良県生駒郡）へ立て籠ると、堂々と信長への謀叛を宣言した。

おそらく足利義昭から誘いもあったのだろうが、天下の形勢を眺めて、またもやこの男、持ち前の山っ気を出したのだ。

だが、この狡猾《こうかつ》きわまる松永久秀にも、大きな誤算があった。

自分の謀叛に呼応して、すぐにも進撃を開始するものと信じ込んでいた東の上杉謙

信も、西の毛利輝元も、ただ掛け声だけは、「信長打倒」を叫びながらも、一向に動き出す気配は見えず、久秀はまったく孤立した状況となってしまったのである。

「おのれ、古狐め——またまた尻尾を出しおったか。よし、今度こそ容赦せぬ」

信長は怒った。

永禄十一年（一五六八）に信長の軍門に降った久秀は、元亀三年（一五七二）にすでに一度謀叛を起こした前歴がある。このときは、奈良の多聞《たもん》城を信長にさし出し、許されているが、今度はその手も通用しない。

信長の嫡子、信忠を総大将とした織田の大軍が、十月はじめにぞくぞくと大和へ押し出してきた。

この討伐軍のなかに、丹羽長秀、佐久間信盛などと共に、明智光秀も加わっていた。光秀の組下には細川藤孝と筒井順慶が従っている。

こうして、織田軍の総攻撃をうけた信貴山城は、ついに十月十日の夜に落城。久秀は天守に火をかけ、城と共に灰となった。

因縁であろうか。十月十日は、先年久秀が奈良の大仏殿を焼打ちしたときと、奇《く》しくも同じ月、同じ日であった。

この合戦の最中のこと。

光秀は、信貴山城の属城、片岡城の要害を攻めていた折りに、ひとりの男に注目した。

組下の筒井順慶の軍勢のなかで、とくに先陣をうけたまわる一部隊の働きぶりが、その進退駆け引きのたくみさで、ひときわ目ざましかったからである。

「あの部隊の、指揮をとっている武者は、なんと申す者か」

光秀は、かたわらの使番《つかい》の者に尋ねた。

「はっ、筒井家にて侍大将を務めておりまする島左近勝猛と申す者でございます」

「おお、あれが筒井家にその人ありと知られた、島左近であったか」

光秀も、その名はかねてより、噂に聞き及んでいた。

島左近は、大和の国柳生《やぎゅう》の庄の出身といわれている。

若くして筒井家に仕え、それ以来、その勇猛果敢な働きぶりで、たちまち家中でも頭角をあらわしていた。

いや、ただ勇猛なだけではない。戦場における進退駆け引きの呼吸のあざやかさは天性のもので、その意味では、生まれながらに将器をそなえた男といえるだろう。

永禄三年(一五六〇)に、三好長慶の強大な勢力をうしろ楯にした松永久秀が、大和の国へ侵略をはじめて以来、長年にわたって、この優勢な敵とわたり合い、筒井順慶が大和の一角を死守し、頑張りとおしてこられたのも、その配下に侍大将の島左近がひかえていたからだ、とさえ世間ではいわれている。

「ふうむ。あれが、その島左近か」

光秀は、その名前をしっかりと頭の中へ畳み込んでおいた。

しかし、光秀が実際にその島左近と対面する機会を持ったのは、それから一ヶ月も後のことであった。

ところで、織田の家中では松永久秀が滅亡したあと、その領地の大和の国を誰が預かるかということが問題になった。

大和は、畿内でも重要な位置を占めているが、古くから寺社の勢力が強く、その統治には誰もが手を焼く土地柄であった。

「大和は欲しいが、あのいまいましい坊主共を相手にしなければならんと思うと、気が重い話だ」

と、みんなが二の足を踏んだ。

このとき、明智光秀が、信長のもとへまかり出て、

「大和の統治は、筒井順慶ならば支障なくやりこなせると存じますが」

と、推薦した。

「なるほど、あの男がおったな」

信長が、小膝を叩いた。

筒井順慶は、もともとその名を陽舜房順慶といって、奈良の興福寺一乗院の衆徒であった。つまり僧兵あがりの男なのだ。

それだけに大和の事情には明るいし、寺社関係にも顔の利く存在であった。

「よかろう。あの男ならば、うるさい坊主どもも、うまく手なずけられよう」

ツルの一声で、話は決まった。

順慶は、この報らせを聞いて、すっかり喜んだ。とくに自分を推挙してくれた光秀に対しては大いに感激をして、早速、御礼言上にまかり出ると、その次の日には、光秀を丁重にわが屋敷へ招待した。

心を尽くした饗応の膳がはこばれて、山海の珍味がならぶ。

光秀は、どちらかといえば、酒はあまりやらなかった。その代り食べ物に関してはなかなかうるさいほうで、いわゆる食通であった。順慶もそれは心得ていたから、い

ずれも吟味された当時最高の料理が用意された。

その宴なかば、ふと、光秀が思い出したように言った。

「時に、当家には島左近という豪の者がおると聞いたが」

「や――日向守さまには、左近の名までよくご存じで」

「松永征伐の折り、彼の働きぶりに感心いたしたのだ。あれ以来、一度会ってみたいと思っておったのじゃ。よい折りだ。この席へ呼んではもらえまいか」

自分でも自慢の家来が、すでに光秀の目にとまっていると知って、順慶も得意顔で、

「では、折角のお言葉ゆえ」

と、早速、側近の者に言いつけて、島左近をこの席へ呼び出させた。

やがて、島左近がしずしずと現われると、はるか下座《しもざ》にピタリと手を仕えた。筒井家では侍大将の重職とはいえ、陪臣の身である。遠慮したのである。

「左近、名誉に思え。日向守さまが、さきごろのおぬしの働きぶりに目をとめられ、会いたいと仰せられたのだ」

「恐れ入ります」

主人の言葉に、左近は小さく光秀のほうへ頭をさげた。

「遠慮は無用じゃ。近う参れ。一献、盃をとらそう」

光秀が、笑顔で招いた。それ以上の遠慮は却って失礼になる。左近はすすみ出て、盃をうけた。

「片岡城や信貴山城での働き、なかなか見事であったぞ」

「有難いお言葉ではございますが、手前にとりましては、力のはいらぬ戦いでございました」

左近が妙なことを言った。

こやつ、うぬ惚れた男だと、光秀もちょっと不快に感じながら、

「ほほう。松永弾正では相手が不足だと申すのか」

「いえ、さような意味で申したのではございませぬ。合戦にも、その時々でいろいろな意義が含まれておりますが、手前、望みが叶いますなら、男が生涯にただ一度の大勝負をかけるような、そんな合戦の場に出会えたら、侍として本望と存じますので」

「ふうむ」

光秀が小さく唸った。

（この男、どうして並々ならぬ野心家）

そう思うと同時に、そこにおのれの胸の奥底にあるものと、同質のものを感じて、

ぎくっとした。

光秀は、改めて島左近の顔を眺め直した。

鉢のひらいた頭。広い額《ひたい》。色は浅黒く、目鼻立ちも魁偉《かいい》な、決して美男子とはいえぬ部類の面相だが、どこか妙に人を惹きつけるものを具えている。

やはり、ただ者の顔つきではない。

「いや、なかなか面白い意見。わしも大いに同感だな。こうして武人としてあるからには、そのような生涯に一度の、運命をかけた大勝負の機会にめぐり逢えるだけでも、幸せというべきかもしれぬ」

「日向守さまならば、きっと、そのような機会もめぐって参りましょう」

「わしに——はっはは、おだてても駄目じゃ。わしは左様な大物ではないぞ」

光秀は笑い流したが、左近はにこりともせず言った。

「もし、日向守さまにそのときが参りましたならば、手前、いつなりとも主人と共に馳せ参じましょう」

「順慶——おぬしの家来は、見かけによらず冗談が好きとみえる」

光秀はあくまで冗談めかして、その場は聞き流しにしていた。

（順慶のもとには、あの男がいる）

五年前、すでに光秀の胸の奥底にひそむ大望を見抜き、協力を約した容貌魁偉なあの男がいる。

その島左近がいる限り、筒井の軍勢は真っ先に馳せ参じてくるものと、光秀は確信をもって断定した。

（——となれば）

光秀の脳裏には、囲碁の盤上に黒白の陣取りが展開されるように、次々と情勢が思い描かれてゆく。

まず光秀自身が、京へ乱入して信長父子を倒し、洛中を制圧すると同時に、天下に号令を下す。そして、細川、筒井その他の軍勢で、東は近江から西は摂津に至る畿内の要地をおさえてしまえば、あとは風になびくが如く味方はふえてくるばかりだろう。

こう情勢を分析すれば、

「やはりいまだ。いまを惜《お》いてほかはない」

と、光秀は思わざるを得ない。

ついにこの夜、光秀は勝軍地蔵の尊像を見つめたまま、決断を下したのである。

夏の短い夜が明けた。

参籠を済ませた光秀が、西ノ坊へ戻って、しばらく身体を休めているところへ、京都側の麓から山を登ってきた一行がある。

きのう、光秀が使いを出して、招いておいた連歌師里村紹巴《じようは》たちの一行であった。

「中国路へ出陣いたせば、しばらくは会う折りもあるまい。愛宕山上において百韻《いん》を興行し、神前に奉納いたそうではないか」

と、誘ったのである。

光秀は、当時の武将のなかでは、一応、教養を身につけた智識人といえる存在だった。

細川藤孝（幽斎）らと、『源氏物語』の講読もしたというくらいで、茶の湯にも堪能であったし、連歌の修業はかなり以前から積んでいて、特に里村紹巴とは気の合う親密な関係にあったのである。

紹巴を迎えて、連歌の会が西ノ坊の一間で催された。

百韻というのは、何人かが集まり、いろいろな約束ごとや法式に従って発句から挙句まで、百句の連歌を詠んでゆく、一種の知的な遊びである。

まず冒頭の発句は、光秀が詠むことになった。

しばらく瞑想にふけっていた光秀が、ふと、意を決したように筆と紙を取りあげると、迷うこともなく、さらさらっと一句をしたためた。前もって考えてあった句のようだ。

時は今あめが下しる五月《さつき》哉。

これを受ける第二句の脇は、亭主の西ノ坊が務めた。

水上まさる庭のまつ山。

第三句は里村紹巴である。紹巴は、光秀の発句を目にした途端、はっと表情をこわ張らせた。

その一句のなかに、ただならぬ文字、ただならぬ意味を読み取ったからである。

紹巴は、ゆっくりと想を練ってから、庭の池面を見やりながら、筆を走らせていた。

花落つる流れの末をせきとめて。

この「せきとめて」に意味がこめられていた。

光秀の発句のあたまにある、「時は」の字音は、光秀の出身の「土岐」氏に通じる。

まさにこの一句には、いまこの五月に土岐氏が天下を掌中にする、という重大な意味がこめられていた。

里村紹巴は鋭敏な感覚で、いち早くこれを察知するや、

——流れの末をせきとめて。

と、発句のこころを打ち返し、ひそかに諫止《かんし》したのである。

この連歌の席上、光秀はいつになく物思いにふけり勝ちで、心そこにあらずといった様子だった。

途中、気を利かせた寺僧が、

「名物でございますので、お召しあがり下さいませ」

と、笹粽《ささちまき》を盆にのせて、皆の前にさし出した。

光秀は、なにげなくそれを取り上げると、包んだ笹の葉もろ共、口に入れていた。

「や——これは」

一座の者の視線を感じて、光秀は狼狽気味に苦笑を浮かべた。ふだんから、かなり意識的に教養ある「気取り」の姿勢をとりつづけている光秀にしては、まったく計らざる失態であった。

(お悩みなされておいでなのだ)

紹巴には、それがよく分かったが、しかし彼の立場としては、何も言えなかった。

連歌の会は、やがて最後の花の句となり、

色も香も酔をすすむる花の下。

と里村昌叱《しょうしつ》がつけると、すぐに紹巴がつづけて、

国々はなおのどかなるとき。

と挙句をつけ、これで百句満座して終わりを告げた。

この席上で、光秀が苦吟の最中に、

「本能寺の堀の深さは、どれほどであろうか」

と、われ知らず口走った、という話も伝わっているが、話もここまで来ると、ちょっと信用できない。

連歌の催しが終わると、光秀はその日のうちに下山して、丹波亀山に帰城した。

城内は、中国路出陣の準備に忙殺されているところであった。

だが、このときになっても、まだ光秀は自分の決意を誰にも打ち明けなかった。

秘密の漏れるのを怖れた、という見方は当たらない。光秀はそれ以上に、明智弥平次や斎藤利三《としみつ》らの重臣を信じ切っていたからである。

むしろ光秀は、いまここで打ち明けて、彼等から諌止されることのほうを怖れたのだ。重臣たちから諌《いさ》められれば、折角の自分の決意もぐらつくに違いない。光秀は、

自分のその弱さも知っていたのである。

五月二十九日には、予定通り、織田信長が僅かな近臣を引き連れて、京都の四条西洞院《にしのとういん》にある本能寺に入った、という報らせが届いた。

この信長の動静については、信長の側近との交際関係からいろいろと知ることができたし、安土や京都の二条にある光秀の屋敷からも、その時々にくわしく報告が届けられていたのである。

その波紋

光秀は、この同じ五月二十九日に、鉄砲の玉薬や、長持などの荷物、およそ百個の荷駄を中国路へ向けて先発させた。

あくまでも本心を気《け》取られぬよう、慎重な構えであった。

こうして、いよいよ中国路出陣の当日、六月一日を迎えた（現在のグレゴリオ暦でいえば、すでに六月末である）。この日は、朝から夏の陽がじりじりと照りつけ、暑さも一段ときびしかった。

午前中から、城内の居室にひとり閉じこもっていた光秀が、はや陽も傾きはじめた

申《さる》ノ刻（午後四時）に物頭《ものがしら》の面々を呼び集めて、

「只今、京都のお蘭（信長のお小姓森蘭丸の愛称）より飛脚が到来いたし、中国路出陣の用意とといし上は、人馬軍装のさまを上様が御覧になる、とのお仰せである。これより京へ向かうゆえ、おのおの軍装に手ぬかりのないよう、いま一度、点検をいたせ」

と、命じた。

信長は、他の武将にさきがけて、いち早く新兵器の鉄砲に着目したほどの人物。軍の装備については、人一倍やかましかった。

物頭たちも、それと聞くや、緊張のおももちで引き退《すさ》っていった。

（まず、これでよし）

と光秀は思った。

森蘭丸からの飛脚などというのは、もちろん作り話であった。もともと亀山から備中方面へ向かうのなら、三草越えをするのが順路だったが、これで老ノ坂から京都へと軍を進めても、兵たちは直前までなんの不審も抱かぬであろう。

敵を欺き、不意を衝くためには、まず味方から欺かねばならなかった。

やがて光秀は、出陣前の打ち合わせと称して、明智弥平次秀満、明智治右衛門、藤田伝五、斎藤内蔵助《くらのすけ》利三、溝尾庄兵衛の五人の重臣を呼び集め、側近の小姓たちにも人払いを命じて遠慮させた。

光秀は、ここではじめて、おのれの胸中を打ち明けたのである。

一瞬、一座が重っ苦しい空気に包まれ、五人の者が、貝のように押し黙ってしまった。明らかに戸惑い、懸念する、その様子であった。

が、光秀は構わずに、つづけた。こうなったら言うべきことだけは、言っておこうという思いだった。

「理由については、さまざまあるが、いま、それをいちいち数えあげてもはじまらぬゆえ、申すまい。ただ一つ、これだけは、はっきりと申せるのは、このまま織田の家中にとどまっていても、わしの前途は決して明るくはないということだ。わしのほうも、これ以上、とても上様にはついてゆけなくなっているのだ」

「しかし、殿」

と、弥平次秀満が言った。

「いま、織田の御家中で、殿と羽柴筑前どのほど、めざましい御出世ぶりはないと、誰しも申しておるのではございませぬか」

それなのに、どうして前途が明るくないなどと悲観的な考え方をするのかと、不審顔である。

「そこなのだ」

と、光秀は語調を強めて言った。

「あの秀吉は、下賤の身から出世をした成り上がり者とはいえ、上様にとっては子飼いの家臣なのだ。それに引き換え、このわしは中年より織田家に仕官した、いわば新参者。これからの道は、大きく違ってくるであろう。いま、その秀吉が総大将を務める中国遠征軍へ、このわしが援軍を仰せつけられたことでも、それは分かることじゃ」

しかも――と、光秀は、つづけた。

「上様にとって、このわしは、すでに役目の済んだ利用価値のない存在にすぎぬ。そう考えるのは、わしのひがみであろうか」

弥平次も、これには答えようがなかった。

そもそも諸国を流浪中の一牢人、明智十兵衛光秀が、永禄十一年（一五六八）に四十一歳で、織田家に仕官することになったのには、それなりの理由があった。

さきに三好三人衆や松永久秀たちの手で暗殺された足利十三代の将軍義輝には、一人の弟があった。南都一乗院の門跡になっていた覚慶である。

この覚慶が、いったんは幽閉をされていたが、逃れて近江に走り、還俗《げんぞく》をして足利義昭と名乗った。

義昭は、自分こそ足利将軍家の正統の後継者だと主張して、三好三人衆がかつぎ上げた十四代の傀儡《かいらい》将軍足利義栄《よしひで》を追い落とそうと、上杉謙信をはじめ諸国の武将たちに出兵を呼びかけた。

しかし、おいそれとは事が運ばず、当時、義昭は越前の朝倉義景のもとに身を寄せ、居候の身となっていた。

この足利義昭と、新興勢力の織田信長の仲をひそかに取り持ったのが、明智光秀と細川藤孝の両人である。

信長にすれば、義昭を奉ずることで、上洛への大義名分が立つ。光秀たちの働きで、義昭を岐阜に迎えた信長は、この年（永禄十一年）の秋、怒濤の如き勢いで京都へ進撃し、たちまちのうちに、義昭を十五代の将軍に推し立てた。

だが、旧来の足利幕府を固執する義昭と、天下の覇権を目指す信長とでは、到底うまくゆく筈がない。やがて天正元年（一五七三）には、義昭は信長に追われ、足利幕府はここに終わりを告げた。

それ以来、義昭は執拗に謀略をめぐらして「反信長」の勢力を煽り立て、ことごとに信長への妨害をくり返しているが、それと共に、光秀の織田家における立場も微妙なものとなっていたのは事実である。

光秀が、おのれの前途に期待が抱けなくなったのには、こんな事情があったからだ。

「織田家生え抜きの家臣で、柴田勝家とも肩を並べたほどの佐久間信盛や、林通勝《みちかつ》ですら、僅かな落度で上様の機嫌を損じれば、たちまちのうちに追放の憂き目にあう。上様とは、そういう厳しい、怖ろしい方なのだ。わしとて、いつ佐久間や林のような憂き目を見るかしれぬではないか」

言われてみれば、確かに信長とはそういう主君なのだ。五人の者は声もなかった。

光秀は、一座を見回しながら言葉をつづけた。

「有為《うい》転変は世の習い、一度は栄え一度は衰《おとろ》うとは、よくぞ申したもの。わしも、すでに五十五歳。せめてこの世の思い出に、一夜なりとも、天下を取りたい。もし、おぬし達があくまで反対を唱えるのなら、わし一人にても本能寺へ討ち入り、腹を掻っ切るまでじゃ」

もはや一歩も退かぬ覚悟のほどを示して、きっぱりと言いきる。

光秀のこの決意を見届けたとき、五人の重臣たちも、主人と生死を共にする覚悟を決めざるを得なかった。それが主従というものであった。

弥平次秀満が大きくうなずいて口を切った。

「かような大事は、かりに殿お一人の胸に秘めておられたにせよ、天知る、地知る、我知る、人知るの譬《たと》えもある通り、いつかは漏れるものでございます。ましてや、われら五人の者にいったんお聞かせになった上からは、もはや、無かった話では済まされませぬ。ここに及んで躊躇はご無用。われらもお供を仕《つかまつ》ります」

「左様、われわれにも異議はござらぬ」

と、異口同音に膝を乗り出した斎藤内蔵助利三と溝尾庄兵衛が、

「かく決まったからには、これ以上の談合で時を費やすのは無益のこと」

「まして夜の短い折りなれば、一刻も早く出立し、夜明けには京へ討ち入るべきでございましょう」

口々にそうすすめた。

「うむ――おぬし達の気持、有難く思うぞ」

光秀は、力強い思いで席を立った。

直ちに出陣の触れが出された。

軍勢、一万三千の兵を三段に備えて、亀山から老ノ坂へと向かう。

すでに夜も更けわたり、人馬粛々とした夜中の行軍である。

やがて老ノ坂を越え、沓掛《くつかけ》（京都府西京区）の在所にさしかかったところで、全軍に休息が命じられ、

「いまのうちに、兵糧をつかっておくように」

との指令が回ってきた。

「え――こんな時分に」

まだ夜明けにも間がある時刻というのに、もう食事をしておけとは、どういうことだと軍兵たちは顔を見合わせた。

しかし、物頭から、

「明朝は、右大臣さま（信長）の御前で勢揃いをご覧に入れることになっておるのだ。それゆえ、いまのうちに腹ごしらえをしておけということだ」

と、説明を聞かされて、軍兵たちもどうやら納得がいった。

この沓掛での休息の折りに、光秀は天野源右衛門という侍を呼び寄せた。かねてより、この者ならばと、光秀が信を置いていた忠義一徹の士である。

「源右衛門――その方を見込んで、大役を申しつける」

衛門だ。

「ははっ――なんなりと」

主人から、一言、その方を見込んでと言われただけで、はや感激のおももちの源右衛門だ。

光秀はここで、天野源右衛門に大事を打ち明け、尖兵《せんぺい》隊長として、出立を命じた。

これは、もし万一、味方の軍勢のなかから本能寺の信長のもとへ注進に走る者があったときの備えで、

「さような者を見かけたら、容赦なく斬り捨てい」

と、任務を与えたのである。

源右衛門は直ちに、配下の者を引き連れて京へ向かった。

短夜《みじかよ》の夏のことである。源右衛門の一隊が洛中にさしかかると、早くも丹波口あたりの野には瓜《うり》を作る百姓たちが畑に出ていたが、時ならぬ武者の姿を見かけて、あわてて逃げ出そうとした。

これを見た源右衛門。もしや本能寺へ知らされでもしたら一大事とばかりに、

「構わん。奴等を一人残らず叩っ斬ってしまえ」

と、配下の者に命じて、あたら罪咎もない百姓たちを二、三十人も斬り捨ててしま

った。

——一方

明智の軍勢は、夜明けも近いころ、桂川のほとりにさしかかった。ここで軍中へ触れが回された。

「馬のくつを切り捨て、徒立《かちだ》ちの者どもは、新しき草鞋《わらじ》をはけ。鉄砲の者どもは、火縄一尺五寸に切り、その口々に火をつけて、五ツずつ火先を逆さまにさげよ」

という指示だ。

まさにこれは、戦闘態勢にはいれ、という指示ではないか。

いくら右大臣さまに勢揃いをご覧に入れるにしても、随分と大仰なことだと、軍兵たちは半信半疑のまま、言われた通りにした。

一万三千の軍勢は、静かに桂川の浅瀬を渡りはじめる。

全軍が渡り終わったところで、ふたたび触れが出された。

「しかと承れ。目指す敵は本能寺にある——日向守さまは今日よりして、天下様におなりになるゆえ、しもじも草履《ぞうり》取りに至るまで、よろこび勇んで手柄を立てい。またとない出世の折りじゃぞ」

全軍の将兵のあいだに、異様などよめきが起こった。

出世と恩賞。

これが軍陣に駆り出された彼等にとっては、望みのすべてなのである。それが得られるならば、事の善悪、道理のありなしなぞ、問題ではなかった。

誰もが生と死のぎりぎりのところで、生き抜いてゆかねばならぬ戦国乱世では、ものの考え方も、おのずから違っていた。

俄然、気勢のあがった将兵たちを眺めて、満足げにうなずいた光秀が、

「いざ、者共、進めっ」

さっと、采配をふった。

幾組かに分かれた軍勢が、各方面から一斉に京の市中へなだれ込んでゆく。

町々の木戸は、まだ閉ざされていたが、あっという間に押し破られ、騎馬武者が砂塵を蹴立てて走り抜けていった。

目標は、本能寺境内のこんもりと小高い森だ。

四条西洞院にある本能寺は、近ごろ信長が上洛するたびに宿所として使っている。

それだけに寺院とはいえ、信長の威光で附近の民家を移転させ、境内の四方に堀をめぐらし、その内側に土居《どい》を築いて、木戸を設け、出入りを警戒するという構えで、

さながら小城郭の観を呈していた。

前日の六月一日。

信長はこの本能寺で、御機嫌伺いに参上した公家《くげ》衆の来訪を受けた。夜に入ると先に京へ着いていた嫡子信忠も訪れてきた。

そこで信忠や京都所司代の村井貞勝などと酒宴を催して、歓談に時をすごし、やがて夜も更けたので、信忠は宿所の妙覚寺へ戻っていった。

この夜、信長はかなり酩酊をしていて、子《ね》ノ刻（午前零時）すぎ、お気に入りの側《そば》妾《め》若狭にささえられながら寝所に入ると、そのまま抱き寝をして女のやわ肌に顔をうずめ、ぐっすりと眠り込んだ。

京の市中というので、すっかり気を許していたのである。

夜明けごろ、にわかに表のほうがやかましくなった。

ふと目覚めた信長が、

「仕様のない奴等だ。こんな時分に、何を騒いでおるのだ」

腹立たしげに吐き捨てた。

いずれ、柄の悪い下人共が、喧嘩でもはじめたのだろうと思ったからである。

ところが、騒ぎはいよいよ大きくなるばかりか、遠くから馬の蹄《ひづめ》の音や、怒濤のような鬨《とき》の声が迫ってくると同時に、鉄砲の響きまで聞こえてきた。

「ややっ」

信長は、はね起きた。

何者かが、自分を狙って奇襲を仕掛けてきたことは、直感的に悟ったが、それがどの何者の仕業なのか、信長にはまるで見当がつかなかった。心当たりもないのである。

「お蘭っ――」

小姓の森蘭丸を呼びつけるや、

「相手は何者じゃ。物見せい」

せわしく命じた。

「――はっ」

と、承った蘭丸が、回廊のほうへ走り出して行き、塀のかなたを見やると、朝もやのなかに水色の桔梗《ききよう》の旗がひるがえっているではないか。

「や――あれは」

驚いた蘭丸が転げんばかりに、奥殿へ駆け戻るや、

「謀叛は惟任日向守にございますぞ」

と、大声にわめいた。

「な、なに——光秀が」

信長は、わが耳を疑った。思いも寄らぬ相手であった。それだけに衝撃も大きく、憤りも激しかった。

「うぬっ。あのキンカン頭《あたま》め、わしを裏切るとは、許せぬ」

ぎりぎりと歯噛みをして、地団駄踏んだが、しかし、織田家中でも精鋭といわれた明智勢の前に、近習わずか七、八十名の人数では、到底、防ぎようのないことは、火を見るより明らかであった。

「是非に及ばぬ」

信長が、うめくように言い放った。

「かくなるうえは、いさぎよく戦って討ち死にを遂げるまでじゃ」

そこへ、眠りを破られた近習の面々が駆けつけてきたが、いずれも身支度をととのえるゆとりは無く、寝間着姿のまま武器を携えているだけだ。

「おのおの方。われら一同、一手に固まり、あくまで殿をお守りするのだ」

森蘭丸が大きく叫ぶや、おうと答えた近習の面々が、回廊の各所に散って防備の態勢を固めた。

信長お気に入りのこの蘭丸は、もと斎藤道三の家臣でのちに信長に仕えた森三左衛門可成《よしなり》の三男で、このとき十八歳。言語動作になかなかの器量を具えていたので、諸将の接待、信長会見の取り次ぎなど、大事な役目をひとりで取り仕切っていた。

弟の力丸、坊丸ともども兄弟三人で、信長の側近に仕え、このときも三兄弟が揃って、信長寝所の戸口をひしと固めた。

こうしている間にも、明智の軍勢は、鉄砲を射ち込みながら土居《どい》を乗り越え、木戸を打ち破って寺内になだれ込んできた。

厩《うまや》のあたりにいた数人の番衆と、中間《ちゆうげん》たちが、必死に支えんものと討って出たが、またたく間に蹴散らされ、ここで二十数人の者が討ち死にを遂げてしまった。

明智勢はそのまま一気に、信長の宿所となっている客殿をとり囲むや、火を吐くような激しさで容赦もなく攻めつけた。

信長の近習たちも懸命に防戦につとめたが、なんと言っても多勢に無勢。次々と仆《たお》されてゆく。

信長自身も広縁に走り出るや、弓を執《と》り、狙い定めて矢を放っていたが、これも運命なのか、弓の弦がぷっつりと切れてしまった。

「ええッ」

腹立たしげに弓を投げ捨て、こんどは長押《なげし》から槍を手にすると、遮二無二突きまくっていたが、その信長が、敵の繰り出す槍先で、肘《ひじ》のあたりを深く刺されていた。

「うぬッ」

こうなっては槍も使えない。信長は奥へ退くや、主人の身を気遣って、まだ残っていた女たちへ、

「相手は明智の者共、よもや女には手を出すまい。苦しうない。わしには構わず、早々に立ち退け」

と命じて、退去させた。

明智方が火を放ったのか、殿舎の一角からはすでに煙と共に火の手があがっている。

「のめのめと首は討たせてやらぬ」

そう叫んだ信長は、殿中奥深く走り入ると、納戸の戸口を堅く閉ざし、隅々から湧きあがる煙の中でどっかと坐るや、衣服を押しひろげ、えいと一声、脇差をわが腹へ突き立てた。

時に、信長四十九歳。

「人間五十年、下天《げてん》の内をくらぶれば、夢まぼろしの如くなり」と、彼が愛唱した小

謡の文句通りの最期であった。

こうして信長近習の面々七、八十人もすべて討ち死にを遂げ、本能寺は猛火のうちに落ちた。

その朝、嫡子の信忠は、室町薬師寺町の妙覚寺で、本能寺の異変を知った。報らせに駆けつけたのは、所司代の村井貞勝である。

貞勝の屋敷は本能寺の門外にあった。それで時ならぬ騒ぎに目を覚まし、はじめは喧嘩かと思い、鎮定しようと顔をのぞかせて明智勢の襲撃と分かった。

すぐに本能寺へ入り信長方へ加わろうとしたが、寺は敵に包囲されていて、それもできない。そこで妙覚寺へ駆けつけたのである。

「あの光秀めが謀叛とは怪しからん。直ちに兵を率い、本能寺の父上を救い出そう」

と信忠は、五百の手勢に急遽、出動を命じたが、その支度の最中に、はや本能寺は攻め落とされたという報らせが届いた。

「この上は、必ず明智勢は中将さま（信忠）を狙って、ここへ攻めて参りましょう」

「こうなれば、わしも最後の一兵まで戦い抜こうぞ」

「しかし、この寺ではいかにも防備が手薄でございます。近くの二条御所に移られ、立て籠られてはいかがかと存じまするが」

と、貞勝がすすめた。

二条御所は、押小路室町にあり、信長が将軍義昭のために造営したものだが、いまは皇太子の誠仁《さねひと》親王の御所となっている。

信忠は手兵を率いて、直ちにこの二条御所へ入った。

だが、ここが当然、戦闘の巷《ちまた》となるのは予想されることなので、親王と親王の若宮さまには、上の御所（禁裏）へ御成りを願うことにした。

その打ち合わせに手間取っている内に、二条御所の周囲は、明智勢で取り巻かれてしまった。信忠から使者を出して、親王の御移座のことを申し入れると、光秀もこれには異存がなかった。

ただ光秀としても、親王の一行に紛れて信忠が逃れ出ることを怖れたのだろう。親王御一家の立ち退きは、明智方の兵の監視の下に徒歩にて移られるよう条件をつけてきた。

こうして、親王をはじめ若宮や御女中たちが、東の口から二条御所を退去されたのが、辰《たつ》の刻（午前八時）のことであった。

それを見届けるや、たちまち戦端はひらかれた。

まさに白昼の攻防戦であった。しかも、双方共に昨日までは味方であり、朋輩であり、親しき友であった者同士が、一朝にして敵となって戦う羽目になったのだ。討つ者も討たれる者も、悲痛きわまりない戦いであった。

信忠方は、よく戦った。とはいえ、僅か五百人の手兵では、その抗戦にも限りがある。猪子兵介、福富平左衛門など、信忠側近の者も次々と討ち死にを遂げていった。

「もはや、これまで」

信忠は、最期のときと覚悟を決めた。御所は、すでに火をかけられ燃え上がっている。

このときまで側に付添っていた鎌田新介に介錯を命じるや、信忠は父のあとを追って見事に切腹をして果てた。

時に、二十六歳。

こうして本能寺につづいて、二条御所も焼け落ちた。

明智光秀は、戦いが一段落を告げると、すぐに兵を分かって洛中に逃げひそんだ織田家の残党を捜し出して追捕させる一方、京都の西南、山崎の里に近い勝竜寺城に家老の溝尾庄兵衛をさし向けて、守備を固めさせた。

これは、四国征伐のため摂津に集結している神戸信孝や丹羽長秀の軍勢が、もし変事を聞いて京へ上ってくる場合には、ここで喰い止めさせるためであった。

とにかく、光秀は忙しい。

こうなると諸国各地に出陣して戦っている織田家の諸将たちが、すぐには主君の弔い合戦へと動けぬように牽制しておく必要がある。そこで中国の毛利、北国の上杉、関東の北条、四国の長宗我部など、織田軍の敵方に向けて、

――信長の不慮の死

を知らせる使者を、次々と出立させていたし、それと同時に、織田家中でもかねて目をかけていた部将には、味方に誘う書状をしたためて、使いを走らせていたのである。

その光秀が、この日（六月二日）の未《ひつじ》の刻というから午後二時ごろには、あわただしく京都を発って近江の大津へ向かっていた。

なぜ、光秀はその日のうちに京を離れてしまったのだろうか。

光秀こそ、諸方からの情報がいち早く集まる京に腰を据えて、部下たちに適切な指揮を下すべきではなかったのか。

本能寺の急襲までは、細心にして緻密《ちみつ》な動きを見せた光秀なのに、その後の作戦行

動には、とかく首をかしげたくなるような緩慢さと、手ぬるさが見受けられる。信長を討ち果たすことだけに全精力を注いでいた光秀は、それがあまりにもあっけなく成就したために、その後の展開を先の先まで読み取るゆとりがなかったのかもしれない。

とにかく、このときの光秀には、まず信長の本拠たる安土城をおさえることと、近江の国一帯を制圧することしか、頭になかったようだ。

それは、さし当たっての最大の強敵こそ、北陸路にいる柴田勝家と想定していたからに違いない。

光秀は、大津から瀬田に至り、瀬田の城主の山岡景隆を味方に引き入れようと誘いをかけたが、信長に心酔していた景隆だから、これは却って逆効果となった。

事態を知った山岡景隆は、いきなり瀬田の橋を焼き落とし、おのれの居城にも火をかけて山中に引き払ってしまったのだ。

「うぬっ――わしをたばかりおったな」

光秀、地団駄踏んで口惜しがったが、すでに手遅れである。

配下の兵たちに、橋の修築を命じておいて、仕方なく光秀はその日の夕刻、おのれの本拠の坂本城へ戻った。

この辺から光秀の打つ手は、いつも後手に回って、貴重な「時」を浪費する羽目になってゆくのである。

――ところで

備中で高松城を包囲していた羽柴筑前守秀吉も、このころ重大な局面を迎えていたのである。

もともと高松城は、あたりを山々で囲まれ、西南に足守川の大河を帯び、城の周囲も三方は沼地で、わずかに一方だけ細道が通ずるという要害堅固の構えであった。

しかも、この城へ立て籠ったのが硬骨漢で知られる城主清水宗治の手兵と、小早川隆景より応援として派遣された末近信賀《のぶよし》の兵二千。それに、みずから志望して入城した近在の農民五百とを合わせて、およそ五千人という兵力。なかなか手強い相手であった。

秀吉は、みずから一万五千の兵を率いて竜王山に陣を構えると、その山頂から高松城周辺の地勢を観察した。

「ふうむ。これはいかに大軍を擁しても、一気には攻められん城だな」

そうひと目で判断した秀吉の脳裏に、このときひらめいた作戦があった。

水攻めの計画である。

この地勢を逆手に用いて、高松城を水浸しにしてしまおうと言う奇想天外の策だ。時、あたかも梅雨期を迎えて、まさに絶好の時期なのである。思い立つや、秀吉は直ちに実行に移った。

まず、あたりの村落を焼き払い、五月七日本陣を城の東の蛙ケ鼻《かわずがばな》に移すと、それから城西の赤浜にかけて、城の南方へおよそ一里にわたる長い堤を築かせた。

蟻が群がるような人海作戦で、たちまち堤が出来上がってゆく。堤は、高さ四間、幅が基脚の部分で十間、頂上で六間もある本格的な土木工事だ。

この長い堤が完成すると、城の西北にあたる門前村で堰《せ》き止めていた足守川の流れを一挙に灌《そそ》ぎ込んだ。折りからの霖雨《りんう》で、河川の水量は増大している。高松城の周囲に注ぎ込む流れは日一日と水嵩《かさ》を増して、新しい堤から山麓に至るおよそ百八十八町歩の低地が、たちまち一面の湖水となり徐々に城内を浸してくるありさま。

この秀吉ならではの奇策には、城中の面々も、ただ、「あれよ、あれよ」と驚き、うろたえるばかりだ。

毛利方としても、目前に迫ったこの高松城の危急を見捨ててはおけない。小早川隆景は伯耆《ほうき》に出陣中の吉川《きつかわ》元春に急報を発して、備中への救援を促し、みずからも先鋒となって備中へ進んできた。

こうして五月二十一日には、高松城を見下ろす山々に、毛利軍三万が陣を布いた。後方には毛利輝元も控え、まさに毛利氏は、ほとんどその全勢力を挙げて押し寄せてきたのだ。

秀吉も、これは予期した事態で、すでに信長の許に救援の使者を出していたところだから、うろたえる様子もなく、直ちに兵力一万を分けて毛利方に備えさせ、守備を固める。

対峙する敵味方の陣営は、その距離わずか数町に過ぎなかったが、この間には長野川の流れもあって、双方共に自重したまま動かず、睨み合いがつづいた。

直ちに決戦が展開されなかったのには理由があった。

実はこのとき、すでに毛利方では秘かに講和への打診をはじめていたからなのだ。この裏面の交渉に活躍したのが、毛利家の陣僧として従軍していた安国寺恵瓊《えけい》という策士である。

この恵瓊、僧侶としてもなかなかの逸材で、天正七年には京都東福寺の塔頭《たっちゅう》となり、京都で確固たる足場を固める一方、安芸《あき》の国の安国寺の住持を兼ねて、毛利氏との結びつきも密接な関係にあった。才智と巧みな弁舌をそなえ、以前から毛利氏の外交僧として活躍していた存在である。

その恵瓊と、秀吉方でその人ありと知られた謀臣の黒田官兵衛が、内々で接触し講和の下交渉にはいったのだから、まさに策士同士のぶつかり合いで、丁丁発止の駆け引きが展開された。

この和陸の話は、はじめに毛利方から持ちかけられた。条件は、

「備中、美作《みまさか》、伯耆の三ヶ国を織田方に引き渡す」

と、いうものである。

毛利氏も領内にいろいろ問題を抱えて講和を迫られた事情があったのだ。秀吉のほうは、この毛利の足許を見透かしていた。

だから相手の持ち出した条件に対して、

「さらに備後《びんご》、出雲《いずも》の二ヶ国をさし出し、高松城主の清水宗治をも切腹させよ」

という、苛酷な条件を吹っかけた。いささか強引ともいえる無理難題であった。

だが、秀吉にすれば、むしろこのとき、毛利方と講和なぞ結ぶ気はなかったのである。

ここまで来たら一挙に決戦を挑んで、宿敵毛利氏を打倒してしまう絶好の機会だと考えていた。

そのために、早くも五月中旬に安土城の信長のもとに情勢を知らせ、援軍と共に、

「でき得れば、上様のご出馬を」

と願い出していた。

秀吉や黒田官兵衛が、一応、講和に応ずるような姿勢を示していたのも、実は信長の出馬を待つための時間稼ぎだった。

恵瓊や毛利方でも、交渉を重ねるうちに、どうやらこの事情は察しがついてきた。

「この上、信長を迎えて、武田勝頼の二の舞いを演ずるくらいなら、五ヶ国でもいたし方がないのではあるまいか」

毛利方には、そんな空気も生じていた。

だが、しかし、

「なんと申しても、毛利家に誠忠を尽くして城に立て籠る清水宗治を、みすみす切腹させることだけは承服できぬ。それでは毛利の面目が立たぬではないか」

と、これだけは強硬意見が出て、交渉はこの一点で暗礁に乗り上げていた。

こうした状況のうちに六月と月が改まって、その三日の夜、亥《い》の刻（午後十時）ごろのこと。

一人の男が、秀吉の陣所へ飛び込んできた。堺の商人で信長お気に入りの側近となっている長谷川宗仁《そうにん》が、京都からさし向けた使いの者であった。

夜中ながら、早速、秀吉の許へ案内をされたその男は、

「主人、宗仁より大事の使いゆえ、羽柴さまだけに申し上げるよう、言いつけられておりますので」

と、暗に人払いをしてくれるようにと、申し入れた。

秀吉も、男の表情にただならぬものを読み取って、

「その方たち、しばらく遠慮をせい」

と、近臣の石田佐吉（のちの三成）たちにも人払いを命じた。あたりに人が居なくなるや、

「して、宗仁どのの大事な使いとは、どういうことだ」

気忙《きぜわ》しく、秀吉が身を乗り出した。

「それが、一大事なのでございます。羽柴さま――」

男が声をひそめて、本能寺の変のいきさつを詳しく報告に及んだ。

「な、なに――上様が」

秀吉も思いがけない報らせに、しばらくは絶句して、あとの言葉が出なかった。

しかも、謀叛を企てて信長父子を襲ったのが、明智光秀と聞かされたときには、

(余人ならいざ知らず、どうしてあの男が、そんな真似を――)

と、一瞬、信じられぬ心地であった。

が――これは紛れもない事実なのだ。まさに秀吉にとっては、青天の霹靂《へきれき》。毛利という強敵を控えた身には、進退窮まる一大危機であり、運命を左右する決断のときであった。

(――とにかく)

と、秀吉は考えた。この変事に関しては、敵はもちろん、味方の者にも、まだ伏せておかねばならないのだ。

とりあえず、蜂須賀小六(正勝)、彦右衛門(家政)の父子と、黒田官兵衛を至急呼び寄せ、この三人だけには事の真相を打ち明けて、これからの打つべき手を協議した。

「これが毛利方に漏れたら一大事となります。至急、手配をいたしましょう」

蜂須賀彦右衛門が、すぐさま席を立つや、まず第一に、秘密を守るため長谷川宗仁からの使いの者を体《てい》よく誘って、一室に監禁してしまった。

そして、部下の面々を各街道、間道に配置し、厳重に往来を遮断させると、

「上方より、毛利方へ密使が走ったという情報が入った。怪しい者を見かけたら、容赦なく引っ捕えろ」

と、命令を下した。

秀吉にとっては幸運にも、間一髪のところで、明智光秀から小早川隆景のもとへ走らされた使者が、この関門に引っかかって捕えられ、密書を取り上げられるや、有無を言わさず首を刎ねられていた。

あくる六月四日の朝。

秀吉は内心の動揺を押し隠し、ふだんと変わらぬ笑顔で、唐傘の馬印を押し立てるや、悠々と味方の陣所回りをして歩いた。

秀吉を迎える部将たちの様子から、まだ誰も京の異変を知る者はないと分かって、ほっと安堵する思いであった。

この日、黒田官兵衛と蜂須賀小六の両人は、毛利方から安国寺恵瓊を呼んで、

「せっかく羽柴さまが講和をまとめようとなされているご好意も、こう話が長びき、こじれていては無駄となってしまう。もし、明日にでも信長公のご出馬とあれば、これまでの話はすべて白紙ということになりますぞ」

と、なかば脅しをかけながらも、

「この際、五ヶ国という領土の条件については、いささか考慮をいたしてもよいから、清水宗治の切腹の一件だけは決断を下していただき、できれば今日のうちにも調印の運びとならなければ、毛利家にとっても取り返しのつかぬ一大事となり兼ねませんぞ」

そこに多少の譲歩を匂わせて、交渉の締結を迫った。

これには策士の恵瓊も迷った。

この話を毛利側へ持ち帰っても、宗治の切腹という一点で、承諾は得られないだろう。さりとて、信長の出馬という事態が迫っている限り、これ以上、交渉を長びかせるわけにはゆかないのだ。

恵瓊は肚《はら》を決め、毛利方には連絡もせず、自分の一存で小舟に乗り込むと、高松城へおもむいて清水宗治に会った。そして、すべての事情を打ち明けて、和平の必要性を力説した。

「なるほど、お話はよく分かった。手前の命一つで、毛利家の危機が救えるというのなら、武士として本望。いさぎよく腹を切りましょう。ただし、籠城の将士たちは、すべて助命して下さることを条件として、羽柴方へ願い出していただきたい」

宗治は即座に承知をした。

この態度は、鳥取落城における吉川経家とならんで、中国武士の双美といえる立派なものであった。

宗治は自分一人が死ぬつもりだったが、兄の月清と毛利からの援将末近信賀の両人が、

「われわれも一緒に腹を切る」

と主張し、頑としてあとに退かない。

そこで仕方なく、三人で小舟に乗り込み、城外へ漕ぎ出すと、秀吉からの検視役、堀尾茂助の舟と落ち合い、その目の前で三人が揃って見事に切腹して果てた。

これが、四日の正午ごろのことである。

それを見届けるや、恵瓊があらためて秀吉の陣所に赴き、和平の調印と誓紙の交換を済ませて、ここに講和が成立した。

秀吉は調印が済むまで悠然と構えていたが、それが済んだとたん、あわただしく動き出した。

まず、信頼のおける杉原七郎左衛門家次（秀吉の妻女おねねの叔父）に高松城を預けて、僅かな手兵で立て籠らせるや、

「ほかの全軍は、夜までに陣を払って早々に撤退すべし」

と、にわかに命令を発したのである。

紀州の雑賀《さいか》衆から発した使者が、毛利の陣営に到着したのは、この六月四日も七ツさがり（午後四時過ぎ）の刻限だったという。

ほんの数時間の差で、毛利方は調印後になってから信長の死を知ったのである。

「なんたること。まんまと秀吉めにたばかられたか――このまま黙って引き退っては
おられぬ。馬を乗り殺すまで奴等を追撃すべきだ」

と、血相変えて、真っ先に息巻いたのは吉川元春だったが、

「いや、それは考えものだ」

と、押し止めたのは小早川隆景である。

「いったん調印をし、誓紙を取り交わしたからには、これを当方より破ることは毛利の名を穢すのみか、毛利家の将来にも由々しき大事を招くこととなる。なぜと申すに、近年、秀吉の弓矢の取りよう、とくと見定めるに、智謀深くしてなかなかの名将ぶりだ。おそらくこれからの天下は秀吉の手に握られるであろう。となれば、いま誓約を破ることは、秀吉の遺恨を買い、毛利家の滅亡を招く危険が大きい。ここは慎重

に情勢を見守り、それから策を立てるのが賢明ではあるまいか」

と、説いたのだ。

この意見に、毛利輝元も賛意をあらわしたので、元春も渋々ながら従うよりほかはなかった。

やはり毛利の首脳陣のなかでは、隆景の情勢を見る視野がずば抜けていて、この点、京都の空気を絶えず吸っている恵瓊とも、見解の一致するところが次第に多くなっていたようだ。

――一方
秀吉のほうも、いつまでも信長の死が隠し通せるものではないことは承知をしていた。

翌五日。秀吉は軍勢引き払いの途中から早飛脚を立てて、毛利方へ本能寺の変のいきさつを通報し、

「この上は、明智光秀と、上様の弔《とむらい》合戦つかまつり、討ち死にの覚悟に御座候」

と、申し送った。

事実、秀吉はこのとき、その悲壮なる覚悟であった。信長の死によって、畿内の情勢がどう一変しているか、まるで分からなかったからである。

途中、岡山城へ立ち寄って、宇喜多の主従に毛利勢が追撃してくる万一の場合に備えさせると、そのまま、まっしぐらに姫路へと突っ走った。

六日の夜から七日にかけて、横なぐりの風雨が激しくなったが、それを物ともせず二十七里の道のりを一日一夜で姫路まで辿り着いたのである。

秀吉は、中国路における自分の本拠地、姫路城（現在残る姫路城ではなく、それ以前のもの）へ到着するやいなや、

「まず、風呂じゃ。湯をわかせ」

と、支度を命じ、泥まみれのまま湯殿へ飛び込んだ。

「うーむ」

首まで、とっぷりと湯につかって、秀吉は大きく唸った。よくぞ、ここまで無事に帰り着けたものだと、いまさらながらわが身の運の強さを噛みしめる思いであった。

秀吉は一汗流すや、裸のまま湯殿の揚り屋に腰うちかけて、次々と命令を発しはじめた。

まず最初に、近臣の石田佐吉を呼んで、

「九日早朝出陣と、軍令を触れ出しておけ」

と、言いつける。

次に金奉行を呼び寄せ、城中の金のあり高を尋ねた。銀子《ぎんす》七百五十貫、金子《きんす》八百枚余があるという答えに、

「よし、それを一分一厘もあまさず蜂須賀彦右衛門に渡し、彦右衛門の手より番頭、鉄砲頭、弓頭などへ知行に応じて分配させよ」

と、即座に命じた。さらに蔵奉行を呼んで、米のあり高を尋ねる。八万五千石ばかりはあろうという返答だ。

「今日より大晦日までの分として、日ごろ扶持《ふち》とる者どもに、五倍増して与えるがよい。籠城のつもりはないゆえ、兵糧の備えは無用だ。みんなに分け与え、足軽、弓、鉄砲の者の妻子に、せめて茶なりと、ゆるゆると飲ませてやりたいからの」

秀吉は、そう言ってにっこりと笑った。下賤の者の苦労は身にしみて分かっていたからである。

最後に高松陣の会計方を呼び出し、余り金はいくらかと問うた。銀子は僅か十貫目、金子は四百六十枚という答えだ。

「それは出陣の折りに持参せよ。使者、飛脚の者に与えたり、褒賞として与える必要もあろうからな」

秀吉が入浴を済ませて湯殿から出たとき、出陣に関する一切の措置も終わってい

た。

いま、まさに大バクチを打とうとするその意気は、すでに天下を呑んでいる。信長という頭上の笠が取り払われたとき、秀吉もはっきりと「天下取り」を意識していたに違いなかった。

こんな話が残っている。

ある僧が、

「九日のご出陣は感心できませぬ。なんとなれば、再び帰らぬといわれた大悪日でございます」

と、諫《いさ》めたところ、秀吉はわらって、

「果たしてそうかな。それならこの秀吉のためには、一段と吉日だ。もとより討ち死にの覚悟ゆえ、二度と生きて帰るつもりはない。もし光秀に打ち勝てば、思いのままにいずれの国なりと居城を構えられるわけだ。されば、いずれにしても明九日は、わがためには吉日になるではないか」

と、昂然として言い放ったという。

たしかに秀吉は、二度とこの姫路城には戻らぬつもりだったのである。

かくて、六月九日早暁、いよいよ出陣。

秀吉が摂津に入るや、真っ先に茨木の中川清秀と高槻の高山右近が駆けつけてきて味方を申し入れる。そして池田恒興《つねおき》(勝入)が待ち受ける尼崎へ到着したのは十一日の朝のことであった。秀吉は、ここで禅寺に赴き、髪を剃《そ》り落とした。

この戦いは主君の弔い合戦なのだ、という大義名分をはっきり敵味方に標榜《ひょうぼう》するためであった。

決戦に臨んで、士気を高めるうえにも、この大義名分が、何よりも大事なのである。

洞《ほら》ヶ《が》峠《とうげ》

——それにしても

明智光秀が、この秀吉の動きを知ったのは、なんとうかつ千万にも、六月十日も夜になってからだという。

光秀は、この報らせを耳にしたとき、

「まさか、そんなはずが……」

と、信ぜられぬ思いだった。しかし、やがてそれが紛れもない事実だと分かると、おのれの誤算に大きく動揺を覚えた。誰よりも最も来られるはずのない、その秀吉が真っ先にやって来たのだ。まるで悪夢でも見ているような思いであった。

（なんということか。信じられぬことばかりが起こる）

実は光秀にとって、大きな誤算は秀吉のことばかりではなかったのである。

そもそも細川父子の動向が、計らざるつまずきの第一歩だったのだ。

ほかならぬ細川藤孝は、昔から深い因縁のある仲だし、倅の忠興は、光秀の女婿《じょせい》という関係だけに、光秀は当然、この父子こそ誰よりも率先して加担してくれるものと信じ切っていた。

ところが、光秀が命じられた中国路出陣に従軍するため、居城の丹後宮津で出陣の用意をしていた細川父子は、六月三日の朝、光秀から決起を促す使者をうけて、はじめて本能寺での異変を知るや、その場で父子とも髻《もとどり》を切って信長に対する弔意をあらわし、使者には即答を避けた。

しかもこの直後、藤孝は隠居して家を忠興に譲ると、その去就をすべて一任してしまった。藤孝は、まず光秀との昔からの義理を絶つために、この処置を取ったのだろう。

若い忠興は、冷静に情勢を判断した。

頭の切れる男である。

通常ならば愛する妻、玉の情愛に惹かれて舅《しゅうと》の光秀に、一も二もなく加担するところだが、忠興は決して情に流されるような男ではなかった。それでなければ、この乱世をとても生き抜いてはゆけないのだ。

忠興は、妻を呼び寄せた。

このふたりは四年前の天正六年八月に、信長の口ききで婚礼の式を挙げている。このとき、新郎新婦ともに十六歳の同じ年であった。

玉は、光秀のおもざしを受けついで、細面のなかに理智的なものをただよわせた端麗な美人で、忠興も彼女を深く愛し、人も羨むほどの夫婦仲だったのである。

「玉——そなたも、父上の今回の挙については、はや聞き及んでいるであろうな」

「は、はい。ただいま噂を耳にいたしましたが、まことの話なのでございましょうか」

玉は、まだ信じられぬといった顔つきであった。

「うむ、事実なのだ。父上よりわたしにも味方せよとお誘いがあった。だが、しかし、今回父上のなされたことは、たとえいかなる理由があるにせよ、主君への叛逆であり、この決起には大義名分がない。わたしとしては、父上に加担することは、人間として筋が通らぬ思いだし、良心が許さないのだ」

「……」

玉は、黙ってうなだれている。

「折角の父上のお誘いだが、これは受けるわけには参らぬのだ——となれば、当然、父上とも敵味方と別れて戦わねばならんだろう。心苦しいが止むを得ぬこととなった」

忠興も、愛する妻の気持を思いやって、沈痛なおももちになる。

「お立場、お察し申しあげます」

「そなたとは、この四年間、契りを重ねてきた仲だが、かくなってはいたし方がない。このままそなたを妻としておくわけにはゆかなくなったのだ。分かってくれるな」

「どうか、あなたの手で、わたくしを出陣の血祭りにあげてくださいませ」

あなたの手にかかるのなら、喜んでと、けなげにおもてを向ける玉へ、

「馬鹿な。そんな真似ができるくらいなら、苦しみはせぬ。家来をつけて送らせるゆえ、しばらく窮屈な暮らしを辛抱して貰わねばならぬ」

きっぱりと、そう申し渡した忠興は、彼女を離別という形にして、丹後の三戸野

（京都府京丹後市）へ送り、その地で幽閉してしまった。その上で忠興は、玉の姉が嫁いでいる明智弥平次秀満の許に義絶を申し送り、おのれの立場をはっきりと表明したのだ。

明智光秀にとっては、誠に痛い誤算であった。

だが、それ以上に腹立たしい誤算となったのは、筒井順慶のとった態度である。順慶もこのとき、信長から中国への出陣を命ぜられていた。

六月二日、大和の郡山を発して大坂へ向かう途中で本能寺の異変を知るや、順慶はその場から急遽、郡山へ引き返していた。

ところが大坂の住吉で、四国へ渡海の準備をしていた神戸（織田）信孝は、父と兄を一挙に倒されるという事態に直面して、兵士の大半が逃亡をしてしまい、左右に残る者、わずかに八十余人という心細い有様だったから、しきりに順慶へ大坂まで出陣するように促してきた。

しかし、順慶は言を左右にして一向に応じようとはしなかった。

一方、明智光秀の許からも、次々と使者がさし向けられてきて、

「いま味方をなさるるならば、望みの国を進ずべし」

と、決起を促す矢の催促である。

光秀には恩もあり、義理もある順慶だ。そこで六月四日になってから、とりあえず旧臣の井戸良弘に部下の一部の兵をさずけて、京都へ向かわせたが、肝心の本人は大和に腰を据えたまま、形勢を観望して一向に動こうとはしなかった。

この主人の煮えきらない態度に怒ったのが、筒井家の侍大将を務める島左近勝猛である。

左近は、さっそく主人のところへ談判にまかり出た。

「殿っ——かねて恩義のある明智どのが、大事を決行されたというのに、なぜ、全家中の兵を引きつれて馳せ参じようとはなされぬのか。お考えを承りたい」

「左近、おぬしの言い分は分からぬでもないが、しかし、わしには、いまひとつ明智どののなされ方に納得のゆかぬものが感じられてならんのじゃ」

「はて——明智どのに納得がゆかぬものがあるとは」

島左近も、ふと主人の言葉を解しかねるおももちで、小首をかしげた。

「よいか」

筒井順慶は、その僧兵あがりの巨体をゆすって、ぐいと身を乗り出した。

「いかにも、おぬしの申す通り、今回の一件は、明智どのが命をはった天下の大バクチに違いはない。だが、それほどの大事を決行するのなら、なぜ、事前に一言なりと相談を持ちかけてくれなかったのか。そこが、いかにも納得がゆかん。それとも、この順慶にはうかつに大事は打ち明けられぬと、用心してのことか。それなら誠に心外と言うよりほかはないではないか」

「まさか、左様なお考えから事前のご相談がなかったわけではございますまい。手前が見るところ、今回の明智どのの決断は、とっさの判断から出たこと。恐らくどなたにも相談を持ちかけるいとまは無かったに相違ございません」

「ハテ、これほどの大事を、とっさの判断で決行に及んだと、おぬしは見るのか、それが真実なら軽率の至りではないか。まず、充分の根回しと打ち合わせをした上で、大事を決行いたすべきだったのだ」

左近は、主人の順慶がなんのかんのと理屈をつけてはいるが、結局のところ本心は、事の重大さに自分自身の決断がつかず、その態度を決め兼ねているのだと、見てとった。

「殿――明智どののとられたやり方には、いろいろ批判もありましょうが、とにかく賽《さい》は投げられたのです。明智どのは男の勝負に命を張られたのでございますぞ。明智どのには恩義のある当家としては、まず何を措いても立ち上がるべきです」

左近は重ねて、きっぱりとそれを進言した。

「黙れっ」

　順慶が、太い眉をふるわせて怒鳴った。

「その方、わしに指図をする気か」

「いや、指図などと――ただ、手前としての意見を申し述べたまでのこと」

「ええッ、それが身分もわきまえぬ出過ぎた真似。目ざわりじゃ、早々に引きさがれ」

　順慶の怒りはいつになく激しかった。おのれ自身が、胸中うしろめたい思いのする痛いところを衝かれた、その反動だったかもしれない。

　主人にそう言われてはいたし方がない。一礼して退ってゆく左近の背へ、さらに追い討ちをかけるように順慶が浴びせかけた。

「当分、目通りは許さん。屋敷へ戻って蟄居《ちっきょ》しておれ」

　左近は黙って、そのまま城からおのれの屋敷へと足を向けた。

（いずれは主人も思い直して、自分を呼び出すに違いない）

　と、信じていたからである。

　ところが、それから一刻（二時間）と経たぬ間に、島左近の屋敷の周辺は、数十人の足軽の一隊で、物々しく固められていた。

「仰々しい。一体、なんの真似だ」

聞けば、それも主人順慶の言いつけだという。

「島左近めは、おのれ一人の考えから、明智方へ加勢せんものと出奔《しゅっぽん》を計るやもしれぬ。さような勝手な振舞いを許しては、筒井家の存亡にかかわる大事と成り兼ねん。厳重に屋敷を見張って、一歩たりとも外へ出してはならんぞ」

順慶が、そう命じたというのである。

(なんたることか)

この話を聞いて、左近は二の句が出なかった。主人、順慶への失望、落胆で、ぽっかりと胸に大きな穴があいた感じであった。

(所詮、男として勝負に出るだけの器《うつわ》ではなかったのか)

肝心な主人がこれでは、左近としても、まさに、

——やんぬるかな。

という思いであった。

この屋敷周辺の異様な情勢にびっくりしたのは、左近の妻のせつであった。

「あなた——これはまた、どうしたことなのでしょう。一体、なにがあったのでございます」

「いや、別に大したことではない」

左近は、ことさらに落ち着き払って、笑顔を向けた。

折りから愛妻せつは、懐妊中の身。それを気遣って、左近は何ひとつ詳しいことには触れようとはしなかったのである。

主人が、そのつもりならば、いまさらじたばた騒いでもはじまらない。左近は、屋敷に閉じこもって、悠然と構えていた。

順慶が、この難かしい局面にどう対処し、どう切り抜けるか、それも左近には興味ある見ものであった。

ところで、その筒井順慶は、六月五日ごろまでは消極的ながら、光秀方へ協力的な姿勢も示していたが、それがだんだん怪しくなっていた。九日に及ぶとますます怪しくなった。彼は、中国路の羽柴秀吉が、意外にも早く軍勢をまとめて姫路へ引き返したという情報を摑んだのである。

（いかん。これはうかつに動けぬぞ）

素早く、そう判断を下した順慶は、にわかに領内から掻き集めた米、塩などを郡山城に運び入れ、万一に備えて籠城の準備をはじめると共に、あくまで中立的な立場を内外に示した。

そして、十日には、さきに明智方へ派遣しておいた井戸良弘とその兵たちをも、京都から引き揚げさせてしまった。

この順慶の態度から、いつしか世間では、

——日和見順慶

の異名がひろまっていたのである。

この同じ十日のこと。順慶の曖昧な態度に、ついにしびれを切らした光秀が、家臣の藤田伝五をわざわざ郡山城にさし向けて、じか談判に及ばせる一方、みずからも軍勢を引きつれて、国境の洞ヶ峠（大阪府枚方市）まで出陣すると、山上から遠く郡山城へ圧力をかけて、

「さあ、これでも味方に踏み切らんのか」

と、決起をうながした。

近江に主力の兵を残して来ている光秀にとって、順慶の向背はそれこそ重大な意味を持っていたのである。

洞ヶ峠に陣取ったまま順慶の来るのを待ちつづけた、この六月十日こそ、明智光秀にとっては、まさに運命の岐路ともいうべき一日であった。

筒井順慶は、光秀からの使者、藤田伝五が来たと聞いたとき、

「わしは会わんぞ――急病だと申して、その方が代わりに使者の口上を承っておけ」

と、側近の者に命じて、逃げるように奥の間へ入ってしまった。

すでにこのとき、順慶の腹は決まっていた。

（中国路から急遽、馳せ戻ってくる羽柴筑前と、これを迎え撃つ惟任（明智）日向と、いずれに勝利の軍配が上がるか。それはいまのところ、分からない。まさに五分と五分の勝負だろう。しかし、たとえ明智方が勝つにせよ、主殺しの大罪を犯して、天下の評判を落とした明智方に加担することは、さきざきこの順慶の身を危うくするもの。いまはただ動かず、静観することが最善の道なのだ）

これが乱世を生きる智恵だと、自分でもそう思い込んでいる順慶は、一方では、早くも使者を立てて秀吉の許に走らせ、

「織田家中の部将として、いまもなお、決してふた心あるまじき」

旨の誓紙をさし出していたのだ。

情勢がどう転んでもいいようにと、保身の策を講じたわけだが、むろん、目下のところはそれ以上に積極的な動きをする気持はなく、息を呑んで見守るだけだ。

まさに、世の人々の見る目は正しく、うわさ通りの「日和見順慶」ぶりであった。

そんな順慶をも、ただひたすらに心待ちにせねばならなかったあたりに、光秀の悲劇があった。

予想に反して、誰ひとり有力な味方も馳せ参じてくれぬいま、順慶だけを心だのみにせざるを得ないドタン場に追い込まれていたのである。

ましてや、そこへ信じられないような羽柴秀吉の動きが報告されるに及んで、光秀はいよいよ焦った。苛立った。

「藤田伝五は、まだ戻らんのか――筒井の返事も、まだ参らんのか」

落ち着いて床几《しょうぎ》にも腰をおろしていられぬ心地で、光秀は幾度となく側近の者に鋭く浴びせかけた。

「はっ――いまだに」

「遅い。遅すぎる」

はや、十日も日が暮れ落ちていた。

むろん、光秀にも人を見る眼は具わっている。いざという大事の場合を迎えたとき、順慶がどこまで信じられ、頼り得る人物かという点では、光秀もかなり疑念を抱いていたことは事実である。

(順慶の性根のほどは、アテにはならぬが、しかし――筒井家には、あの島左近とい

う男がおる）
左近が居る限り、必ずや主人を説得して、
（またとない、この決戦の場に命を賭けてくるに違いない）
光秀は、固くそう信じていたのだ。
それゆえ、辛抱強く待った。
ただ、ひたすら待っていた。

そんなこととは、知る由もない島左近だったが、彼もまた、

（折角、天下を賭けた決戦の機会だと申すのに、みすみす指をくわえて、見逃してしまうつもりなのか）

と、主人順慶の煮え切らぬ姿勢が、いかにも歯がゆい思いでならなかった。

（勝ち負けは、いずれになるも時の運でいたし方がない。そんなことは問題外だ。ただ男として、生涯に一度めぐり逢えるか、逢えぬかの大勝負に、命を賭けてみることこそ大事なのだ。それが戦国の世に生きる男の夢ではないか）

いっそのこと――と、左近は考えた。

（筒井家としては動く気がないと言うのならこの左近が一個人として、明智どのの傘

下へ馳せ参じようか）

ところが、主人の順慶のほうも、その点を見越して、屋敷の周辺に足軽たちを配備し、出入りを監視させている。

もちろん、左近がその気になれば、足軽たちなぞ蹴散らして、堂々とまかり通ることは、わけもない話であった。

「角兵衛――」

郎党の赤尾角兵衛を呼び寄せて、おのれの決意を告げると、出陣の用意を命じた。

「お言葉ではございますが、それはなにとぞお考え直しを願います」

角兵衛、意外にもかぶりを振った。

「なぜ、反対をする」

「ほかならぬこの時期。どうか奥方さまのお身のことを、お考えなされて下さいまし」

「……」

そこを衝かれて、左近もふと言葉に詰まった。

妻のせつは、臨月も間近い身なのだ。その彼女をひとり残し、主人の意向に叛いてまで戦場に赴くというのは、確かに男の身勝手。冷酷な仕打ちと言われても仕方がない。

　筒井家が出陣と決まれば、当然のこと、私事をかえりみず戦場に赴くことは武士の誉れなのだが、主家を離脱しての行為となれば、たちまち非難攻撃の的となるだろう。

　ただの身でないせつが、その渦中に置かれて堪えてゆけるだろうか。

　左近も、それを考えると、ためらいを覚えたのである。

「お気持のほどは、手前にもよく分かりまするが、しかし、この場はどうか、ご自重願います」

　角兵衛は、あるじの顔を見つめて、忌憚のない意見を述べた。

「このたびの明智さまのなされ方には、大義名分がございませぬ。あれでは悪名高かった松永弾正久秀と同じ行為ではございませぬか。たとえ、これから天下を取られたにせよ、人心を摑むことは難かしうございましょう。先は見えております。そのような戦《いくさ》に飛び込み、わざわざ火中の栗を拾うことはございますまい」

「角兵衛――お前までが、わしに男の面目を捨てろと申すのか」

　左近は、苦渋に満ちたおももちで、絞り出すように言い放った。

　――男と男の約束。

左近は、そのことにこだわり過ぎている点を、自分でも確かに気づいていた。そしてそのために、何か大事なものを見落としていたのを、赤尾角兵衛の一言で、はっきりと悟らされた思いであった。

(明智どのには申し訳ないが、これでは動きがとれぬ)

股肱《ここう》と頼む郎党の角兵衛までが、その意見では、いかに左近でもこれ以上の無理押しはできない。

(明智どのも、時を誤ったか)

さすがに左近も、沈痛な思いであった。

これが、六月十日の夜のこと。

その同じ夜を、明智光秀は洞ヶ峠に陣を構えたまま、むなしく時をすごしてしまったのである。

思えば、悔いの残る貴重な「時」の空費であった。

あくる十一日の朝。光秀は失意落胆のうちに洞ヶ峠の陣を撤収して、下鳥羽へと移った。最後の頼みだった順慶にまで背を向けられ、早くもその前途は暗いものであった。

しかも、中国路から馳せ上ってきた羽柴勢は、はや目の前の摂津まで迫っているという。

光秀は、一部の兵に命じて、急遽、淀城の防備を強化すべく工事をはじめさせる一方、要衝の山崎や八幡方面に進出させておいた兵をも、後方の陣地まで撤退させた。これは、どこからも応援のない現状では、戦線を拡げて兵力を分散させるゆとりはない。陣地に集結させて守勢をとるより方法がなかったからである。

光秀自身も、十二日の早朝、いよいよ羽柴勢が接近してきた情報を手にするや、

「よし、迎え撃って決戦じゃ」

と、兵を率い、折りからの雨のなかを衝いて、桂川を渡り、御坊まで進出した。だが、このために兵士たちの携えていた火薬は、大半が湿り濡れて役に立たなくなっていたという。

このあたりにも、ふだんの光秀らしくもない、用意周到のなさがうかがえる。一軍の総大将が、すでに落ち着きを失い、気もそぞろだったのだろう。

この日、斎藤利三から使いの者がさし向けられ、光秀へ、

「羽柴勢は、摂津の中川、高山、池田の諸隊を加え、それに大坂にいる丹羽長秀、神戸（織田）信孝の手勢も合流するという情報が手に入りました。かくなっては、この地で決戦を挑むのは不利。ここはいったん陣を引き払い、坂本城に兵を集結させて、

籠城なさるのが最善の策と存じます」

と、進言がなされたが、

「いや、この期に及んで陣を引き払うなぞ、士気にもかかわること。武将のとるべき道ではない」

光秀は、頑として受け入れなかった。

相手がいかに諸隊を合流させて、大軍にふくれあがろうとも、あの成り上がり者の秀吉が指揮をとる限り、各自勝手な行動に及んで、統率のとれる筈がないと、たかをくくっていたふしもある。


この六月十二日の午後のこと。

羽柴方の先陣を承った高山右近の部隊およそ二千の兵が、山崎（京都府乙訓郡）の町まで進出してきた。

ちょうど、明智方の小部隊も撤退したあとだったから、なんの障害もなく、たちまち町の関門を占拠してしまった。

一方、同じように先陣の一手を承った中川清秀の部隊二千五百は、西国街道の左手にある小高い山地へ登り、山崎の町から円明寺川一帯を眼下に見おろす軍事上の要地、天王山を占拠しようとした。

明智方でも、かねてよりこの天王山の重要性には目をつけていたから、山上に一部隊を配置してあった。

たちまち両軍のあいだに小競《こぜ》り合いが生じたが、結局は数の上で優勢な中川隊が押しまくって、天王山をがっちりとおさえてしまった。これが、言わば山崎の合戦の前《ぜん》哨《しょう》戦であった。

翌十三日は、すでに梅雨の季節を過ぎていたが、朝からふたたび雨が降り出した。この天気に、午前中は両軍とも動く気配はなかったが、雨のあがった申《さる》の刻（午後四時）になって、俄然、戦闘の火ぶたが切られた。

羽柴方は、高山、中川、池田、それに大坂から合流した丹羽、神戸（信孝）の諸隊も合わせて、およそ二万五千といわれた兵力だが、その中心勢力は、秀吉みずからが率いる精鋭、一万の兵力であった。

これに対する明智勢は、伊勢貞興や御牧《みまき》三左衛門などの旧足利幕府衆の諸隊も加えて、約一万五千という兵力。

戦闘は、羽柴方の陣形の右翼を受け持った池田勝入（恒興）の部隊が、淀川に沿った小道を一気に攻め進み、円明寺川に沿って防衛線を構えていた明智方の陣地を、側面から急襲する形となった。

これで明智方の陣形に乱れが生じたので、中央正面から進んでいた高山右近や堀秀政の部隊も、たちまち勢いを得て、激しい攻撃を浴びせかける。

左翼の山の手方面でも、この情勢に中川隊が天王山から逆落としに攻め下ったから、明智方も必死に防戦には努めたが、ついに総敗軍となって、たちまち陣形が崩れてしまった。

明智光秀は、味方総崩れの情勢を見て、夕闇のなかを、勝竜寺城に逃れ入った。午後七時ごろのことだという。

だが、ここは平地にある小城。とても羽柴方の攻撃を支えられるような城ではない。

しかも、いったん敗戦となれば、足軽雑兵の大半は、クモの子を散らすように逃亡してしまうのが、当時のならいである。

「殿――かくなりました上は、敵に取り囲まれぬうちに、この城を抜け出し、御本拠の坂本城へお引き揚げなさるべきでございます」

従士の比田則家に、そう勧められて、光秀も気をとり直した。

(そうだ。坂本で籠城の構えをとれば、また勝運を摑むことができるかもしれぬ)

近江の安土城には、明智弥平次がまだ無疵の兵力を擁して控えているのだ。
勝負は、これからだ、と思った。

この日、六月十三日の夜ふけ、光秀は近臣数名の者を具《ぐ》して、ひそかに勝竜寺城を抜け出した。

幸い曇り空で、十三夜とはいえ闇は濃い。その闇に紛れて馬を曳き出すや、

「街道すじには、はや敵の先鋒の者共が回っているであろう」

と用心して、間道へと馬首を向けた。

このあたりの地理は充分に心得ている光秀だけに、反って計らざる死への道を選んでしまったのだ。これも運命と言えるだろう。一行は伏見の北、大亀谷にかかり、山中で目立ちやすい武具甲冑を脱ぎ捨てた。

合戦のあとには、極まって暴徒と化した野伏《のぶ》せりや土民たちが、目の色変えて、

――落武者狩り

に横行しているからだ。

光秀の一行が、小栗栖《おぐるす》のあたりにさしかかると、暗い木立ちのかなたで、

「や――この夜ふけに蹄《ひづめ》の音がするのは、きっと落武者に相違ない」

「それ、追いかけて物の具を剝がしてくれよう」

野伏せり共のあらあらしい声が乱れ飛んだ。

「いかん。早く通り抜けよう」

一行が小走りに馬の足を早めて、竹藪の小道にさしかかったとき、いきなり垣根越しに繰り出された竹槍が、光秀の脇腹深く突き刺した。

「——むっ」

小さく呻きながらも、とっさに脇差を抜き放って、槍の柄を切り払った光秀が、

（ここでヘタに騒いでは、野伏せり共を却って勢いづかせる）

と、さあらぬ態《てい》で馬を進めた。

が——ものの二、三町も行かぬうちに、力尽きたか、光秀は馬上から前のめりに転げ落ちてしまった。

「ややっ——なんとなされました」

すぐうしろから続いてきた明智茂朝が、あわてて馬から飛び降り駆け寄ってみると、すでに光秀は吐く息もせわしく苦しげだ。

「ふ、不覚にも、野伏せりの突き出せし槍にやられた。もはや、かくなっては坂本まで行くことも叶わぬ。光秀ともあろう者が、かかる死にざまでは末代までの恥辱。無

念の至りじゃ。よいか、首打ち落として、面体の知られぬよう隠すのじゃぞ」

そう言い残すや、光秀はがっくりと首を垂れてしまった。時に歳五十五。

「――殿っ」

茂朝をはじめ近臣たちが、取り縋って泣きむせんだが、もはや、どういたしようもない。

主君の遺言に従って、首を打ち落とすと、馬の鞍覆いに包み、小道より一町ばかり外れた藪の中の溝に隠し、首のない死体のほうは身許の知れる筈もないから、道のわきの草むらに置いたまま、

「かくなったからには、ひとりひとり、別れよう。拙者は、これよりなんとしても坂本まで辿り着き、殿のご最期だけは報告するつもりだ。おぬし達は思い思いに落ちて行かれるがよい」

茂朝は、そう申し渡して、さっと馬に飛び乗った。

安土城にいた明智弥平次秀満は、この同じ十三日の深夜、山崎の敗戦を聞き知った。

「ええっ、なンたること」

弥平次は、思わず舌打ち鳴らした。

「細川も、筒井も味方せぬというのに、どうしてあの地で決戦を挑まれたりなされたのか。坂本へ退かれたら、みすみす敗れるようなことは無かったのに……」

彼もまた、斎藤利三と同じ意見、同じ見方をしていたのである。

しかし、事ここに到っては、もはや取り返しはつかない。

（殿は、きっと坂本城へ落ちのびられたに相違ない）

そう判断を下した弥平次は、翌十四日の未明、全軍をまとめて安土城を出発、一路、坂本へと向かった。

この直後、入れ違いに伊勢から馳せ上ってきた織田（北畠）信雄《のぶかつ》の軍勢が、何をうろたえたのか、無人になった安土城を攻めようとして城下町に火を放ったので、猛火はたちまち風に煽られ、山上の城へ燃え移って、あたら信長が丹精こめて築き上げた名城安土城もすっかり灰燼《かいじん》と帰してしまった。

僅か六年ばかりの寿命だったとは、この城も、あるじに似てはかない運命であった。

——ところで

明智弥平次秀満の率いる軍勢が坂本へ向かう途中、計らずも大津の近くで、羽柴方の先鋒を務める堀秀政の一隊と遭遇した。

「敵は、大した人数ではない。蹴散らして通るまでだ」

秀満は強引に前進の命令を下した。

だが、すでにこのころには部下の兵たちにも、山崎の敗北が知れ渡っていたから、いざ敵を目の前にするや、たちまち戦意を喪失して逃げ出す者が続出するありさま。

両軍、打出の浜で戦端をひらいたが、こうなっては明智方も烏合《うごう》の衆で、いかに秀満が采配をふっても形勢は不利となってきた。

秀満は、腹を決めた。

自分本来の目的は、ここで堀秀政と雌雄を決することではない。主人を救援するために坂本城へ駆けつけることなのだ。卑怯と言われようが、この場での決戦は避けるよりほかはない。

「よいか、わしに続け」

左右に僅かに残った八十余騎へ声をかけるや、弥平次秀満はさっと琵琶湖の浅瀬へ馬を乗り入れ、湖面を真一文字に横切りはじめた。むろん、このあたりの水深や地形も、充分わきまえていたのだろう。

この意外な出方に驚いたのは堀隊の面々で、ただ、あれよあれよと目をみはって見送るばかりだったという。

こうして秀満たちは、無事、坂本城へ駆け込むことができた。これがのちの世に、講釈師などによって、

「明智左馬助の湖水渡り」

と、誤り伝えられている出来事なのである。

この同じ十四日に、秀吉の陣所へ、小栗栖の土民から一個の落人《おちうど》の首が届け出されてきた。

「ややっ――この首は」

検分にあたっていた侍が、叫びざま床几から飛び上がり、身を乗り出した。

「その方、この首をどこで手に入れた。詳しく申せ」

訊けば、その土民が落人狩りで駆けずり回っているうちに、小栗栖の里外れの藪の中で見つけたもので、首を包んであった鞍覆いからも、地位ある人物の首ではないかと思ったというのである。

形相は変じているものの、確かにまぎれもない明智光秀の首級と見てとったから、直ちに秀吉の許へ報告に及んだ。

秀吉は、さっそく首実検を行った。このとき、首桶の蓋に据えられた光秀の生首

を、ハッタと睨みつけた秀吉が、

「かかる死にざまとなったのも、ご主君を討ちし報いだ。思い知ったか」

と、叫びざま、手にしていた杖でしたたか首を打ち据えたという話が残っている。

ところで、この日の夕刻には、堀秀政を先頭とする羽柴方の軍勢が、坂本城をすっかり包囲していた。

明智弥平次も、ここで光秀のはかない最期を聞き知り、

「もはや、これまで」

と、覚悟を決めた。

そこでまず、城中にあった国行の刀、吉光の脇差、虚堂《きどう》の墨蹟など、天下に知られた名物がこのまま亡びてしまうことを怖れ、これらを荷造りし、目録を添えて堀家の家老、堀直政のところへ贈り届けた。

直政は、目録の通り確かに受け取ったと返書をしたため、秀満の配慮に礼を述べたが、

「ついては明智家には、光秀どの御秘蔵の郷義弘《ごうのよしひろ》の名刀があった筈。それが目録に見えぬのはどうしたことでござろう」

と、書き添えて問うた。

すると再び秀満から返事があり、

「あの刀こそ、あるじ光秀が命もろともに秘蔵した品。冥途においてあるじに渡そうと存じ、この秀満がみずから腰に差し、死出の旅に立つ所存でござる」

と、言ってきたので、直政もそれ以上、返す言葉もなかった。

こうして、明智一族は天守に立て籠ると、秀満がはじめに光秀の妻子を刺し殺し、つづいて自分の妻も刺したあとで、

「それ、火をつけい」

と、配下の者に命じた。

用意された煙硝に火が放たれると、たちまち紅蓮の炎が天守を包み、黒煙りが天高く吹き上げる。

「殿――弥平次、只今よりお供を仕ります」

弥平次、大きく叫ぶと同時に、おのが腹へ刃を突き立てていた。

こうして坂本城は炎と共に落城した。

一方、光秀が股肱と頼んだ斎藤内蔵助利三は、山崎の戦場から落ちのびて近江の堅田まで逃れたが、ここで捕われ、秀吉の陣所へ曳き出された。利三は、首打たれ、主人光秀の首と一緒に京の粟田口で晒《さら》されている。

光秀の謀叛も、結局は花火の如く、はかない三日天下に終わったのである。

筒井家退去

島左近は、この明智光秀のはかない死にざまも、いや、山崎の合戦のあっけない敗北すら、全く知らなかった。

屋敷の周囲を足軽たちから監視されたまま、数日間というもの、一歩も屋敷の外には出なかったからである。主人、順慶に遠慮してか、このことを左近のもとに知らせに来る者も、家中には誰ひとりいなかったのだ。

十日ばかり経ったある朝のこと。

その足軽たちの姿が、不意に見えなくなった。監視は解かれたらしいのだが、しかし、筒井家からは依然として、なんの沙汰もなかった。

つまりそれは、まだ蟄居謹慎の申しつけがゆるされていない、ということなのだろう。

左近は毎日、庭に出て刀や槍の稽古に精を出すよりほかに、日課はなかった。これまでもただ戦場ひと筋に生きてきた男。暇だからとて、書き物や読書などをする柄ではないのである。

「——旦那さま」

このときも、庭で双肌《もろはだ》脱いで刀の素振りをしていた左近へ、うしろから声をかけたのは、郎党の赤尾角兵衛だ。その声音が、妙に緊張を帯びている。

「なんだ角兵衛——どうしたと申すのだ。その顔つきは」

「容易ならぬことを耳にいたしました」

「なに」

角兵衛は、きょうはじめて屋敷から外へ出かけたのだが、そこでいろいろとその後の情勢を耳に入れてきたという。

左近もここで、山崎の合戦の結果から、明智一族滅亡のいきさつを聞き知った。

「あの明智どのが、名もなき土民の手にかかって果てられたというのか」

「はい。さような末路を辿られたのも、主君信長さまを殺害した報いだと、申される方が御家中の大半のようで」

「勝敗は時の運でいたし方ないが、それにしても三日天下とは、はかない運命だったな」

われ知らず、感慨をこめてつぶやく左近であった。

「聞くところによりますと、筒井家でも早速、順慶さまがじきじきに京へ馳せつけられて、羽柴さまへ戦勝の御祝いを言上なされたそうでございます」

「なるほど。それで筒井家は安泰というわけか」

抜け目のない順慶のことだ。そんな行為も充分考えられることだった。

「ところが、事態はそれだけではございませんので」

角兵衛の言わんとする「容易ならぬこと」というのは、どうやらこれからが本題らしい。

「順慶さまは、羽柴さまへの手前もあり、これまで筒井の家中にあって、明智方への味方を唱えていた者には、この際、容赦なく処罰を下すおつもりらしいとの噂なので」

「なンじゃと――」

左近の目が、ぎょろりと光った。

わが身と、筒井家の安泰を計るためには、なりふり構わず、トカゲの尻尾を切り捨てようというのか。

(それは、当然、このおれのことだな)

本能寺の変が生じて以来、あまりにも打算的な筒井順慶の態度には、いかに主人とはいえ、少なからず我慢のならぬものを覚えていた島左近である。

（そうか――やはり、そんな程度の性根のあるじだったのか）

あらためて、そう思い当たる落胆は、そっくりそのまま我が身への憤りとなってはね返ってくる。そんな性根とも見抜けず、順慶に仕えてきた自分の甘さが腹立たしくてならなかったのだ。

（この乱世の中でも、筒井家は巧みに泳いで生き延びてゆくことだろう。だが、おれが生涯を託すようなあるじではない）

左近はこのとき、はっきりと筒井順慶へ見切りをつけた。

身を託し得る主人ならば、処罰なぞいくらでも甘んじて受けるが、そうでない主人となれば、処罰なぞ真っ平ご免である。

深く意を決した左近は、その宵、妻女のせつと、郎党の赤尾角兵衛を居間に呼び寄せた。せつは臨月も間近い身重《みおも》の身体。立居もどこか大儀そうなその様子を見るにつけ、

（いま、こんな事態に及んで、苦労をかけるのは不憫《ふびん》の至り……）

と思ったが、もはやいたし方なかった。

「これは、おぬし達ふたりだけに打ち明けること。屋敷の他の者には口外はせぬよう

に」

　と、左近はまず念を押しておいて、

「この左近、思うところあって、本日限りで筒井家より退去いたそうと決心した」

　ズバリ、打ち明けた。

「——えっ——」

　これまで何も知らされていなかった妻女のせつは、さすがに驚きを隠せぬ様子で、

「それはまた、一体どういうことなのでございましょう。いえ、何があったと申されるのでございます」

　と、身重の身体を乗り出した。

「うむ。そなたには大事な時期の身体ゆえ、これまで何事も耳には入れぬようにいたして参ったが、実は……」

　左近はここではじめて、本能寺の変が勃発して以来のあらましの事情を打ち明けると、

「かくなった上からは、もはや筒井家にとどまる気はない。男として、侍として、わしが生き甲斐を覚える道は、きっとどこか、ほかにあるに違いないのだ」

　そう、きっぱりと申し渡した。

それは、男がいったん口に出したからには、もはや意見なぞ無用のことだぞと、言わんばかりの強い口調であった。

「そこまで伺いましたからには、わたくし、何も申し上げることはございませぬ。ただ、黙ってあなたについて行くばかりでございます」

せつは、言いながら真っ直ぐ良人の顔を見上げた。心から良人を信じきっているその瞳である。

「角兵衛――おぬしは、どう思う」

「いまさら訊かれるまでもないこと。手前、死ぬも生きるもご一緒のつもりで居りますものを」

にっこり笑った角兵衛が、

「して――いつ、退去なされます」

いつ、筒井家から退去するのかと、尋ねられて、島左近がことも無げに答えた。

「もちろん、今夜のうちに、だ」

「――え、今夜」

妻のせつと角兵衛が、さすがに顔を見合わせたまま絶句してしまった。いかになんでも、あまりに急な話だったからだ。

「角兵衛――戦いの勝機を摑むのと同じこと。今夜を逸したら、その機会を失ってしまうかもしれんのだ」

左近は、きっぱりと意志を固めた口調で、

「ここに、殿への書状をしたためておいた。その方、出立の支度を済ませたのち、これを城まで届けてほしい」

「殿さまへのお手紙を、手前が……」

「安心せい。そう申したからとて、なにも順慶どのへ直接届けろなどとは言わぬ。お城の門番へでも、しかと手渡してくれれば、それでよいのだ」

と、角兵衛へ命じた。

が、左近はその書状の内容がいかなるものであるのか、ことさら触れようとはしなかった。なまじ明かせば事面倒になると考えたからである。

それから二刻（四時間）ばかり経った、その夜の深更のこと。

何も知らぬ老僕や下女たちがぐっすりと寝入ったのを見計らって、左近夫婦は居間から抜け出すと、裏庭へと忍び出た。

見ると月あかりのなかに、左近の愛馬が立木につながれてある。言いつけ通り、角兵衛が厩《うまや》から曳き出しておいたのだ。

左近は、足ごしらえも厳重に身支度をととのえ、背中に黒塗りの鎧櫃《よろいびつ》を背負い、片手に槍をたずさえると、空いたもう一方の手で、妻の手を引いていたが、

「そなた——この馬に乗るがよい」

と、小声に言って振り向いた。

「あなたの御愛馬に、女のわたくしが乗るなぞ、滅相もない」

武人として、馬をいかに愛し、大事にするかを知っているだけに、せつが尻込みしたのも当然である。だが、

「何をためらう。そなたはただの身体ではないのだぞ。歩いて夜道を行けるとでも思っておるのか」

叱るように言って、左近は、

「さあ、わしが手を貸してやる」

と、強引にせつを馬の背に乗せてしまった。

ここで手間取っていて、もし、人目についたら面倒なことになる。せつにもそれはよく分かっていたから、もう何も言わずに良人に従うよりほかはない。

左近は、黙々として馬の手綱をとり、歩き出した。蹄《ひづめ》の音が響かぬように、馬にはわら沓《くつ》がはかせてある。

裏門から暗い町通りへと出る。

とにかく、大和郡山の城下町を抜け出してしまうまでは、用心が肝要なのだ。左右に目を配りながら、ようやく町外れまでさしかかったとき、うしろから角兵衛が小走りに追いついてきた。

書状は城の門番へしかと届けてきたという。

筒井順慶は伽《とぎ》の若い女性をふかぶかと抱き寄せたまま、ぐっすりと寝入っていた。

そこへ寝間の外から、遠慮勝ちに、

「夜中、恐縮ながら、取り急ぎお目に入れたいものがございます」

と、宿直《とのい》の側近の者が、声をかけてきた。

「なんじゃ、いま時分」

不機嫌に渋い目をあけた順慶が、起き直ろうとしたが、かたわらの女はまだ丸裸のまま、順慶の片腕を枕にして、背を丸めるように順慶の胸毛のなかに顔を埋めているので、とっさに起き上がれない。

「これ、起きんか——よく眠るやつだ」

裸の女を仰向けざまに押しのけると、そのぶざまな格好の上へ、ぱっと夜具をかぶせておいて順慶は起き直った。

彼自身も裸だったから、寝間着を羽織って袖を通しながら、順慶は小首をかしげた。

（はて、何事だろう）

側近の者も、よほどのことでない限り、こんな夜中に声をかけてくる筈がないと、
思ったからである。

「よいぞ――入れ」

宿直の者が恐る恐る顔をのぞかせた。

「一体、何事じゃ」

「はっ――只今、門番のもとへ、かような書状が届けられましたので」

「書状だと――誰からのじゃ」

「それが、島左近どのの署名がございますので、一応、お知らせしたほうがよいかと
存じまして」

「なに――左近めが書状を届けて参ったと」

身を乗り出した順慶が、ひったくるように書状を手にするや、さッと封を切った。

さして長くもない文面だったが、流すように目を走らせた順慶が、とたんに顔色を
一変させるや、

「け、怪しからん」

と、大きくわめき立てた。

（家来の分際で、あるじに向かって絶縁状を叩きつけ、勝手に立ち退くとは、もってのほかの振舞い――絶対に許せぬ）

こみあげる怒りに、ぶるぶると髭をふるわせた順慶が、書状をわし摑みにしてその場へ叩きつけると、

「不届き者の左近めを、このままにはしておけん――直ちに、市橋大膳正に登城いたすよう申し伝えい」

激しい口調で命じた。

大膳正は、この筒井家では家老格の重職の一人だ。

使いを受けて、すわ何事かと、市橋が取るものも取りあえず、城中へ駆けつけてきた。

「大膳正――あの左近めが、小癪にもわしに見切りをつけ、これ、この絶縁状をよこして、今夜、郡山から出奔をいたしたぞ」

順慶は、まるで子供が駄々をこねるように口惜しがると、

「かような真似を許してよいと思うか――いいや、断じて許してはならん。よいか、

大膳正、直ちに追手をさし向け、不届な左近めを必ず討ち取らせるのじゃ。その方、これより追手の人選をせい」

市橋大膳正の手で、すぐさま五人の者が選ばれ、夜中ながら即刻、城中へ出頭するよう命ぜられた。

宇津木、田窪、黒川、柳井、福間

という面々で、いずれも筒井の家中にあっては荒武者として知られ、腕に覚えのある連中ばかりであった。

だが、この五人の面々も、大膳正から今夜の使命を聞かされて、

「え——島どのを」

と、一様に困惑の表情を隠しきれなかった。

筒井家の侍大将を務める島左近が、いずれの合戦場でも颯爽と陣頭指揮をとるその勇姿には、かねてより崇敬の念を抱いていた彼等だったし、その左近の底知れぬ豪勇ぶりには、深い怖れさえ覚えていた彼等なのだ。

しかも、それだけではない。

今回の本能寺の変以後の経過を見れば、その結果はどうあろうとも、島左近がこれ

までの情義から、

「断じて、明智方に加担をすべきだ」

と、主張をしたその立場も、その気持も分かるだけに、彼等の思いは複雑だった。

「参ったな、これは――なンとも、いやな役目を仰せつかったものだ」

五人のなかでは年長の宇津木治郎左衛門が城から退出する途中で、ふと吐息まじりにつぶやいた。

「確かに、まんまと貧乏くじを引き当てたような心地ですな」

と、まだ年も若く元気のいい福間多仲が、足もとの小石を大きく蹴り飛ばしながら、

「しかし、いったん主命を仰せつかった上からは、もはや是非を問うていられる場合ではありますまい。私情は捨てて、とにかく島どのを討つより仕方がない。そうだろう、田窪、おぬしはどう思う」

同意を求めるように、かたわらの田窪弥八郎をふり向く。ふたりは、同年配で仲も良い間柄なのだ。

「そう、討つよりほかはあるまい。われわれが討たれるか、島どのを討ち果たすか。二つに一つの道しかない」

弥八郎は唇を嚙みしめて、きっぱりと言いきった。

他の者たちは、重っ苦しい表情で黙りこくったままだ。が、異論が出ないということは、同意という意味であった。

事実、ことここに到って、彼等にはそれよりほかにとる道はなかったのである。

彼等は、それぞれの屋敷に戻るや、直ちに身支度をととのえ、馬を曳き出すと、約束の場所へ集合した。

「いま、わしの家の者に様子を調べさせたところ、島どのと一緒に姿を消しているのは、妻女と郎党の赤尾角兵衛だけと分かった」

と、宇津木治郎左衛門が知らせて、

「どうやら三人は、摂津の大坂か、和泉《いずみ》の堺へ向かったらしい」

と、推察を下した。

「よし、そこまで見当がつけば、追うのは簡単だ。急ごう」

五人は、一斉に手綱をとり直すや、ピシリと鞭音《むち》も高く、馬を走り出させた。

宇津木治郎左衛門の推察通り、島左近はこのとき、大坂を目指して夜道を急いでいた。

左近にとっては、別に大坂の地にゆかりがあるわけでも、頼る縁辺があるわけでもなかった。

ただ、普通の身体ではない身重の妻をかかえて、当座、落ち着く土地を考えれば、やはり京都や大坂、堺などのような、いろいろと便利な町中がよい。

（しかし、京では、また何かとうるさいことが生じるかもしれぬ）

と、考えて、とりあえず大坂へ足を向けた左近なのである。

大和郡山から大坂へ向かうその行く手には、屛風のように生駒山地が立ちふさがっている。いずれにしても、この山越えだけは避けられない。

むろん、左近や角兵衛にとっては、さしたる山道でもなかったが、身重のせつだけは気がかりであった。

「よいか角兵衛——山路へかかったら、あまり道を急ぐな。せつの身に響くといかんからな」

「はっ、心得ております」

赤尾角兵衛が、大きく合点をしてみせる。

いかに馬の背にゆられての道中とはいえ、道の悪い山路で、しかも夜通しの歩きとなれば、せつの身にもかなりこたえたに違いない。

しかし、せつは郡山を発ってから、まだ一言たりとも疲れや苦痛を訴えたことはなかった。じっと堪え忍んでいる。せつは、そんな女なのだと、左近も知っているだけに、いっそう彼女の身が気がかりでならなかったのである。

つづら折りの暗い山路を、ほぼ山腹の半ばまで登ってきたとき、

「待て——角兵衛」

と、鋭く声をかけて、馬を停めさせた左近が、ツカツカと崖っぷちに歩みより、じいっと耳を澄ました。

「ほれ、聞こえるであろう。まだ大分遠いがあれは確かに蹄《ひづめ》の音だ」

「やっ、それでは追手の者が」

「まず、それと考えて違いあるまい」

「いかがいたしましょう」

角兵衛もさッと緊張した声音《こわね》となった。

それにも答えず、山の下から響いてくる馬蹄の音に聞き耳を澄ましていた左近が、ふり向きざま、

「角兵衛——おぬし達は先へ行け。せつを頼んだぞ」

と、言い放った。

「して、旦那さまは」

「おれは、ここで追手を喰い止める」

「しかし、おひとりでは」

「安心せい。あの響きでは、せいぜい数人の追手。おれ一人で充分じゃ。さあ、お前達がいては、却って邪魔。早く行け」

追い立てるようにして、角兵衛とせつを先に行かせた左近が、手にした槍の鞘を払い、石突きをトンと大地へ突くや、山路を立ちふさがんばかりに、その場へ仁王立ちとなって、追手の近づくのを待ち構えた。

蹄の音が、いよいよ間近に迫ってきた。

つづら折りの山道だけに、いったん近づいたと思うと、また遠去かる。

（五騎か、せいぜい六騎だな）

左近は、そう見当をつけた。

すぐ真下の山道を左から右へ走り抜けて、こんど曲がってくれば、真正面からこの道にかかるだろう。

左近は、ふと槍を持ち直した。槍の穂先がきらりと月あかりに光った。

砂塵を巻き上げて疾駆してきた騎馬が、行く手に人影を認めて、とっさに速度を落

としたようだ。その瞬間をとらえて、

「待たれいッ」

左近は、大音声《だいおんじょう》に呼ばわった。

「拙者は、島左近じゃ——おぬし等、拙者を追って参ったのであろう」

「やっ——」

先頭の一騎が、それこそ棒立ちにならんばかりにして、馬を停め、さっと大地へ飛び降りた。つづく面々も、次々と馬から降り立ち、山道いっぱいに左右へ散った。

(——五人か)

左近は、ゆっくりとその面々を眺め渡した。宇津木をはじめ、いずれもよく見知った者たちばかりである。

「そうか——おぬし達がさし向けられて参ったのか。その顔ぶれから察しても、必ず左近を討ち取れと命ぜられて来たのだろうな」

先手を打たれて、五人の面々が硬い表情のまま、互いに顔を見合わせた。

が、やがて年長の宇津木治郎左衛門が、

「島どの——われわれとしても、誠に辛《つら》い立場なのだが、主命とあってはいたし方なく、ここまで追って参った。なにとぞ、われらの苦しい気持もお察し願いたい」

と、詫び入るように言った。

「うむ。おぬし達の立場は、よく分かる。いや、むしろ気の毒だとさえ思うくらいだ」

だが、しかし、——と左近は大きくかぶりを振った。

主人順慶が、おのれのことを棚に上げて、左近へ怒りと憎しみをぶつけてくる身勝手さも我慢ならなかったが、それ以上に、この五人の連中にそんな役目を仰せつけた冷酷非情さには、ますます我慢がならない。

この五人の面々。家中の者のなかでも、ふだんから左近が目をかけていた者たちばかりなのだ。当てつけに、さし向けてきた人選とすれば、そのやり方の汚なさには、いよいよもって腹が立つ。

（そうとなれば、意地でも討たれてはやらぬ）

左近は、きっぱりと自分自身に言い聞かせていた。

「さあ、おぬし達も役目とあらば、遠慮なくかかって来るがよい。左近、相手を仕ろう」

言い放つや、さっと槍を構える。

五人の面々も、こうなったら左近を討たねば、のめのめと筒井家へは戻れぬ立場だ。

「御免」

と、私情を捨てて、いっせいに大刀を振りかぶった。

たちまち、激烈な争闘が、その場に繰りひろげられた。

とはいえ――。

はじめから両者の間には、気魄の違いが、まざまざと見えていた。

宇津木ら五人の面々は、いずれも相手の島左近に対してどこか気後れを覚えていたし、それだけについ、互いに人数を頼り、仲間を頼るところがあった。

ところが左近のほうは、これとは逆に、容赦もなく攻勢に出る。それはまさに火を吐く激しさだった。

あっという間に、五人のうち三人までが、槍先で大刀を巻き落とされ、はね飛ばされて、棒立ちとなっていた。

腕前というよりは、戦場で鍛え上げた貫禄の違いであった。さすがに五人の面々も、すっかり気圧《けお》された形で、なかば闘志を失った顔つきだった。

「どうやら勝負はついたな」

左近は、じろりと五人の顔を見渡して、

「おぬし達も、わしを討とうなどという考えは、もう諦めい。郡山へ戻ったら、順慶どのに、とても手に負える相手ではなかったと報告するがいい」

と、言い放った。

決して、五人の面々を軽侮するような意味で口にしたのではない。左近にすれば、むしろ、その報告を聞かされたときの筒井順慶の顔つきを思い描いて、溜飲のさがる心地を覚えたまでのことに過ぎない。

順慶も、この五人で手に負えなかったと知れば諦めるよりほかはないだろう。

「よいな——しかと、そう伝えい」

言い捨てて、左近がそのまま背を向け、立ち去ろうとしたとき、

「あいや、お待ち下さい」

と、宇津木治郎左衛門が呼びとめた。

「はて——まだ勝負を挑もうとでも申すのか」

無駄なことだぞ、と言わんばかりに笑みさえ浮かべて、左近がふり向いた。

「島どの——なぜ、われらを容赦なく討ち果たして下さらぬ。このまま立ち去られるとは、あまりにもむごい仕打ちと申すもの」

「なに」

「われら、どうしてこのまま、のめのめと郡山へ戻れましょうや。また、それを許されるご主君でないことも、島どのならば、よくご存じの筈」

「……」

「われらに、この場で自決せよとおっしゃられるのか」

言われて、左近も返事に詰まった。

確かに、彼等の立場とすれば、左近を討ち漏らして、のめのめと郡山へ帰るわけにはいかないだろう。

また、それを大目に見て赦《ゆる》すほどの度量は、主人の順慶も持ち合わせてはいない。

第一、それだけの度量を持つ順慶だったら、はじめから追手なぞさし向けては来なかったであろう。

さりとて、ここで五人のために、討たれてやる義理はない左近だ。いやいや、順慶への面当《つらあ》てからも、絶対に討たれたくない左近なのだ。

(これは、弱った)

島左近も、さすがに進退に窮した。

相手が相手ならば、

「勝手にせい。そんなことは自分達で考えろ」

と、非情に突っぱねて立ち去ることもできようが、この五人の面々をそこまで突き放してしまうことは、情として忍び難い。

一番、年長の宇津木治郎左衛門なぞに至っては、その家族の者まで、よく顔を見知っている間柄なのだ。

「おぬし達――ここで起こったことは、すべて忘れろ。いくら追いかけても、拙者の姿は見当たらなかったことにしてはどうだ」

「しかし、それは……」

五人のなかには、浅手とはいえ疵を負っている者もあるのだ。いまさら、その口実を通すのは難しい。

「島どの」

と、このとき、若い福間多仲が前へ出て、

「かくなったからには、われらも一緒に筒井家を退去いたすより道はござらん。どうか、われらを島どのの家来にしていただきたい」

思いがけないことを言い出した。

左近も、これには驚いた。いや、実のところ、面喰らった。

「待て、福間――おぬしのその気持も分からんではないが、しかし、拙者自身がいま筒井家を捨てて、明日から当てもない浪々の身の上。わが身一つの行く末さえ定まらぬ、そんな境遇へ、どうしておぬし達を道連れにできようか」

「いえ、島どの——われわれはなんとしてでも喰いつないで行きますゆえ、ご迷惑はかけませせぬ。ただ、島どのが、いずれかへ仕官された節は、われらを忘れずにお呼び寄せいただけますまいか」

「島どの。いま福間が申したこと、手前も全く同感です。何とぞお願い申し上げます」

と、田窪弥八郎が言い出すのにつづいて、黒川、柳井の両人も身を乗り出して懇願した。

ただひとり、宇津木だけが腕を組んで、

「おぬし等は、ひとり身ゆえ、この場から退去も自由だが、わしには妻子がおる。なんとしたものか」

思案に迷うおももちだった。

「なんの、それなら心配はない」

と、福間が即座に応じて、

「われらがこの場から一緒に郡山へ引き返し、今夜のうちに宇津木氏の妻子を連れて退去いたせば、問題はない筈。この深夜なら家中の者にも気づかれることはあるまい」

若いだけに、決断が早く、ためらいもなく言い切る。

「ふむ」

そこまで言われて、治郎左衛門も決意がついたようだ。

「島どの――手前も腹を決めました。福間たちと一緒に、今夜限り筒井家を退去いたします。なにとぞ、時節が参った折りには、お見捨てなく」

ここまで五人の面々に一身を託されては、左近もあとには退けなくなってしまった。

「よろしい。ではいずれ大坂で落ち合うことにいたそう」

場所と日時を示し合わせて、再会を約した。

――一方

赤尾角兵衛は、せつ女を乗せた馬の轡《くつわ》を摑むや、ただしゃにむに道を急いでいた。

主人の左近が、いかに追手の面々を遮るとは言っても、相手が多勢ではとても一人で喰い止められるものではない。一人や二人は突破をして、追いかけてくるであろうと思えば、角兵衛も気が気ではなかったのだ。

山道は、峠を越えて、下りにかかる。

おのずと足どりも小走りとなって、一気に山を駆け降りていた。

「か、角兵衛――も、も少しゆっくりと歩いてくれませぬか」

夢中で道を急いでいた角兵衛が、せつに声をかけられ、ハッとしてふり向いた。せつの声音《こわね》がいかにも苦しげだったからである。

「いかがなされました」

「い、いえ、大したことはないのですが、ちょっとこの辺が……」

心配をかけては、と気遣ってのことだろう。腹部のあたりをおさえながらも、せつはかすかに笑顔さえ浮かべてみせた。

しかし、その顔面は蒼白で、額にはあぶら汗さえにじんでいるではないか。

悪路の山道を一気に越えてきたのだ。馬の背で揺られるだけでも、身重の彼女には、かなりこたえたに違いない。

「や――これは気のつかぬことをいたしました。よほどお痛みでございますか」

角兵衛、青くなっていた。

追手のことばかり考え、せつの身に思いの及ばなかったのは、大失策だった。

角兵衛は、うろたえ気味にあたりへ視線を走らせた。

ちょうど、山麓にさしかかった地点。遠くに、ポツンと人家の灯が見えた。

「いましばらく御辛抱下さいませ。あれに人家がございます」

せつは、ただうなずくばかりだ。

その人家の灯を目指して、小道を脇へ入る。近づいてみると、一軒家の農家だった。

「ごめん」

庭に面した破れ障子の外から声をかけて、

「夜中、突然で申し訳ないが、旅の途中、連れの女子《おなご》が急に病を発したのじゃ。どこぞの片隅で結構ゆえ、しばらく休ませてはいただけまいか」

と、頼み込んだ。

農家の者が怖る怖る障子の穴から様子をうかがっていたが、本当に女連れだし、それも品のよい武家の妻女らしいと分かって、

「汚い部屋だが、それでよかったら」

と、ようやくふたりを土間へ招じ入れてくれた。

「まあ。そんな大きなお腹をして、夜道を山越えなさったのかえ。それじゃ具合いの

悪くなるのも当たり前だ」

農家の老婆が、呆れたように、せつを眺めて言った。言葉つきに飾りはないが、根は親切なのだ。

すぐに、奥の一部屋にせんべい布団を敷いて、寝《やす》むようにすすめてくれた。

薄暗い、農家の一部屋でせつは身を横たえたが、しかし、きりきりと揉むような腹痛はますます激しさを加えるばかりだ。

陣痛かしらと、せつは思ったが、それにしては時期も早すぎるし、痛み方も異常だった。

あぶら汗を流し、身をもだえて苦しむせつの様子をうかがっていた農家の老婆が、

「お前さま、ちょっと向こうへ行っていなされ。あとは女のわしに任しなされ」

と、角兵衛に言った。

その口調が、思いがけずきびしいものだったので、角兵衛も気圧《けお》された形で、黙って隣りの部屋へ引き退った。

が、せつのうめき声は、ひっきりなしにつづいている。角兵衛は不安で、居ても立ってもいられぬ思いである。

「これ」

と、老婆が農家の嫁を呼び寄せ、なにやら指示を与えている。角兵衛は通りかかる嫁をつかまえて、小声に尋ねてみた。

「病人はどんな様子なので」

「それが……」

一瞬、ためらう顔つきを覗かせた嫁が、

「どうやら流産なされるようなんですよ」

言い残すや、あたふたと勝手口の土間へ走っていった。

角兵衛もうろたえた。この夜中、この人里離れた農家では、医師を呼ぶということも難しいに違いない。

「大変だ。どうしたらよいだろう」

しかし、せつの身に生じた異変が異変だけに、男はなんの役にも立たない。せめて、台所で釜に湯を沸かすぐらいの手助けしかできなかった。

「大変じゃ」

奥の部屋から走り出してきたこの家の嫁が血相を変えて、角兵衛の手を摑むと、

「あの方の具合いが、急に悪くなられた。このままじゃ、死んでしまうと婆々さまが

いうのじゃ」

「——げっ」

飛び上がった角兵衛が、嫁の止めるのも振り払って、奥の部屋へ駆けつけた。

「やっ——奥方さま」

床に横たわるせつのおもてからは、はや血の気もうせて、吐く息も苦しげに、せわしい。

「こ、この近くに医者はおらんのか。場所さえ教えてくれれば、わしが行く」

だが、その問いにも老婆はただ首を振るばかりである。

「ど、どうしてこんなことに……」

がっくりと枕元に腰を落としてしまった角兵衛が、せつの細い手首を握って、

「しっかりなさいませ、奥方さま」

と、必死に呼びかけたが、せつは目をあける気力もないようだ。

「このお方は、お前さまのご主人さまか」

老婆に問いかけられて、

「そうなんだ」

と、うなずいた角兵衛が、このときに及んで主人島左近のことを思い浮かべた。そ

れまで気も動転して、思い浮かばなかったのだ。

「いかん――なんとかして、左近さまにお知らせをしなければ」

その島左近は、ひとり、山道を足早に下っていた。

宇津木ら五人の面々との話し合いに、かなり手間取ってしまったから、すでに、せつと角兵衛はよほど先まで行っている筈。

（夜明けまでには、追いつかねば、ふたりもさぞかし心配するであろう）

そう思うにつけ、つい足取りが早くなる。

ずっしりと重味のある背中の鎧櫃も、頑丈な作りの長柄の槍も、左近にとってはなんの苦にも感じられなかった。

この鎧を身につけ、槍をりゅうりゅうとしごいて、戦場を疾駆するときにこそ男の生き甲斐を覚えている左近なのだ。

一気に山道を下り、山麓のあたりまでさしかかったとき、

「もし――そこのお武家さま」

不意に、道のほとりの暗がりから声をかけてきた者がある。

大股に二、三歩行きかけて、左近はゆっくりと振り向いた。見ると、呼びとめたの

はこのあたりの農家の者らしい小柄な男だ。

「わしに、なんぞ用か」

「失礼でございますが、もしや、あなたさまは島左近さまとおっしゃる方では」

男はおそるおそる尋ねた。

「いかにも、その左近だが」

「ああ、間に合って良かった」

「なに」

「実は、お連れの方が途中でご病気になり、いま、わしらの家におりますので」

それを耳にした途端、左近の脳裏に、さっと悪い予感が走った。

「その病気になったと申すのは、女子か」

「はい、左様で——もう一人のお連れの赤尾さまという方から頼まれまして、ここでお通りをお待ちしておりましたので」

「して、病気というが、どんな具合いなのだ」

左近も思わず、急《せ》き込んで問いかけていた。

男は、ちょっと答え難《に》くそうに口ごもると、

「とにかく、おいで下さいまし。ご案内いたします」

話をそらすように、先へ立って歩き出した。

(せつが、病気とは)

左近は、まだ信じられぬような思いと、得体の知れぬ不安の入りまじった心地のま
ま、男について行くより仕方がなかった。

脇道に入って、しばらく行くと、灯りの漏れる小さな農家が見えてきた。あたりに
は人家もなく、一軒家である。

ふたりの足音に気づいたのか。一人の若い女が駆け寄ってきた。この家の嫁であっ
た。

「早く――ご病人が、危ないンじゃと」

「なンじゃと」

聞くより早く、左近は夢中で家の中へ走り込んだ。

背中の鎧櫃を降ろすのももどかしく、草鞋《わらじ》を脱ぎ捨て、

「角兵衛――どういたしたと申すのだ」

呼ばわりながら、奥の部屋へと向かう。

「あ――殿」

角兵衛が上体を泳がせんばかりにして、迎えに出た。が、その顔面はひきつって真

っ蒼だった。

「せつ――わしだ。分かるか」

枕元にいざり寄った左近が、しっかりとせつの手を摑んで呼びかけた。

しかし、せつには、もうそれに応《こた》えられるだけの力もないようだった。

角兵衛と農家の老婆から、こもごもいきさつを聞かされて、左近にもようやく事態が呑み込めてきた。

「そうか、流産をいたしたのか」

がっくりと肩を落とす。これは左近にとっても大きな衝撃であった。

待ち遠しいばかりの思いで、出産の日を指折り数え、待ち望んでいた愛児の誕生が、あえなくまぼろしと消え失せてしまったのみか、愛する妻の命まで奪われる羽目になろうとは、誰が予想をしたであろうか。

危篤状態をつづけていたせつが、遂に息を引取ったのは、そろそろあたりが白みかかった夜明けの刻限であった。

「――せつ」

絞り出すように呼びかけて、左近もさすがに男泣きの嗚咽を放った。

白蠟のような妻の死顔。そこには、もはや、さきほどまでの苦痛に歪んだ表情も消え失せて、静かに眠るようなおだやかさが漂っていた。

それが、いっそう悲しみを誘う。

「済まぬ。許してくれ。せつ――」

左近は、その妻の死顔へ語りかけた。

「拙者が、おのれの意地ずくにこだわったその我儘から、そなたの身体のことも考えず、無暴な行動に出て、あたらそなたを死に追いやってしまった。いまさら返らぬ悔いだが、なんと詫びてよいやら……」

武士としての筋目《すじめ》と、面目を貫き通そうとした意地ずくのために、せつを殺してしまった。

(おれのやったことは、結局、なんだったのだ)

いまにして、左近にはその悔いがひしひしと胸に迫るのだった。

「申し訳ございませぬ」

うしろに控えていた角兵衛が、このとき、堪《こら》え切れなくなったのか。ガバとその場に突き伏した。

「手、手前がおそばについていながら、かようなことになろうとは――すべて、手前の落度でございます。お許し下さい」

「角兵衛――もはや申すな」

「しかし」

「そなたひとりの落度ではない。こうなったのも、元はと言えば、拙者から出たことなのだ。思えば、拙者も馬鹿な男よ」

左近は自嘲すらこめて、吐き捨てるようにつぶやいた。

そして、左近は胸のうちで、ひそかに誓っていた。

（せつ――拙者はいまここで、そなたにはっきりと約束しておく。島左近にとって、妻はそなた一人だけじゃ。今後、いかなることがあろうとも、他の女に心を奪われたり、妻に迎えるようなことはせぬ）

それが、せめてもの罪ほろぼしだと、左近はおのれ自身に言い聞かせた。

運命の出会い

ところで山崎合戦の前後に天下の諸将は、どんな動きを示していたのだろうか。

わずかな供を連れて堺の町にいた徳川家康は、本能寺の変を知るや、間道伝いに伊賀の山中を踏破して、伊勢の白子へたどり着き、ここから船で三河へ渡った。この折り、道案内と守護の大任を果たしたのが、供のはしに加わっていた伊賀者の服部半蔵であった。

岡崎へ帰り着いた家康は、

「信長の弔い合戦と、天下制覇」

の両天秤をかけて、明智討伐の軍を起こし、六月十四日、尾張の熱田まで進発したが、十九日秀吉よりの使者が来て、光秀誅伐の報らせがもたらされたので、兵を岡崎に還した。

ところが、転んでもただ起きないのが家康である。すぐさま手を回して、武田氏旧領の甲州で内乱を起こさせ、これに乗じて兵をさし向けると、たちまちのうちに甲州全土を占領し、さらに信州にまで手を延ばした。まさに火事場泥棒である。

――一方

織田家中随一の元老、柴田勝家は、当時、居城の越前北ノ庄（福井市）から出陣して、配下の佐久間盛政、佐々成政《さつさ》、前田利家らを従えて越中に入り、上杉景勝の属城、魚津（富山県魚津市）の城を取り囲み、ちょうど本能寺の変の翌日の六月三日に、この城を攻め落としたところだった。

勢いに乗じた勝家が、さらに松倉城（富山県魚津市）に攻め寄せたところへ、京都からの変報が届いた。

この情報は、ほとんど同時に上杉方へも伝わったらしく、俄然、上杉方に猛反撃の動きがあらわれはじめた。

味方にも動揺がある。こうなっては勝家も、いったん手に入れた魚津を捨てて、退却せざるを得なかった。

そこで勝家は、富山の城主佐々成政に越中の守りを固めさせ、また、加賀尾山《おやま》（金沢市）の佐久間盛政、能登七尾の前田利家らにも、それぞれ城に戻って領内の守りを固めさせると、自分だけの兵力で京へ攻め上る覚悟を決めた。

「その方たち、これより直ちに先陣として京へ向かえ」

まだ北ノ庄へ帰り着かぬうちに、早くも柴田勝政と佐久間安次の両人を呼び寄せて、勝家はこう命じていた。

しかし、なんといっても勝家の上方進撃は、上杉への備えのために多くの兵力を北陸路に残さねばならなかったから、その力は弱く、どこか行動も敏速さを欠いていた。

このあたりが、その決断力においても、秀吉とは全く違うところだった。

だが、その柴田勢の主力が、ようやく本拠の北ノ庄で陣容をととのえ、いざ出立をしたとたん、先陣を承って先行していた柴田勝政から、意外な報らせがもたらされた。

「な、なに——備中より羽柴筑前が馳せ上って、山崎で明智勢を打ち破ったと」

なんたることか。この秀吉の思いも及ばざる早業には、さすがに勝家も唖然として、しばし言葉が出なかった。

いや、一時はわが耳を疑ったほどである。

しかし、それが紛れもない事実だと分かったとき、

「うぬっ、あの猿面冠者め。やりおったな」

勝家は、地団駄踏んで口惜しがった。

余人ならいざ知らず、あの秀吉に先を越されたとあっては、どうにも我慢のならない思いである。

どういう訳か、そもそもはじめから秀吉という男が好きになれない勝家だった。

確かに秀吉は、一介の足軽風情から叩き上げ、のし上がってきた男だけに、人の心を摑むのが巧みだ。気難し屋で知られた主君信長ですら、この男には、ころりと掌の上に乗せられた形で、すっかり気に入り、何事につけても、すぐに、

「それは秀吉がよかろう。あのサルめにやらせよう」

と、調法に使った。それをまた秀吉がソツなくこなすから、あれよあれよという間に地位が上がり、いつの間にか、織田家中でも五本の指に数えられる重臣にまでのし上がっていた。

「ごますりの茶坊主めが」

と、勝家には、その出世の早さもいまいましい限りである。

特に、秀吉のごますりぶりについては、以前、勝家も腹を立てたことがある。それは秀吉がまだ、木下藤吉郎と名乗っていたころのことだが、三年間にわたる浅井《あざい》、朝倉との対決における戦功が認められて、天正元年（一五七三）に藤吉郎は、浅井氏の旧領地、江北三郡の十二万石をそっくり与えられ、一躍、近江長浜の城主の身分へと出世をした。

このとき、藤吉郎も十二万石の領主になったからには、いつまでも足軽時代と同じ名前では、貫禄がつかないと考えたのだろう。

これを機会に、姓を羽柴、名を秀吉と改めた。羽柴とは、どうも妙な姓だったが、このいわれがふるっている。

「織田の家中で、いま信長さまのお覚えもめでたい方々と言えば、まず柴田修理亮《しゅりのすけ》勝家どのと、丹羽五郎左衛門長秀どののおふたりだ。そこでこの御両人にあやかり、苗字を一字ずつ頂戴し、羽柴という姓にいたしたのだ」

と、したり顔で家中の誰彼なしに摑まえては、自分から吹聴してまわった。

丹羽長秀などは、この話を伝え聞いて、まんざら悪い気もしなかったようだが、勝家のほうは、露骨に眉をひそめ、

「あの成り上がり者が、見えすいた真似をいたしおって。いやな奴だ」

と、不快そうに言い放った。この時分から、どうも虫が好かない相手だったのだ。

――その猿面冠者の羽柴筑前守が、信じられぬような綱渡りを演じて、ものの見事に主君信長の仇を討った。

明智征伐以後、世間でもにわかに秀吉の評判と名声が高くなっているのは、手に取るようによく分かる。

勝家としては、心中おだやかでない。

いや、このままでは織田家中での宿老としての立場からも面目が立たない。勝家は焦《あせ》りと苛立《いらだ》ちを覚えた。

なんとかして、家中での主導権を取り戻す必要がある。

明智の処分も一段落した六月下旬のこと。柴田勝家から織田家中の重立った諸将へ、

「亡君の跡目相続につき、談合いたしたく」

とて、尾張の清洲城へ集まるように触れがまわった。宿老の勝家にすれば、明智退治で一歩遅れをとった自分の立場を、この会議を招集することで取り戻そうとしたのだ。

こうして、世にいう「清洲会議」がひらかれた。とにかくこの時代に、人々の協議で主家の今後の方針を決定しようというのは、他に例がなく、まさに画期的な出来事であった。

この日、城内の大広間に集まったのは、正面上段の間に信長の遺子、二男の北畠信雄と三男の神戸信孝の両人。居並ぶ諸将は、勝家派として佐々成政、滝川一益、前田利家などの北国衆。これに対する秀吉派は池田恒興《つねおき》（勝入）、筒井順慶、蒲生氏郷、細川藤孝といった面々だ。

丹羽長秀は、いちおう長老格として中立の立場をとっているが、実は秀吉と早くから密約を交わしていた仲であった。

ここで議長格の勝家が、まず劈頭《へきとう》に口火をきって、

「跡目の儀は、三七様（信孝）がよろしかろうと存ずる」

と、いきなり強引に指名をした。

二男の信雄と三男の信孝は、名目上、兄と弟となっているが、実は両人共に永禄元年（一五五八）正月生まれで同じ年。しかも、実際には信孝のほうが二十日ばかり早く生まれていた。ただ信雄の母は生駒氏で長男の信忠と同腹であり、信孝の母は身分の低い女性であったので、届け出も遅れ第三子とされている。

勝家は、信孝が元服の際に烏帽子親《えぼしおや》を務めた関係もあって、特に親しい仲だった。おそらく両者は事前に打ち合わせもしていたに違いない。たしかに武将としては、兄の信雄よりも覇気があり、何よりも明智征伐には秀吉と協力しているという実績が、ここでは物を言ったのである。

この勝家の発言に、信雄はさっと蒼ざめた。長幼の順からいっても、当然、兄たる自分が相続者と思い込んでいたからだ。勝家の推挙も、この点ではいささか問題があった。

満座が静まり返ったとき、秀吉がやおら口をひらいて、意外な異論を唱えはじめた。

「なるほど柴田どのの意見はもっともなことで、信孝さまならば適任とは思われますが、しかし、ことが相続となれば、まず第一に筋目《すじめ》というものを立てねばなりますまい。その点より申せば、亡きご長男信忠さまの嫡子、三法師（のちの秀信）さまを跡目に据えることこそ、順当なる処置ではないかと思われますが……」

一座の者が、あっと目をみはった。

相続させると言っても、三法師はまだわずか三歳の幼児なのである。

だが、秀吉の主張によれば、亡き父信忠の気持ははっきりとしている。信忠が京の二条御所で明智勢に囲まれたとき、側近の前田玄以《げんい》に三法師を守護することを命じて、玄以をひとり御所から脱出させた。玄以はその遺命を奉じて岐阜へ馳せ戻り、三法師をこの清洲城に移してかくまっていたのだ。

「つまり、これは信忠さまの御遺志でござる」

「しかし、いかに信忠さまの御遺志であろうとも、この織田家存亡の重大な時期に、御幼少の君を跡目に据えるのは、いかがと思われるが……」

即座に勝家が反論をしてきた。

「いかにも三法師さまはまだご幼少でござるが、しかし――」

と、秀吉は一段と声を張り上げながら、一座を見回し、

「織田の家中には、柴田どのをはじめお歴々が揃っているのですから、後見にも、輔

佐にも、その人にはすこしもこと欠かぬはず。となれば、やはりこの際、筋目を立てておくことが、どこにも不満を残さぬ処置だと思われますが、いかがなものでござろう」

あくまで筋目論を押し立てて、一歩も退かぬ構えだ。

一座は、声がない。

宿老の勝家、実力者の秀吉、双方に気兼ねして意見も出せないのだ。

会議は緊迫した空気をはらんで、ついに行き詰まってしまった。重っ苦しい沈黙が大広間を支配した。

いち早くこれを読み取った秀吉が、

「むっ——これはいかん。今朝方より、どうも調子がおかしいと思っていたのだが」

と、いきなり腹痛を訴え出し、

「しばらく、別室にて休ませていただきたい」

許しを乞うと、その場を外して別室に退り、布団をのべさせるや、ごろり、手枕で横になってしまった。

これ以上、大広間に居れば勝家との正面衝突は避けられない。仮病を使って座を外し、しばらく成行きを眺めたのだ。この辺の呼吸は心得たものである。

俄然、会議の席では議論百出して収まりがつかなくなっていた。

するとこのとき、それまで口をとざして何一つ意見を述べなかった長老格の丹羽長秀が、やおら人々を制して、

「勝家どのとしては、いろいろご不満もござろうが、なんと申しても、強敵毛利と対決していた備中より真っ先に駆け上り、上さまの仇を討った羽柴筑前の功績だけは認めねばなりますまい。まして彼の申し分にも一理ありとすれば、この際、それを無視して踏み潰すことは、どうかと思われるが」

と、忌憚《きたん》なく勝家の痛いところを衝いた。

これには、さすがの勝家も反論の余地がなかった。一座の面々も、勝家に次ぐ長老の長秀の意見だけに反対の声はなく、ようやく大方の意見がまとまった。

「では、三法師さま、跡目相続ということで、もはや異論はござるまいな」

ことさらに念を押して確認をした丹羽長秀が、大きくうなずくと、

「これ——誰か居るか」

次の間に控えていた小姓を呼び寄せて、

「羽柴どのに、会議の意見は三法師さまにまとまったと、お伝えして参れ」

と、命じた。

「ははっ」

直ちに別室で休む秀吉の許に、この旨が伝えられるや、そのとたん、秀吉がむっくりと起き直った。

「いやいや、中座をいたして失礼を仕った」

ケロリと腹痛も忘れた顔つきで、大広間に戻ってきた秀吉が、

「ご一同の意見がまとまったとは、織田家のためにも、なにより目出たい。これで手前もほっと安堵いたした」

いかにも心地よさそうに、破顔一笑した。いかにも人を喰った態度である。

勝家のほうは、苦虫を嚙みつぶした顔つきで、そっぽを向いたままだ。

「そこで、三法師さまの後見、輔佐はいかがいたしたらよかろう」

調停役の丹羽長秀が、早速、その問題を切り出した。

一同協議の末、三法師には近江の内で三十万石の領地をつけ、前田玄以、長谷川丹波守の両人が側近にあってお守役を務め、その指図と責任は羽柴秀吉が負うことになった。

一方、政治行政全般にわたる後見役としては、信雄、信孝の両人が務め、三法師が成人の日まで代行することに決まった。

信長の居城、安土の城は焼け落ちているので、そこに仮の屋形が出来るまで、当分の間、三法師は岐阜の城におくこと。

また、柴田、丹羽、羽柴、池田の四将は、おのおのその役人を京都において、常に協議の上で庶政を裁決する。

ざっと以上のようなことが決定されて会議に出席の一同から血判の誓書が提出された。

会議が終了するや、

「――ごめん」

まず真っ先に、柴田勝家が席を立った。

あきらかに不機嫌な表情で、秀吉のほうなぞ見向きもせず、大広間から立ち去っていった。

「どうも、困った御仁だ」

それを見送って、丹羽長秀が苦々しげに、かたわらの秀吉へつぶやいた。

「家中の宿老なのだから、もう少し大人《おとな》らしい態度をとって貰わねば」

「正直なのでござるよ。勝家どのは」

秀吉は、一向に意にも介さぬ様子で、軽く笑った。

会議の結果が、自分の思い通りに運んだだけに、小さなことなぞ、どうでも構わんと、すっかりご機嫌だったのだ。

（よいのかな――そんなに安心しきってしまっていて）

苦労性の長秀には、どうも心配でならなかった。

確かに、一応、清洲会議は無事に終わった。織田家中の諸将は、会議の最中では互いに意見をぶっつけ合い、激論もたたかわせたが、最終的には一同が足並みを揃え、誓書も提出して、意見がまとまった。

（しかし、それは単にうわべだけのことにすぎない）

言わば、こんどの会議は主導権争いを賭けた対決なのだ。

それに敗れた柴田派の面々には、大きな不満がしこりとなって尾を曳くだろう。やがて織田家中の団結にひびが入り、分裂が生じることは、目に見えているではないか。

会議の成果に、すっかり気分をよくした秀吉は、上機嫌で清洲城下の宿所に戻った。

ところが、勝利に酔ったのも束の間のことで、その夜、秀吉は意外な話を耳にした。

いち早く噂を聞き込んで、秀吉へ報告に及んだのは、お気に入りの近侍、石田佐吉（三成）であった。

柴田勝家が、相手もあろうに亡き信長公の妹君、お市の方を嫁に迎えて祝言《しゅうげん》をあげる、というのである。

「な、なに——まことか、それは」

秀吉も、しばし呆然として絶句した。いや、言葉も出ぬくらい、激しい衝撃であった。

兄信長の政略のために、小谷《おだに》城の浅井長政のもとに十八歳で嫁いだお市の方は、長政との夫婦仲もいたって睦まじく、長女のおちゃちゃ（のちの淀君）をかしらに二男三女の子を儲け、その名も「小谷の方」と呼ばれて倖せの日々を送っていた。

だが、浅井家が朝倉に加担して、織田との同盟を裏切ったために、ついに小谷は落城し、浅井家は滅亡した。

この落城の間際、小谷の方は木下藤吉郎の手で迎えられ、それ以来、三人の娘を連れて清洲へ戻り、名も元の「お市の方」を名乗って、城の奥殿でひっそりと日を送っている。

今年はたしか三十六になるはずだ。そのお市の方へ再婚の話を持ちかけ、勝家へ橋渡しをしたのは、信孝だというのである。

勝家は、たしかに目下のところ独身とはいえ、六十一歳の老人である。この縁組みには、何やら裏の取引きがあったことは明白だ。今日の会議で、勝家が信孝を強く推挙することが条件だったのかもしれない。

勝家にすれば、姥桜とはいえ天下の美女を嫁にでき、しかも、これで文字通り織田一門の縁者となるわけだから、文句のあろうはずがない。おそらく信孝は、

「これもすべて織田家のため」

という殺し文句で、お市の方を説き伏せたに違いない。彼女も、兄信長を失っていよいよ心細い身の上。小谷から連れ帰った三人の幼い娘も、一緒に引取るという勝家の申し出にほだされて、承諾をしたのだろう。

「ええ、信孝め――勝家を抱き込むために、あの方を引出物にするとは、なんたることか」

秀吉は、地団駄踏まんばかりの思いで、口惜しがった。

実は、秀吉にとって、お市さまはまだ足軽風情の藤吉郎時代からの、

――あこがれの女《ひと》

だったのだ。もちろん、当時の身分では滅多に口にできるようなことではなく、ただ、おのれ一人の胸に秘めていた思慕の情だが、それだけに一層、その想いは激しく、純粋なものだった。

高嶺《たかね》の花と諦めながらも、忘れきれないその想いは、いまとて少しも変わらない。そのあこがれの女《ひと》が、人もあろうに柴田勝家如き老人に、物の見事に横合いからさらわれたとあっては、秀吉も逆上した。

「な、なんたることか」

再びそれを繰り返しながら、秀吉は、今日の会議における勝利の喜びも消し飛んでしまった思いだった。

そのころ。島左近は大坂の町にいた。

当時の大坂は、それまでこの町をうるおしていた石山の本願寺が紀州へ退去し、そのあとの石山城（のちの大坂城）を池田恒興（勝入）が預かっていた時期で、町全体が沈みきった空気で衰微していた。

左近は、その町屋の小路の奥に浪宅を構えた。小さな古家である。

日常のこまごました家事いっさいは、赤尾角兵衛が受け持ち、主人の左近は毎日、朝から酒びたりの日を送っていた。

愛する妻、せつの身と、その腹に宿る子を同時に失ったことは、やはり左近にとって大きな痛手であった。戦場では、鬼といわれたこの男が、すっかり意気銷沈して、ただ酒に憂さを晴らすよりほかに手段のない日々だったのである。

しかし、世間にはいつしか、

「豪勇、島左近浪人す」

の噂はパッとひろまっている。

それと聞きつけて、いち早く、

「当家へ、是非、参られぬか」

と誘いをかけてきたのは、山崎合戦でも戦功を立て意気のあがっている茨木城の中川清秀や、高槻城の高山右近だった。

「折角のお誘いでござるが、拙者、おのれの我儘から筒井家を退去いたした身。いましばらくお構い下さいませぬように」

左近は、中川や高山からの使者に対して、やんわりと辞退をした。まだ、すぐに仕官をする気にはなれなかったからである。

だが両家とも、これしきのことで諦める様子はなく、たびたび使いの者をさし向けてきて、しきりに誘った。

ところが、一ヶ月ばかりすると、ぱったりその使者が姿を見せなくなってしまった。

「両家とも諦めたか、さもなくば、この酒びたりの姿を見て、呆れ果てたのだろう」

左近は、酒徳利をかかえて、自嘲気味に笑い声をたてた。

しかし、やがて赤尾角兵衛が聞き込んできた噂によると、これには別の理由があった。

中川、高山の両人に対して、筒井順慶の口からじきじきに、

「主人のわしに従わず、勝手に退去をいたした不届き者の島左近を、もし貴殿らが召し抱えるとあれば、当方にもそれ相当の考えがある」

と、横槍が入れられた。

これが血相を変えて詰め寄らんばかりの、かなり激しい口調だったので、中川清秀も高山右近もすっかり辟易《へきえき》して、とうとう島左近の獲得については諦めざるを得なくなったという。

「ひどい話でございます」

角兵衛が、憤激の色を抑えきれぬ顔つきで大きく首をふり立てた。

「順慶さまも、ご自分が明智さまにとられた態度を考えられたら、殿を不届き者呼ばわりなぞできぬ筈ではございませぬか」

「まあ、角兵衛――左様に申すな。順慶どのにすれば、家来から見切りをつけられた形になったのだ。面目にかかわること、怒り狂うのも当然かもしれん」

実を言えば、このとき、左近は愛妻せつを死なせてしまったことで、「武士の世界」に厭気がさしていた。

（できれば、このままどこにも仕官なぞいたしたくない）

というのが、本音《ほんね》であった。

それだけに、中川、高山の両家からの誘いが立ち消えになるや、これ幸いとばかりに相変わらず酒びたりの日を送っている左近だった。

角兵衛にも、そんな主人の気持は察しがつくのだろう。近ごろでは、もう忠言らしいことも口にせず、ただ黙って見守っている。

さらに一ヶ月ばかりが過ぎたある日のこと。

左近の浪宅を、いきなり訪れてきたのは、宇津木治郎左衛門と福間多仲の両人である。

あの折りの約束通り、宇津木ら五人の追手の者たちも、同じように筒井家を退去して、いま、この大坂の町に住んでいた。

筒井順慶が、ことさら左近に対して怒りを抱いているのも、この五人のことがあって、いっそう火に油をそそいだのかもしれない。

「島どの」

と、年長の宇津木が、挨拶もそこそこに膝を乗り出し、

「巷の噂によれば、島どのは大坂へ参られてより、ほとんど酒びたりの日々を送られておるとの話――われらも、まさかと信じられぬ思いでおりましたが、今日、お訪ねしてみれば、こりゃ真実《まこと》のことでございましたな」

「……」

「確かに、あの節の無理が祟《たた》って、奥方を途中で亡くされたことは、誠に御愁傷の至りで、島どのの御落胆のほどもよく分かります。それゆえ、つい酒に手が出るお気持も、決して分からぬではございませんが……」

しかし――と、治郎左衛門は居ずまいを正して、語調を一段と強めるや、

「ここで島どのに、一日も早く立ち直っていただかなければ、われら五人の者も一向に動きがとれず、このままいつまでも浪人ぐらしをつづけていれば、暮らしの困窮の果てに、われわれの結束にもひびが入り兼ねない状況なのでございます」

と、窮状を訴えた。

やはり彼等も、浪人ぐらしの苦しさは予想外に身にこたえたのだろう。

（おぬし達――わしに迷惑はかけぬゆえ、一緒に筒井家を退去したい、と申した言葉を忘れたのか）

左近にも言い分はあったが、しかし、そこまで言って彼等を責めることは酷だと思った。

彼等五人の者は、左近に一身を託して、筒井家を捨てたのだ。左近がいずれかの家中に仕官しなければ、彼等の救われる道はないのである。

酒びたりの左近を見兼ねて、苦言を呈するのも無理はなかったかもしれない。

（五人のことを考えれば、おれも辛い）

彼等のためには、なんとかしてやらねばならないとは思うものの、

（もう二度と、仕官はご免だ）

という気持も強い左近である。

宇津木治郎左衛門の心配は当たっていた。

一緒に筒井家から退去した五人の仲間のなかで、一番年の若い黒川市之進と柳井与

五郎の両人は、すでにこのとき、

「考えてみると、あの場のはずみで思慮分別もなく、福間たちの言うことに賛成して、筒井家を飛び出してしまったが、あれはとんだ間違いだった」

と、後悔をしはじめていた。

主家に仕えていた折りには、さほどに感じなかった「生活実感」というものが、浪人暮らしをしてみると、切実に重くのしかかってきて、ひしひしと将来が不安に思われてならないのである。

「島左近どのは、奥方を亡くされてからというもの、毎日、朝から酒びたりのありさまだと申すではないか」

「うむ。中川清秀さまや高山右近さまからの誘いも断ったそうな」

「いや、おれの聞いたところでは、両家からの話も、結局は順慶さまの横槍で立ち消えになったというのが、真相らしい」

「すると、今後、他家からの仕官の誘いがあっても、同じようにみんな駄目になってしまうかもしれんぞ」

「それは、有り得ることだ」

「おい——そうなると、われわれは一体どうなるんだ。島どののもろともに仕官の道もとざされて、見通しは真っ暗ではないか」

「とにかく、いまさら還らぬことだが、とんだことをしてしまったわけさ」

結局、行きつくところは愚痴になっていた。

若いだけに、いざとなると、辛抱もできないのだ。

――ある日のこと
その黒川と柳井の両人が、仲間の他三人の連中には何も告げずに、連れ立って町へ出かけた。

「おい黒川――誰も気づいてはおらんだろうな」

表へ出てから、ふと不安げに柳井が相手の顔を見やった。

「まさか、気づく筈がない。どこへ行くと言ってもおらんのだし、おれ達、若い者同士が連れ立って出かけるのは、珍しいことではないからな」

「まあ、そう言えばそうだな」

商い家の建ちならぶ町筋を通り抜けて、ふたりが足を向けたのは、生玉《いくたま》の境内である。

この門前の界隈には、いつのころからか遊女宿がはびこって、結構繁昌していた。

若い身そらだから、仕方がないとはいえ、金にゆとりもない浪人暮らしの両人が、こんな場所へ足を踏み入れるというのは、確かにおかしかった。

家々の入口にかかる派手な色彩のノレンを、一軒一軒、たしかめていた両人が、

「おい――ここだ」

と、うなずき合い、ちょっとあたりを見回してから、素早くノレンをくぐった。

とたんに、黄色い声を浴びせて、二、三人の厚化粧の妓たちが群がってくる。

「ちょ、ちょっと待ってくれ」

「当家に、長谷どのといわれる客人が来ておられる筈だが……」

と、黒川市之進が妓たちを制して尋ねた。

「ああ、あのお客さんのお連れさんなの」

妓のひとりが、うなずいて、

「さあ、こちらですよ」

すぐさま両人を奥まった座敷へと案内した。

そこに、ひとりの侍が、すでに妓を脇にはべらせて酒を飲んでいた。

「やあ、来てくれたか――あまり遅いので、もう来てくれんのかと思ったぞ」

男はふたりの姿を見かけると、一杯機嫌の気軽さで手招きしながら、声をかけた。

筒井の家中で、黒川や柳井とは同じ組に属していた長谷孫平次という男である。

「遅くなって申し訳ない。なにせ、ほかの者には内密で、という使いの者の口上だったので、悟られぬよううまく抜け出すのに手間取ってしまったのだ」

柳井与五郎が弁解するように言って、

「とにかく、久しぶりに会えて嬉しい。おれ達のような真似をした者を、よく忘れずに声をかけてくれたな」

と、なつかしげに孫平次の顔を見やった。

「おい、何を言うんだ。われわれは友達同士じゃないか。忘れるどころか、あれ以来、おぬし達がどうしておるのかと、絶えず気にかけていたんだ。つい最近になって、おぬし達の様子やら住まいも分かったので、早速、この大坂へやって来たのさ」

「では、おれ達を尋ねて、わざわざこの大坂まで」

「いや、ちょうど堺の町へ行く用事を仰せつかったので、もっけの幸いとばかりに、立ち寄ったのだ」

話のはずむところへ、酒と肴が運ばれてくる。まずい御面相をした遊女たちが、しなだれかかるように傍《かたわ》らへはべって、しきりに酌をはじめた。

「おい、黒川、柳井――そんなかしこまっているなンて、水臭いぞ。どんどん遠慮なくやってくれ。今日はおれのおごりだ」

長谷孫平次は、ポンと胸を叩いて大きく笑った。

「や、これは済まんな――やはり、持つべきものは友人だ」

筒井家を出奔して以来、浪人暮らしでは酒なぞも存分に飲めなかった黒川と柳井は、すっかり長谷の友情に甘えた格好で、久しぶりに大いに飲み、酔いに浮かれきっていた。

――が、長谷孫平次のほうには、はじめから目的があってのことだ。

ほどほどに酔いも回ったところで、かたわらの遊女たちへ、

「おれ達、ちょっと大事な話がある。しばらく遠慮をしてくれ」

と、命じた。

「そりゃいいけど、お客さん。話が済んだら、またあたし達を呼んでくれるんでしょうね。お酌だけじゃ、いやよ」

「分かっておる。分かっておる」

手を振って遊女たちを追い立てた孫平次が、ふと表情をあらためて、切り出した。

「実は、おぬし達に相談がある」

長谷孫平次が、にわかにあらたまった口調となったので、黒川と柳井の両人も何事かと、表情を引き締めた。

「おぬし達の辛い立場はおれにもよく分かっているし、同情もしておる」

孫平次が、いきなりそう切り出して、

「まあ言ってみれば、おぬし達が島左近の追手として選ばれたのが、そもそも不運だったわけだ。あの左近に、どう言いくるめられたかはしらんが、左近を討たぬとあっては、武士の面目からも、のめのめ筒井家へ戻れなかった気持は、よく分かる」

と、いかにも理解ある口ぶりで言った。

「長谷――おぬしは友人だからそう言ってくれるが、家中ではわれわれのことを、さぞかし腰抜けだと悪く申しておるだろうな」

黒川が気になるそぶりで尋ねる。

「いやいや、決してそんなことはない。皆にもおぬし達の立場と事情は察しがついているからな」

「そうか。それならいくらか気持も救われるというものだ」

「そこで、だ。おぬし達に相談というのは」

長谷は、ひと膝のり出して、ようやく本題に入った。

「いま、この大坂でおぬし達は時折り、島左近とも会っておるのだろう。いやいや隠さんでも、それは分かっていることなのだ。島左近とて、おぬし達に対してなら気を許し、油断をしているに違いない。そこで、スキを見計らい、左近を討ち果たして貰いたいのだ」

「──えッ」

黒川と柳井が、異口同音に叫び声を発した。

「何も、それほど驚くことはあるまい。一度はおぬし達も左近の命を狙ったのではないか」

「そ、それはそうだが……」

「よいか。よく考えてもみろ。島左近をこのままにしておいては、殿さま（順慶）の面目は丸潰れなのだ。われわれ家臣として黙って見すごしておけることか」

「……」

「もし、おぬし達の手で左近を討つことができれば、それこそおぬし達は堂々と胸を張って筒井家へ帰参が叶うのだぞ」

「まことか、それは」

「間違いのないことだ。これは単におれ個人の考えを申しているのではなく、家中でも重職にある方の意見なのだからな」

「では、もしや市橋大膳正さまが……」

柳井が、急き込むように思わずその名を口にするや、

「これ、うかつに名など申すな」

と、制しながらも長谷孫平次は、大きくうなずいてみせた。

黒川と柳井が、ぱっと瞳を輝かせて顔を見合わせた。

家老格の重職にある市橋大膳正の意見というのなら間違いはない。おそらく長谷孫平次は、その大膳正の指示を受けて、大坂へ乗り込んできたのかもしれない。

「どうだ、やってくれるか」

帰参をエサに誘われて、黒川市之進と柳井与五郎の両人が、若いだけに迷うこともなく、パッと飛びついた。

そこで孫平次と額《ひたい》を集め、いろいろと打ち合わせを済ませた黒川と柳井の両人。

「あまりおそくなっては、他の連中の手前もあるので」

と、日暮れ前には早々に引き揚げていった。

それから四、五日ののちのこと。

暦の上で八月中旬（陰暦）といえば、もう秋なのだが、この年は残暑が長びき、その日も暑さのぶり返したなかを、黒川と柳井の両人が、わざわざ島左近の浪宅を訪れた。

このふたりが、うち揃って訪れてくるのは珍しいことで、しかも身なりもととのえ、妙にあらたまった顔つきだった。

「実は、思いがけぬことが機縁となり、われわれ両人、とんだ福の神にめぐり逢いましてな」

「ほほう、福の神とは――」

左近も、なんのことかと、土間にたたずむ両人の顔を見やった。

「堺の町に大店《おおだな》を持つ商家の主人と偶然知り合いまして、当分の間、その店の警護役を務めることになりましたので」

つまりは用心棒なのだ。しかし、浪人の身とすれば、これで当座は暮らしの心配もなくなる。

「そうか。それはよかった」

仕官の口があったという話ではないにせよ、左近も一応、肩の荷がおりる思いだった。

「本日はその御報告がてら、堺へ発つ前に、心祝いに一献さし上げたいと存じまして」

と、黒川たちは提げてきた酒の角樽《つのだる》を、そこへさし出した。

「や、これはどうも済まんな——とにかく、奥へ上がってくれ。祝い酒を一緒にくみ交わそうではないか」

左近も酒となれば目がないだけに、すっかり上機嫌でふたりを招じ入れた。

「では、お言葉に甘えまして」

黒川と柳井は、互いに目顔でうなずき合うや、渡りに舟とばかりに奥の部屋へ上がってきた。

さっそく酒盛りがはじまった。

「ではまず、島さまから」

ふたりは、とにかくしきりに左近のほうへ酒をすすめる。

「おぬし達、一向に呑まんではないか。祝いなのだ。ぐっとあけろ」

左近も、ふたりへすすめるが、なにしろ相手はふたりがかりで、交互にすすめてくるのだから、つい左近の盃ばかりが調子が上がってしまう。

そのうちに、柳井与五郎がふと気づいたそぶりで、郎党の赤尾角兵衛を呼び寄せ、

「われわれも、つい気がつかなかったのだ。済まんが、ちょっと行って酒の肴になりそうなものを、買ってきてくれぬか」

と、なにがしかの銭《ぜに》を握らせた。

「承知いたしました。なにか、見つくろって参りましょう」

気軽に引きうけた角兵衛が、勝手口から出かけて行く。

(よし、うまく行ったぞ)

柳井が、ちらりと黒川を見やる。

「どうしたンだ。おぬし達」

最前より、どこかふたりの様子がおかしいのに、左近も気づいた。こちらにばかり酒をすすめるが、ふたりの盃はさっぱり酒が減らないし、どうもふたりとも妙に落ち着かないそぶりなのだ。ふだんの彼等らしくもない。

「黒川――さっきより酒の味もさっぱり分からん顔つきだが、何か気にかかることでもあるのか」

ずばり、問いかけられてドギマギした黒川市之進が、とっさに、

(もうこれ以上、猶予はならん)

と、腹を決めたのだろう。隣りの柳井へ視線を走らせると同時に、腰の脇差を抜き放ちざま、

「たあーッ」

気合一声、おどり上がって真っ向から左近へ斬りつけた。

一瞬、手にした酒盃を投げつけ、うしろへのけぞって僅かに切先をかわした左近が、

「何をするっ――血迷うな」

きっとなって、両人を見据えた。

「許されい、島どの」

と柳井与五郎も、脇差を抜きながら、

「これも筒井家へ帰参するためには、止むを得ぬこと――お覚悟あれ」

わめき声もろとも、激しく左近へ迫ってくるのだ。

「なに――おぬし等、いまさら筒井家へ戻るつもりなのか」

呆れたように見返した左近が、このとき、ふと思い当たって、大きく叫んだ。

「そうか――さては殿（順慶）の差し金で、誰ぞにけしかけられたのだな」

図星をさされて、黒川と柳井が押し黙ってしまう。

（――やっぱり）

そうと分かるや、俄然、左近の身うちに闘志が湧き上がってきた。

ほかの事情ならばいざ知らず、筒井順慶の差し金で、またもや寝返ったとあっては許せない。

いや、順慶への面当《つらあ》てのためにも、意地でも討たれてやるものか、と決意を固めたのだ。

われながら、おとなげないとは思うものの、順慶に対しては依怙地《いこじ》になっている左近であった。

(さあ、斬れるものなら斬ってみろ)

猛然と反撃に出る身構えをとったが、左近は丸腰、手に何ひとつ得物も持ってはいないのである。

なんでも構わない。とっさにそこらにある物を摑んで、防禦に役立てるより道はなかった。

そんな相手なのだが、初太刀を仕損じているだけに、黒川も柳井も、つい慎重になっていた。左近の腕前を知っていたからである。

いや、腕前というよりは、貫禄の違いとでも言うのだろう。

だんだん、気力に圧倒されてくる感じなのだ。

(長びいては、事面倒だぞ)

こうなると、逆に瀬戸際へ追い詰められた形で、市之進と与五郎が、しゃにむに突っかけてきた。

左近は、手当たり次第に物を投げつけながら、身をかわしていたが、自分でも気づかぬうちに、一、二箇所軽い手傷を負っていたのだ。

このとき、表の小路に人の気配がした。

赤尾角兵衛が立ち戻ってきたのである。実は、虫の知らせとでもいうのだろう。角兵衛も出先でなんとなく家のことが気にかかってならず、急ぎ足に戻ってきたのだ。

「――ややッ」

浪宅の前まで戻って、家の中の異様な気配を悟った角兵衛。

「旦那さま。いかがなされました」

叫びざま、家の中へ駆け込んだが、その場の光景をひと目見るや棒立ちとなった。

「こ、これは――お前さま方、気でも狂われたのか」

黒川、柳井の両人へ、激しい調子で浴びせかける。

「黙れ、おぬしの知ったことではない」

柳井が、ふり向きもせず言い放った。

「われら、仔細あって左近どののお命、頂戴せねばならんのだ」

「そ、そんな理不尽な」

「邪魔立ていたさば、おぬしも叩っ斬るぞ」

黒川も脅しをこめて叫んだ。

ふたりの注意が角兵衛にそれた、その僅かのスキを衝いて左近が、大きく右手へ飛び退いた。

角兵衛は、その主人が丸腰だと見て取るや、とっさにおのれの腰の物を、鞘ごと引き抜き、

「旦那さま」

呼びかけると同時に、さっと刀を左近めがけて抛《ほう》り投げた。

「うむ」

左近の手に、がっちりと大刀が摑まれた。

「やっ――」

俄然、顔色を変えて動揺したのは黒川たちである。左近に得物を持たれては、とても勝ち目はないからだ。

「いかん」

形勢悪しと見た両人は、いきなり背を向けて表のほうへと逃げ出した。

「ええ、逃げるとは卑怯な」

勢いを得た角兵衛が、あとを追わんとするのを、

「待て――構うでない」

と、左近が呼び止めた。

「ではございますが、あの両人、このまま許してはおけません」

角兵衛、いかにも不満そうだ。

「人間、貧すれば鈍するとか――彼等も見通しのない浪人暮らしのなかで、つい道を踏みあやまったのだろう。これ以上、責めては可哀そうだ」

「しかし、性懲りもなく、二度も旦那さまのお命を狙ったのでございますぞ」

「それも、彼等自身の意志からではないのだ。思えば、気の毒な男たちだ」

言いながらも、ふと左近は腕を組んでいた。それもこれも、すべてはおのれ自身から生じた事態ではないかと、責任を覚えたからである。


それ以来、黒川と柳井の両人は大坂の町から姿をくらまし、ふっつり消息を絶ってしまった。

筒井家へ帰参する望みも失われ、大坂にも居づらくなって、他国で生きる道を選んだのだろう。

こんな出来事があって、島左近もなんとなく大坂に厭気がさしてきた。筒井順慶にしても、すぐ目と鼻の先の大坂に左近が悠然と構えていると思えば、いまいましく目ざわりだろうし、これからもまた、同じような事が起こり兼ねない。

（あげくの果てには、誰ぞとんだ犠牲者が出る羽目になろうもしれぬ）

その意味では、すでに黒川と柳井も、哀れな犠牲者と言えるのだ。

（これ以上、厄介な事態が生じぬうちに、やはり、わしが姿を消すべきかもしれぬ）

左近は、そう考えたのである。

こうして、突然、浪宅を畳んだ左近が、宇津木治郎左衛門たちにも、

「いずれ、居場所が落ち着いたら知らせる」

と、行先もはっきり告げずに、大坂の町を立ち去った。

天正十年（旧暦）九月初旬のことである。

左近はひとまず、京へ足を向けた。しばらく身をひそめるとなれば、なまじ田舎よりも京の市中のほうが人目に立たない。それに京には大小の寺院が多く、身を託すにも何かと好都合だったからである。

つてを求めて、白河にある小さな禅寺の一室に身を寄せた左近と角兵衛の主従ふたり。

そこは住居を見つけるまでの仮りの宿だったから、左近は毎日のように新しい住ま

い探しを兼ねて、洛中洛外のあちこちをぶらぶらと見物して歩いた。

他人の目には、いかにも気楽で呑気な身分に見えたかもしれないが、実は、ほかに何もすることがなかったからである。

その日も左近は、ひとり、嵯峨野へと足を向けた。どこで筒井家の者と出会うかもしれないので、外出するときはいつも用心して深編笠に面体を隠していた。

京も、このあたりまで来ると、めっきり秋の色が濃い。

ひと気もなく、ひっそりと物寂びた小道を歩きながら、

（いっそのこと武士を捨て、こんな閑静な土地で浮世をよそに暮らしたら、さぞかし気も休まることだろうな）

ふと、左近はそんなことを考えていた。

それは、ほんの気まぐれで思いついたことではなく、愛妻せつを失ったときから、いつとなく左近の気持をそそる思いだった。

だが、その一面、

（そうは言うものの、われに浮世が捨てきれるのか。武士としての、いや、男としての野心まで、綺麗さっぱり捨てきれるのか）

と自分自身のなかで、冷たくおのれを見つめるものがあったことも、事実である。

このまま朽ち果ててしまうには惜しい。しかし、主人を持つなら二度と順慶のような男だけは、ご免だと思うのだった。

羽柴筑前守秀吉は、清洲会議の終了したあとも、本拠地の姫路へは戻ろうとはせず、ずっと京都にとどまっていた。

これには、いささか訳があった。

清洲会議で信長の遺領の処置が協議されたとき、秀吉は山城一国を、養子の羽柴秀勝（信長の四男於次丸）は丹波一国を預かることになったが、その代りに柴田勝家の要求で、近江のうち秀吉の旧領の長浜六万石を、勝家の養子の勝豊に引き渡すことに決まった。

秀吉は、天下の中心地・山城を預かる上は、京の近くに本拠を構えるべきだと思い定めて、山崎の地に宝寺城を築きはじめたのだ。

この指揮、監督という名目もあって、秀吉は寸時も京を離れなかった。が、秀吉のことだ。狙いはほかにもあって、この間に巧みに朝廷の公卿衆を抱き込み、徐々に信長の後継者としての下地を作っていた。

その現われとして、天正十年十月三日に秀吉は朝廷より従五位下左近衛少将に任ぜられているのである。

　しかも、万事に目先の利く秀吉は、織田家中のほかの部将たちが、まだ誰ひとりとして気が回らぬうちに、早くも亡き信長のための菩提所、総見院《そうけん》を紫野の大徳寺の境内に建立《こんりゅう》し、

「来る十月十日より、亡き信長公の葬儀を大徳寺にて執り行い、十七日（七日間）の大法要を催すものなり」

　と、触れを出した。

　この触れ状を見るや、織田家中の秀吉派の面々は、いずれも直ちに京へ馳せつけてきたし、洛中洛外の僧侶たちも、京の五山を筆頭に八宗の面々が法要への参列を申し出て、いよいよ事は大仕掛けになってきた。

　ところが、織田家の重臣でありながら、柴田勝家や滝川一益など、柴田派の面々は誰ひとり参加する者はいなかったし、それ以上に奇っ怪だったのは、信長の二男三男の信雄や信孝までが、この葬儀に姿を見せなかったことである。

　正親町《おおぎまち》天皇は、この機会に亡き信長へ、従一位太政大臣の位《くらい》を贈られたから、秀吉も感激して、ますます全力を傾け葬儀は荘厳を極めたものとなった。

　とにかく秀吉は、この葬儀に際して、青銭一万貫、白米一千石を大徳寺に施し、ま

た境内に総見院を建立するについては、銀千百枚をその費用として供し、五十石の寺領を寄付した上に、別に一千貫の太刀代を与えたというから、気前のいい話である。たしかに秀吉の性格のなかには、とかく芝居っ気たっぷりに大風呂敷をひろげる傾向が見られるのは事実だが、このときの秀吉のやり方には、それだけでは片づけられない、計算されたものがあったようだ。

莫大な費用と手間を注ぎ込んでも、葬儀を立派に、大仕掛けにすればするほど、秀吉の名と、その存在は強く印象に残る。いわば信長の後継者という地位を、この葬儀の挙行で、大きく宣伝し、世間に認めさせることができるのなら、費用などいくらかかろうが、安いものだという考え方であった。

この信長の葬儀に際して、特に秀吉の意向で、

「洛中は言うに及ばず、京都周辺の町人、百姓たちにおいても、亡き信長さまに線香の一本なりとあげたいと思う志ある者あらば、身分は問わぬゆえ、遠慮なく参列すべし」

という触れが、諸方に回された。

当時の慣例として、こんなことは滅多にないことだ。武家の葬儀は、武家だけの世界で行われて、一般庶民はただ遠くから見物するばかりの無縁の存在だった。

それが型破りにも、身分は問わぬ、誰でも参列して構わぬというので、この日、大徳寺の門前には朝早くから多くの町人や百姓たちが詰めかけていた。

参列を許すとは言っても、彼等は本堂にまでは上がれない。本堂周辺の境内で、読経の終わるのを待ち、やがて、本堂の前に設けられた焼香台で、順次に焼香をはじめた。

これが、また延々長蛇の列をなしたのである。

いずれ、生前の信長に何かの形でゆかりのある者とか、信長の不慮の死を悼《いた》む思いの者たちばかりなのだろうが、

「よもや、これほどの人数が……」

と、整理に当たる役の者たちも驚くほどの参列者だった。

なかには、浪人らしい侍の姿もちらほらと見えた。

その侍のなかに、島左近の顔も見えた。

たまたま京にいて、この日のことを聞き及んだ左近は、

「信長公には、直接、仕えた身ではないが、その指揮下で働いた自分。せめてよそな

がら焼香なりと」

と思い立って、大徳寺に足を運んだのである。

ただ、この葬儀には旧主の筒井順慶も参列しているに違いないので、なるべく顔は合わせたくない。筒井家中の者に見られても面倒なので、いつも控え目に人のうしろへ隠れるようにしていた。

順番が回ってきて、焼香台の前に立つ。

左近はおもてを伏せて前へ進み、本堂のほうは見ぬようにして、焼香を済ませるや、さっと踵《きびす》を返した。これ以上、長居は無用と思ったからである。

参道の石畳の脇に、記帳台が設けられてあって、参列した者たちが、ところと名前を書き入れている。これが、また手間取るとみえて、記帳台の前も行列なのだ。

左近は、その行列の脇をすり抜けるようにして帰りかけた。

自分の気持として焼香に来たまでのこと。わざわざ記帳まですることはないと、考えたからである。

それに、こんなところで、さらに手間取るうちに、筒井家中の誰かにでも顔を見られたら、またまた厄介なことに成り兼ねない。

左近が、ことさらに足を急がせて、山門のほうへ向かったとき、

「あいや――そこのお方、ちょっとお待ち下さらぬか」

と、背後から声をかけてきた者があった。

（さては、誰かに見つけられたか）

と、内心、舌打ち鳴らす思いで左近がふり向いてみると、そこに佇《たたず》んでいるのは、年のころまだ二十三、四歳の若い侍。

いずれかの家中の者らしいが、左近も見知らぬ顔であった。

「はて、手前になにか――」

「お呼びとめして申し訳ござらぬが、折角、葬儀に御参列下されたのだ。どうか、こちらで記帳をお願い仕りたい」

若い侍は、小腰をかがめて丁重な口調で言った。

相手は一見して浪人者とは分かるものの、その年格好といい、どことなく漂よう風格といい、これはただ者ではないと、睨んだからであろう。

「いや――」

と、左近は手をふった。

「たまたま通りすがりに、御焼香をさせていただいたまでのこと。あらためて記帳などいたすような者ではござらん」

軽くいなして立ち去ろうとしたが、若い侍は、なおも喰い下ってきた。

「ではせめて、御姓名だけでも伺わせていただけませぬか」

「……」

「これは失礼——かく申す手前は、羽柴筑前守家中の者にて、石田佐吉三成と申す若輩者でござる」

いきなり、相手からこう名乗られてしまっては、儀礼上、もはやいたし方がない。

「手前——島左近と申す者」

左近は、何もつけ加えず、ただそう名乗った。

「えっ——では、もしや、筒井家で侍大将を務められた、あの島さまでは」

石田佐吉が、あっと目をみはって、左近の顔をまじまじと見返した。

「さよう、その島だが」

「しかし——失礼ながら、島さまほどの方が、またどうして筒井家をご退去なされましたので」

そこが、いかにも理解に苦しむといった表情の佐吉である。

筒井順慶も、おのれの面目にかかわるだけに、左近が退去に及んだいきさつについては、世間へはひた隠しにしているらしく、秀吉の側近の石田佐吉も、本当の事情は知らなかったようだ。

「さあ、別に理由とてないが――」

左近は、ふと苦笑を浮かべながら、

「強いて申せば、このわしの我儘とでも言うべきかな」

と、それだけ言った。

「して、只今お住まいはいずれに」

なぜか、佐吉のほうは妙に熱心な様子で尋ねてくる。

「いや、いまはまだ仮り住まいで、いずれに落ち着くことやら、われながら分からぬ始末――では、これにてご免」

左近は、振り切るようにして山門のほうへ歩き出していた。

両人の運命的な出会いは、このときがはじめてであった。

意気に感ず

信長の葬儀を、ほとんど独力で立派になし遂げたのを見て、京の内外ではにわかに秀吉の人気と権威が高まってきた。

こうした噂を耳にするにつけて、心中おだやかでないのが、柴田勝家とその一派である。

同じ織田家中のこの両派が、いずれ正面衝突をせざるを得なくなるであろうことは、誰の目にもはっきりと分かるほど、険悪な空気がみなぎり出している。

かくして起こるべくして、ついに起こったのが天正十一年（一五八三）の春の、

——賤《しず》ヶ嶽《たけ》の決戦

であった。

この合戦、はじめは柴田方の奇襲作戦がまんまと成功して、有利な展開を見せたのだが、柴田方の猛将佐久間盛政の勝ちに誇った暴走と、義理と友情の板挟みに立たされた前田利家の、

——中立的な戦場離脱

という許らざる事態によって、勝家の作戦は大きく崩れ、大垣から急遽、駆けつけた秀吉の猛反撃の前に、ついに勝家は、北ノ庄（福井市）へと敗走する羽目となった。

勝ちに乗じた秀吉は、すぐさま全軍に越前への追撃命令を下した。

相手は宿敵の柴田勝家。この機会に、一気に息の根を止めてしまわなければ、気の

すまぬ思いだった。

あくる日には、府中（福井県越前市）へと迫る。この府中には、前田利家が居城を構えている。

利家とその配下の軍兵は、すでに居城へ帰着していて、いまにも羽柴勢が押し寄せてくるであろうと、城門をとざし、鉄砲を配置して、防備を固めていた。

利家にすれば、賤ヶ嶽では双方に義理をたて、積極的な行動に出なかったが、別にはっきりと秀吉に味方したわけでもないから、大勝利の余勢を駆って、秀吉がこの城を攻めてきても仕方がないと、腹を据えていた。

ところが、ここで秀吉が得意の、

——人たらし
の手腕を発揮して、一発の鉄砲も射たぬうちに、たくみに利家を味方に引き入れてしまった。

こうして新しく帰順した前田の部隊を、「道案内」という名目で先頭に立たせた羽柴方の軍勢が、一気に北ノ庄へと進み、城をとり囲んだ。

そこには、再婚してまだ一年とはたたないお市の方もいるのである。

（それにしても、十年前の小谷城攻めといい、今度といい、二度までもお市さまの立

て籠る城を攻める羽目になろうとは、おれの秘めた恋も、なんという皮肉で残酷なめぐり逢わせだろうか）

いつも呑気な秀吉が、さすがにそれを思うにつけて、気が重い。

とはいえ、宿敵柴田との最後の決着をつける戦いとなれば、話は別である。秀吉が、北ノ庄への進撃をやみくもに急いだのは、賤ヶ嶽の敗残兵が、城に集結する前に、一挙に勝敗を決しようとしたからであった。

たしかに、この秀吉の狙いは正しかったと言える。

柴田勝家が、柳ヶ瀬から落ちのびて、北ノ庄へ逃れ帰ったのは四月二十一日の夜のことだが、このとき、留守の将兵、敗残兵、それに非戦闘員の男女を合わせても、城中にはわずか三千人を数えるにすぎなかった。

しかも、大半の士卒が、すでに戦意を喪失《そうしつ》している。いや、主将の勝家自身すら、もはやなんの成算も立たないありさま。

事ここに到っては、いさぎよく城を枕に討ち死にするより道はない。

勝家は、お市の方を呼び寄せると、もの静かに申し渡した。

「お市――そなたに対しては、あの秀吉のことゆえ、決して悪くは取り計らうまい。

今夜のうちに城を出て、これからも無事にすごすがよい。思えば、はかない縁だったが、これが別れじゃ」

「……」

が、お市の方は無言のうちに、首を横にふった。その閉じた目には涙があふれている。

彼女は十年前の小谷落城の日を思いうかべたのだ。同じような情景、同じような良人の言葉が、また繰り返されている。二度もこんな立場に追い込まれるとは、なんというむごい運命だろう。これ以上、生き恥をさらすのは、もう沢山だと、彼女は生きる気力すらうしなっていた。

「去年、尾張から嫁《とつ》いで、わずか一年足らずのうちにかようなことになったのも、みな前世からの約束でございましょう。いまさら城を出て、生きのびようなどとは、いささかも思いませぬ。ご一緒にお供をさせていただきます」

きっぱりと言いきるのである。

その美しいおもてに、動かし難い決意がみなぎるのを読み取って、勝家もそれ以上、なにも言えなかった。

「――ただ」

と、このとき、お市の方が遠慮勝ちに言い出した。

「わたくしの連れて参りました三人の娘たちは、まだこれから花も実もある若い身そら。いまここで道づれにするのは、いかにもふびんでございます。どうかあの娘たちだけは、助かるよう取り計らっていただけませぬか」

彼女が連れ子をしてきた三人の娘は、そのとき、長女のちゃちゃが十七歳、次女のはつが十五歳、三女のえよが十一歳であった。

いずれも浅井長政との間に生まれた子で、この娘たちのたどる道が、やがて戦国の世に大きな波瀾を呼びおこすのである。

「それはたやすいことだ。相手がほかならぬ秀吉ゆえ、三人の身柄はこころよく引き受けてくれるであろう」

勝家は即座に承知をして、老臣の中村文荷斎を呼び、三人の娘を秀吉の本陣まで送り届けるように命じた。

しかし、娘たちも姉のふたりは、もう感じやすい年ごろだ。

「いいえ、このまま母上とご一緒に死なせてくださいまし」

と、取りすがってせがんだが、文荷斎はそれをなだめすかして、三人を城外へ連れ出すと、かねて顔見知りの堀秀政に、その身柄を託した。

三人は、すぐさま足羽山《あすわ》にある秀吉の本陣へ送り届けられた。

篝火《かがりび》の明りのなかに、悄然《しようぜん》と肩を寄せあう娘たちの姿を見やって、

「おお、お市さまの姫御たちか。すっかり大きくなられたの」

秀吉はなつかしげに声をかけた。

この姫たちを見るのは、秀吉も小谷落城のとき以来である。十年の歳月は、彼女たちを見違えるばかりに成長させている。

長女のちゃちゃは、どちらかと言えば、お市さまには似ていない。父親浅井長政のおもざしを受け継いで、ふっくらとした感じの丸顔であった。しかし、その若い肌はなめらかで、透きとおるように白く、やはり、ずば抜けた美人には違いなかった。

「して、お市さまは、いずれに」

身を乗り出してたずねる秀吉へ、おちゃちゃは、悲しげに首をふってみせた。

「え――それでは、城に残られたといわれるのか」

秀吉も、一瞬、胸が詰まった。

だが、しかし、そのお市さまの気持も分からないではなかった。彼女が、みずから死の道をえらんだとしたら、もはや、どうにもならないことである。

（考えてみれば、お市さまも不倖せな星の下に生まれた方だな）

いかに戦国、乱世の時代とはいえ、いつも自分の意志など無視をされた政略のための縁組みをさせられ、そのあげくの果てに、二度までも落城の修羅場に追い込まれるとは、あまりにも残酷な運命だ。

（しかも、その二度とも、このおれが城を攻め落とす立場になるとは、これも前世からの因縁なのか）

これでは、いかに秀吉が藤吉郎の時代いらい、変わらぬ思慕の情を抱きつづけていたところで、到底、この恋の叶うわけがないではないか。

秀吉は、夜空にそびえ立つ北ノ庄城の天守を、遠く眺めやり、

（明日は、あの城もろとも、おれの恋も、きっぱりと葬り去ってしまおう）

そう、決意をした。

羽柴方の総攻撃がはじまったのは、四月二十四日の早暁（午前四時ごろ）であった。

城方も必死の防戦につとめた。だが、正午ごろには、ついに城内へ攻め込まれ、勝家は残った将士とともに天守閣へ立て籠って、最後まで戦いぬいた。

さすがに「鬼柴田」の異名を辱しめない奮戦ぶりである。

秀吉も業を煮やし、槍の決死隊を選抜して、いっせいに突入させる。

力尽きた勝家は、午後四時、天守に火を放つと、その火中で切腹して果てた。

殉ずる者、お市の方をはじめ八十余名。こうして信長がみずからの手で縄張りをほどこした北陸の名城も、夕方には完全に陥落をしていた。

秀吉は、ついに宿敵柴田勝家を倒すことができた。天下への道を突っ走る秀吉にとっては、まず第一の難関を突破したのである。

しかし、それだからと言って、ここで悠然と構えているような秀吉ではない。

翌日には早くも加賀へ兵をすすめ、佐久間盛政の居城の尾山《おやま》城（金沢市）へ入った。

この勢いには怖れをなして、加賀、能登の諸城がなんの抵抗も見せずに、ぞくぞくと降伏をしてくる。

柴田派の重鎮といわれた富山の城主、佐々《さっさ》成政までが、この情勢にうろたえて、早速、降伏を申し入れてくるありさまだった。

それればかりではない。

謙信亡きあとの越後を、がっちりと固めていた上杉景勝からも、秀吉の戦勝を祝し、あらためて、

——同盟

を誓う使者を送ってきたのである。

これは、かねてより秀吉の側近の石田佐吉が、上杉家の重臣、直江山城守兼続《かねつぐ》とひそかに気脈を通じていた、その秘密工作によるものだった。

石田佐吉は、おのれの郷里、近江の西雲寺の住僧が、たまたま上杉家中の直江兼続と昵懇《じっこん》の仲だと聞き知るや、去年の暮、その僧とともに、深い雪の中を越後へ潜行した。

こうして佐吉は、兼続と運命的な初対面を果したのだが、語り合ってみると、ふたり共に、永禄三年生まれの同じ歳だと分かり、それが機縁となって、このときからお互いにすっかり意気投合をしてしまった。

これが、

——性が合う
とでも言うのだろう。

人は妙なもので、出会いの一瞬の好き嫌いによって、損得勘定をこえた人間関係がうまれる。好きとなれば徹底的にウマが合うし、嫌うとなればどこまでも肌が合わない。

男女の仲も、まさにそれだが、男同士の友情には、それ以上のものがある。

この折り、佐吉と兼続のあいだには、上杉勢が越中へ進出して、柴田派の富山城の佐々成政を攻め、背後から柴田勝家の動きを牽制するという約束があった。

ところが、肝心な主人の上杉景勝が情勢判断の上で、決断がつかず、兼続の説得にもかかわらず、なかなか動き出そうとはしなかったのだ。

それがいま、この情勢となって、「同盟」を申し入れてきた。

（遅いといえば、遅すぎる）

そうは思ったが、しかし、秀吉は、それを噯気《おくび》にも出さなかった。

いまは一人でも味方のほしいところだ。ましてや、越後の上杉家が手を組むとなれば、心づよい。

このとき、秀吉の目は、早くも前途に立ちふさがるであろう、次の強敵に向けられていたからである。

その強敵とは、いつの間にか、
三、遠、駿、甲、信
と、五ヶ国にまたがり領土をひろげていた徳川家康の存在であった。

とにかく、こうして北陸路の平定は、またたく間に終わっていた。

「又左衛門どの」

秀吉は、会心の笑みをうかべて前田利家をふり向き、

「これで北陸路も当分は静かであろう。又左衛門どのには、能登の旧領のほかに、佐久間盛政の領地、加賀の石川、河北の二郡を加えてさし上げよう。この尾山は城地としては、なかなかよい場所ですぞ」

と、尾山を居城とすることをすすめた。

そして五月二日、北ノ庄まで戻った秀吉は、清洲会議以来の協力と、功労を賞して丹羽長秀に、越前の一国と加賀の能美、江沼の二郡を気前よく与えて、

「長秀どの。この名城、北ノ庄を居城といたされるがよい」

と、しきりにすすめた。

北ノ庄と尾山。ここに丹羽と前田を据えて、北陸の支配体制を築きあげれば、まだまだ本音の知れぬ佐々成政や、上杉景勝もうかつには動けぬだろう、という秀吉の狙いなのである。

ところで、この同じ五月二日に、勝家と手を組んでいた神戸（織田）信孝が、尾張内海《うつみ》の大御堂寺《おおみどうじ》において、自害させられていた。

秀吉が大垣から賤ヶ嶽の戦線へ駆けつけたあと、北畠（織田）信雄が美濃へ入り、岐阜城を囲んでいた。信孝も柴田の滅亡を知るや、戦意をうしない、城を捨てて尾張

知多郡の内海に逃れたが、信雄の追及はきびしく、ついにみずからの手で命を絶ったのである。

信孝、このとき、二十六歳。

いかに腹違いとはいえ、同じ信長の血をうけた兄弟の仲での争いであった。もちろん、ここまで追いつめたのには、信雄の背後に秀吉のさしがねがあったからであろう。

最後まで、伊勢の長島城で抵抗をつづけていた滝川一益も、はや大勢の抗し難きを悟って、北伊勢五郡の領土を投げだし、秀吉に降伏を申し入れてきた。

秀吉は、一益の命はゆるしたが、かれに与えたのは越前の大野で、わずか五千石であった。これでは島流しも同然の捨て扶持にすぎない。

そして、要害の地、伊勢長島は、まことに気前よく信雄に献じたから、信雄はこれですっかり満足をして、得々としていた。

こうして、織田家中の反秀吉勢力はきれいに一掃された。

秀吉の地位と実力は、いよいよ高く、そして測り知れぬ大きさとなっていた。すでにこのとき、秀吉の直轄領地は、二百万石にも及んでいたといわれる。

秀吉は、その実力のほどを誇示するかのように、いよいよ大坂築城へとりかかったのである。

本願寺が退去させられたあとの石山の地は、池田勝入（恒興）が預かっていたが、秀吉は勝入を大垣へ移し、みずから大坂へ乗り込んだ。そうしたことが思いのままにできるまで、すでに秀吉には権威がそなわっている。

思えば石山の地は、信長が長年にわたり、手に入れようと執念を燃やし、苦労の末、ようやく手中にしたものの、利用するいとまもなく終わった要害の地だ。これを秀吉は、棚からぼた餅で、あっさりと頂戴してしまったのである。

三十余ヶ国にわたる大名たちに手伝いを命じた大坂築城は、当時としては途方もない規模の縄張りで、大々的にはじめられた。

主人の秀吉が羽振りがよくなれば、その配下の面々も、一様に恩恵をこうむるのは当然のことであった。

賤ヶ嶽で戦功をたてた福島、加藤などという暴れん坊連中も、思いがけぬ高禄を賜わって、にわか領主に出世をしていた。

石田佐吉——いや、このころからもっともらしく三成と名乗っていたのだが——彼も、異例の抜擢をうけた一人であった。

なんと、三成はこのとき、近江国甲賀郡の水口《みなぐち》城主に封ぜられ、四万石を与えられたのだ。

これはおそらく、賤ヶ嶽の決戦から北陸征討の際における、上杉景勝への秘密工作が成功したので、秀吉からその手腕を高く評価された結果なのだろう。

歳、まだ二十四にすぎない若輩が、いきなり一城のあるじと出世をしたのである。

夢を見るような心地で、嬉しいことは嬉しかったのだが、三成、ここでハタと弱ってしまった。

にわか城主の悲しさで、家臣がまったく居ないのである。

もちろん、浮沈の激しい戦国乱世のことだから、巷には滅亡した諸家の浪人者がうようよといる。これを適当に召し抱えれば、一応、格好はつく話なのだが、

（いや、ただ頭数をそろえるだけでは、意味がない）

と、三成は考えた。

（折角、家臣を召し抱えるのなら、人数よりも、まず人材を得なければならぬ）

この点、三成は自分自身というものを、冷静な目で客観的に分析できる精神の持ち主であった。

（おれは、こと政治に関しての裏面工作や、謀略には自信が持てるが、いざ合戦とな

ると、武将として素質に欠けるものがある。家臣を召し抱えるのなら、このおれの欠点を補えるような、立派な武人が欲しいものだ)

そこまで自分の欠点を見きわめるあたりが、とかく単純な福島正則や加藤清正といった面々とは、根本的に違ったところで、それがために、どうも三成と彼等は肌の合わない感じだったのである。

(どこぞに誰か、そのような者はおらぬだろうか)

そう思案をめぐらす三成の脳裏に、ふと、このとき、思い浮かんだ人物がある。

亡き信長公の葬儀を、京の大徳寺で執り行った折りに、偶然、出会った島左近勝猛《かつたけ》の顔を思い浮かべたのである。

(そうだ——あの御仁なら)

とは思ったものの、さすがに三成が、

(いやいや、いくらなんでも、あの方に家来になってくれとは、言い出せない)

と、思い直した。

なんといっても、島左近といえば、世に知られた武人で、筒井家でも侍大将を務めたほどの豪の者だ。

三成のような、にわか城主の若輩が、そんな話を持ちかけていったら、

「この青二才が、なにを思い上がって」

と、一蹴されることは目に見えている。

人間、望みがないと思えば思うほど、いよいよそれが欲しくなるものだ。三成は、どうしても島左近を諦め切ることができなかった。

（どうせ、駄目なものでも、せめて一度なりと、意向を確かめてみたい）

その思いは、つのるばかりだった。

ところが、肝心な島左近の居どころが分からないのである。

（あの大徳寺の葬儀場で逢った折り、いまは仮り住居で、いずれに落ち着くか分からぬと申していたが、あのときの口ぶりから察して、おそらく洛中のどこぞに浪宅を構えているのではあるまいか）

三成は、そう考えた。

そこで、年は老いているが、それだけになかなか気の利く下僕の六郎次を呼び寄せ、

「お前に、ひとつ厄介なことを頼みたい」

と、切り出した。

「はあ、なんでございましょう」

「京へ参って、人を探し出して貰いたいのだ」

「して、その相手と申しますのは、どういう御仁なので」

「もと筒井家の侍大将で、いまは浪人をしている島左近勝猛という御仁だ」

「その方なら、手前もお名前だけは聞き及んでおります。合戦場での駆け引きも巧みで、大そうな武辺者《ぶへんしゃ》だという評判の方ではございませぬか」

六郎次にそう言われると、三成もわが意を得たとばかりに、大きくうなずいて、

「爺い——この三成、是非ともあの左近どのを、当家に招きたいと思っておるのだ」

「え、島さまを、お召し抱えになさろうとおっしゃるので」

「無理だと思うか」

「い、いえ、別にそうは申しませぬが」

若い主人に遠慮をして、口を濁したものの、六郎次のおもてにはありありと、懸念の色が浮かんでいた。

「わたしのような若輩が、島どのを召し抱えようなどと考えるのは、身の程知らずと笑われるかもしれんが、はじめから無理は承知のことなのだ。とにかく、島どのに一度会って、じかに話をしてみたい」

「それで手前に、島さまの居場所を探し出せと、おっしゃいますので」

「そうだ。わたしの察するところでは、島どのは必ずや、京のどこかに居られる筈。幾日、幾十日かかってもよいから、京に滞在して、居場所を突き止めて欲しいのだ」

そこまで主人が熱意を抱いているのを知ると、六郎次も、これはなんとしてでも探し出さねばならないと思った。

「承知いたしました。早速、京へ参りまして尋ねてみましょう」

「頼んだぞ。これは当座の費用じゃ」

青緡《あおざし》の銭《ぜに》、一貫文ばかりを、六郎次の前へ押しやった。

当時のことで、宿はいずれも木賃宿だから、これだけあれば、当座の泊りには事欠かない。

「お預かりいたします」

翌朝、六郎次は水口から京へ向かった。

が——さて、当てもないまま人を探すとなると、京の町も結構、広いのである。

老僕の六郎次が、京へ着くや、足を棒にして諸方を尋ね回ったが、

「島左近という御浪人衆——さあ、そういう方のことは耳にいたしませんな」

と、一向に消息が摑めなかった。

三日、四日と、いたずらに日が過ぎて行く。

「三成さまは、きっと京にいる筈だと申されたが、あるいはもう、どこぞ他の土地へ行かれたあとではなかろうか」

六郎次も、なんとなく諦めかけた気持になっていた。

——ところが
その当の島左近は、まだ京の市中に住んでいたのである。ただ、その名前を、

——鳥山左京
と変えていた。嶋の字を分けると、鳥山になる。これは決して、洒落でも、ふざけたわけでもない。

変名を使ったのは、あくまでも世間から身を隠すためであり、これ以上、筒井家といざこざを起こしたくない配慮からであった。

住まいは、五条松原通りのほとりにある、商家の離れを借り受けていた。

身の回りのことは、相変わらず赤尾角兵衛が小まめにやってくれる。だから左近としては、毎朝、足ならしに六波羅密寺や、清水寺のあたりを歩き回ってくるのが日課になっていた。

そんな自分を、

（まだ寺詣でをして後生を願うほど、老いている身でもないのに）

と、われながら批判的に眺めるのだが、毎朝のように、足はいつしかそうした寺々へ向いていた。

そして、本堂の前に佇めば、いつしか、亡き妻せつの菩提を弔って、合掌をしていたのである。

（これで、よいのか）

と、思うときもある。

（戦場では鬼神とも、阿修羅ともいわれた島左近は、どこへ失せてしまったのだ。このまま市井に埋もれ果てて、悔いはないのか）

そう自分自身に問いかけてみるときもある。

だが、すでに筒井順慶で懲りている。いざというとき、土性っ骨の据わらぬ、なまじの主人を持つくらいなら、このまま市井に埋もれてしまったほうが、

「よほどましだ」

と、考えるのである。

では、天下を見回して、左近がほんとうに働き甲斐のあるような主人が、一体、ど

こにいるのだろうか。

（まず、第一に数え上げられるのは、羽柴筑前守秀吉だろうが、これはチト大物になりすぎてしまった）

山崎の合戦から賤ヶ獄の一戦と、あれよあれよという間に、天下を狙う階段を駆け登り、いまや、完全に亡き信長の後継者の地位を獲得している。

（あそこまで行かれてしまっては、もうおれなぞの働く余地はない。むしろ、誰がその秀吉のあとを狙うかだ）

左近の興味と関心は、そこにあった。

そんな左近が、この日も日課の寺めぐりを終えて、松原通りのほうへ戻りかけたとき、向こうから異様な姿の一団がやってきた。

人数は、六、七人。いずれも浪人連中らしいが、ことさらにいかめしい造りの鍔《つば》の大きな大刀を、かんぬき差しにし、髭っ面にギョロリと眼を剝くと、わざと往来の人々を睨み回しながら、大路の真ン中を闊歩《かつぽ》してくる。

往来の人々は、みな怖れて、道ばたを小さくなって通る始末。それがまた、彼等には痛快で堪らない様子なのだ。

近ごろ、京にはこういう連中の姿がよく見かけられる。

主家を滅ぼされて、都へ流れ込んできた浪人たちとか、落ちこぼれの雑兵、足軽連中とかが、世の中を拗《す》ねて厭がらせをしているのだ。

（情けない奴等だ）

同じ浪人の境遇にある左近の目にも、そんな連中の姿は妙に腹立たしかった。

「あれは、いばら組じゃ。近づいたら、とんだ祟《たた》りがあるぞ」

町の人々が、そうささやき合うのを耳にして、浪人たちはいっそう得意顔である。

左近が遠く見送るうちに、この一団は、六条新地の一画にある遊女屋へ、どやどやっと入り込んでいった。

その面々を迎えて、

「どうした、遅かったじゃねえか」

と、奥の一間から声をかけた、ふたり連れの浪人者がいる。

「や――お頭《かしら》。こちらでしたか」

髭っ面の連中が、町を闊歩するときとはまるで別人のように、ペコペコしながら、ふたりの浪人者の前へ坐った。

「まあ、いいから飲め――酒が足りなかったら、どんどん取り寄せろ」

かたわらの妓を片手で抱き寄せたまま、ふたりの浪人者は、いかにも横柄な口の利き方だった。

このふたりが、いま京の市中で、悪名の高い「いばら組」の首領といわれている、星影土右衛門と、猪子槌之介なのだ。

世の中を捨て鉢半分で生きている暴れ者ぞろいである。こんな連中に乗り込まれた遊女屋のほうこそ災難だ。

酒や肴の飲み食いはもちろんのこと、女たちまで手当たり次第に抱き放題の乱行をくりひろげられた上に、果たして、満足に勘定を払ってくれるか、どうか。怪しいのである。

とはいえ、それを用心して酒を出し渋ったり、女たちが厭なそぶりでも見せようものなら、たちまち因縁をつけられて、見世を叩き壊されかねない。

多少のところは目をつむって、泣き寝入りするよりほかはないのだ。

「さあ、酒だ。酒だ。どんどん持ってこい。女も足りんぞ。みんなここへ集まって来い」

好き勝手なことをほざいて、わいわいと騒ぎ立てる。

ほかの客は、飛ばっちりを怖れて、早々に引き揚げてしまうし、遊女屋の亭主も文句は言えずに小さくなっている。

　さんざん乱痴気騒ぎをやったあとは、さすがにこの暴れ者連中も疲れたのか、

「おい、お前たちは、もう向こうへ行っていろ」

と、妓たちを追い払った。

　いままでさんざん懐へ手をさし入れて乳房をまさぐったり、内股を覗き込んだり、好き勝手な真似をしていた癖に、ゲップの出そうな顔つきをして追い払うのだから、いい気なものである。

　妓たちは、これ幸いとばかりに、いち早く姿を消してしまう。

　髭っ面連中が、思い思いの格好で、壁に背をもたせかけ、トロンとした目付きで、

「いやあ、お頭――きょうは、もうとても飲めんですぞ」

などと、他愛もなく手を振っている。

　それを眺め回した上座の星影土右衛門と、猪子槌之介が、

「だらしのない連中だ」

と、舌打ち鳴らして顔を見合わせたが、

「おい、目をさませ。話があるんだ」

いきなり手を叩いて、土右衛門が怒鳴りつけた。

「はっ——なにかご用で」

配下の面々が、いっせいに身を起こし、顔を向けた。

「きょう、お前らを呼び集めたのは、ただこうして酒を飲ませるためじゃない。お前らに少しカツを入れようと思ったからだ。どうも近ごろ、お前たちはいい気になって、小さなタカリなんぞで満足しているようだ。そんなことでは、いばら組の名が泣くぞ」

「はっ——どうも申し訳ありません」

「それに、だ。聞くところによりゃあ、所司代あたりも、そろそろおれ達に目をつけ出したということだ。のんびりと構えちゃいられねえンだ。ここらで大きく稼いで、しばらく京から離れなくちゃならねえ」

「所司代が——本当なんで」

「誰が嘘なんぞ言うものか——そこで相談なんだが、どこぞにめぼしい稼ぎ場はねえか。それで大きく金を摑んだら、当分のあいだ京をおさらばするつもりさ」

首領の土右衛門からそう言われて、配下の連中もにわかに酔いのさめたおももちで、互いに顔を見合わせている。

どうせ、いまさら出世の望みもない身と、自分から拗ねて捨て鉢になっている連中だったが、所司代が目をつけ出したと聞けば、緊張に身が引き締まる。当時の所司代は厳罰主義で、見せしめのため容赦もなく極刑に処したからだ。人間、いざとなれば、やはり命は惜しくなるものである。

「――お頭」

と、そのとき、配下の一人が、土右衛門と槌之介の前へ這い出した。

「それなら、ちょうどいい家があります。なにしろ、合戦さえあれば、しこたま儲かるという商売なんですから、金は唸るほどあるに違いないンで――その家というのは」

調子に乗って喋りかけるのを、

「しっ――声が高い」

土右衛門が、あわてて制した。

五条松原通りに、あたりの町家よりもひときわ目に立つ、立派な構えの商家があった。

――井筒屋

という屋号だが、この見世は、鞍《くら》とか鐙《あぶみ》とか、馬具いっさいを扱う商いで、絶え間なく戦乱のおこる時節柄、人も羨むほどの繁昌ぶりである。

鉄砲という革命的な新兵器の出現で、戦法も武装も大きく変わってきたが、しかし、名のある武将にとって、馬だけは依然として大事な乗りものだった。

それだけに、単なる実用というのではなく、むしろ威厳を示す装飾として、いよいよ馬具は贅沢で華美なものとなっていた。

京でも名の通った、この井筒屋なぞ、笑いがとまらぬほど儲かって仕方がない——という、もっぱらの巷の評判であった。

いばら組の浪人連中が、めぼしい稼ぎ場として、この見世に目をつけたのも、当然だったかもしれない。

——その夜

星影土右衛門と猪子槌之介を先頭に、五、六人の配下が従った「いばら組」の面々が、この井筒屋の前へとやってきた。

すでに見世の大戸はおろされている。

「よし、打ち合わせ通り、うまくやれ」

配下の一人に耳うちした土右衛門が、他の連中へ手をふって合図をすると、いっせいに足音を忍ばせて見世の左右の物かげへ身をひそませた。

命じられた配下の男が、大戸に設けられてあるくぐり戸を、こぶしで軽く叩く。

「井筒屋――夜分まことに相済まんが、まだ起きておるかな」

柄にもなく神妙な口調である。

「はい。どなた様でございましょうか」

戸の向う側から見世の者が尋ねてきた。

「所司代の者じゃが、至急、連絡せねばならぬことがあって、参ったのじゃ」

「あ、これは――わざわざ恐れ入ります」

所司代と聞いただけで恐縮した見世の者が、急いで戸締りを外し、くぐり戸を内からひらいた。

とたんに浪人者が、見世の者を押しのけて中へ躍り込む。

それと見たいばら組の面々が、物かげより走り出して、次々に見世の中へなだれ込んでゆく。

「あ、あなた方は――」

「騒ぐでない」

と、見世の者たち二、三人をじろり見回した星影土右衛門が、

「われらは決して盗賊なぞではない。ただ不運にして、世に恵まれず主家を失った浪々の身の上。そこで当家を見込んで頼みに参ったまでだ」

「お、お頼みと申されますと」

「されば、われらが再び世に出るまでのあいだ、いささかの暮らしの資金を合力して貰いたいのだ。頼みとはそのこと」

盗人にも三分の理屈というが、随分勝手な言い分である。はじめから返すつもりのない金を貸せとは、ひどい話。それも、刀を抜いて、脅しながらの文句なのだ。見えすいた魂胆だった。

「お話はよく分かりましてございます。ちょっと、お待ちを」

見世の者たちも、ここでヘタに騒ぎ出せば、かえって相手を兇暴にさせるだけだと承知していたから、おだやかに受け答えて、年長のひとりが奥の帳場へ行くと、しばらくゴソゴソやっていたが、

「お待たせいたしました」

片手に小さな紙包みを持って、星影土右衛門の前へ戻ってきた。

「些少ではございますが、どうぞ、お納め下さいまし」

「うむ」

と、紙包みを受け取った土右衛門が、掌で重味を測ったとたん、

「なンだ、こりゃあ」

わめきざま、土間へ叩きつけた。

「人を馬鹿にするのもいい加減にしろ。こんなはした金で、おれ達を追っ払おうというのか。われわれいばら組を、なんと思っておる。承知せんぞ」

俄然、本性を剝き出しにして、怒鳴り立てた。

「えッ、いばら組」

見世の者たちは、とたんに顔色を変え、ちぢみ上がってしまう。

「貴様らでは話にならん。主人はどこだ」

大声にわめきながら、土右衛門を先頭に土足のまま、どかどかと奥のほうへ踏み込んでゆく。

こうなっては見世の者たちも、それを止めることもできない。さりとて表へ飛び出して助けを求めようにも、浪人者の一人が戸口に立って、見張っているから、動くに動けなかった。

井筒屋の主人も、見世での、この気配を聞き知って、奥の一間に家族の者を集め、息を殺していた。

夫婦と娘ふたりの家族だが、とくに娘たちは年ごろの姉妹だけに、

（何をされるか、分からない）

と、それが心配で、夫婦が楯になってうしろに庇《かば》っている。

そこへ、足音も荒く、いばら組の連中が踏み込んできた。

「貴様が、この家の主人か」

「は、はい。さようでございます」

「おれは、いばら組の首領、星影土右衛門。こっちは同じく猪子槌之介という者だ」

「お名前は、かねがね承っております」

「ふふン。どうせ、あまりいい評判ではなかろう」

肩をゆすった土右衛門が、髭っ面を突き出して、夫婦を見据えると、

「近ごろ、おれたちの行状について、所司代あたりが、だいぶうるさくなっている。ついては、おれたちもこの辺で京からしばらくおさらばをしようと思っているのだ」

「は、はい」

それは結構なことで、とも相槌は打てず、主人はただうなずくばかりだ。

「そこで、当座の暮らしに、少しまとまった金が必要なンだ。いま、京の町でも繁昌と評判のこの井筒屋なら、多少の無心も聞いてくれると思い、やって来たのだ」

無心などと、口さきでは言うものの、夜中、他人の家へ土足で踏み込んでの所業だから、これは盗賊と同じことだ。

ただ、この星影土右衛門という男、以前はどういう身分の武士なのか。妙なところで格好をつけたがる癖があるようだ。

「手前どもの見世が繁昌などと、どこでお聞きになった噂か存じませんが、なにせ、しがない馬具を扱うあきない、儲けなぞタカの知れたものでございます」

「逃げ口上は、許さんぞ」

「いえ、正直な話――商人は仕入れが肝心。物がなくては売れません。ですから、お金はいつも右から左へ、材料の仕入れや、下職の職人たちへ渡って、手許になぞ置いておかぬものでございます」

「では、金は出せんと言うのか」

土右衛門が、きっとなって睨みつけた。

下手《したて》に出ながらも、井筒屋のあるじは、言うべきところは、きっぱりと言いきる。

「いえ、そうは申しませんが、まとまったお金とおっしゃられても、それは無理だと申しあげておりますので」

さすがに老巧な商人だけに、井筒屋のあるじは言葉巧みに予防線を張った。

「そうか――そう聞けば、あまり無理も言えぬようだな」

口元をゆがめて、つぶやいた土右衛門が、このとき、左右の配下の連中へ、目顔で合図をして、ぐいっとアゴをしゃくった。

そのアゴの動いた方向には、井筒屋の娘ふたりが、身をすくめている。

とたんに、浪人たちが躍りかかって、井筒屋の夫婦を押しのけるや、娘ふたりを小雀でも捕えるように、おさえ込んだ。

「それ、ひっかついで行け」

猪子槌之介の声もろとも、浪人たちは強引に、嫌がる娘たちを手取り足取り、ひっかついで暗い庭のほうへ走り出してゆく。

「や――な、なにをなさいます」

さすがに青くなった井筒屋のあるじが、土右衛門の裾へすがりついた。

土右衛門、その手を容赦もなく払いのけると、せせら笑いを浮かべ、

「井筒屋――娘たちを助けたいと思ったら、あと半刻のうちに、黄金三十枚、耳をそろえて建仁寺の境内まで、おぬしが持って来い。そうすれば娘は返してやる」

「黄金三十枚！」

当時としては、大金である。

「可愛い娘たちの身代金にしては、安いものだろう」

「そ、そんな……」

「不服というなら、金は持って来んでもよい。その代り、娘たちはさんざん慰みものにした上で、どこぞへ売り飛ばすまでだ」

「あ、あまりといえば、無体ななされ方でございます」

「うるさい。よいか半刻のうちだぞ。もし、役人なぞに知らせたときは、容赦なくその場で娘たちの命は貰うからな。それだけは、しかと承知しておけ」

言い捨てて、土右衛門は立ち去ってゆく。


この井筒屋の奥まった裏手に、離れになった一室があった。以前は、井筒屋の先代が隠居所に使っていたのだという。

鳥山左京と名を変えた、島左近の主従は、この離れを借り受けていたのである。

井筒屋の主人とは、筒井家にいたときから、たびたび馬具を買い入れて顔見知りの仲。その縁もあって、井筒屋のほうから、

「どうぞ、ご遠慮なくお使い下さいまし」

と、申し出があり、左近もその言葉に甘えて、しばらく借りることにしたのだ。

井筒屋も、左近の立場や事情は心得ているから、見世の者たちにも堅く口止めをして、決して本名は言わせず、

「鳥山さま」

で通させていた。

その左近が、ふと、母屋のほうから聞こえてくる異様な物音に、目をさました。

夜のはやい左近は、もう寝床に入っていたのだ。

「角兵衛」

と、声をかけたが、返事がない。隣りの床に姿も見当たらなかった。

左近が、床の上に起き直ったとき、その赤尾角兵衛が寝間着姿のまま、庭のほうから走り込んできた。

「大変でございますぞ。どうやら見世へ盗賊が押し入ったようなので」

「なに」

それと聞くや、枕元の大刀をわし掴みにした左近が、真一文字に庭へ走り出て、母屋へと駆けつけた。

が——ほんの一足違いで、いばら組は引き揚げたあとだったのである。

「いかがなされた」

せわしく問いかける左近へ、井筒屋の主人、喜左ヱ門が顔面蒼白、声もふるわせながら、一部始終を語って聞かせた。

「なに、娘御たちを人質にして行ったとは、卑劣なやり方。許せん奴等だ」

「こうなりましてはいたし方もございません。いばら組の要求通り、金を渡してやるしか道はありません」

「では、むざむざと、言うなりになると申されるのか」

「娘たちの命には代えられませぬ」

「喜左ヱ門どの――相手は、無法者のいばら組。たとえ要求通りの黄金を渡したところで、果たして娘御たちを素直に戻すであろうか」

左近には、その点が気がかりだった。

「そうおっしゃられると、手前には自信はございませんが、賭けてみるより仕方がございません」

「この左近も、建仁寺へ同行いたそうではないか」

「えッ、島さまが――いいえ、それはなりませぬ。奴等のことでございます。手前ひとりでないと知ったら、それこそ娘たちの命が危のうございます」

親として、その懸念も当然だったが、いばら組のような連中を、このままのさばらしておく気にはなれない左近である。

「拙者に考えがある。どうか拙者を信じて、任せてはくれぬか」

建仁寺は、大和大路四条の南にある。京都五山の一つで、鎌倉の将軍、源頼家が敷地を寄附し、建仁二年（一二〇二）に伽藍《がらん》が造営されたところから、年号をそのまま寺号にしたといわれる由緒古い寺であった。

その広い境内も、戦乱のうち続く世だけにいまは荒れ果てて、手入れも行き届かないありさま。まして夜ともなれば漆黒の闇につつまれ、ひっそりと静まり返って、とても町中とは思えない様相だ。

いばら組の面々は、扉のとざされた仏殿の前にある石段のあたりに陣取って、

「もう、そろそろやって来るころだ」

と、暗い参道へ眸をこらしていた。

強引にさらってきた井筒屋の娘たちは、声を立てぬように猿ぐつわを嚙ませ、両手をうしろ手に縛りつけると、首領の星影土右衛門のかたわらに引き据えてある。

「遅いじゃねえか。もう半刻は、とっくに経っているぞ」

猪子槌之介が、苛立った様子で吐き捨てるようにつぶやく。

「まあ落ち着け――黄金三十枚を揃えてくるんだ。多少手間がかかるのは仕方がねえさ」

土右衛門がなだめるように声をかけた。

「まさか、所司代へ訴え出たのじゃあるめえな」

「そんな馬鹿でもあるまい。娘ふたりをみすみす見殺しにする親が、どこにいるものか」

と言いながら、かたわらの姉妹をふり向いた土右衛門が、

「それにしても、さすがに都だ。美人揃いの娘たちじゃねえか。このまま返してしまうのも、勿体ねえような気がする」

「なんだ土右衛門。おぬしはこの上玉を返す気でいたのか。冗談じゃねえ。金だけ巻き上げたら、親爺なぞあと腐れのねえように、叩っ斬ってしまえばいいんだ」

槌之介がうそぶいたとき、

「や――来たぞ」

配下の浪人たちが、口々に叫んだ。

見ると、参道の遠いかなたに、ポツンと、提燈《ちょうちん》の明りが見えてきた。

さすがに馬具を扱う井筒屋だけに、当時はまだ、武家や軍陣用としてだけ使われて

いた提燈を用意してあったらしい。

ゆらゆらとゆらめく、その小さな明りの動きは意外に遅く、なかなか近づいて来ない。まるで焦らすような動きである。

「なンだ。ぐずぐずしていやがって」

「恐ろしくて、足がすくんでいるのだろう」

配下の浪人たちが、口々に勝手なことをほざきながら、それでも眸だけは提燈の動きに吸い寄せられていた。

「じれってえ。誰か行って、引きずって来い」

到頭、業を煮やした槌之介がわめいた。

「じゃ、手前が」

浪人のひとりが、石段の下から走り出していった。

すると、ゆらゆらと動いていた提燈の火が、ふっと吹き消されたのだ。

「やっ——妙な真似を」

土右衛門も、思わずキッとなって、大きく一歩、身を乗り出していた。

このときであった。星影土右衛門が背後に人の気配を感じとったのは——。

ハッとして振り向く目の前に、黒い人影が立ちはだかっている。

「誰だ。手前は」

「貴様が、星影土右衛門か」

「なにッ――おれが土右衛門だったら、どうだと言うんだ」

「世のためだ、死んで貰う」

黒い影が言い放ちざま、抜き討ちの一太刀を浴びせかけた。

ピュッと、鋭く風を切る大刀。

さすがの土右衛門が体をかわすいとまもなく、真っ向から袈裟がけに斬りつけられていた。

土右衛門の五体が、声もなく石段の下へ転がり落ちていった。

「やっ、兄弟分をやりゃあがったな」

猪子槌之介が腰をひねって大刀の柄へ手をかける、その鼻先へ早くも白刃が突きつけられ、動きを封じてしまう。

「角兵衛――いまのうちだ」

黒い人影が呼ばわった。島左近の声である。

「はっ」

と、答えて仏殿のかげから走り出した赤尾角兵衛が、縛られてうずくまっている娘

たちのそばへ走り寄ると、手早く脇差で綱を切りほどき、

「さあ——こっちへ」

ふたりを庇いながら仏殿のうしろのほうへ退ってゆく。

「あいつらを逃すな」

槌之介が、配下の浪人達へわめき散らした。

その癖、自分は相手の切先に封じられて、身動きもとれない始末なのだ。

左近は、浪人共が角兵衛たちを追わんとするのを見るや、槌之介をうち捨てて、さっと横に走った。

「貴様らッ」

カッと眼を剝いて叫びざま、横なぐりの大刀を浴びせつける。戦場で鍛えたその大刀だ。浪人の二、三人が弾かれたように大地へ叩きつけられた。

「うぬッ」

猪子槌之介が、追いすがりざま、左近の背後から大刀を振りかぶる。

「危ないッ、旦那さま」

角兵衛が叫んだのと、左近が振り向いたのが、ほとんど同時。いや、その瞬間には、左近の大刀が斜めに下から撥ねあがっていたのである。

「わッ」

　ざっくり、顎《あご》を斬りつけられて、槌之介がのけぞりざま、石畳みの上から、三尺ばかり下の大地へ仰向けに落ちていった。

　こうなると、残ったいばら組の浪人共は他愛もない。怖じ気づいて尻込みをしたかと思うと、いっせいに背を見せて、闇の中へ逃げ出していた。

　左近は、ほっと肩で息をついた。

　よもや、これほど作戦通りにことが運ぶとは思っていなかったことだ。

「島さま」

　と、そこへ火の消えた提燈を手に、喜左ヱ門が駆けつけてきた。


　洛中洛外に悪名の高かった暴れ者の集団、「いばら組」の首領、星影土右衛門と猪子槌之介のふたりが、一挙に退治されてしまったというので、その夜の建仁寺での出来事は、たちまち市中の評判となっていた。

「なんでも、松原通りの井筒屋さんにおいでになる、鳥山左京とかおっしゃる御浪人だそうだが、大したお腕前じゃありませんか」

「ほんとうに有難いことで——あの無法者連中が居なくなったと思うと、ほっとしますからね。そのお方は、手前ども町の者にとっては大恩人ですとも」

どこへ行っても、この話で持ちきりであった。

鳥山左京——という名は、いまや洛中で誰ひとり知らぬ者はないほど、有名になっていたのである。

「これは参ったな」

と、一番弱っていたのは、ほかならぬ本人であった。これでは市井へ身を隠した意味がない。

ところが、さらに困った事態が生じてきたのである。

「いばら組」成敗の評判を聞きつけた京都所司代が、

「是非とも、その鳥山左京なる浪人者に会って、せめて褒美の品なりと授けたい」

と、言い出したのだ。

早速、松原通りの井筒屋喜左ヱ門のところへ、所司代からの使いの者がやってきた。

「主人喜左ヱ門も同道の上、当家に滞在中の鳥山左京どのに所司代役所まで出頭いたされるよう伝えられたい」

という申し入れである。

洛中洛外では、絶対の力をもつ所司代だ。これは申し入れというよりは、否《いな》やを言わさぬ出頭命令に近い。

「島さま。これは決して悪い意味でのお呼び出しではございません。きっと、いばら組退治のことで、お褒めの言葉をいただけるのでございましょう」

喜左ヱ門は、我がことのように喜んでいる。

「いや、それが困るのだ。これ以上、仰々しい騒ぎとなっては、なんのために変名まで使って市井に隠れ住んだのか、まるで意味をなさなくなってしまうではないか」

左近にすれば、出来ることなら、このまま京から逃げ出してしまいたいほどの気持であった。

「島さま――とにかく所司代から、いったんこう申して参りましたからには、理由もなく断るということはできませぬ。この喜左ヱ門からもお願い申し上げますから、どうか手前と一緒に出頭なさって下さいまし」

喜左ヱ門の懸命な口説きに、左近もつい根負けがして、

「仕方がない。それでは御主人のために、ちょっと顔を見せに参るか――ただし、念のために申しておくが、わしの本名については、絶対に明かさぬようにして貰いたい。よいな、しかと頼みましたぞ」

と、条件をつけながらも承諾してしまった。

こうして、両人は所司代へ出頭した。

当時、京都所司代の重職についていたのは、前田徳善院玄以《げんい》という坊主あがりの人物だった。

以前は、亡き織田信長の側近のひとりで、とかく厄介でうるさい寺社関係との交渉や折衝に、大いに活躍していた。その実績を秀吉から買われて、いま、どうしても寺社とのかかわりの多い京都所司代の地位に抜擢されていたのである。

「ほう――井筒屋喜左ヱ門と、鳥山左京なる浪人者が参ったか、よろしい、座敷へ通しておくがよい」

取り次ぎをうけた前田玄以は、上機嫌にそう命じて、やがて平服のまま、その座敷へと足を向けた。

ふたりは、所司代の姿を見るや、その場に手を仕えて頭をさげた。

「よいよい、遠慮せず、おもてを上げい」

そう気軽に言って、喜左ヱ門と並ぶ鳥山左京の顔をなにげなく見やった玄以が、

「や――」

と、思わず小さく口走っていた。

その面体にどこか見覚えがあるように思えたからである。

「おぬしが、京の厄介者、いばら組を退治してくれた鳥山氏か」

「はっ。偶然、そういう羽目に立ち到ったまでのことで」

「いやいや、洛中の治安を預かる所司代としては、まことに面目もない次第。そこもとに厚く礼を述べねばならぬ」

と、丸い頭をさげた玄以が、

「ところで、つかぬことを尋ねるが、鳥山左京と申されるのは、まことの御姓名か、もしや、何か仔細あって世を忍ぶ仮りの名を使われておるのでは」

言いながら、じいっと、左京のおもてを見つめた。このときになって、はっきりと思い出した記憶に突き当たったからだ。

「恐れ入った次第で」

「では、やはり——筒井順慶どののもとにおられた、島左近どのでござったか」

「——は」

左近も、こうなっては仕方なく、軽くうなずいてみせた。

「なるほど。そうであったか。つまりは順慶どのに遠慮なさって、偽名を名乗られておいでなのだな」

「……」

「いやいや、道理で悪党どもを退治された手際が見事であった筈。戦場では鬼といわれた左近どのにかかっては、いばら組の面々が手も足も出なかったのは当然のこと。玄以、あらためて感服つかまつった」

もともと多弁多才な僧侶あがりだけに、玄以の口調はいささか大仰である。

(やはり、来るべきではなかった)

と、左近は後悔した。

折角、市井に身を隠していたのに、これですべてが御破算になってしまったのだ。

(またまた、面倒なことが生じて来なければよいが……)

いまさら取り返しのつかぬことながら、そう念ずるより仕方がなかった。

石田三成の言いつけで、京へ出ていた老僕の六郎次は、まだ七条あたりの木賃宿に泊って、毎日、市中を歩き回っていた。

もう、これぞと思う心当たりのところは、全部尋ね歩いてしまったから、さすがに六郎次もあきらめ気味になっていた。

「これほど尋ねても、分からぬところをみると、島左近という方は、きっと京には居られぬのだろう」

あと一日、探し歩いても、手がかりが得られなかったら、いったん水口へ戻ろうと、腹を決めていた。

収穫がなければ、疲れもいっそう大きい、重い足を引きずって、夕暮れのなかを木賃宿へ戻ってくる。

「おや、お帰りなさい——きょうも、尋ねる方は見つからなかったようですね」

木賃宿の亭主も、六郎次の疲れきった表情から、それと見当をつけたようだ。

「ええ。こうなったら、あした一日で切り上げようと思っています」

「それは残念な」

六郎次が土間伝いに奥のほうへ入ってゆくと、一間に四、五人の泊り客がたむろして濁り酒を五郎八《ごろはち》茶碗であおりながら、声高で世間話に興じている最中だった。

「なにしろ凄いもんさ。洛中の人々をあれだけふるえ上がらせていた無法者のいばら組の連中、五、六人を向こうに回して、たった一人で斬り込んでいったというんだから」

「うむ。おれの聞いた話じゃ、首領の星影土右衛門をあッという間に一太刀で斬り倒してしまったそうだから、大した腕前の方さ」

「その鳥山左京とかいう浪人衆は、一体どういう方なんだろう」

「いや、それなんだが」

と、脇から一人が身を乗り出して、話へ割り込むや、

「きょう、所司代へ出入りしている者から聞いたばかりの話なんだが、その鳥山左京という浪人衆を、所司代の前田さまがお呼び出しになって会ってみたところ、なんと、鳥山というのは偽名で、ほんとうは島左近という有名な武人だと分かったそうなので」

「島左近——はて、どこかで聞いたような名前だ」

「聞いている筈さ。島左近といえば、大和の筒井順慶の家中で、侍大将を承っていたほどの豪の者だからな」

「ああ——あの島左近か」

息を詰めて聞き入っていた六郎次が、いきなり土間から駆け上がって、その一間へ飛び込んだ。

「もし——お尋ねいたしますが、只今のお話の島左近さまは、いま、京のどちらにおいでになりますので」

それこそ詰め寄らんばかりに、せわしく問いかける。

「おいおい、びっくりするじゃないか。血相変えて、なんだって言うんだ」

「申し訳ありません。手前は、その島左近さまを尋ねて、もう十日あまりも京の市中を歩き回っておりましたので——お願いでございます。是非、お教え下さいまし」


あくる日。

六郎次は、教えられた五条松原通りへと出かけた。胸がはずんで、足どりも軽い。

「——あった。あの見世だな」

軒先に、鞍の絵を彫りつけた、

——井筒屋
の分厚い一枚板の看板が下がっているのを見つけて、六郎次はゆっくりと近づいていった。

ちょうど見世の表で、丁稚《でっち》が掃きそうじをしていたので、

「ちょいと、小僧さん」

六郎次は、笑顔で声かけた。

「こちらのお見世かね。いま市中で大評判になっている、鳥山左京さまという御浪人

がおいでになるのは」

「そうですよ」

丁稚は誇らしげに鼻をうごめかせて、大きくうなずいたが、

「でも、左京さまのことをいろいろ聞こうというのなら、駄目ですよ。番頭さんから堅くとめられているんだから」

「なぜ、とめられているのかね」

「だって、あれから毎日、大勢の人が押しかけて来て、みんな同じようなことを聞くんだもの。商売にもさしつかえるし、左京さまも迷惑がっておいでだと、番頭さんがいうンで」

「なるほど。そりゃ番頭さんが言うのも無理はないな」

六郎次にすれば、ここまで確かめれば、それ以上くわしい話を聞く必要はない。

「有難う」

丁稚に礼を言って、井筒屋の前を離れると、その足でまっすぐ水口へ馳せ戻った。

「只今戻りましてございます。まことに手間取り申し訳ございません」

直ちに主人の前へまかり出ると、

「どうであった。左近どのはやはり、京におられたか」

三成は待ち兼ねたおももちで、せわしく問いかけてくる。

「はい。京も京、市中の真ん中においででしたが、世を忍んで仮りの名を使われておりましたので、なかなか分かりませんでした」

「ほほう、偽名を使われていたと」

そこで六郎次は、左近がいばら組の面々を成敗したことから、洛中の評判になり、所司代へ呼び出されて、ついに本名まで知れてしまったいきさつを、手短かに語った。

「そんなことがあったのか――やはり左近どの。世間の目を逃れようとされても、おのずと現われるのだな」

「それ以来、京の市中では大評判で、井筒屋へ押しかける弥次馬も多く、島さまもだいぶお困りのご様子だとか」

それと聞いた三成が、ふと眉をひそめた。

（これは、まごまごしておられぬぞ）

と、感じたからだ。

京の市中で、島左近の名がそれほど評判になったとすれば、当然、他の部将たちの耳にも入ることだろう。

賤ヶ嶽の一戦以来、にわかに出世をした面々は、いずれも人材を欲しがっていると きだ。捨てて置く筈がない。

（ヘタをすれば、もう誰ぞに先手を打たれているかもしれぬ）

そう考えると、石田三成は居ても立ってもいられぬ思いに駆られてくる。

（こうなると、人を通じて打診なぞしている場合ではない。自分自身で京へ出向き、直接、島どのと話し合ってみるべきだ）

と、腹を決めた。

まだ若いだけに、思い立ったら腰も軽い。

その翌朝。

三成は早速、水口城を発って京へ向かったのである。

城主に出世をしたからといって、本人も、まだその気分になりきれぬくらいだから、もちろん大仰な供なぞは連れて行かない。三成自身、質素な軽装で、馬にうちまたがり、供は、その馬の口取りと郎党二人を従えただけであった。

知らぬ者が見たら、どこぞの田舎郷士が、京へ出る途中だと思ったに違いない。

水口から京は近い。

三成の一行は、その日もまだ明るいうちに京の町へ入っていた。

「ほほう」

馬上から町々の様子を眺めてゆくうちに、三成も思わず感嘆の声をあげていた。

賤ヶ嶽の一戦から北ノ庄の落城と、秀吉の地位が確定したのは、ほんの三ヶ月あまり前のことだというのに、京の町はガラリと変わって、すっかり活気を呈している。

町人たちは敏感に、

「これでもう、当分の間は戦火が京の町に及ぶことはあるまい」

と、天下の情勢を嗅ぎつけているのに違いなかった。

(京を制するものは、天下を制すというが、これで秀吉さまの前途は約束されたようなものだな)

三成としては満足であった。いや、それだからこそ、なおさら、

(自分には島どののような人材が欲しい)

と、あらためて痛感されるのだった。

五条松原通りへさしかかると、井筒屋の見世は、すぐ目についた。

「――許せ」

馬から降り立った三成が、井筒屋の土間へ足を踏み入れる。

「おいでなさいまし、なんぞ馬具について御用でござりましょうか」

見世の者が愛想よく迎えたが、

「いやいや、馬具のことで参ったのではない。拙者は、羽柴筑前守さまの家臣で、石田三成と申す者」

「あ――これはどうも」

「たしか当家に、島山左京どの――いや、島左近どのが滞在されておられると承り、参ったのだが」

「は、はい。おいでになられます」

相手が、いま日の出の勢いの羽柴家の者とあっては、いくら左近から口止めされているとはいえ、嘘は言えなかった。

それに、どうせ所司代で正体が知れてしまったこと。いまさら隠してもはじまらないのである。

「ちょっとお待ち下さいまし。島さまに伺って参りますから」

「頼む」

井筒屋の見世の者が、土間伝いに奥の離れのほうへ入っていった。するとやがて、一人の郎党ふうの男と連れ立って戻ってきた。

相手が、いまを時めく羽柴秀吉の側近、石田三成と知ってか、丁重に挨拶をして、

「手前——左近さまに仕える郎党で赤尾角兵衛と申す者にございます。折角のおたずねでございますが、只今主人はちょっと出かけておりますので」

「留守とな——どこぞ遠くへ出かけられておるのか」

三成は、ぎくっとした思いで、せわしく尋ねた。どこぞの大名に先手を打たれて、それで左近が出向いたのではないかと、勘ぐったからである。

「いえ、そうではございません。主人は毎日、いま時分になりますと、足腰をならすために近くをひと回りして参りますので」

「ほう、それはよいお心がけだ。では、間もなく戻られるわけだな」

「はい——いつもたいてい、清水寺のあたりを歩いて来られるようでございますから」

それと聞いた三成が、ふと、うなずいて、

「左様か。それなら、入れ違いになるかもしれんが、拙者のほうから清水寺へ行ってみよう。もし、島どのが戻られたら、拙者の参ったこと、伝えておいてくれ」

「かしこまりました」

三成は、供の者たちを井筒屋で待たせておいて、ひとり、清水寺のほうへ歩き出した。これは、でき得るならば島左近とふたりだけで話し合いたいと考えていたからである。

清水坂の長い坂道を登って、山門をくぐり境内に入る。見落としのないように、あたりへ目を配りながら、本堂へはいってゆく。

——と

その清水の舞台の欄干のほとりに佇んで、景色に見入っている一人の浪人風の侍のうしろ姿が目についた。

三成は、ゆっくりとその人物に近づいていった。

気配に、浪人者がふり向いた。その顔はまぎれもない島左近であった。

「お久しぶりでござる」

三成は、小さく会釈をして声をかけた。

ふと、左近はけげんな表情を見せた。とっさに三成を思い出せなかったようだ。

「大徳寺では失礼を仕った」

「——あ。あの折りの」

左近も、はたと思い当たった様子で、

「これはご無礼をいたした。言い訳ではござらんが、あの折りとはすっかり変わっておられたので」

と、詫びた。
確かに、わずか十ヶ月足らずの間に、三成自身の運命も、地位も大きく変わってい
た。おのずと、それが彼を変えさせていたのかもしれない。
「島どの――じつは、ちと御相談いたしたいことがあって、参ったのですが」
そう、三成はきり出した。
清水の舞台の上は、次から次へと参詣の人々がやって来て、あたりも賑やかだ。
ふたりは、舞台をあとにすると、音羽の滝のほうへ降りる石段の道へと足を向け
た。
「島どのもご存じのように、賤ヶ嶽から北ノ庄攻めの合戦で、われらの主君、秀吉さ
まの地位はまた一段と大きく、安定をいたしました。もはや今日では、亡き信長公の
後継者として、誰ひとり異議を唱える者もございますまい」
「……」
左近は、黙って聞いている。三成がいったい何を言い出そうとしているのか、まだ
分からなかったからである。
「そのおかげで、手前のような若輩者までが思いがけぬ出世にあやかり、このたび近
江の水口城にて四万石を領する身分と相成りました」

「ほう――それはそれは。誠におめでとうござる」

「いや、只今も申した通り、主人にあやかっての出世。われながら、まだ身にそぐわぬ思いがしてなりませんので」

三成は、ちらっと気恥かしげな表情すら見せた。

（これは、本音《ほんね》かもしれない）

と、左近は感じた。

「ところが、突然、思いがけぬ城持ちの身分になったばかりに、残念ながら成り上がり者の悲しさで、良き輔佐をしてくれるような家臣が全く居らぬ始末……これには、ほとほと弱りました」

「ふむ、なるほど」

それは確かに、あり得ることだった。

「手前はこれまで、いつも秀吉公のお側に仕えておりましたゆえ、敵方を攪乱《かくらん》させたり、手なずけたりという、政略のことについては見よう見真似でわきまえておるつもりですが、いざ合戦となると、兵の配置、動かし方、戦場の駆け引きなぞ、至って不得手。これでは一城を預かる将としては、われながら心細い思いがいたしてなりません」

「石田どのは、ご謙遜がきつい」

「いや、これはまことの話なので」

「人には、それぞれの行き方があるもの。智略、政略でわが道を切りひらいてゆく者もあれば、戦上手の鬼となってただ勝ち抜き、生き残ってゆく者もある。それはそれで、互いの行き方としてよいと思うが」

「そこなのです」

若い三成が、力をこめて言った。

「これからの世では、その双方を兼ねそなえているほどの者でなければ、男の夢を成し遂げることも叶わぬものではございますまいか」

「――男の夢！」

左近はぎくっとして三成の顔を振り向いた。その言葉の響きが、以前、明智光秀の口から聞かされたものと、まったく同じ調子、同じ意味合いをこめていたからである。

（この男も、か）

まだ、本当に若々しい石田三成である。それだからこそ、そんな夢、そんな野心も描けるのだろう。若さとは羨ましいことだと思いながらも、左近の胸も久しぶりに弾んでいた。

清水の舞台の下に出ると、参詣人をあて込んだ茶店が、二、三軒、あちらこちらに目についた。さすがに都《みやこ》。こうした生業《なりわい》も結構成り立っているらしい。

三成は、その一軒に奥まった小座敷も設けられているのを見ると、

「ちょっと休んで参ろうではありませんか」

左近を誘って、その奥の小座敷へ陣取った。

「酒があったら、何かつまみをみつくろって持って来てくれ」

注文を通して、三成は、さてと切り出した。

「島どの——さきほども申した通り、いま手前が、何よりも欲しているのは、至らざる弱輩の手前を、脇より支えて輔佐してくれる人物なのです」

「ふむ。それで誰ぞよい人物の心当たりでもないか、という手前への御相談なのだな」

そう言われて三成も返事に詰まったが、ここでくじけては二度と機会を失ってしまうと、体当たりにぶつかっていった。

「手前のような者が、こんな申し出をするのは失礼とは存じますが、島どの——どうか当家へ参って、手前に力をかして下さいませぬか」

「——え」

これは左近にとっても意外な申し出であった。思わず、まじまじと三成の顔を見つめた。

「ご無礼は承知の上での申し出です。成り上がり者の若輩が、何をのぼせて門違いな話をと、お怒りかも存じませんが、手前は真剣なのです。いまの手前にとって、島どのよりほかに意中の人は見当たらないのです」

「待たれい、石田どの」

左近が、このとき、鋭くさえぎった。

「この左近が、どうして筒井家から退去し、浪人をいたしたか。その事情をご存じないゆえ、さようなことを申されるのではないかな」

「いいえ、それはよく存じております」

「ご存じだと——それならば、順慶どのが拙者の他家への仕官に対し、どのような態度に出られるか。それもご承知だと申されるのか」

「承知しております」

「なに、それまで知った上で、拙者に声をかけられたのか」

「いかにも——」

三成は、きっぱりとうなずいた。

「筒井順慶どのより、どのような横槍を入れられようと、手前、一歩も退かぬ覚悟でおりますし、また、順慶どのに苦情を言わさぬだけの、手は打つつもりでおります」

「ふうむ」

なるほどこの三成なら、それを押し通すだけの自信もあるに違いない、と左近は思った。なんと言っても、石田三成は、秀吉お気に入りのお小姓から、今日の身分までのし上がった人物なのだ。いざとなれば秀吉に縋って、その鶴のひと声で、順慶を泣き寝入りにさせることも出来るわけである。

恐らく、三成もその見通しがあればこそ、これだけきっぱりと断言ができるのだろう。

（これは、面白い）

ふと、左近は胸のうちでつぶやいた。

あの筒井順慶が、地団駄踏んで口惜しがる顔を想像しただけでも、なにか溜飲のさがる心地がするのだ。

「つきましては、島どの」

三成は、ややあらたまった口調で切り出した。

「さきほども申し上げました通り、手前は目下のところ、四万石という小禄の身ゆえ、島どのに御満足のゆくような禄はさし上げられませぬ。手前が只今までに召し抱えました家臣、小者たちで、およそ一万石はすでに与えておりますので、残りは三万石。もし、手前の願いをお聞き届けいただけるのでしたら、その半分の一万五千石をさし上げたいと存じますが」

「えッ――」

左近も、これを聞いて、一瞬、耳を疑う思いだった。

どこの世界に、主人と家臣が同じ禄高という話があるだろうか。いや、今後さらに幾人かの家臣がふえたら、当然、左近のほうが高禄になってしまう訳だ。いかに若いとはいえ、随分、思いきった条件を出したものだと驚きながらも、しかし、そこまで率直にすべてをさらけ出して、返答を迫ってくる三成の意気には、左近も男として深く感ずるものがあった。

「ふうむ」

左近は、われ知らず腕を組んで考え込んでいた。

筒井順慶に愛想をつかし、そのために妻も失った衝撃もあって、一時は武士の世界を捨てることさえ真剣に考えていた左近なのだ。

なまじな主人を持って、ふたたび筒井家の二の舞いを演じたくないし、それでは世のわらいものとなるばかりだ。

（この三成という男に、果たしてどこまで俺の夢が託せるか）

その一点の見きわめが、左近の最後の決断を左右する。

（確かに、この三成には、明智光秀とどこか似かよったところがある。しかも、若さと、鋭い冴えさえ感じられる。ただ、その理智的なところが、大きな夢をなし遂げるには、不安とも言えるのだが……）

しかし、だからと言って、このまま世を捨てて、身を埋もらせきれる自分だろうか。

その答えは分かりきっている。

（いま一度、賭けてみるか）

左近も男、その胸はうずいていた。

そこへ、ようやく注文の酒がはこばれてきた。

「まず、一献」

三成が、銚子をとりあげる。

「では、遠慮なくお受け仕ろう」

と、盃を取りあげたとき、左近の腹はきっぱりと決まっていた。

ふと、このとき、

（この三成とは、死なば諸共《もろとも》か）

左近の脳裏にひらめいたのは、そのことだった。運命的な予感というべきものだったかもしれない。

「石田どの——拙者のような家来を持ったら、これから苦労なされますぞ。それでもよろしいのでござろうな」

それが左近の返答であった。

三成の表情が、ぱっと輝いた。

大坂城は、まだ築城工事の真っ最中であった。秀吉にとっては、念願の築城だ。ほとんど、付きっきりであれこれと熱心に指図をしていたのである。

そこへ久しぶりにお気に入りの石田三成が御機嫌伺いにやってきた。こんど新しく水口城を賜わったので、そこへ引き移るためにしばらくお暇をいただいていた三成なのである。

「ご無沙汰を仕りました。しばらく見ぬ間に、工事もだいぶ捗《はかど》りましたようで」

「ほう、おぬしの目にはそう見えるか。ところが、わしにすれば一向に思うように捗らんので、じりじりするばかりなのじゃ」

「しかし、いままでにも例のない、これだけのお城を築くのでございますから、それはちとご無理と申すもので」

「うむ——天守まで出来上がったら、さぞかし諸国の大名たちもびっくりするであろうな」

その日を想像するだけでも楽しそうな秀吉なのだ。

「ところで三成——おぬしのほうは、どうやらカタがついたか」

「はっ、おかげさまにて一段落いたしました。つきましては、この御加増の折りにと思い、一人、役に立ちそうな者を家臣に召し抱えましてございます」

「ほう。一体、それは何者だ」

「もと筒井家におりました島左近にございます」

「なに——」

さすがに秀吉が目をみはって、

「よくあの男が、おぬしのところへ来たな。して、禄高はいくら出した」

「ちょうど三万石が残っておりましたので、手前と半分ずつにいたしました」

「ふうむ」

またもや目を剝いて、秀吉が唸った。この男、どうして仲々やるわいと、感嘆したのである。

「それにつきまして、前もって申し上げておかねばならぬことがございます」

「なんじゃ、一体」

「島左近を召し抱えましたことで、もし筒井順慶どのより横槍が入りましたる節は、手前、一命に賭けましても左近を庇う心構えでおります。どうかこの点だけはご承知置き願いあげます」

つまり時と場合によれば、順慶と一戦も辞せずという、その覚悟のほどをきっぱりと断言する三成なのである。

これは、いままで左近に誘いの口をかけた諸家に対する順慶の出方から考えても、充分あり得る事態なのだ。

「ほほう、大した覚悟だな」

「無理を承知で、左近を口説き落としました手前――みすみす順慶どのに屈服するようなことになりましては、男が立ちませぬ」

「すると、内輪同士で喧嘩が生じても、わしに口出しはするなと申すのか」

「願わくば……」

突然、秀吉が大きく笑い出した。

「若いということは元気がよくて、いいな。バカめ、そんな羽目になったら損をするのはこのわしだ。よいから、それはわしに任せておけ。順慶に文句は言わさせぬ」

落日の異変

こうして島左近勝猛《かつたけ》は、石田三成の家臣となった。

その立場は、家老であり、三成のよき相談相手であり、同時に他家からもその存在を怖れられる鋭い切れ味のふところ刀であった。

左近のことについて、筒井順慶からはついに何も言って来なかった。三成と秀吉との関係を考えて、泣き寝入りにあきらめたのか。それとも秀吉から、なんらかの手が回されていたのかもしれない。

時の流れは、秀吉の九州征伐から、小田原の北条攻めと進んで、信長の成し得なかった天下統一の大事業を、秀吉が完成させるうちに、いつしか十年の歳月が過ぎていた。

いま、文禄三年（一五九四）を迎えようとして、石田三成もすでに歳三十五。その地位も、昔日とは大きく変わっていた。

養子に迎えた豊臣秀次に関白を譲り、太閤となった秀吉のもとで、行政を司る五奉行の一人として腕をふるう石田治部少輔《じぶしょうゆう》は、その持ち前の実力を発揮して、いつしか先輩の浅野長政もさし置き、五奉行のなかでも筆頭の第一人者となっていた。

太閤殿下の信任も厚いだけに、その権勢たるや絶大なものである。

領地も近江で十九万四千石を与えられ、佐和山城の城主となっていた。

この佐和山城は、北陸路と美濃路の双方を睨む要衝の地にある。秀吉も、ここを重視したからこそ、腹心の三成に与えたのに違いない。

三成が、佐和山城を請けとったときは、天正十八年以来、数年間というもの、秀吉の直轄だったので僅かな城番が留守居をしていたにすぎなかったから、城はかなり荒廃しているありさまだった。

そこで三成は、早速、城の修築にとりかかり、近江の伊香、浅井、坂田、犬上の四郡から人夫を徴発して、大々的な工事を開始した。

この工事で、佐和山城は見違えるように立派になり、本丸を中心として、周囲に西の丸、二の丸、三の丸の楼閣が聳え立ち、その偉容は琵琶湖に照り映えていた。

三成は屋敷を本丸の南、もちの木谷に構え、これよりさらに下った琵琶湖のほとりに島左近をはじめ、石田家諸士の屋敷が並んでいた。

この城の修築が完成したころ、世間にこんな落首が言いはやされた。

三成に過ぎたるものが二つあり
島の左近と佐和山の城

三成はこの落首に対しても、別に怒る様子もなく、むしろ満足げな顔つきだった。

事実、この二つは三成にとっても自慢のものだったからである。

ところで、三成は佐和山城に封ぜられたものの、奉行としてもっぱら大坂か、伏見にあって政務にたずさわっていたから、近江の領地の支配については、ほとんど父の石田正継と、家老の島左近に任せた形となっていた。

たしかに、左近は武事一辺倒ではなく、そうした民政にかけても、なかなかの手腕を持っていたのである。

それにしても、三成は多忙であった。

いま、豊臣政権は、朝鮮半島での長期戦という大変な問題を抱えていたからだ。

文禄元年（一五九二）の正月に諸将へ出陣命令を発して、いよいよ開始された太閤秀吉の「唐入《から》り」の作戦は、九州へ集結させた十五万八千に及ぶ大軍を注ぎこんで、一気に朝鮮半島へ攻め入らせた。

緒戦は、まことにすばらしい快進撃で、早くも四月ごろには、小西行長と加藤清正が先陣争いを演じながら京城に迫るという勢いであった。

すっかり気をよくした秀吉は、

「わしも間もなく渡海して、朝鮮へ出陣をいたそう。いずれ大唐へ都を移し、明後年あたりには北京《ペキン》へ後陽成天皇の行幸を願い、都の周囲十ヶ国を御料所に進上する」

などと、途方もないことを言い出した。

本人は、大真面目にそれを考えていたのだから始末が悪い。

だが、景気の良かったのは緒戦だけで、明《みん》国の援軍が押し寄せてきてからは、戦線は膠着状態になっていたし、朝鮮水軍の勇将、李舜臣《イスンシン》の反撃で日本の水軍が叩かれ、制海権を失っていたから、秀吉も朝鮮へ渡るどころではなくなってしまった。

こうした間に、京の聚楽第で倅の無謀な戦を案じていた八十一歳の大政所（秀吉の母）が、その気鬱から病の床につき、ついに死亡するという不幸があり、つづいて秀吉の養子の丹波少将秀勝（関白秀次の弟）も、朝鮮の戦線で病死する悲報が届いた。

度重なる悲報に、秀吉も少々この戦争に厭気がさし、後悔を感じはじめていた。

すると、文禄二年になってから、にわかに新しい動きが出てきた。明の使者、沈惟《しんい》敬《けい》によって和平への打診が、小西行長とはじめられたからである。双方ともその機運が高まっていたのである。

物事、いったん良い方向へ向かうと、良いことが重なるものだ。この交渉の最中、秀吉のもとへ大吉報が飛び込んできた。

九州名護屋の陣所から、先に大坂へ戻っていた淀君が、どうやらまたもや懐妊した模様だという報らせなのだ。

そして、その年の八月三日、二十七歳の淀君が、大坂城の二の丸で、まるまると太った男の子を産んだのだ。秀吉、このとき五十七歳。

この報らせが名護屋へ届くや、すべてを投げ出して秀吉は、大坂へ飛んで帰った。船を上がるや、まっすぐ大坂城の二の丸へ駆けつけ、待望の赤ン坊「お拾い」と対面した。

先年、淀君との間に生まれた一子「鶴松」を、わずか三歳で失ってからは、もはや子を得ることは諦めていた秀吉だけに、その喜びは絶大である。

「おう、色も白いし、まるまると太って可愛い子じゃ。鶴松が生まれ変わって、またわしのところへ戻ってきてくれたのだ。こんどこそ大事に育てねばならぬ」

秀吉は、涙ぐんでいた。

この赤ン坊を「お拾い」と名づけたのは、棄て子は育つという言い伝えから、生まれたての赤子を側臣の松浦重政が拾ったという形にしてあるところから、出た名なのだ。

どこまでも、かつぎ屋の秀吉だが、そんな風習にも縋らざるを得ないほど、必死な思いの秀吉だったのだ。

しかし、このお拾《ひろい》君の誕生が、ここで関白秀次の存在を微妙なものとしたことは、まぎれもない事実である。

豊臣秀次は、秀吉の姉智《とも》子の長男で、父は三好一路である。

秀次は、はじめ河内の北山で二万石を与えられていたが、清洲会議後に秀吉が伊勢の滝川一益を攻撃した折りには、秀次は一方の大将を仰せつかったほど信任を得ていた。

柴田勝家との決戦となった賤ヶ嶽でも戦功を立てて、秀吉からはいよいよ目をかけられた。

どちらかと言えば、血縁の者には特にひいきの強い秀吉だった。それだけ、自分が年少のころに淋しい思いをしたからなのだろう。

だが、その秀次も、戦上手の徳川家康を相手にした小牧、長久手の合戦では、さんざんに打ち破られ、配下の部将をあたら見殺しにして、秀吉から大目玉を喰らった。その後、紀州征討から四国平定では、秀次も大いに働いたので、秀吉の機嫌は直り、近江で二十万石を領する身分へと昇進した。

確かに秀次は、幸運児といえた。

小田原の北条氏を攻め滅ぼしたあと、その論功行賞に異議を唱えた織田信雄を、秀吉は電光石火の素早さで処分すると、その信雄の領地の尾張と北伊勢を、そっくり秀次に与えてしまった。秀次はこれで思いがけず百万石を領する大身となったのである。

幸運は、まだつづいた。

その前年の天正十七年(一五八九)に、秀吉が側妾おちゃちゃ(淀君)との間に儲けた一子鶴松が、天正十九年の八月に僅か三歳で病死をしてしまったのだ。

思いがけず五十四歳に得た実子だけに、秀吉の鍾愛《しょうあい》ぶりはひと方ではなく、その悲嘆ぶりもまた凄まじいものであった。

秀吉も、もはや跡継ぎの子を得る望みを失ったのだろう。この年の十一月に、甥の秀次を養子に迎え、彼を自分の跡継ぎと定めた。

いったん、こう決めると秀吉ほど、せっかちな男も珍しい。翌十二月には秀次を内大臣とし、月末の二十八日には関白職を譲って、秀吉自身は「太閤」となった。太閤とは、古くから関白の地位を子に譲った人の名称で、もともとは摂政や太政大臣の敬称だったのである。

こうして秀次は、階段を一足飛びに駆け登るような勢いで、聚楽第のあるじとなった。

秀吉は、どうしてこう性急にことを運んだのだろうか。

それは、鶴松を失った悲しみを紛らわせるかのように、「唐入り」という海外遠征の計画に没頭するために、わずらわしい政務から逃れようとしたからだった。

この海外遠征の計画は、九州征討のころから腹案に抱いていたことで、唐入りという言葉からも、その最終目的は、明朝支配下の中国大陸への進攻にあり、朝鮮出兵は、その第一段階にすぎなかった。

確かにこのあたりから秀吉の調子がおかしくなっていた。どこか思考力の歯車が狂い出していたようである。

文禄三年（一五九四）の正月。太閤秀吉は大坂城において、関白秀次は京の聚楽第において、それぞれ諸将の年賀をうけた。

その正月の三日に、秀吉は大坂城をお拾《ひろい》君に与えることと決定し、かねてより造営中の伏見城を太閤の隠居所として築くことにして、普請奉行を新しく命じ直した。

大坂城を与えるということは、後継者と指名したことの意志表示にほかならない。

果たして、秀次はこの決定をどんな思いで聞いたことだろう。その胸のうちは、さぞかし複雑だったに違いない。

秀次の言動に、やや常軌を逸したものが目立ちはじめたのは、このころからのことだった。内心の懊悩が、ふと、はけ口を求めて、つい酒色にはしり、粗暴な振舞いとなって現われたのだろう。

正親町《おおぎまち》上皇が崩御されて、まだ七日と経たぬうちに鹿狩りの遊びを催したとか、殺生禁断の比叡山に押し入って狩猟をしたとか、あるいは妊婦の腹をさいて胎児を取り出したとか、さまざまな乱行の噂が伝えられた。

それが、どこまで真実であったか、かなり疑問のふしもあるが、いつか世間に、

——殺生関白
の異名がひろまっていたことだけは事実である。

そして、また一方、秀次の好色ぶりも、確かに桁外れであった。

二十四歳という若さで関白の座につき、その正妻には公卿の菊亭（今出川）晴季《はるすえ》の息女、一の台を迎えたというのに、それにもあき足らず、秀次は手当たり次第に女に手をつけていった。

なんと、僅かな年月のうちに、三十人近い側妾を擁したというのだから、その好色ぶりには驚くよりほかはない。

しかも、その漁色の逸楽にふけるあまり、秀次は再三にわたって秀吉から朝鮮への出陣をうながされ、そのことでは黒田官兵衛などからも忠告をされていたにもかかわらず、ついにその酒色の生活から腰を上げることができなかった。

秀吉にすれば、この甥の堕落ぶりは心外きわまるものだったろう。

たとえ、「お拾君《ひろい》」の誕生がなくても、秀次の前途には注意信号が点滅していたに違いない。

しかも、さらにまずいことがあった。

関白秀次は、石田三成や増田《ました》長盛らの五奉行の面々と、あまりうまく行っていなかった。

もともと豊臣政権における五奉行というのは、関白職の手足となって働くように設けられたものなのだが、実際には太閤となった秀吉との結びつきが強く、関白はただの名前だけの飾り物に棚上げされているありさまだった。

政策などもすべて、いまだに太閤の思いの儘に運ばれて、秀次の口を出す余地はなかった。

秀次の側近に、それだけの人材もいなかったのだが、こうしたことから秀次の不満もいつしか積もり積もっていたのである。

こうした関白秀次のありさまと、それを眺めながら苛立っている太閤秀吉の様子を見るにつけ、

「これは、なんとかしなければならん」

と、考えたのが五奉行の石田三成と増田長盛の両人である。

秀吉の悩みは、手に取るように、よく分かるのだ。

鶴松の死で、もはや子を得る望みはないと速断し、いち早く甥の秀次を自分の後継者として養子に迎えたのは、確かに豊臣政権の将来を思えば賢明な策だったと言える。

しかし、これがとんだ一生の不覚、一生の失策となったのだ。

まさか、九州の名護屋の陣所へ連れていった淀君が、そこで懐妊しようとは、秀吉

も夢にも思わなかったことである。

　しかも、生まれた子が、またもや男の子だったとは、まことに皮肉である。

（早まった。こんなことなら、あわてて秀次を養子に迎え、関白にしたり、聚楽第まで与えてしまうのではなかった）

　いまさらながら、後悔を感ずる秀吉だったが、口に出しては言えない。

　なんといっても、秀次は、秀吉の姉の子なのだ。姉智子への手前もあり、そんな身勝手なことは、そぶりにも見せられない。

　それが、つい苛立ちとなって現われてくるのである。

　側近の三成や長盛には、その胸中がよく分かるだけに、

「それならば、われわれの手で……」

　と、ひそかに画策をはじめた。

　ところが、これを知って大いに心配したのが、三成の家老、島左近である。

「殿――お気持はよく分かりますが、こうした策謀を弄することは、結局、殿が敵を作る結果となり、あとあとの身のおためにはなりませんぞ」

　あえて、そう忠告をした。

「うむ。それは分かっておる」

うなずいた三成が、

「しかし、左近――もともと増田長盛や長束《なつか》正家、それにこの三成などの近江出身の者たちは、北政所（おねね）を中心として結束した加藤清正や福島正則、浅野長政などの尾張衆からは、蔑視され、よそ者扱いにされている存在なのだ。それは、おぬしにもよく見える筈だ」

「は――」

「とすれば、ここで関白どの追い落としの策を立てることは、ただ太閤殿下の御意向に添うばかりではなく、大坂城の新しい女あるじ、淀君さまのお望みにも叶うこと。これを機会に淀君さまのお覚えがめでたくなれば、われら近江衆にとっては、心強いうしろ楯を得ることになるわけではないか」

「……」

「おぬしの言う通り、この策謀で多少の敵は作るかもしれぬが、それ以上に大きなうしろ楯を得ることは、われらにとって決して損ではないと思うのだが」

そこに、左近との考え方の違いが、はっきりとあらわれていた。

文禄四年（一五九五）七月はじめのこと。

突如、関白秀次に、

「謀叛《むほん》のきざしがある」

という噂が流れて、世間をあっと言わせた。

だが果たして、秀次に謀叛心なぞ起こすだけの気概があったであろうか。自分のとるべき道も分からず、ただ不安と猜疑心を打ち消すために、いたずらに乱行へと走っていた、そんな男に、である。

やはり、そんな噂が、ぱっとひろまったあたりに、謀略の匂いが感じられる。

もちろん、この風説はすぐさま太閤秀吉の耳にも届いていた。

「あの秀次が……」

秀吉もはじめは半信半疑のおももちだったが、関白秀次がひそかに朝廷へ白銀三千枚を献納したという話や、夜行の鹿狩りを催した折りなど、供の侍たちに兵具を持たせ、具足や兜《かぶと》などを挟み箱に入れさせていたという話なぞを聞くと、

「ふうむ」

と、にわかにむずかしい顔つきとなってきた。

そこで太閤も、そのまま聞き捨てにはできなくなり、宮部継潤、増田長盛、前田玄以、石田三成、富田一白の五人を使者として聚楽第にさし向けた。

「関白さまが、太閤殿下に対し奉り、逆心を抱いているかのような、とかくの風説がお耳に入っております。もちろん、根も葉もないこととお思いになられてはおりますが、各方面からも事実であるかのような報告があり、一応、われわれをさし向けられた次第。もし、真実、関白さまにご異心などがおありにならないのなれば、この際、七枚続きの誓紙をさし上げて、太閤殿下にお心のうちをお示しくださいますように」

という申し入れである。

秀次のほうは、すっかり驚いて、

「これは思いもよらぬことを承る。どうしてさような企てを思い立つことがあろうか。こうして聚楽第にいられることも、すべて太閤殿下のご恩にほかならない。誓紙を書けとあれば、さっそくさし上げよう」

と、その場で侍従の吉田兼治に命じて、神おろしを行わせ、神々に誓いを立てて、少しも異心なき旨の誓書を書いて五人の使者に渡した。

三成たちが、これを伏見城に持ち帰って秀吉に提出すると、

「うむ、それでなくてはならぬ」

秀吉は大きくうなずいて、一応これで事態は収まったかに見えた。が、ひとたび生じた疑心暗鬼が、そうたやすく消える筈はない。

やがて、秀次が毛利をはじめ諸大名、諸将たちから、関白へ忠誠を誓うといった誓書をさし出させていた事実などが、次から次へと判明してきた。

「いよいよ関白さまと太閤さまの仲は、雲行きが怪しくなってきたらしい」

そんな風評が、またもや世間にひろまっている。

誰が、そんな噂を流すのか、噂は噂を呼んで、大きくなるばかりである。


こんな世間の風評は、いつしか北政所の耳にまで達していた。

秀吉夫婦にとっては甥に当たる秀次のことは、幼い子供のころからよく知っているおねねである。

(あの秀次が、どうして謀叛心などを抱く筈がありましょう)

彼女には、到底信じられない話だった。

北政所は、奥女中を務める腹心の孝蔵主《こうぞうす》を呼び寄せた。その名でも分かる通り、出家をしている老尼だが、これがただの「尼《あま》さん」ではない。なかなかの教養もあり、当時の女性には珍しく政治的感覚もそなえた一種の女傑なのである。

「こんどの関白どのの一件を、そなたはどう見ますか。わたしには、まさか秀次が大それた考えなぞ抱くわけがないと思われるのですが」

「はい。わたくしには、太閤殿下取り巻きの連中が、何やら画策いたしているとしか思えませぬが」

「すると、あの石田三成あたりの仕業だというのですね」

「はい」

「やはりそうでしたか」

「太閤殿下と関白さまの仲を裂くことで、淀どののお覚えもめでたくなると、計算しての仕業に違いございませぬ」

「それにしても、秀次も気が回らなさ過ぎます。いくら誓紙を出したからといって、それで済む事態ではありません。こういう際は、一刻も早く自分のほうから殿下にお目にかかって、よく話し合うことが大事なのです。側近の者でそれを忠告する者もいないのでしょうか」

「政所さま。それではわたくしがお使いとして参り、関白さまにおすすめいたしてみましょう」

北政所の案じ顔を見とった孝蔵主は、自分から使者を買って出ると、ただちに秀次のところへ出向いた。

孝蔵主から、こんこんと説かれた秀次は、うかつ極まる話だが、はじめてそうすべきだと気づいたのである。それだけ気も顚倒していたのだろう。

すぐさま身支度をととのえ、側近十数名を従えて、伏見へ向かった。

七月八日のことだった。

ところが伏見城へ出向いても、太閤から目通りの許しは得られず、

「とりあえず、こちらにてお待ちのほどを」

と、案内されたのは城下にある木下大膳亮吉隆の屋敷であった。

しかも、屋敷の内外が妙に物々しい気配である。秀次は、ふと、不吉な予感を覚えた。

果たして、その予感は当たっていた。

時すでに遅く、秀次への処分は決まっていたのである。一刻あまり待たされているところへ、石田三成と増田長盛が現われ、秀吉からの沙汰を伝えた。

「不届なる仔細これあり、依って従二位左大臣関白の官位、官職はこれを剝奪のこと。直ちに紀州高野山へ赴き蟄居謹慎のこと」

という、思いがけなくも厳しい申し渡しである。

秀次にとっては心外きわまる処分であった。しかも一言の弁明の機会も与えられぬ

まま、よもやこんな厳しい申し渡しが下されようとは、考えてもいなかったことだ。しかし、絶対の権力者太閤から、こう命じられたら、もはやどうにもならないのである。

その日の夕刻、秀次は伏見を発って高野山へ向かった。だが、三成からの指図で、供の者も武士二十人、従者十人と制限をされ、まことにわびしい一行となっていた。処分は秀次ひとりだけの身では済まされなかった。その夜のうちに聚楽第へ兵がさし向けられ、秀次の子女と妻妾たち三十余人を捕えると、そのまま徳永寿昌《ながまさ》の屋敷へ移し、前田玄以や田中吉政配下の兵たちが厳重な警備についた。

もちろん聚楽第に残っていた家臣、女中から下女、小者に至るまで、その夜のうちに追放されて、あとには物々しく警備の兵が固め、出入りは一切禁止されてしまった。

それからわずか七日目の七月十五日。

高野山へ秀吉からの使者として、福島正則ら三名の者が乗り込んでくると、青巌寺《せいがんじ》の木食《もくじき》上人へ、秀次に切腹を仰せつけられた旨を伝え、その了解を求めた。

これは、古来高野山には、山中にいったん籠《こも》った罪人については、弘法大師のご慈悲によって助命をされるという寺法があったからだ。

さっそく一山の衆徒が、金堂において集会をひらき、協議をはじめたが、衆徒のなかには、

「この古来の寺法こそ、高野山の権威を守る絶対のもの。ここはあくまでも寺法によって、関白どのの一命を救うべきだ」

と、強硬に主張する意見もあって、評議はなかなか決しなかった。

興山《こうざん》木食上人も、相手が権勢ゆるぎなき太閤殿下だけに、寺法との板挟みになって、ハタと当惑した。しかし、上人自身が秀吉の寵《ちょう》をうけて現在の地位を保ち、その上人の努力によって高野山の安泰が計られている実情では、

「結局は、この山があってこその寺法。もし太閤殿下の怒りに触れて、伝統あるこの山が破滅するようなことになれば、寺法もなにもあったものではない」

という意見が、やがて大勢を占めて、ついに「寺法」をまげざるを得なかった。

あわれ秀次は、太閤からも、高野山からも、見放されてしまったのである。

この日、覚悟を決めて行水で身を清めた秀次は、福島正則らが検視役を務めて、見守るうちに、ものの見事に切腹して果てた。

このとき、秀次、二十八歳。

主人に先立って殉死を遂げたのは、秀次の小姓を務めていた山本主殿、山田三十

郎、不破伴作らの面々と、東福寺の僧、隆西堂の四人であった。

秀次の首は、福島正則らが伏見に持ち帰って、太閤の実検に供え、そのあとこれを京の三条河原に晒《さら》した。

あくまでも謀叛人という扱いで、容赦のないやり方であった。

もし、本当に謀叛の咎があるとしても、それは秀次本人の罪なのである。

処罰はそれで済んだはずなのに、秀吉の怒りはまだ解けず、ついにその処刑は、何も知らぬ秀次の妻妾たちにまで及んだのだ。

彼女たちは、いったん京の徳永寿昌の屋敷に押し込められていたが、間もなく寿昌の城であった丹波の亀山に預けられた。

ところが、七月の末になると、ふたたび京都へ送り帰され、寿昌の屋敷へ戻された。

このとき、すでに処刑が言い渡され、

「この世の暇乞《いとまご》いに、遺書をしたためておくように」

と、申し渡されたという。

むごい話である。

八月二日。覚悟の白装束をまとった妻妾たちとその子ども、三十余人は、徳永寿昌の屋敷から荷車に、三、四人ずつ乗せられると、まず市中を引き回されて、三条河原へと連れ出された。

すでに河原には二十間四方の堀が掘られ、柵《さく》がめぐらされて刑場が設けられてあった。

そして、三条大橋の下には三間四方の塚が築かれ、その上に一つの生首が西向きに据えられてある。秀次の首であった。

妻妾たちは刑場へ連れ出されると、いっせいに塚の前に走り寄って、変わり果てた主人の首を涙ながらに伏し拝んだ。

「ええッ、何をめめそと、早くせんかい」

なに一つ事情をわきまえぬ河原の者たちが、荒々しく彼女たちを引っ立てると、堀のふちへ一列に引き据える。

もはや観念をして、目を閉じ、合掌する彼女たちの白い細首を、大刀取りの荒くれ男が容赦もなく打ち落とすや、胴体もろとも、堀の中へ投げ込んでゆく。

このなかには、母の胸に抱かれた、一、三歳のいたいけな若君や姫君もいたのだが、これも無造作に刺し殺され、次々と投げ込まれていった。

さながら犬猫を扱うにも等しい、その残忍苛酷さに、周囲に群がり集まった京の人々も思わず顔をそむけ、

「太閤さまも、むごいことをなさる」

「それもそうじゃが、あそこにいるお奉行たちも、血も涙もない方々じゃないか」

などと、こんなひどい処刑を命じた秀吉と、平然として最後までこの処刑を実施させている奉行たちに、ひどく反感をつのらせていた。

この日の奉行は、前田玄以、増田長盛、石田三成の三人。

彼等とてやはり人間、この悲惨な光景には胸も悪くなるような感じで、目をそむけたい思いだった。だが、いったん秀吉から厳命をうけたからには、忠実に命令を実行しないと、こんどは自分たちが秀吉の御機嫌を損じる恐れがある。

ただ、心を鬼にして、能面のような無表情のまま、見守るよりほかはなかった。

——結局

このなんの意味もない惨劇のために、大きく民心を失ってしまったことは、秀吉にとって痛い失策、大きな損失であったといえよう。

——ところで

関白秀次の事件は、諸大名の間にも大きな波紋を及ぼしていた。

秀次の側近に仕えていた重臣たち数名の大名が、諸家に預けられ、やがて死を賜わるという結末になったのは、これは立場上、いたし方のないことだったかもしれない。

しかし、そのほかにも、ただ単に秀次のもとに親しく出入りをしていたという理由だけで、木下大膳亮、荒木元清などの大名や、医師の延寿院玄朔《げんさく》、連歌師の里村紹《じょう》巴《は》までが流罪に処せられていた。

さらに最上《もがみ》義光、伊達政宗、浅野長政という面々が、関白に好意を寄せたというので譴責《けんせき》処分をうけている。

細川忠興も、危ないところだった。

秀次の重臣の前野長重が、忠興の女婿にあたるという関係もあって、秀次とは親交があったし、忠興は黄金二百枚を秀次から借用していたのだ。

そこへ、この突然の事態だ。忠興は大あわてをして、徳川家康に泣きつき、借財を融通してもらって、秀吉に返納し、ようやく難をまぬがれた。

毛利輝元は、事前に、秀次との誓紙の一件を、三成のところへ届け出していたから、なんの問題もなかったが、これを怠っていた浅野幸長《よしなが》は、すんでのところで切腹という事態だったのを、前田利家のとりなしで、能登へ流罪という処分に軽減された。

一番、気の毒なのは公卿の菊亭晴季だ。

かつて天正十三年に秀吉を関白の座につけたときには、大いに尽力しお膳立てをととのえた晴季なのに、その息女の一の台が、秀次の正妻だったという関係だけで、娘と孫娘をむごたらしく殺された上に、自分も官位を剝奪されて、越後に配流《はいる》の憂き目をみてしまった。

こうした、てんやわんやの情勢のなかで、意外にも秀次事件で大いに得をした者があったのだ。

徳川家康である。

家康は、この機会にいろいろと陰で動いて、諸将たちに恩を売った。細川、伊達、最上、そしておそらく浅野父子もそうであったろう。

機を見るに敏な家康は、徐々に秀吉の縄張りのなかへ、目に見えぬ勢力と人脈を植えつけていたのである。

そして、それと対照的なのが、石田三成であった。

三成は、あまりにも秀吉に忠実なるがために、この事件では憎まれ役を一手に引き受けてしまった。

とくに、尾張衆のなかでも北政所（おねね）とは縁の深い浅野長政、幸長父子を罪におとし入れたことも手伝って、北政所からは徹底的に睨まれ、嫌われてしまった。

「これは、まずい。だから、あれほど申し上げたのに……」

果たして、島左近が憂慮した通りの事態となったのである。

もし、将来に大望を抱く身であったら、決して不用意に敵を作るような真似はすべきでない。

これが、まだ三成には分かっていなかった。

年が明けた文禄五年（一五九六、のちに慶長元年と改めた）。

朝鮮の戦場で、日本側の小西行長と明の代表、沈惟敬《しんいけい》が、足かけ四年にわたって交渉を重ねてきた講和の話もいよいよ大詰めを迎えていた。

そこで明国の正使楊方亨《ようほうこう》と副使の沈惟敬が、六月十五日に朝鮮の釜山《プサン》を発し、日本に渡ったという報らせが届いた。

日本側でも、あわただしく迎え入れの準備がはじめられる。

これで、太閤殿下が伏見城で明の使者を引見すれば、めでたく講和成立というところまで漕ぎつけたのだが、その寸前で、思わぬ異変が勃発した。

大地震である。

閏《うるう》七月十二日の夜、亥《い》の刻（午後十時）ごろ、京都を中心に山城、摂津、和泉などの畿内一帯に天地をゆるがす大地震が起こった。

この地震で、秀吉が数年がかりで建立した京都方広寺の大仏も、台座が崩れて、大きく傾いてしまったし、洛中の寺々、市内の民家も数知れず倒壊して、大被害が生じた。

秀吉のいた伏見城でも、天守と御殿が破損して、城内で男女五十人ばかりが圧死をするという騒ぎ。

さすがの秀吉も、このときばかりは庭の白砂の上に敷皮をのべ、屏風で囲って、まんじりともせず一夜を明かすというありさまであった。

さきに朝鮮の陣で、軍律を犯す失態を演じ、本国へ呼び戻されると、秀吉から勘気をこうむって謹慎中だった加藤清正が、真っ先に駆けつけて、秀吉から勘気をゆるされたという有名な「地震加藤」の逸話は、このときのことである。

ところが、この地震が一夜だけで済んだわけではなく、翌十三日にもまた大きく揺れ、その余震にいたっては、なんと十二月ごろまで幾十回となく続いたという。

なにしろこの年は不思議と天変地異の多い年で、地震ばかりではなく、彗星の出現あり、大風あり、特に奇異なのは、灰とか、毛とか、奇っ怪なものまで天から降ってきた。

あまりのことに、十月になってから縁起直しの意味で、文禄から慶長へと年号を改めたほどである。

「これはきっと、関白さまの怨霊が祟っているに違いない」

「そうかもしれない。その上、三条河原では女子供まで、あんなむごい殺し方をしたものだもの。祟るのが当然じゃ」

「この分では、太閤さまの天下も、どうなることやら」

不安は動揺を招いて、庶民のあいだでは、そんなささやきも聞かれはじめていた。

かつて、庶民たちが秀吉に抱いていた親近感と、敬慕の念はまったく消え失せて、いまは秀吉の人気は、急速に下降線をたどるばかりであった。

いつの世でも、それが権力者の持つ宿命とはいえ、はかないものであった。

この地震さわぎで、一時、延期を余儀なくされていた明国の講和使節との会見が、ようやく大坂城で行われたのは、九月一日のことであった。

この日は、朝から雲ひとつなく晴れ上がり、秀吉は大満悦のていであった。

しかし、今回の使節引見には、はじめから何かと問題がないわけではなかった。

明国の使節には、朝鮮からの使節も同行していたが、秀吉はこの朝鮮使節の一行には、引見を許さなかった。

それは、もともと朝鮮が講和使節を出し渋って、そのために時日が遅延したのと、ようやくやって来た使節が、ほんの軽い身分の者であったからだ。

「かかる名もなき卑官をさし向けるとは、無礼である。会う必要はない」

秀吉は、少なくとも王子か大臣がやってくるものと思っていたらしい。

こうして、明の正使楊方亨と副使の沈惟敬だけが大坂城に登城し、小西行長の紹介で、秀吉に謁見をした。

明使からは冊書《さくしょ》と金印ならびに封王の冠服などが捧げられ、秀吉もすっかりいい気分で、美酒、嘉肴《かこう》を饗して、この日の行事は平穏に終わりを告げた。

ところが、二日目になって俄然、様相が一変した。

これまでの通説によれば、秀吉が相国寺の長老でお咄《はなし》衆の一人だった西笑《さいしょう》承兌《しょうたい》に、明の冊書を解読させたところ、

「ここに特に爾《なんじ》を封じて日本国王となす」

という文中の一節に至って、秀吉たちまち顔色を変じて激怒し、和議はその場で決裂となってしまった――ということになっている。

しかし、真相はどうやらそうではなく、朝鮮が使節として王子をさし向けるどころか、名もない卑官をよこしたことで、秀吉もお冠りを曲げているところへ、日本側の優遇にすっかり気をよくした明使が、

「講和を結んだからには、朝鮮の城砦をこわし、直ちに撤兵をされたい」

と、申し出したので、たちまち秀吉が怒りを発したという。つまり、朝鮮と明の態度に対する不満が爆発して、交渉が決裂したのだ。

ふだん、取巻き連中から、

「明人の殿下を怖るること鬼神の如く、鮮人は殿下の兵馬の音を一聞せば、たちまち畏縮して動けなくなります」

などと、ゴマをすられている秀吉は、すっかり自己過信に陥って、相手に対しても、あまりにも求めるものが大き過ぎた。

そこへ、明使の言辞が、さながら戦勝の者から、戦敗の者へ言うような調子だったので、秀吉、頭から湯気を立てて怒り出したのだ。

とにかく、和議はどたん場で決裂してしまったのである。

事ここに到って、これまで長い間つづけられてきた沈惟敬と小西行長の下交渉が、双方ともかなりいい加減で、あいまいなものだったということが判明して、一挙に馬脚をあらわしてしまった。

秀吉は、直ちに朝鮮再征の命令を下した。

てっきり和議成立と思い込んでいた諸大名にすれば、

「やれやれ、またか」

と、うんざりする思いである。

しかも日本軍の大半は、本国へ引き揚げているのだ。また海を渡って出直すのだから、ご苦労さまな話である。

ただ、このなかで名誉挽回の機会と意気込む小西行長と、勘気を解かれた加藤清正の両人だけは大張り切りで、またもや朝鮮の戦場で先陣争いをはじめる始末だった。どこまでも仲の悪いふたりである。

しかし、全体的に見れば一向に戦意は盛り上がらず、各地で苦戦を強いられて、戦局は次第に泥沼に足を突っ込んだような様相を呈してきた。

日本の国内でも、このまったく無茶な戦争に倦《う》み疲れて、世の中全体に重っ苦しく沈滞した空気が漂いはじめていた。

しかも、この戦争のために経済は疲弊《ひへい》し、庶民の暮らしは苦しくなるばかりだ。

「太閤さまも、なんでこんな戦争をやらなきゃならんのじゃ」

民心はいよいよ離れ、いまや、豊臣政権は急速に光輝を失う落日の姿、そのものであった。

そんななかでも、相変わらず優雅で贅沢なのが、太閤一家である。

まだほんの幼児であるお拾《ひろい》を参内させて、従四位下の官位を賜わらせると、名も秀頼と改めて、いよいよ秀吉の後継者たる地位をはっきりと示し、その秀頼のために京都に新しく屋敷を建てはじめたりした。

そこは禁裏（皇居）の辰巳《たつみ》の角にあたる三本木のあたりで、四町四方の広大な敷地のなかに阿古世《あこよ》ヶ池をそっくり取り込んで庭の眺めとした豪華な邸宅であった。

この普請には、秀吉みずから縄張りに立ち合うという力の入れようで、朝鮮へ出兵していない関東の大小名に、殿舎造営の分担が命じられていた。

その工事も軌道に乗りはじめた慶長二年（一五九七）になると、秀吉のもとに次々と悲しい報らせが届いてきた。

この年の六月十二日に、備後の三原で、権中納言小早川隆景が病死を遂げた。六十五歳であった。毛利家は大黒柱を失ってしまったことになる。しかし、痛手を受けたのは、むしろ秀吉のほうであった。高松城の講和以来、隆景はもっともよき秀吉の協力者として互いに深い信頼で結ばれていたからである。

つづいて八月二十八日には、足利昌山（義昭）も大坂で亡くなっている。信長に対しては最後まで抵抗を貫き通したこの反骨の男も、晩年には秀吉に屈伏して見違えるほど素直になっていた。その昌山が腫《は》れ物を病み、あっけなく亡くなってしまった。六十一歳。秀吉と同年であった。

「櫛《くし》の歯が欠けるように、だんだん昔なじみがいなくなってくるな」

秀吉も身辺に老いの寂しさが、次第に迫ってくるのを感ぜずにはいられなかった。

秀吉が、秀頼のために、親友の前田利家をお傅役《もり》としてつけ、伏見に常住するように屋敷まで与えたのも、このころのことであった。

（自分の身に、もし万一のことが起こったら）

という懸念が、大きく働いたからに違いなかった。

日暮れて道遠し。秀吉は、わが身の老いに引き換えて、まだあまりにも幼い秀頼の行末を思うと、不安で不安で堪らない。それも結局は、過去において主君信長の遺児たちをどう扱ってきたか、秀吉自身が一番よくわきまえていたからであろう。

それを考えると、一日として心の安らぐ日はなかった。朝鮮の戦局など、もうどうでもよくなっていた。

その胸中の苦悩から、たとえ束の間でも解き放たれようとしたのだろう。秀吉が、突然思い立ったのが、慶長三年の三月十五日に催した「醍醐の花見」であった。

この年の春はどうしたことか、三月の声を聞いてからほとんど連日ぐずつき模様で、しとしとと長雨が続き、側近の者たちも当日の天候を大いに案じていたが、なんと十四日の暮れ方から晴れ間がのぞきはじめ、当日は朝から風もなくおだやかな花見日和となった。

「見よ、天も感じ給うたのだ」

秀吉は大満悦のていで、伏見城から輿《こし》に乗り、醍醐の三宝院へと向かった。つづく女輿には、北政所をはじめ淀君、松の丸、三の丸、加賀どのといった側室の面々と、特に招かれた前田利家の奥方おまつどのがつらなり、このあとに局《つぼね》の女たち百人あまりが装いを凝らして、華やかな行列をくりひろげた。

醍醐寺の広い境内のあちこち、みごとに満開の花を咲かせた桜の樹の下には、五色の幔幕《まんまく》を張りめぐらして宴席が設けられてある。

「女ども、きょうは身分の上下を問わず無礼講じゃ。それぞれ好きなところで花を楽しむがよいぞ」

秀頼の手を曳いて、秀吉はすっかり上機嫌であった。

とはいえ、そこにはもう、かつて催した北野の大茶湯に見られたような、広く一般庶民にまで参加を呼びかける、明るいおおらかさは全く失われていて、厳重な警備のうちに、雲の上の太閤一家だけが楽しむ行事となっていたのである。

その日、秀吉は日の暮れるまで、醍醐の花を楽しむと、いかにも名残惜しげに伏見城へ帰っていった。

幸運にも、その花見の日、一日だけが晴天にめぐまれて、あくる日の三月十六日には、またもや朝から雨が降り出していた。

「さすがに太閤殿下のご威光。きのうの天気は、まるで嘘のようでございますな」

側近の者たちが、まるで神でも崇《あが》めるような調子で、へつらうと、

「当たり前じゃ、この世の中に、わしの叶わぬことが、どこにあろうか」

秀吉は、ことさらに胸を張って高笑いをした。

だが、その虚勢もむなしく、この花見の宴が、秀吉にとっては最後の歓楽となったのである。

太閤秀吉が、突如、病いに倒れたのは、醍醐の花見からまだ二ヶ月にもならない、慶長三年五月五日のことである。

この日、秀吉は伏見の城中で、六歳の秀頼のために端午の節句の祝いを行った。内府の徳川家康をはじめ、伏見に詰めていた諸大名がぞくぞくと登城をして、太閤にお祝いを言上して退出したその直後、秀吉はにわかに苦しみだしたのである。

その症状は、腹痛をともなう劇《はげ》しい下痢であったという。

さっそく、診察にあたった侍医の曲直瀬《まなせ》養安院が、慎重に脈をとっていたが、ふと眉をくもらせ、

「いささか、お脈がただごととは思われませぬ。念のため、京都より医師たちをお呼び寄せ願います」

と、側近の者にささやいた。

「えっ、それほどの御重病か」

「いえ、まだそれと決まったわけではございませんが、念のため」

とは言うものの、養安院の表情は緊張に固くなっている。

ことの重大さに驚いた側近たちは、足も震えるばかりにうろたえていた。

とにかく、ただちに通仙院、竹田法印、施薬院などという、当時天下に聞こえた名医たちが呼び集められ、あれこれと衆議を重ねながら投薬にあたったが、秀吉の症状は一向に好転しなかった。

そもそも若いときから、西に東に戦場を駆けめぐって身体を酷使し、地位を得た中年のころからは、むさぼるように女色に耽《ふけ》ってきた秀吉は、年齢の割りには老いてもいたし、弱ってもいたのである。

これは、極く一部の側近の者しか知らなかった事実だが、秀吉は、文禄三年の夏ごろ、すでに無意識のうちに小便を漏らすほど、心身が衰弱していたという記録も残っているくらいであった。

その弱まりが、ここへきて一挙にあらわれたとも言えそうだ。

五月下旬のころになると、食欲なども日一日と減じてきて、六月のはじめには、げっそりと肉も落ち、見るからに痩せ衰えて、いよいよ重体という感じになってきた。

こうなると、石田三成は目のまわるような忙しさだった。

先輩の浅野長政をさし置いて、五奉行筆頭の実力者となっている三成には、政務のすべてがその双肩にかかってくる。

財政、経済には、長束正家という腕達者がいるから任せておけば安心だが、豊臣政権の政治政策にかけては、三成がほとんど一人で切り回さなければならない。

しかも、その寸暇をさいて、秀吉の病床に駆けつけ、いろいろと報告をしたり、その指示を受けたりしなければならなかった。

重体で、すっかり弱っているようだが、秀吉もその気力だけは、まだしっかりしている。いや、秀頼のことを思うと、死んでも死にきれぬ思いで、頑張っているのだろう。

そんな始末で、三成も、滅多にわが屋敷へ戻る折りもなかったのである。

陰暦の六月十六日は、嘉祥《かじょう》の祝いにあたる。

この日は、疫病を祓《はら》うために十六個の餅菓子を神に供え、これを食べるという風習が平安朝の昔から伝わっていた。

折りも折りとて、伏見の城中では、この嘉祥の祝いが例年になく盛大に行われた。せめてこれで、太閤殿下の病魔が祓われたらと、ワラをも摑む思いだったのだろう。

秀吉は、大広間の重ね畳の上に、布団を移させた。

秀頼も、長袴姿で出座をした。その秀頼は、この三月に参内して中納言の宣下《せんげ》をうけたばかりのところである。

かたわらの白木の三方には、杉の青葉を敷き、吉例の餅菓子がうず高く積まれてあった。

「――一同、揃うたかや」

秀吉の声も弱々しく、力のない視線を向けた。

この日、そこに呼び集められた面々は、浅野長政、石田三成、増田長盛、長束正家、前田玄以の五奉行のほかに、大谷吉継、富田一白、小出秀政、片桐且元など、いずれも秀吉が手塩にかけた子飼いの家臣ばかりであった。

そのひとりひとりの顔を眺めてゆくうちに、秀吉の目は、涙でかすんでしまった。

「人間、病いには勝てぬ。わしも、もう二度とは立てぬかもしれん」

「なにを仰せられます。さようなお気の弱いことでどうなさいます」

長政が、はげますように言った。

「いやいや、自分の身は、わしが一番よく分かっておる」

首をふった秀吉が、ふと、かたわらを見やって、

「ここにおる秀頼が……」

と、もう声まで泣いていた。

「せめて十五歳になるまで生きながらえて、立派に天下のあるじとなるありさまを見

ることができたら、わしも本望だったのに、いま、この病いに倒れ、命のほども覚つかぬというのは、まことに残念でならぬ」

深い溜め息とともに、はらはらと落涙する。

「よいか――くれぐれも秀頼のことは、たのんだぞ。おぬしたち、力を合わせて、きっと秀頼を守ってくれ」

「殿下――ご心配には及びませぬ。われわれが命に代えてもお守りいたしますし、まだこのほかにも加藤（清正）や福島（正則）が控えているのでございますから」

「うむ――やはり子飼いのおぬしたちだけが、最後の頼りじゃ」

大病をわずらって、秀吉もはじめてそのことが、つくづくと身にしみて分かったらしい。

いや、それだけ気弱くなったと、言うべきなのかもしれない。

「殿下――」

浅野長政は、呂律《ろれつ》すら定かでない秀吉の様子と、その気持のほどを察すると、たまらず貰い泣きをして、嗚咽《おえつ》の声を放っていた。

そして、長政が泣き出すと、それにつられて、堪えきれずにあちこちで肩ふるわせながら、すすり泣きの声が漏れはじめた。

このとき、一座のなかで、ただひとり、泣かなかった男がいる。

石田三成である。

泣かなかった、というよりは、泣けなかったのである。

このエリート官僚とも言うべき、理性的な男は、

(変わった。これが、かつてのあの颯爽たる秀吉公なのか)

と、冷静な目で見守っていた。

寸鉄、一言にして諸大名を震えあがらせた昔の秀吉と、いま目前のこの涙もろい老いぼれと、いかに病人とはいえ、あまりにも変わり果てた人間の弱さ、哀れさを、まざまざと見せつけられた思いで、やりきれなかった。

それだけに、泣くにも泣けない心地だった。

これでは、豊臣家の行末もどうなることか。

いま、乳母の大蔵卿の局の膝に抱かれ、老父の姿よりも、ただ無心に餅菓子へ目を吸い寄せられている幼児の秀頼はむろんのこと、目を泣き腫らしている浅野長政以下の一座の面々にも、誰ひとりとして、この難しい天下をまとめ、手際よく料理してゆけるほどの才腕の持ち主は、まず見当たらない。

と、なれば、

(残るのは、このおれだ。おれ、ひとりしかいない)

三成は、自信をこめて、そう思った。

(せめて、おれひとりでも頑張って、おやじの遺産を受け継がねば、天下はそっくりそのまま、あの家康あたりに持って行かれてしまうだろう)

なんとしても好きになれない徳川家康の、あのふてぶてしい顔を思い浮かべただけで、虫酸《むしず》の走る心地すら覚える三成なのだ。

人間、誰しも好き嫌いのあるのは仕方がないが、三成の家康嫌いは徹底していて、ちょっと病的なほど異常であった。

こんな話がある。

或る冬の日、三成が大坂城中で頭巾をかむったまま火にあたって暖をとっていると、かたわらにいた浅野長政が、

「間もなく御内府(家康)が登城をなさって、ここを通られる。頭巾のままでは失礼だぞ」

と、注意をした。ところが三成は、

(家康が、なんだ)

と言わんばかりの顔つきで、聞き流し、一向に頭巾を脱ごうともしない。はや家康

の姿も見えてきたので、怒った長政はいきなり頭巾をとって火中に投じたが、それでも三成は知らん顔で、家康のほうなぞ見向きもしなかったという。

三成の、いかにも鼻っ柱の強い、激しい性格の一面を語るはなしだが、そんな彼だけに、多くの人から、

「太閤殿下の威光を笠に着て、傲慢な男だ」

と、反感を買っていたのも事実である。

自己の所信に反する者は、あくまでも好きにはなれず、排撃する——という、この真っ正直すぎる性格が、三成自身をいかに損させていたことか。

そして、それを本人が気づかぬところに悲劇があった。

このとき、大広間に詰めていた浅野長政以下の近臣たちは、いずれも涙をおさえながら、瞼を赤く泣き腫らしたまま退出してきた。

それと見た面々は、大広間でのやりとりも知らぬだけに、

「さては、殿下の御臨終か」

と、早合点をして、それぞれ縁故の方へ急いで知らせに走った。これが、それからそれへと波紋をひろげる。

伏見から京のあたり、そのあわただしい使者の往来で、時ならぬ騒動になったという。

秀吉の病気でうろたえていたのは側近の連中だけではなく、世の大名たちもまた、すっかり浮き足立っていたようだ。

この日の夕刻のこと。

伏見城下にある徳川家康の屋敷には、いち早く十数人の大名たちが詰めかけてきた。

いずれも神妙な顔つきで、声をひそめ、

「漏れ承りましたところでは、太閤殿下には、さきほど御他界なされましたる由――御内府様へお知らせかたがた、ご挨拶まで」

と、いかにも次の実力者に忠誠心を示す物腰と口ぶりである。

これを聞いた家康も半信半疑の思いだ。

もし、真実、秀吉が他界をしたのなら、誰よりも真っ先に、城中より報らせがあって当然なのだ。ところが、こんな平《ひら》大名たちが知っているのに、内大臣なる自分へ、なんの通知もないというのは、怪しからん話だし、第一おかしい。

家臣の井伊直政を呼び寄せ、

「その方、城へ参って、真偽をただしてみるがよい」

と、命じた。

そこで直政が、確かな方面へ問い合わせてみると、これがとんだ誤報と分かった。

「やはり、そうか」

家康も、思わず苦笑をもらしたという。

政変近しと見れば、右往左往する陣笠連中の姿は、今も昔も変わりはない。

しかし、この一件は家康にとって、決して悪い気分ではなかっただろう。

「いよいよ、わしの出番が回ってきたらしいな」

自分だけが、うぬぼれてそう思うのではなく、世の陣笠大名たちがそう認めて、押しかけてきたのだ。これは心強い。

ただ、問題は、

（いかにして、政権を手に入れるべきかだ。その手順がむずかしい）

と、家康は、いまからその思案をしている。

考えてみると、この家康ほど、細心で慎重な男はいない。

真っ向から、強引に政権を奪い取るようなやり方は、家康の最も好まないところだ。

そんな無理をすれば、天下の人心を摑むことはできず、その政権が決して長つづきしないことをよく承知していたからである。

(なによりも、自然とわしの手の内に、政権のほうから転がり込んでくるように仕向けねばならぬ。それでなくては、真の天下人《びと》とは言えぬではないか)

欲の深い望みといえば、まことにその通りだが、家康は真面目にそれを考えていたのである。

底に流れるもの

太閤殿下が、伏見城を隠居所と定めて以来、五奉行の面々もその連絡上の必要から、いずれも大坂と伏見にそれぞれ屋敷を構えなければならなかった。

その伏見にある石田三成の屋敷は、このところ主人はほとんど不在で、家老の島左近が主人の代りに仕切っているありさまであった。

秀吉の発病以来というもの、主人の三成は連日連夜、伏見城中に詰めっきりだったからである。

「まさに時節到来――これからが殿にとっても大事な正念場なのだが、その覚悟は固めておられるのだろうな」

島左近は、おのれの齢も忘れて、久しぶりに胸躍らせている自分自身を、

(まだまだ、この気概があるとは、まんざら捨てたものではないな)

と、あらためて見直す思いだった。

しかし、考えてみれば、十年前にまだ年若い三成を主人に持つ決意をしたのも、やがていつかは、

——天下を賭ける
この日が訪れるだろうと、確信したからではなかったか。

(高禄をいただきながら、長い間、働き場もなかったが、いよいよおれの出番か)

左近にとって、近ごろほど緊張した充実感を覚える日々はなかった。

そんなある日の昼さがり。

左近が居室で、文机《ふづくえ》に向かって調べ物をしていると、背後の廊下に、ふと物静かな人の気配がした。

ふり向くと、障子の影に半身をのぞかせて、見慣れぬ若い女が両手を仕えている。

「ハテ、そなたは——」

「ご用のところ、お邪魔いたして申し訳ございませぬ。わたくし、今日よりご当家に

お仕えいたすことになりました小萩《こはぎ》と申す者でございます。どうぞ、お見知り置き下さいませ」

新しく奉公に上がった侍女が、お目見得の挨拶にやってきたのだ。

「小萩――と申すのか」

「はい、左様でございます」

はきはきとした口調で答えながら、彼女がゆっくりとおもてを上げた。

一瞬、左近はハッと胸を衝かれる思いであった。

そのおもざしが、亡き妻せつと、あまりにもよく似通っていたからである。

(――まさか、せつが)

と、わが目を疑ったくらいだった。

齢は、二十を一つ二つ越したところであろうか。それだけに物腰も落ち着きがあって、黒目勝ちの眸《ひとみ》がひどく印象的であった。

「ご用のところ、失礼をいたしました」

小萩は一礼をして、退っていった。

「……」

しばらくの間、左近は茫然と見送っていた。年甲斐もなく、胸がしめつけられるような感じすら覚えていたのだ。

世の中には、これほどよく似た女性もいたのかと、左近はまだ信じられぬ心地で、ふと幾度か、小さく首をふっていた。


小萩という女性は、なかなかどうして細かいところによく気がつくし、何を言いつけても厭な顔ひとつ見せずに、小まめによく動く。

むろん本人も、お目見得して間もないことだから、精一杯頑張っているのだろうが、それにしても、こんな利発な侍女も珍しい。

（いや、そう見るのは、わしのひいき目なのか）

左近は、小萩が亡き妻に似ているということで、どこかしら彼女を好意的に見ているのを、自分でも気づいていた。

が、別にそれ以上の特別な感情を抱いたわけではない。

すでに四十もなかばに達している自分と、彼女との齢の差を考えれば、まるで親娘《おやこ》のような感じすら覚えていた。

だから、彼女に目をかけたと言っても、その意味、その程度の好意なのである。

ところが、小萩のほうは、どうやらそれだけではなさそうな、そぶりなのだ。

彼女も利発な女性だから、いち早く左近の好意的な態度は、感じ取っていたようだ。それが左近への関心と、親しみを覚えているうちに、この年の違う中年男に、惹かれるものを感じ出したらしい。

若い女性が、どこか渋味のある中年男に、あこがれるような想いを寄せるというのは、よくあることだ。

左近は、よく夜おそくまでひとりで調べ物をして、起きていることがある。とくに近ごろの情勢を考えれば、いまのうちに調べておかなければならないことが、山ほどあるからだった。

そんな折りの左近は、少しぐらいの物音なぞ、耳にもはいらぬくらい熱中している。

「……！」

ふと、すぐうしろに人の気配を感じて、文机から顔を上げ、ふり向くと、そこにいつの間にか小萩が控えているではないか。

「や――そなたか。いまごろなんの用じゃ」

「いいえ、別に用はございません。ただ、お調べ物でお疲れでございましょうから、お茶を一服、召し上がっていただこうと存じまして」

「それで、そなた——いま時分まで起きていてくれたのか」

それには、ただ微笑で答えただけの小萩が、用意してきた茶道具で、抹茶を一服立てると左近の前へさし出した。

「済まんな」

いささか疲れたところに、苦みのある茶の味は、心地よい刺激であった。

「うむ、折りがあったら、一度そなたに尋ねようと思っておったのだが、そなたの生まれは、いずれかな」

「はい、泉州の堺でございます」

「ほほう、堺の町か。道理で茶の心得もある筈、なかなか見事なお手前とみたが」

「お恥ずかしうございます」

褒められて、小萩はかえって羞《はじ》らうように頬を染めた。

が、われ知らず、身をくねらせたその姿態には、妙に男ごころをそそる色気があった。まさに触れなば落ちんという風情である。

小萩がそんな風情を見せたのは、そのときだけのことではなかった。

なにかの折りにつけて、二度、三度と、左近を誘うようなそぶりさえ見せた。

左近とて木石の身ではない。ましてや独り身の境遇だ。そんな小萩にふと心を動かされるものも覚えたが、しかし、左近には人には秘めた誓いがあったのだ。

亡き妻、せつへの誓いである。

筒井家を退去して、大坂へ出る途中でせつを亡くしたとき、左近は男泣きのうちに、

「もはや生涯、そなたのほかに女はもたぬ」

と、きっぱり心に誓っていたのだ。

この誓いだけは絶対なのだ。いかなることがあろうと、左近には破れない。

(折りあらば、そのことは小萩にも話しておくべきかもしれない)

なまじ隠して、煮え切らない態度をとりつづけるのは、却って罪だと左近も思った。

が——その機会もないままに日をすごしていた、そんな折りに、主人の三成が久しぶりで伏見城から下城してきた。

太閤が発病して以来というもの、城内に詰めっきりで政務をとり、寸暇があれば太閤の枕元に侍していた三成なのだが、このところ病状もやや落ち着きを見せているので、ほぼ五十日ぶりに、屋敷へ戻ってきたのである。

久しぶりのわが屋敷だ。くつろいだ気分で居室の縁先に立って、庭を眺めていると、

「どうぞ――お召替えを」

すぐうしろで、侍女の声がした。

「うむ」

なにげなくふり向いた三成が、そこに控えている侍女を見て、一瞬、目をみはった。思いがけない美人だったからである。

「はて――そなたは、初めて見る顔だな」

「ご挨拶が申しおくれまして、申し訳ございませぬ。小萩と申しまして、先日よりお屋敷へ上がったばかりの新参者でございます」

その挨拶の仕方も、なかなかしっかりしている。三成は、好感を抱いた。

「小萩と申すのか。いい名じゃ」

そうつぶやきながら、三成はその名を胸に刻みつけていた。

三成も、妻女や子供たちは佐和山城の屋形においてあるから、この伏見や、大坂の備前島の屋敷では、ひとり身の暮らしなのである。

ふだんは、豊臣政権をほとんど一人で背負って立つ、政務の忙しさにまぎれている

が、ふと、そこにゆとりの生じた折りなぞ、肌淋しさから激しい欲望を覚えたりすることがあった。

働き盛りの男としては、当然の衝動なのだが、三成はそれを理性で抑えてきた。というよりは、彼の好き嫌いの激しさと言おうか、潔癖さと言おうか、欲望を満たすだけの相手にも、誰でもよいというわけにはいかなかったのだ。

これが、そのまま三成の世渡りにもあらわれて、彼は思わぬところで敵を多く作っていたと言えるだろう。

その三成が、小萩を見たとき、われにもあらず、衝動を感じていた。

やがて三成は、おのれの居間に島左近を呼び寄せた。何を考えてか、お側《そば》の者たちにも人払いを命じ、ふたりだけの対座であった。

「して、太閤殿下の御病気はいかがでございます」

左近が、まず気になる様子で尋ねた。

「わしの見るところ、もうあまり長くはないであろうな。なんと言っても、あの豪気な方が、別人のように涙もろく、気弱になられている。あれでは治る病いも治るまい」

嘉祥の祝いの折りの秀吉の様子を思い浮かべながら、三成はきっぱりと断定を下した。いや、それだけに誰よりもまず、危機感をひしひしと感じている三成なのである。

「すると豊臣政権にとっては、いよいよ一大事の時を迎えたわけでございますな」

「まさに、その通りだ。このままで行けば、天下はみすみす徳川内府の手に転げ込んでゆくことになろうな」

それが、いかにも我慢がならぬといった顔つきの三成であった。

「確かに、その意味では太閤殿下がお亡くなりになったときが、勝負どころでございましょうな」

しかし——と、左近はつけ加えた。

「はっきり申し上げて、残念ながら、只今の殿では、まだまだ徳川どのの敵ではございません」

忌憚《きたん》のない一言である。

三成も、そこまではっきり指摘されるとは思わなかったのだろう。ちらっと苦笑をただよわせて、

「うむ、それは心得ておる」

と、しぶしぶ認めた。

「さればここで徳川どのの動きを封じるためにも、こちらとしては、まず大納言さま（前田利家）を前面に押し出してゆくより手だてはございますまい」

「なるほど、考えは分かるが、あの温厚な方が、われらの思うように積極的に乗り出してくれるであろうか」

利家の人柄から考えて、そこに疑問を抱く三成である。

「いかにも、現状のままでは、おそらく大納言さまは傍観的な姿勢をとるだけでございましょう。ですから、いまのうちに手を打ち、大納言さまが乗り出さざるを得ないように、仕向けておけばよいではございませぬか」

「なに」

三成がけげんそうに左近の顔を見返した。

「いまのうちに手を打ち、と申したが、どのような手を打てと言うのだ」

「されば、手前、先日来より太閤殿下に万一のことがあった場合を想定いたし、いかに豊臣政権を保持してゆくべきか――その方策と仕組みについて、一つの試案を練りあげておきました。ごらんいただけましょうか」

「ほほう」

おもわず目をみはった三成が、膝のり出し、

「それは是非、見たいものだ」

と、熱意をこめて言った。

島左近が、自分の知らぬ間にそこまでも先を見越して、一つの試案を作っていたというのは、全く意外なおどろきであった。

いや、三成にとっては、単なるおどろきだけではなかった。島左近が、いま迎えようとしている天下の危機に対して、いかなる秘策を立てたのか、そこに大いに興味も覚えていたのである。

「――では、只今」

と、いったん三成の居間から退った左近が、やがて戻ってくると、懐中からひと綴りの文書を取り出して三成の前へさし出した。半紙でおよそ十枚綴りにも及ぶ文書で、細かい字でびっしりとしたためられてある。

三成が、その文書に目を走らせてゆくうちに、

「ふうむ」

と、大きく唸った。

「つまり、いまの五奉行の上に五大老の制度を設け、二重の合議制にせよというの

か」

「それによって天下の実力者たちを互いに牽制させ、徳川どのの独走を阻もうという狙いなので」

「面白いな」

「ことは急ぎます。早速、殿より太閤殿下へ申し上げ、制度づくりをはじめるべきでございます。太閤殿下亡きあとでは、もはやどうにもなりません」

「うむ。早速、申し上げてみよう」

「この案は、あくまで殿のお考えで作ったものとして置くことが肝要ですぞ」

「なぜ」

「それでなければ、これから後、殿の立場も、発言力も、だいぶ違って参りますからな」

そう言って、左近はにやりと笑った。自分はあくまでも舞台裏の存在でよいのだ。むしろ三成がいかにうまく動いてくれるか、そこに運命を賭けている左近だったのである。

話が一段落したとき、

「ところで、左近」

ふと三成が、さりげない調子で尋ねかけた。

「こんど新しく屋敷へ参った侍女――そう、たしか小萩とか申したな」

「はあ、あの者が何かご無礼でも」

「いやいや、そうではないのだ。あの者は、どういう身許の者かな」

「さあ――それは」

左近も、小萩の身許については、ほとんど何も知らなかったのだ。

「なにか気にかかるふしでもございますなら、用人に確かめてみますが」

「別にあらたまって確かめるほどのことではない。もう、それはよいぞ」

三成は、自分のほうから話を打ち切った。

(――ははあ)

と、左近には、その主人の様子から思い当たるものがあった。

どうやら三成は、小萩をひと目見て、心惹かれたらしい。いや、もっと端的に言えば、夜の相手として関心をそそられたらしい。

それも無理はないと思った。三成の妻子は佐和山城にいるが、このところ久しく居城に戻る暇とてないありさまなのだ。

(殿は、太閤発病以来の心労で疲れてもいるし、苛立ってもおられるようだ。こんな

折りには、慰めも必要かもしれぬ）

左近は、胸のうちでうなずいていた。

――その夜

島左近は、用人を呼んで新参の侍女、小萩の身許について尋ねてみた。

「はあ。当家へ出入りをいたしております堺の商人、松井宗閑《そうかん》の口利きで参った者ですが、父親は近江の六角家ゆかりの者だと申すことで」

用人も、口利きが身許の確かな松井宗閑だったので、それ以上の詮索はしていなかったようである。

「なるほど、六角家ゆかりの者か」

近江の湖南で、六角家といえば源平時代の佐々木氏の流れを汲む古い家柄だが、その由緒にこだわって、新興勢力の織田信長を見くだし、あくまで敵対したために、あたら滅亡の憂き目をみている。

新しい時代の波に乗れなかった旧家の悲劇といえば、それまでの話だが、小萩のおもざしのなかに漂う気品は、やはり成り上がり者にはない、旧家の血筋の香りだったのかと、左近はいまにして思いあたる心地だった。

用人を退らせたあと、左近はしばらく思案をしていたが、やがて意を決したように、小萩を呼び寄せた。

こんな夜になってから、左近に呼ばれるのは珍しいことなので、小萩も何事かと、いぶかしげな様子で立ち現われた。しかし、そのなかにも、どこか、左近から名ざしで呼ばれたことへの嬉しさが、立居振舞いにあらわれている。

「小萩でございます」

廊下の敷居際に手を仕える彼女へ、

「うむ、こちらへ参るがよい」

左近は、自分の席近くへ招じ入れた。

いよいよもって、何の用事だろうかと、不審そうな小萩である。

「そなたに、頼みがある」

左近が、なんとなく言いづらそうに口を切った。

「はい——どういうご用でございましょうか」

「うむ」

うなずきながらも、視線をそらした左近が、ひと思いに言った。

「今夜。殿のお寝間へ伽《とぎ》に行ってもらいたい」

「――え」

一瞬、聞き間違いではないかと、おもてを上げた小萩が、そうでないと悟ると、恨めしげなまなざしで左近の横顔を喰い入るように見つめた。

ほかならぬ左近の口から、そんなことを命じられようとは思いもかけないことだった。

（むごい。あまりにもむごい仰せではございませぬか）

そこに精一杯の抗議をこめて、じいっと左近を見つめつづける小萩だったが、左近は目をそらしたまま、

「頼む、殿をお慰め申してくれ」

感情を押し殺した口調で、重ねて言った。

取りつく島もない、その態度だった。

「……」

小萩は、しばらく答えようとしなかった。彼女自身、まだ気持が混乱していた。

「頼む。この通りだ」

はじめておもてを向けた左近が、申し訳なさそうに頭を下げた。

小萩は、気が重かった。

しかし、当時の女性は、いったん主人に仕えた身として、たとえどのような気に染まぬことでも、命じられたからには、それに従うよりほかはなかった。

まして小萩にすれば、左近から頭を下げてまで懇請されると、もうそれを断れなくなっていた。

でも、悲しく、情けない思いで、自分がみじめだった。

(左近さまは、わたしのことなぞ、どうともお思いになっていなかった。それでなければ、こんなことをあの方の口からお頼みになるわけがない)

そう考えると、いっそうやりきれない思いだった。

けれど、もう仕方がないのである。

小萩は、あたりの人目を忍ぶようにして、暗い廊下を音も立てずに奥へと進むと、主人三成の寝間の前まで辿り着いた。

やはり、ここまで来ると、ためらいを感じた。いっそここから引き返してしまおうかと思ったとき、

「――誰だ」

寝間のうちから、鋭く声がかかった。三成はまだ寝入ってはいなかったのだ。

「はい。怪しい者ではございませぬ。小萩でございます」

それこそあたりを憚《はば》かる小さな声で、そう答えながら、小萩は素早く、薄暗い寝間のなかへ身をすべり込ませていた。

「なに――小萩だと」

部屋の片隅にともる燭台の明りが、小さくゆらめきながら、小萩の姿を浮き上がらせる。

三成は布団の上へ起き直りながら、目をみはった。よもや、こんな時刻に小萩が現われようとは思ってもいなかったことだ。しかも、寝所へである。

（そうか――左近の計らいだな）

昼間、彼女のことを左近に尋ねたことを思い出し、三成はそう察した。

ただ、さりげなく尋ねてみただけなのに、そこまで左近に見抜かれたかと思うと、三成もふと顔の赤らむ思いだったが、しかし、目の前でいかにも恥ずかしげにさしうつむく小萩のなまめかしい姿態を見たとき、三成の「おとこ」は、ためらいすら忘れていた。

「小萩――近う参るがよい」

声をかけながらも、三成のほうから身を乗り出すや、いきなり彼女を抱き寄せた。

「──あ」

おもてをのけぞらして、身をくねらせる小萩を強引に抱きすくめながら、三成は容赦もなく彼女の身につけているものを剝ぎ取っていった。

薄明りのなかにしろじろと裸身がさらけ出される。

あらあらしいばかりの熱情をこめて、三成はその細身の胴を抱きしめ、のしかかっていった。

小萩はじいっと目を閉じたまま、

(──左近さま)

心のなかで、恨めしげにつぶやきながら、なすままに裸身を三成にゆだねていた。

病床にあった秀吉を苦しめていたのは、決して病いの苦痛だけではなかった。

いや、それよりもむしろ、日夜、思い悩みつづけたのは、いかにして自分亡きあとの豊臣政権を無事に永続させ、秀頼の地位を保たせることができるか、という一点だった。

それを考えれば、死んでも死にきれぬ心地となってくる。

一代の栄華をほしいままにした秀吉が、死に際にこの苦しみを味わうとは、よくよく業《ごう》の深いことだが、これが凡愚のあさましい妄執である。

そんな秀吉の病間へ、二、三日、姿を見せなかった石田三成がやってきた。

「おお治部少か」

「殿下、お加減はいかがでございますか」

「うむ。どうも夜が眠れなくてな」

「ご心中、お察し申しあげます」

「お前なら、分かってくれるであろう。くれぐれも頼むぞ」

「実は、そのことにつきまして申し上げたいことがございます。暫時《ざんじ》、お人払いを
――」

「よい。お前から申しつけい」

言われて、三成があたりの者へ目顔で遠慮するように命じた。人々が退ってゆくのを見届けてから、三成は、病人の枕元へ進み寄ると、懐中から一枚の書付をとり出し、

「殿下のお悩みを、いささかでも取り除く妙薬になればと存じまして、処方を書いて参りました。ごらん願います」

と、痩せ細った秀吉の手に渡した。

読みやすい明瞭な楷書だが、紙面全体にかなり細かい字でびっしりと書き込まれた意見書であった。

これは、島左近が練り上げた草案を基《もと》にして書き上げられたものだ。

それによると、現在の豊臣政権の骨格になっている五奉行の制度だけでは、これからの政権維持は難しい。そこで、五奉行のさらに上部に、天下に睨みの利く実力者を揃えた五大老の制度を設ければ、豊臣政権の威光はさらに強大となる。

五奉行は、従来通りに一般の政務を担当し、もし、政治的な諸問題や、思わぬ紛争が生じた場合には、上部機関の五大老と合議して処理をしてゆく——という二重合議制だ。

しかも、この五大老に天下の実力者たちを揃えることで、政権への野望を抱く者があっても、互いに牽制し合い、束縛されて動きがとれなくなるという仕組みなのである。

喰い入るように、意見書へ目を通していた秀吉が、

「うむ、これじゃ」

と、うめくように言い放った。

その痩せ衰えた顔面に、みるみるうちに生気がよみがえってくる。

「――佐吉」

と、つい昔の小姓時代の名で呼んで、

「わしが、あれこれと思いあぐねていたのも、このことじゃ。よう思案をしてくれた。でかしたぞ」

枯れ木のような細腕をのばして、三成の手をしっかりと握りしめた。

三成、じいんと胸が熱くなった。

法と制度の力で、諸大名の野心も互いに牽制させる――という石田三成の提案に、これぞとばかりに飛びついた秀吉は、すぐさま、この新しい制度を実行に移した。

世にいう、五大老、五奉行の制度である。

五大老には、徳川家康、前田利家、宇喜多秀家、毛利輝元、上杉景勝がえらばれた。いずれも天下の諸大名に睨みの利く、実力者の大大名ばかりである。

五奉行のほうは、これまで通りの顔ぶれで、いずれも地位、身分は五大老よりもはるかに低いが、それぞれに実務的な面で特長もあり、才能もあって、気心もよく分かっている秀吉の腹心の部下たちで固めてあった。

この制度によって、秀吉が亡きあとも、これらの人々が幼い秀頼を輔佐して、治政一般のことは五奉行が処理をしてゆき、特に政治上の重要な問題が生じた折りには、これを五大老にはかる、という仕組みになった。

そして、特に家康と利家のふたりには、最高の地位を認め、容易に決着しない難問題が起こった場合も、この両者の意見で決定し得るように定められていた。

秀吉もきっと、家康の野心に感づいていたに違いない。だからこそ、逆に家康を大老という最高責任者の地位につかせて、自縄自縛の形に追い込むと同時に、そこに利家という同等の地位の監視役まで設けたのだ。まさに二重三重の安全対策であった。

しかも秀吉は、強引に家康へ申し入れて、六歳の秀頼と、まだわずか二歳の千姫との婚約を結ばせた。これで家康の立場は、秀吉に次ぐ天下の実力者であるとともに、秀頼の義理の祖父にあたるという微妙なものになった。

が、しかし——。

これだけの手を打っておきながらも、病床であれこれと思いわずらう秀吉には、なお不安に思えてならなかった。

そこで今度は、これらの人々や諸大名たちに保証を求めて、起請文（誓書）を提出させることを考えついた。

七月十五日のこと。

伏見城下の前田邸に集まった大老、奉行をはじめ諸大名の面々が、五ヶ条にわたる起請文をしたため、署名、血判をして提出することになった。その最大の眼目は、

「秀頼さまに対し奉り、御奉公の儀、太閤さま御同然、疎略に存ずべからざる事」

という、冒頭の一条にある。

そして、この起請文の宛名は秀吉でなく、
内大臣殿、
大納言殿、
と、家康と利家あてに提出する形をとっていた。死が目前に迫っている自分へ出させるよりも、あとに残る両実力者へ提出させるほうが、誓書の効力は長くもつと、秀吉はそこまで計算をしていたのだ。

だが、秀吉はこれでもまだ安心できなかったのか、八月五日になると、こんどは五大老と五奉行のあいだで、八ヶ条に及ぶ起請文を書かせて、互いに交換を行わせた。

まさに、誓書、誓書の氾濫である。

いかに、天地の神々に誓いを立て、署名、血判を捺《お》した起請文にせよ、所詮はそんな一片の紙きれが、なんの保障になるのだろう。気やすめにすぎない。

この同じ八月五日のことである。

病床で呻吟《しんぎん》していた秀吉が、何を思ったか、かたわらに付き添う者へ、

「か、紙と、筆を――」

しきりに手を動かし、直ぐ持って参れと命じた。

「筆紙ならば、ここにございます。御用のおもむき、仰せいただければ書きとめます」

という付き添い者の言葉も耳に入れず、

「はやく持って参れ。わしが書くのじゃ」

じれったそうに、秀吉がまた命じた。

珍しいことである。大体、文字を書くことなぞ得意でもないし、好きでもない秀吉なのだ。

筆と硯が枕元に運ばれてくる。

「わ、わしを起こしてくれ」

「しかし、殿下」

「言う通りにせい。是非、わしの手で書きのこしておかねばならんことがあるのじゃ」

すっかり痩せ衰えた秀吉の、どこにそんな気力がひそんでいたのか。頑として言い

張る。それはむしろ執念というべきだったかもしれない。

側近の者が、秀吉をゆっくり抱き起こすと、そのまま背後から抱きかかえて、身体をささえた。

「うむ、紙と筆を」

しばし、目をとじ思案をしていた秀吉が、ふるえる手で、さらさらと書きはじめた。ほとんど平仮名の文字である。

秀より事、なりたち候やうに、此かきつけ候しゅ（衆）を、しんにたのみ申候。なに事も、此ほかには、おもひのこす事なく候。かしく。

宛名は、いへやす、ちくせん、てるもと、かけかつ、秀いへ——と、五大老の名を書きつらね、なお追伸として、
返々《かえすがえす》、秀より事、たのみ申候。五人のしゅ（衆）たのみ申すべく候。いさい（委細）五人の物（五奉行）に申しわたし候。なごりおしく候、以上。

ここまで書くのが精いっぱいだったのだろう。秀吉は、ぽとりと筆を落とした。落ち窪んだ頰に大粒の涙が光っている。

子を思う親の心に変わりはないが、ただの父子ではない。そこに天下を制する「政権」と「権力」がからむだけに、ことは面倒でしかも将来に不安の種は尽きなかっ

た。

「――まだ死にたくない」

遺書をしたためたあとも、秀吉のその思いは、激しさを加えるばかりだ。

死んでも死にきれないその執念は、まさに生き地獄である。

誰の目にも、そのおもてにありありと死相のうかがえた秀吉が、この八月五日から、さらに十日あまりも死線をさまよいながら生きつづけたのだ。

こうして迎えた慶長三年八月十八日の真夜中。丑《うし》の刻というから午前二時ごろ、秀吉はついに、その気力も執念も燃え尽きたかのように、息を引き取った。

すでに、危篤の報らせをうけて、五奉行の面々は、この三、四日というもの、病室の近くに詰めっきりであった。

「御臨終でございます」

側近の者からあわただしく報らせを受けて、五奉行の面々が病室に駆けつけたときには、もはや秀吉の息はなかった。

「――殿下」

一番年長の浅野長政が枕元に泣き崩れて、しばし肩をふるわせたまま動こうともしない。増田、長束の面々も悲しみに打ち沈み、前田玄以は僧侶あがりだけに、はや口の中で経文を唱えている。

ただひとり、冷静なのは石田三成だ。

「おのおの方に申しあげる。かねて相談いたしたごとく、太閤殿下ご逝去のことは、当分の間、いっさい隠密に伏せておかねばなりませぬ。城中の者にも堅く口を封じさせ、諸侯の耳にも入れぬことが肝要ですぞ」

と、三成は、まず釘をさした。

これは朝鮮にいる外征軍への配慮からであった。もし秀吉の死が伝われば、内外に与える影響は大きく、在鮮の将士にも、不安、動揺が起こるだろうし、敵側に漏れたら、日本軍の無事帰還は不可能になる。少なくとも撤退が完了するまでは、秀吉の喪を伏せておかねばならなかった。

「だが、治部少。ご遺骸はどうする。このままにはしておけぬぞ」

と、浅野長政が案じ顔で言った。

「それはすでに徳善院が手配をして、極秘のうちに密葬する手筈になっております」

かたわらの前田徳善院玄以とうなずき合いながら、三成の回答は明確だった。

この夜のうちに、秀吉の遺体はこっそりと運び出され、黒塗りの駕籠《かご》におさめられた。折りから秋の霖雨《りんう》がしとしとと降りつづき、夜の闇はいっそう陰気に暗かった。

駕籠をかつぐ者は、前後で四人。駕籠脇には、蓑笠をまとった僧体の者がふたり、うつむき加減に黙々と付き添ってゆく。その僧体の一人は前田玄以で、もう一人は高野山の興山木食《もくじき》上人であった。

一行は、ただこれだけの人数で、人目を避けるように夜道を急ぎ、九条から京の町外れを通って阿弥陀ヶ峰へ向かう。

阿弥陀ヶ峰は、いわゆる東山三十六峰の一つだ。この山の麓には、秀吉が建てた大仏殿があったのだが、先年の大地震で破損したまま、まだ修理の手もつけられていないありさまだった。

しとしとと雨の降りつづく、暗夜のなか。秀吉の遺骸は、この阿弥陀ヶ峰の奥深い山中で、ひっそりと密葬に付された。

いかに秘密にしなければならないとはいえ、これが日本六十余州を統一し、諸大名を思いのままに支配してきた天下びと、豊臣秀吉の野辺の送りかと思えば、あまりにもわびしく、哀れで悲惨な光景であった。

一方、伏見城内の奥殿では、

「よいか――今夜のことは、絶対に口外してはならんぞ。当分のあいだは、いままで通りに、太閤殿下が御病間に臥せられているように振舞うのだ。もし、外に漏らした者があるときは、全員同罪と見て、即刻、首をはねるから、さよう心得よ」

三成と長政から、厳重な申し渡しがなされていた。

こうした隠密の計らいと、厳重な口止めが効いて、秀吉の死は、全く外部に漏れなかった。

もし、ちょっとでも漏れたら、この前の嘉祥の祝いの日のように、噂は噂をよんで、世間はにわかに騒がしくなっていたに違いない。

「どうやら、なんの気配もない。やれやれ、これでひと安心だの」

浅野長政は、ほっとした表情で、三成をふり向いた。

「しかし、これから先が、いろいろと大変でございますぞ。浅野どのにも、しかと腹を据えてかかっていただきませぬと」

「うむ、分かっておる」

若い三成にそう言われて、いまさらのように緊張の色を漂わせる長政である。

五奉行のなかでは、年長者であり、尾張以来の古い経歴のある長政なのだが、どこか人の好い面もあって、三成などから見ると、いささかじれったい。

それに、三成が第一に気に入らない点は、秀吉とは藤吉郎時代からの縁故のある長政なのに、最近はどうも徳川家康に接近し、さかんに御機嫌を伺っていることだ。

家康嫌いの三成だけに、よけいにそんな長政の態度が気に喰わなかったのである。

――ところで、その大老の徳川家康は、あくる十九日の巳《み》の刻（午前十時）ごろ、まだ何も知らずに伏見城へ登城しようとして、駕籠に乗って屋敷を出た。

すると、途中でこの家康の駕籠へ、いきなり近づいてきた者がある。

「待て――その方、何者だ」

お供の家臣が、鋭く声をかけると、相手は神妙にその場へかしこまって、

「手前――石田治部少輔の家臣にて八十島《やそじま》彦十郎と申す者。主人の使いにて、御内府さまにお知らせ申し上げたい儀があり、ここでお待ちいたしておりました」

と、腰の刀を鞘ごと引き抜いて、前にさし出した。

つまり、害意のないことを示したのだ。

駕籠の扉がひらいて、家康が顔をのぞかせた。

「治部少からの使いの者じゃと」

「はっ――至急、内密にお知らせ申し上げたいことがございまして」

「ほう」

ぎょろりと目を光らせた家康が、

「聞こうではないか――近う参れ」

「はっ――ご免を」

駕籠脇にすすみ寄った八十島が、小声に耳打ちして、秀吉の死を告げた。

「うむ」

黙ってうなずいた家康は、その場から屋敷へ引き返していった。

この一件では、五奉行のなかで最も家康に親しいはずの浅野長政から、真っ先に通報がなかったことで、家康は一時、長政に対して感情を害したという。が、これは三成が、真っ正直な長政を「絶対秘密に」と牽制しておいて、出し抜いたことなのだ。

真の狙いはどこにあったのか。いずれにしても虚々実々の駆け引きは、すでに始まっていたのである。

秀吉の死後、早急に手を打たねばならないのは、朝鮮出兵の跡始末であった。

五大老の最高責任者である家康と利家がひそかに協議して、朝鮮にいる諸将たちへ使者をさし向けた。

「ただちに、当面の敵と和睦を講じて、日本へ引き揚げるべし」

という指令を発したのだ。

理由については、何ひとつ触れていない。しかし、敵味方とも長期にわたる戦いにすっかり疲れきっていたところだ。現地での交渉は、意外にすらすらと運んだ。

こうして、日本はじまって以来の大仕掛けで開始された朝鮮への出兵は、なんの効果も、なんの意味もないまま、竜頭蛇尾となって終わりを告げた。

このとき、在鮮の将兵たちを無事に引き揚げさせるための、迎え船の手配や、いろいろな準備や手続きのために、筑前の博多まで出向いたのが、浅野長政と石田三成、それに毛利輝元の養子の秀元の三人であった。

ところが十一月になって、いよいよ朝鮮から諸将が引き揚げてくると、たちまち博多でいざこざが起こってしまった。

前戦から戻ってきた武将のうちで、とくに加藤清正と、浅野長政の倅の幸長《よしなが》の両人が、三成に対して激しい憎悪と反感を抱いていた。

これは、三成が文禄元年に在鮮部隊の奉行として朝鮮に渡った折りの報告がもとで、清正が秀吉の怒りを買い、勘気を蒙《こうむ》ったといういきさつがあったし、一方、幸長のほうは、関白秀次事件に連座させられ、一時、流罪になったことで三成に深い恨みを抱いていたのだ。

この両人が、博多へ帰り着いて、はじめて秀吉の死を知らされたその衝撃も手伝い、ここで三成への反感をいっぺんに爆発させてしまった。

「なんだ、おれたちが異国の戦場でさんざん苦労を重ねていたあいだ、本国で何ひとつ不自由もせず、要領よく太閤殿下や淀どのにゴマをすっていた茶坊主のくせに、偉そうに大きな顔をして出迎えるとはなにごとだ」

と、その思いが胸の中にわだかまっているのだから堪らない。

三成がなにげなく口にした言葉じりをつかまえて、

「なに、ご苦労のほどお察し申し上げるだと――ふざけたことを申すな。本国にいたおぬしなぞに、あの戦場の地獄のような苦しみが分かってたまるか。口先だけの挨拶で出迎えられたとて、少しも嬉しいものか。出迎えるなら、まごころで出迎えろ」

加藤清正が、えらい権幕で詰め寄った。

「いや決して、口先だけの挨拶などということは――」

「黙れ。おぬしのその利口ぶった顔つきが気に喰わん。この清正なぞ小馬鹿にしているくせに、我慢がならん」

いまにも刃傷沙汰に及ぼうかという勢いに、三成も、おのれの役目が役目だけに、すっかり困惑してしまった。

このときは、見兼ねてあいだに入る者があり、どうやら無事に済んだものの、大きくしこりは残った。

清正たちが、三成を目の敵にしたのには、まだほかにも理由があった。

昔の秀吉は、戦場で獅子奮迅の働きをみせる加藤清正だの福島正則という武将たちを寵愛したし、重きもおいた。

しかし、天下統一をなし遂げたあとの秀吉は、むしろ石田や増田、長束といった実務的な才腕を持つ面々を側近として引きあげ、重視している。

これは秀吉自身の立場が違って、天下を治める政治に重点が置かれてくれば、当然なことであり、仕方のないことなのだが、単純な武人たちにはそれが理解できない。

いつしか嫉妬と不満が渦巻き、側近の第一人者、石田三成へ憎悪が向けられていたのだ。

こんな武将のなかで、ただ一人、三成に好意を寄せていたのが、同じく朝鮮から戻ってきた小西行長である。

実は、この行長も朝鮮では清正とすっかり仲が悪くなっていた。清正のほうも、何かにつけて、この行長を、

「薬屋の小僧あがりに、戦《いくさ》が分かるものか」

と罵倒していたから、沈惟敬との講和問題以来、この両者の反目はいよいよ激化した。

行長はもともと堺の町人の出身だけに、その物の考え方は、融通の利かない武骨一点張りの清正と違って、どこか現実的であり、柔軟性があった。そうした点では、三成とも考え方に通ずるものがあり、以前から気の合う仲だったのである。

とにかく、こうしてどうやら在鮮部隊の引き揚げは無事に完了したが、秀吉が死んでまだ半年にもならぬこのころから、いつしか豊臣家の諸将たちは、

――清正を中心とした武人派

――三成を中心とした文官派

の両派にわかれて、冷たい対立を生じていたのである。

ところが、世の中は複雑なもので、この対立には、もう一つ目に見えない底流がからんでいたのだ。

――北政所と淀君

この閨門《けいもん》の二大勢力がかもし出す、陰湿な冷たい反目が、彼らの対立をいっそう煽り立てていたようである。

清正や正則にとって、北政所は、虎之助、市松といっていた悪童時代から、さんざ

ん世話になった恩義があり、亡き秀吉に次いで、いまも頭の上がらない存在だ。

五奉行のうちでは、浅野長政がやはり尾張以来の深い縁故で、断固たる北政所派であった。

この「尾張衆」に対して、三成や増田長盛、長束正家などの「近江衆」は、おのずと秀吉晩年の寵愛を一身に集めていた淀君に、好意も寄せ、接近も計っていた。

これは彼らの実務的な手腕を秀吉が重視しはじめた時期が、ちょうど、おちゃちゃが大坂城で新しい女王の座についたのと同じころだから、当然の成り行きだったかもしれない。

とくに「出る杭は打たれる」の諺の通り、目の敵にされている三成にすれば、淀君の庇護こそ、身を守る最高の楯といえた。


武人派と文官派。

この両者の対立を、じいっと見守っていたのが、徳川家康である。

内心は、その激化を期待していたのだろうが、しかし、事態はなかなか思い通りには運んでくれなかった。

そこに、前田利家が、厳然と目を光らせていたからだ。武人派、文官派、そのいずれにも睨みの利く、この大納言が控えている限り、両派の対立もうちに籠ってくすぶりつづけるばかりで、一向に表面化はして来なかったのである。

年が明けて、慶長四年（一五九九）の元旦。

諸大名はこの日、伏見城へぞくぞくと登城し、豊臣家第二世のあるじ、秀頼に拝賀の礼を行った。

このころすでに利家は身体の調子がすぐれなかったが、この日は、

「秀頼さまの後見役をなされる大納言さまには、是非とも御登城願わなければ」

という石田三成の強い要望で、無理を押して登城してきた。

そして、七歳の秀頼を膝の上に抱いて、上段の間に着席したから、並み居る諸大名は、さながら利家に拝謁を行うような形となり、ひとしお利家の勢威が高まったという。

これは三成が巧みに仕組んだ演出だったのだ。とにかく利家を、家康より互角以上の存在に持ち上げようという計算だった。

家康にしてみれば、さぞかしにがにがしい光景だったに違いない。

それから間もない、正月十日。

五大老と五奉行は、秀吉の遺命を奉じて、秀頼を大坂城へ移すことになった。

病中の秀吉が、覚え書の形でのこした遺言によれば、内府（家康）は伏見城へ入って政務をとり、秀頼は大坂城を居城とし、大納言（利家）が大坂にあって、万事、秀頼の後見をする、という指示がなされていたのである。

――移徙《わたまし》の儀

と言われた、この大坂移転の行事が行われた正月十日は、朝から雲足のあやしい、あいにくの空模様であった。

しかも、御座船六十艘をつらねて、いよいよ伏見から川を下りはじめるころには、横なぐりに吹き荒れる大風雨となっていた。

秀頼の御座船が先頭で、あとに諸大名の乗った船がつづいたが、この日、供奉《ぐぶ》をした諸侯のなかには、

「なにやら、豊臣家の前途を思わせるような天候ではないか」

と、そんな不謹慎な言葉を漏らした者もあったという。

しかし、一行はとにかく無事に淀川を下り、大坂城へ入った。

この秀頼を大坂へ移すことは、むろん秀吉の遺命によるのだが、これにはなぜか、淀君と家康が反対を唱えたという。

淀君は、おそらく大坂城中にいる北政所を意識してのことだろうし、家康は難攻不

落といわれた大坂城に秀頼が入ることの意義を考えてのことだろう。

だが、利家が「遺言」の重味を楯にとって強硬に実現へ漕ぎつけたのだ。

この大坂城への移徙《わたまし》の儀には、もちろん、大老の徳川家康も加わっていた。

しかし、なぜか家康は、終始浮かぬおももちをして、まわりの者ともほとんど口をきかなかった。

実は、この大坂行きには、いやな情報が入っていたからである。

家康は、大坂には屋敷を構えていなかった。それで大坂滞在中は、片桐且元の屋敷に泊ることになっていた。

ところが、家康配下の服部半蔵から、ひそかに報告してきたところによると、この機会に家康を暗殺しようという動きが、豊臣家中の一部にあるというのである。

それが何者の陰謀であるかまでは、半蔵も報告して来なかったが、

――豊臣家中の一部
と聞けば、およその見当はつく。

（わしに対して、そんな不敵なことをくわだてる者といえば、まずあの男よりほかにはおるまい）

真っ先に浮かぶ顔は、石田三成である。

もともと家康は、三成という男を好きになれなかった。

その感情が相手にも反応するのか、三成のほうも家康を嫌っているようだ。

(あの男は、武将としては頭が切れすぎる。単純でないだけにどうも扱いにくい)

それが何よりも気に入らない家康なのだ。

(もし、三成めが、わしを狙うとすれば、それは単なる豊臣家への忠誠心や、秀頼のためを思ってのことではあるまい。まだ青臭い茶坊主あがりのくせに、早くも天下への野心を抱きおったか)

思わぬ伏兵に出会ったような思いで、家康はいまいましく腹立たしかったのだ。

——その夜
家康は予定通りに、片桐且元の屋敷へ泊った。もちろん用心はしていた。

が、しかし、別段なんの気配も感じられずに、一夜は明けた。

昼のうちは、大坂城へ上って、秀頼や後見役の利家と会い、ふたたび片桐邸へ戻ってくる。

「どうも馴れぬせいか、大坂という土地にはなじめぬな」

家康は、用が済み次第、早く伏見へ戻りたい様子だった。

その十一日の夜半のことである。

片桐邸の内外の警備にあたっていた徳川家中の者が、家康の寝所に近い庭で、人影の動くのをみとめた。

「やっ――そこにおるのは何者だ」

声をかけたとたん、人影が横っ飛びに走って、闇を縫うように消えてゆく。

「く、曲者じゃぞ、お出会いなされ」

警備の者のわめき声に、すわっとばかり屋敷中の者が色めき立って、庭へ躍り出した。

「ど、どこだ曲者は――」

明りも持ち出されて、庭の木立ちのかげまで、くまなく調べたが、それっきり、曲者の姿は見当たらない。

屋敷の外にいた警備の者たちも、その姿は見かけなかったと言うのである。

事件は、ただそれだけのことであった。

家康の身にもなんの別条はなかったのだが、あとの騒ぎが大変だった。

この噂を聞きつけた諸大名たちが、お見舞いと称して、われもわれもと、片桐邸へぞくぞく詰めかけてきたのである。

「御内府さまの命を狙うなどと、まことに怪しからんことで」

と、家康への媚びへつらいを、真っ向からおもてにあらわす者もあれば、

「一体、何者がかようなことを――われらには考えられぬことでございます」

と、自分の仕業でないことを必死に表明する者もあり、人々さまざまだが、この騒ぎが計らずも、家康に対する諸大名の忠誠ぶりを露骨に示す結果となっていた。

これは、前田利家などの目から見れば、あまりいい感じはしなかっただろう。

「かように物騒なありさまでは、おちおちと大坂にもおられぬ」

家康は、来る客ごとにそれを強調して繰り返していたが、とうとうそれを理由にして、早くも十二日に、

「伏見へ戻る」

と言い出した。

これには大坂へ供をしていた家臣のほうが驚きもしたし、心配もした。

「なんと申しても、お供の人数の少ないこと。途中が不用心でございます。使いを走らせ、伏見よりお迎えの人数が参りますまで、お待ちいただけませぬか」

そう言上したが、家康は首をふって、

「また今夜も、この物騒な大坂へ泊れというのか」

頑として聞き入れず、直ちに出立するように命じた。

こうなっては家臣たちも仕方がない。額を集めて相談の末、途中の手配のために、服部半蔵を先に走らせておいて、

「われわれ、必死の覚悟でお守りをいたそう」

と、悲壮な決意を固めた。

まず片桐邸の近くの川筋に、船が一艘用意され、人目に立たぬように家康の主従が乗り移った。

「それ船頭――腕の限りに漕ぎまくれ。褒美は望みのままにとらすぞ」

声をからして励ましながら、淀川をさかのぼらせてゆく。

いつ、どこに、どんな待ち伏せがあるかしれないのだ。

家臣の面々は、形相も凄く身構えて懸命であった。

船は、枚方《ひらかた》まで漕ぎのぼる。

と、その土手に、男がひとり立って、大きく手をふっていた。

服部半蔵であった。

「おお――半蔵か。用意はよいか」

船の上から近臣の井伊直政が声をかけると、

「ととのっております」

半蔵が、大きくうなずいてみせた。

「船頭――岸へつけろ」

直政が鋭く命じた。家康がけげんな表情で、直政をふり向いたが、

「手前どもに、お任せを」

直政、きっぱりと言いきった。

土手の上に立って、用心深くあたりを見渡した服部半蔵が、

「よし」

と、うなずくや、口に指をさし入れて、鋭く指笛を吹き鳴らした。

と――その合図を待っていたかの如くあちこちの葦の茂みの中から、野武士風の男たちが一斉に躍り出し、これもどこに隠してあったのか、一挺の駕籠を素早くかつぎ出してきた。

その人数、およそ十四、五人か。いずれも服部半蔵の手足となって動いている伊賀者の面々であった。

船が岸に着いた。

伊賀者たちがさっと土手を駆け下りて、あたりに鋭く目をくばる。そのなかを家康の一行が船から降り立って、伊賀者たちに守られながら、土手を登っていった。

「粗末な駕籠で申し訳ございませぬが、しばらくの御辛抱を」

「うむ、ご苦労」

家康は一言うなずいて、駕籠におさまった。

「それ急げ」

半蔵の命令一下、伊賀者の肩にかつがれた駕籠は、一散に走り出す。その駕籠のまわりを、あとの伊賀者たちが、まるで屏風でも作るように取り囲んだまま、影のごとく走ってゆく。

家康の、この突然の大坂退去という報らせを耳にしたとき、島左近は、

「敵ながら、あっぱれ。見事にシテやられたな」

ハタと膝を叩いて、感嘆をした。

ちょうど、その場に居合わせた宇津木治郎左衛門が、

「ご家老、それはいかなる意味なので」

と、小首をかしげてたずねた。

この治郎左衛門と、田窪弥八郎、福間多仲の三人は、筒井家を退転のあとの浪々の

身であったのを、かねての約束通り、左近が石田家に仕える身となるや、左近から招かれ、いまは三成の家臣となっていたのである。

「分からぬか」

左近は、治郎左衛門を見やって、

「家康めが、服部半蔵に命じて、ひと芝居うったのさ」

と、にがにがしく吐き捨てた。

「おそらくこれで、内府へ刺客《しかく》をさし向けたのは、石田の仕業と、大きく噂がひろまるであろう。しかも、それに乗せられた軽はずみな面々が、わいわい騒ぎはじめるのも目に見えるようだ」

「怪しからん話――当方では、いっさい存ぜぬことなのに」

「すべては、家康のえがいた筋書。これで当分は、大坂城へも伺候《しこう》しないで済む口実ができたわけだ。必ずや近いうちに伏見において次の手を打ってくるであろう」

島左近の睨んだ通り、それ以来、家康は伏見に腰を据えたまま、一歩も動かない。

もう一人の実力者、利家のほうは大坂にいるのだから、五奉行以下の諸役人たちは、いちいち大坂と伏見の間を往来しなければ、何ひとつ事を運ぶことができない始末となってしまった。

こうした両頭政治が行われると、大坂と伏見に、それぞれ別個の政権が生じてくるような形となる。そして、それぞれの実力者のもとに、諸将が集まり、これが睨み合いの形となってくる。

誰の眼にも、不穏な前途がはっきりと見える形勢となっていたのである。

ところが、このころから家康の勝手な振舞いが世上の噂にのぼりはじめ、大坂の人々の耳にも伝わってきた。

それは、家康が極く内密のうちに話を進め、伊達政宗の娘の五郎八《いろは》姫を、自分の六男の松平忠輝の嫁に貰う約束を取り交わしたというのである。

しかも、それだけではない。

これを手はじめにして、こんどは家康が血縁のある者の娘をつぎつぎと自分の養女という形にして、福島正則の子、正之《まさゆき》や、蜂須賀家政の子、鎮至《よししげ》などに、それぞれ嫁がせる約束を取り交わしたというのだ。

それが明らかに、諸将たちを手なずけ、味方に引き入れるための「政略結婚」であることは、はっきりしている。

ところが、こうした行為は、秀吉がまだ世にあるときからの天下の法度《はっと》で、文禄四年八月二日の掟にある。

――諸大名縁組みの儀、御意をもって、その上に申し定むべきこと。

つまり、正式に届け出て承認を得てからでなくては、諸大名同士の縁組みを結んではならない、という条文にそむくものであった。

しかもこの掟については、秀吉の死の直前、五大老のあいだで取り交わした誓書のなかでも、確認し合ったばかりのことなのだ。

それを大老筆頭の地位にある家康が、真っ先に違反したわけである。

もし、承知でやった行為とすれば、明らかに前田利家や、他の大老たちを無視したやり方と言うべきだった。

「怪しからん。天下の大名たちに掟を守らせるべき立場にある内府が、みずから法度を踏みにじるようなことをするとは、許せんではないか」

「いや、なによりも気に入らんのは、その思い上がった態度だ。大納言さまや、他の大老たちを小馬鹿にしているとしか思えぬではないか」

大坂では、俄然、憤激の声が湧き起こっていた。

この形勢を見て、石田三成がさっそく前田利家のもとを訪れた。

「徳川御内府の法度破りの件、いかがなされますか」

「うむ、困ったことじゃ」

「このまま黙って見過ごしては、天下の掟が成り立ちませぬ。今後のためにも、手は打つべきだと存じますが」

温厚な前田利家もいささか気分を害していたところだから、三成のこの意見に賛成して、すぐさま、毛利、上杉、宇喜多の三大老や、五奉行の面々とも協議の末、

「とりあえず、使者をさし向け、この件につき詰問をすべきである」

という結論になった。

そこで正月十九日に、京都相国寺の僧侶で、故太閤の側近だった西笑承兌《さいしようしようたい》と、生駒親正のふたりを使者として、伏見の家康のもとへとさし向けた。

大坂からの正式の使者とあっては、家康も会わないわけにはゆかない。

（一体、なんの使いかな）

と、さも不思議そうなおももちで現われたのだから、人を喰ったものである。

「――さて」

と、弁舌の立つ承兌が、おもむろに使いの口上を述べはじめた。

「徳川どののおん振舞い、近ごろは万事につけて、あまりにも憚《はばか》りなきように見受けられます。とくに諸大名方との縁組みに関しては、あきらかに亡き太閤殿下のご遺命

にもそむくもので、まことに不心得千万なことと思われます」

「……」

家康は、むっつりと黙り込んだまま、聞き入っている。その表情には、なんの感情もあらわれていなかった。

承兌は、さらにつづけた。

「そもそも徳川どのには、いかなるご所存があって、今回のような無断の縁組みなどという、お振舞いをなされましたのか。もし、その点についてのご返答が、明白になされぬときは、五大老より徳川どのを除名いたすとの、大坂での衆議でございます」

これは、かなりきつい調子の、詰問というべきであった。

ここまで強硬に出れば、いかに家康とて閉口をして、謝罪してくるだろうという、大坂側の計算だった。

ところが、一言も発せず、口上を聞き終えた家康が、

「はて。これは、いささか聞き捨てならん口上ではないか」

と、やや開き直った態度になった。

「そもそも、この家康が大老の職についたのは、太閤殿下が重病の床にあって、ご自分が亡きあとの天下を憂い、後事を託すために出された命令により、大老の地位につ

いたもの。それをいったい何者が言い出したことかは知らぬが、勝手にわしを除名するなどというのは、それこそ亡き太閤殿下のご遺志にも、そむくいたし方ではないか」

「はっ——それは」

「それともこれは、当年わずか七歳の、秀頼公のはっきりした御意志から、この家康を除名にすると申されるのか」

「えっ——いえ、それは」

まさかと思った家康から、とんだ逆ねじを喰らった形の使者たちは、予想もしていなかった局面だけに、もう、どう受け答えをしてよいやら見当もつかず、しどろもどろになってしまった。

弁舌にかけては随一の達者と言われた西笑承兌も、額に汗をにじませて、すっかり口ごもってしまう。

生駒親正にいたっては、顔面蒼白となって、さっきから一言も発しない。

やはり、貫禄の違いなのだろう。

それでも、ようやく承兌が口をひらいた。

「いいえ、手前どもは、ただ大坂にて承って参りました口上を、そのまま申し述べましたまでのことでございます。決して、御内府さまに対して、とやかく申すつもりなぞございませぬ。縁組みの手続きにつきまして、事情をお聞かせ願えれば、それで手前どもの役目も相済むのでございます」

こうなると、どちらが詰問されているのやら、分からないありさまだ。

すると、家康がにっこりと老獪《ろうかい》な笑《え》みをたたえて、

「されば、齢のせいか、ついうっかりと、手続きを忘れたまでにすぎぬのじゃ」

平然として、言ってのけた。

弁明は、その一言で終わりである。

使者たちも、それ以上の追及をするどころではなく、そうそうに大坂へ舞い戻った。

一方、伊達政宗のところにも使者を向けて、詰問をさせてみると、

「すべては、仲人を務める今井宗薫《そうくん》がことを運んだ縁談ゆえ、手続きのことはかの者にお尋ねいただきたい」

責任をすべて仲人役の宗薫に転嫁した返答である。

そこで、堺の豪商で茶人の宗薫を呼び出して、問い詰めると、

「私どもは町人の分際で、お武家さまのあいだに、さような掟があったとは、まるで

存じませんでした」

という申しひらきで、一向に尻尾を摑ませなかった。

また、福島正則や、蜂須賀家政などを詰問すると、

「われらは、徳川どのよりお話があり、たいへん結構な縁組みだと存じたので、さっそくお受けいたしたまでのこと。さような手続きなぞは、すでに徳川どのの手で済まされているものと思っていた」

これまた、さっぱり要領を得ない返答で、とうとう、うやむやにしてしまった。

お互いに打ち合わせをした上での、返答だったのだろう。

だが、ここまで足並み揃えて、とぼけられると、大坂側としては、面目丸潰れだ。ましてや、大納言をはじめとして、四大老が顔をそろえている手前からも、このまま指をくわえて引き退るわけにはいかなかった。

特に、この家康たちのとった態度に、激怒したのは、前田利家である。

ふだん、温厚な人柄だけに、いったん怒り出したら、とどまるところをしらない。

「この歳になるまで、かほど人から小馬鹿にされた覚えはない。わしも、亡き太閤とは共に戦場をたたかい抜いてきた男じゃ。このままでは済まされん。事と次第によっては、徳川内府と一戦も辞せぬぞ」

この前田利家の激怒ぶりに、

「しめた」

とほくそ笑んだのは石田三成である。

これこそ、三成が描いていた最高の筋書きなのである。

徳川家康と前田利家。

この両巨頭を、真正面から対立させ、ついには総力をあげての決戦に突入させること で、まだ非力な自分にも、天下を狙う機会がめぐってくるに違いないと読んでいた。

つまり、このときの三成は漁夫の利を狙っていたわけなのだ。

その三成が、いち早く利家のところへ駆けつけるや、

「事はまず機先を制するのが肝心――かくなったからには、直ちに大坂在番の諸将へ、出陣の待機命令を出すべきです」

と煽り立てた。

「ふむ。しかし、そこまでやるのは――」

利家にも、まだ迷いとためらいがあった。

「いえ、断じてそうなさるべきです。ここで毅然《きぜん》たる態度を示しておかねば、徳川内府の横車はいよいよ図にのってくるばかりですぞ」

それは確かにそうなのだ。

「よし。おぬしに任せる」

ついに利家は、押し切られた形でうなずいた。

三成は、すぐさま大老前田利家の名において、諸将への命令を発した。

相手の徳川のほうには「掟違反」という弱味があるのだ。形勢は、どう読んでも前田方に有利と三成は見ていた。

この呼びかけに応じて、このとき、利家のもとに馳せ参じてきたのは、毛利、上杉、宇喜多の三大老をはじめとして、五奉行の面々。それに細川忠興、加藤清正、浅野幸長、加藤嘉明、佐竹義宣、立花宗茂、毛利秀包《ひでかね》、小西行長、長宗我部盛親らの諸将と、秀頼親衛隊の七組の番頭たちであった。

それこそ、いまにも伏見の徳川と一戦に及ぼうという物々しい雰囲気で、早くも武装に身を固めた侍たちが、前田邸の周辺をきびしく警備しはじめた。

「すわ、大坂ではいくさの準備をしておるぞ」

情報はたちまち伏見にも伝わり、騒然たる空気がみなぎった。

徳川の屋敷では、周囲に竹の柵《さく》をめぐらし、にわかに外郭の増築にとりかかっていた。

この家康のもとに、急を聞いて馳せ参じてきたのが、縁談で問題を起こした福島正則を先頭に、池田輝政、森忠政、織田有楽《うらく》、黒田如水（官兵衛）、同長政父子、藤堂高虎、有馬則頼《のりより》、金森法印といった面々である。

なかでも福島や藤堂、黒田などという連中は、みずから先頭に立って、毎夜の如く徳川邸の警備にあたり、大坂方の万一の来襲にそなえるという熱の入れ方であった。

このほかにも伊達政宗、最上義光、京極高次、田中吉政、堀秀治という諸将が、家康側に心を寄せていて、

「いざとなれば……」

と、おのれの屋敷に兵を詰めさせ、形勢を見守るというありさま。

まさに、一触即発ともいうべき、危機であった。

黒衣の男

前田と徳川。

この両巨頭がいまにも決戦の火ぶたを切ろうという事態を迎えて、

（してやったり）

と、誰よりも一番よろこび、張り切ったのが、石田三成である。

人望のある利家のもとには、毛利、宇喜多、上杉と三大老も味方についている。その上、利家にはいろいろと恩義を蒙っている武将も数多くいる。

この勢力を結集して、いま徳川家康を叩くことができたら、

（豊臣家のためにも——いやいや、おれ自身の将来のためにも、万々歳だ）

そう考えれば、居ても立ってもおられぬ思いで、大坂城での政務なぞ放り出すと、朝から晩まで玉造にある前田邸へ詰めっきりの三成であった。

一つには、このころから前田利家の身体の調子が、どうもあまり良くない。それもあって、なおさら、黙って見ているわけにはいかなかったのだ。

いつか、三成は、利家の参謀というよりは、代理人のような格好になって、万事の采配をとるようになっていた。

いささか、

——はしゃぎ過ぎ
の感がないでもなかった。

これが、とんだところで反感も買っていたのである。

「なんだ、あの治部少の態度は、自分が大将にでもなったつもりでおるのか」

「大納言さまが鷹揚な方だから、細かいことはおっしゃらず、お任せになっているのをいい幸いに、だんだん図に乗ってくるではないか。怪しからん」

かげで不平不満を漏らしている連中は、まだ始末のよいほうだ。

これが、加藤清正や浅野幸長となると、そうはゆかない。もともと三成には憎悪を抱いていて、朝鮮から引き揚げてきたとき、博多では危うく刃傷沙汰にも及ぼうという、いざこざを起こしたくらいだから、

「もう我慢ならん」

癇癪を破裂させた清正なぞは、

「大納言さまのお声がかかったからこそ馳せ参じたのに、虎の威を借る狐めの指図を受けるくらいなら、わしは、もう手を引くぞ」

それこそ本当に引き揚げ兼ねない構えであった。

「待て——それでは大納言さまへの義理が済むまい。おれ達は、なんと言っても大納言さまのおんために、馳せ参じたのだからな」

「それはそうに違いないが、しかし、このまま、あの石田や小西などという連中と一

つ味方となって、戦《いくさ》をやらねばならんのかと思うと、どうも気が乗らんのだ」

粗野で単純なところのある清正だけに、いったん嫌いとなったら、どこまでも毛嫌いをして、絶対に、時と場合に応じての妥協なぞ、しようとは考えない。

「それほどまでに言うのなら、われわれで相談しようではないか。実は細川からも話を持ちかけられているのだ」

幸長が、意味ありげな顔つきで言い出した。


こうして、大坂と伏見の睨み合いのうちに数日が過ぎていた。

やはり、いざとなれば、互いに慎重な構えとなって、先に手を出すことは差し控える格好となっていたのである。

そんな情勢に、その夜、石田三成は久しぶりに、備前島のわが屋敷へ戻った。

秀頼が、大坂城へ移って以来、伏見の屋敷にいた者たちも、すべてこの大坂の備前島の屋敷へ引き移っていたのである。

三成が戻ったと聞いて、間もなく島左近が居間のほうへ顔を出した。

「お帰りなされませ」

「家中に変わりはないか。すべて、おぬしに任せきりで済まんな」

「さようなこと、お気遣いなさいますな――それよりも、なかなかきわどい形勢。殿も、さぞかしお疲れのことでございましょう」

「うむ。それなのだ。いま一歩というところまで行きながら、ラチがあかんのでじりじりする思いなのだ」

三成は苛立ちの表情を隠さなかった。

「殿――そう申してはなんでございますが、この際、殿はあまり表面には出ぬほうがよろしうございますな」

「なに――?」

三成には、左近の言う意味が分からなかったようだ。

「このわしがやらねば、一体、誰が戦《いくさ》の口火を切れるというのだ」

「おそらく合戦にまでは及ぶまいと存じられます」

「なぜ、おぬしは思う」

「第一に大納言さまの御病気。合戦をなされるだけの気力がおありか、どうか――第二に」

と左近は、そこで一呼吸おいて、

「前田方のなかに、どうも気になる者が加わっております。お気をつけなされるように」

「それは、一体、誰のことだ」

「細川忠興。あれは、なかなかの策士でございますからな」

「しかし、細川忠興は、大納言とは深い姻戚関係にあるのだぞ」

「それだけに油断がなりませぬ」

左近は、忠興こそ獅子身中の虫と見ていたのである。

「どうも、おぬし、少し取り越し苦労がすぎるではないか」

三成には、この左近の忠告が、本当のところ、通じていなかったのである。

「まあ、よい。とにかくあとひと押しなのだ」

そう言って三成は話を打ち切るや、席を立ち上がった。左近も、引き退るよりほかはない。

三成は湯殿に行き、久しぶりにゆっくりと汗を流すと、さっぱりとした表情で、寝間へ入った。

「小萩に参るように申せ」

もう屋敷では、公然の秘密の仲なのだ。三成はためらいもなく、側近の者に、そう言いつけた。

なかなか思い通りにことのはこばぬ、この苛立たしさを、小萩のとろけるようなやわ肌に思いっきりぶつけて、せめて気を晴らさねばと、三成はいつになく激しい男の欲望をたぎらせていた。

島左近の推察は、正しかった。

この同じ夜。加藤清正、浅野幸長、細川忠興の三人が、ひそかに清正の屋敷で顔を合わせていたのである。

「いや、こんな困ったことはない。もし、このまま大納言と内府が一戦に及ぶという羽目に立ち到ったら、われらは一体、どうすればよいのだ」

ふだんの豪気さに似合わず、清正が弱り果てた顔つきで、開口一番、大きくため息を吐き出した。

とにかく、考えるということが苦手な清正にとって、いま、わが身が置かれた板挟みの苦しい立場には、どう対処してよいのやら、まったくお手上げの格好なのである。

「だからこの際、われわれとしては、そういう最悪の事態にならぬよう、極力、引き延ばしを計るよりほかはないのだ」

幸長が、一応分かったような返事をしたものの、

「だが、これ以上どうやって引き延ばせというのだ。もういろいろと手は使い尽くして、あとにどんな手が残されているのだ」

と、清正から反問されると、これも返事に窮してしまう。

清正は、朝鮮の戦場での行き過ぎから秀吉の勘気を蒙った折りに、大納言利家の庇護をうけた恩義があるし、幸長のほうも、関白秀次事件に連坐して、危うく切腹になり兼ねないところを、利家の力で流罪に軽減された恩義がある。

細川忠興に至っては、長男忠隆の妻が、利家の第六女千世姫だという深い姻戚関係があって、当然、大納言方に加担しなければならない義理がある。

だが、しかし——。

忠興には、一方では関白秀次事件のときに、家康から急場を救って貰った恩義もあって、その立場は微妙であった。

清正や幸長にしても、利家に対する恩義は恩義として、内心の本音を言えば、むしろ家康方に傾いている。

このとき、利家はすでに六十二歳で、しかも病気中の身、かなり肉体の衰えも見えている。これに対して家康の方は五十八歳で、まだまだ壮健である。

彼等にすれば、情義からは利家派だが、利害打算からは家康派だというわけである。

「それに、何よりも気に入らんのは、あの石田にみすみす踊らされて、内府を相手の合戦に及ぶのかと思うと、それが堪らんのだ。気が進まんのだ」

清正が、いまいましげに吐き出して、酒杯をぐっと呑みほした。

「それゆえ、今夜、こうして相談に集まったわけなので、実は手前に一策がある」

細川忠興が、やおら口をひらいた。

「何か、手があるか」

清正と幸長が、思わず身を乗り出した。

「ある」

忠興、自信たっぷりにうなずいてみせ、

「つまり、大納言どのの泣きどころを衝くという手がな。これは一つ、手前に任せてもらえぬか」

細川忠興は、このとき、おのれの胸にある秘策を、清正や幸長にも打ち明けず、とにかく任せてくれの一点張りで押し通した。

とかく神経が粗雑なふたりに大事を漏らしたら、それこそどこへ伝わってしまうかしれたものではない。やはり秘中の秘としておくに限ると考えたからだ。

「だいぶ自信があると見える。よし、おぬしに任せよう」

当時、藤堂高虎と並び称される策士の一人、忠興がこれほどまでに言うので、清正たちも、一応、ここは任せることにした。

あくる日。

忠興は、さっそく、息子忠隆の義兄にあたる前田利長（利家の長男）の許をひそかに訪れた。

「利長どの。今回の騒ぎをどう思われます」

「これで徳川どのと一戦ということになれば、父もあの身体だし、大変なことだと案じているところなのだ」

「左様。ここはよくよくご考慮なされたほうが、利長どののためにもよろしいですぞ」

と、意味ありげに持ちかけて、

「そもそも今回の徳川どのとの悶着は、五奉行の面々が亡き太閤殿下の掟を楯にとり、大納言さまを煽り立てて、ことさら大きく騒ぎはじめたもの。これには三成あたりが策謀をめぐらせた裏の裏もあることだと、申している者もありますからな」

と忠興は、声をひそめて言った。

「はて――その裏の裏とは、どういうことなのだ」

果たして、利長が身を乗り出してきた。

「されば、三成の魂胆は、ここで大納言さまのお力を借りて、徳川内府を打ち滅ぼしてさえおけば、やがて大納言さまもお齢ゆえ、先はそう長くはない。そのときには、失礼ながら若い利長どのを打ち倒すのは手間もいらぬことだと、かように策謀をめぐらせている由、ふと小耳にはさみましたが」

「なに――それはまことの話か」

「さあ、人の噂ゆえ、真偽のほどは分かりませんが、しかし、いかにもあの三成の考えそうなことではありませぬか」

「ふうむ」

忠興は、実に巧妙である。まことの話だなぞと、力をこめて断言しないほうが、こうした場合、より真実に聞こえるものだ。

この話を耳にするや、利長はすっかり動揺をしてしまった。

利長は、このとき三十八歳という男の盛りだったが、やはり偉大な親父のもとですごしてきた「坊ちゃん育ち」だけに、線の細いところもあり、気の弱いところもある。

それだけに、はじめから家康と真っ向から対立して、天下を争う、というような野心も気概も持ち合わせていない。

むしろ、利長にすれば、いかにして、父親が築き上げた加賀百万石の一国を安泰に保ってゆくか、という問題のほうが大事だったのだ。

俄然、忠興の狙い通りに、利長は動きだしたのである。

前田利長は、さっそく父親のもとへ出かけてゆくと、

「父上が、大老の立場として、徳川内府の勝手な振舞いを見すごしにはしていられないお気持は、わたしにもよく分かります。しかし、父上はいますこし、ご自分のことも考えていただきたい。ただでさえ具合いの悪いそのお身体で、これ以上、徳川内府といざこざを続けていたら、結局はご自分の寿命を縮めるだけではありませんか」

と、案じ顔で説得をはじめた。

「利長――お前は、わしにこの辺で内府と仲直りせい、と言うのか」

病いですっかりやつれた利家だったが、このときばかりは、眼光鋭く倅を見据え

た。

「横車を押してきたのは、相手のほうなのだぞ。それをここで中途半端に手を打てと申すのは、わしに恥をかかせる気なのか」

病中とはいえ、前田利家、まだまだその意気に衰えを見せてはいなかった。

利長も、こうなれば、はっきり言うより仕方がない。

「父上は、うまくおだて上げられ、利用されているのですぞ」

「なに――」

「父上と徳川内府を真っ向から戦わせ、そこに漁夫の利を狙っている者がおるのです」

そこまで言われて、一瞬、利家が押し黙ってしまった。さすがに思い当たるものがあったのだろう。

「父上――手前には、天下を狙おうなどという野心はありません。それよりも、父上が苦労して築き上げた前田家百万石を、いかにして安泰に守ってゆくかというほうが大事なのです。若いくせに野心も持たぬ、だらしのない奴だとお思いかもしれませんが、この利長には、それだけの器量しか持ち合わせていないのです」

「……」

それは父親として、利長を見ていても、よく分かることであった。それだけに利家も言うべき言葉がなかった。

「父上――どうか、この手前のこと、前田家の行く末のことをお考え下さって、徳川内府と真正面から対立するような危ない真似だけはおやめになっていただきたい。父上が寿命を縮めるだけのことですぞ」

この利長の説得に、利家もすぐには返事をしなかったが、かなり心が動いていたのは、まぎれもない事実であった。

もし、利家が、病中でなかったら、到底、聞き入れる話ではなかったろうが、やはり齢と病いで気力も衰えていたらしく、この倅の説得以来、利家の気持は軟化し、和睦へと傾いていたのである。

それと見てとった細川忠興が、利長と連絡を取りながら、ひそかに動き出した。俄然、加藤清正と浅野幸長の動きも活発になり、彼ら三人が、額を集めて打ち合わせをするや、

「では、今度はわしが伏見へ行って打診をして来よう」

とばかりに、交代で、大坂と伏見の間を馬を駆って往来しはじめた。

こうして和睦への工作がすすめられているあいだ、石田三成は、まったくのつんぼ桟敷に置かれていたのである。

「なにか、様子がおかしい——一時は、明日にも合戦というさし迫った空気がみなぎっていたのに、だんだんそれが薄れて、気が抜けてきた。どうしたことなのだ」

三成が、その疑念を抱いたときには、もはや手遅れであった。

伏見の内府と、大坂の大納言のあいだで、すでに、

——和解
の話がまとまっていたのである。

しかも、その橋渡しをやったのが、細川、加藤、浅野の三人だという。

「しまった。奴等にしてやられたか」

三成も、思わず唇を嚙みしめて、口惜しがった。

そのなかでも、特に細川忠興には用心をすべきだと言った島左近の忠告が、いまにしてひしひしと思い当たる。

「忠興め——どんな策を弄したか。見事におれを出し抜きおったな」

あまりにも、あざやかな手際だけに、三成も文句をつける余地がない。

しかも、豊臣家の奉行という立場から言えば、三成としても、この両大老の和解を

歓迎こそできるが、反対を唱えることはできないのである。

ここに、三成の弱みがあった。

いっぽう、家康のほうも横車は押してみたものの、四大老が固く結束して、自分に対抗してきたのは、いささか計算に狂いがあった。

「これは、すこしやり過ぎたかな」

と、反省もあったし、利家の病状から見て、その死期はそう遠くあるまいと読んでいた。

それならば、ここで無理押しをすることはない。中心人物の利家がいなくなれば、また情勢も大きく変わってくるだろう。

そこで清正たちの調停をよい幸いにして、この機会を見送ることにしたのだ。

――待つこと
いつでも、これが家康の本領なのである。

こうして、慶長四年二月五日。

家康と、利家以下四大老、五奉行の間で、あらためて和解の誓書が交換されることになった。

双方のあいだを往復して、すべての段取りを運ぶのは、調停者三人の役目だ。

家康はこの起請文のなかでも、故太閤の掟を破ったことに対しての謝罪めいた辞句は、一言半句も書かなかった。

これに対して、四大老五奉行の九人衆から出された起請文のほうでは、事後承諾の形で縁組みの一件を承認したばかりか、家康が忠告を聞き入れてくれたことへの礼まで述べている始末であった。

これでは、立場はまるで逆だ。

形は和解とはいえ、内容は、完全に利家の屈服とも言えた。

「なんだ、これは」

歯ぎしりする三成とは対照的に、届けられた誓書を見て、にんまりと笑みを浮かべる家康であった。

前田利家は病中の身ゆえ、気力の衰えも仕方がないとはいえ、他の大老たちまでがあっけなく和解に同調してしまった、そのだらしなさに、三成は腹立たしいばかりの失望を覚えた。

しかも、屈辱的な和解に、である。

「みんな、あてにならん連中だ」

顔ぶればかり揃えても、真からやる気のない連中だったら、なんの役にも立たないことを、三成はこのとき、つくづくと痛感した。

落胆のうちに、その日、三成は備前島の屋敷へ戻っていった。

出迎えの者にも、むっつりとして口をきかなかった。家人に当たるつもりはないが、口をきく気にもなれなかったのである。

いつもは直ぐに顔を見せる島左近が、きょうは一向に現われなかった。三成の気持を察して、わざと避けたのかもしれない。

その左近が、ようやく三成の居間へ姿を現わしたのは、夜もかなり遅くなってからのことであった。

「世の中、なかなか思うようには、事が運ばぬものでございますな」

左近が慰め顔で、まず、そう口をひらいた。

「誰も彼も、弱腰すぎる。これではますます内府が図に乗るばかりだ」

いかにも我慢ならぬといった激しい口調だった。

「悲観は、いささか早過ぎます。まだ、手段は残されておりますぞ」

「なに。まだ手段があると」

「さよう」

　左近は、励ますように力強くうなずいて、

「要するに、内府を討つ機会さえ得られれば、それで問題は片づくわけでございましょう」

「あるのか。そんな手段が」

　三成が、上体を乗り出していた。

「今回の和解のしるしとして、大納言さまにご足労ながら伏見まで御挨拶に出向いていただくよう、おすすめいたすことです。そうなれば、内府として義理からも、この大坂へ返礼に来なければならなくなりましょう。そのときこそ、内府を討つ絶好の機会」

「うむ、なるほど」

　三成が、ハタと膝を叩いて賛意を示した。

「その折りの手配は、この手前が万事いたします」

　力強く請け合う左近である。

　ふたりの間に、しばらく密談がつづけられた。

　やがて、左近が居間から退《すさ》っていった。はや、夜もふけている。

　三成は、隣室の寝間へと足を運んだ。なにげなく、襖をあけて、三成はぎくっと足を停めた。そこに思わざる人影を見たからである。

すでに敷きのべられている夜具の、その枕元にさしうつむいて坐っていたのは、小萩であった。

そのうしろ姿の、ほっそりとした白いうなじのあたりに漂うなまめかしさに、一瞬、三成は突き上げられるような衝動を覚えた。

いや、それだけではない。

女の小萩のほうから、先に来ていてくれたという、その思いがけなさが、三成の男ごころを激しく揺さぶったのだ。

偶然にも、この島左近の提案と同じことを、細川忠興からも前田利長のもとへ申し出していたのだ。

「せっかく、和解をなさったからには、この際、大納言さまが伏見へ参り、御内府とお会いになって親睦を重ねられたほうが、のちのち前田家のためにも、あなたのためにもよろしいのではございますまいか」

と、利長を説いて、しきりに利家へ進言をさせたのである。

一方、石田三成からも、同じような進言がなされてくる。

それぞれ目的は違うが、利家への進言は一つになったのである。

「うむ。これはどうあっても、わしが腰を上げずばなるまい」

病中の身には大儀なことではあったが、利家も、ついに家康訪問の腹を決めた。

この段取りも、調停役の加藤、浅野、細川の三人が走り回って、すべてととのえた。

こうして、二月二十九日。

大納言利家の一行は、大坂から伏見へと淀川を船で向かった。この日の供は、前田家の重臣、近臣、十数人のほかに、調停役の三人が付き添っている。

しかし、このときの利家の胸中は、まさに必死の覚悟であった。相手の家康にすれば、天下を狙うのには、最大の邪魔者の利家だ。どんな手段を講じて、暗殺を計ってくるかしれたものではない。

（よし、そのときは、家康と刺し違いになって、冥土の道連れにするまでじゃ）

どうせ病いで死ぬ身ならば、これこそ武将にふさわしい死に場所と、いさぎよい覚悟を決めていたのである。

――ところが

案に相違して、家康のほうは、僅かに有馬法印ひとりを供に連れて、小舟で淀まで迎えに出てきたのだ。この有馬法印は、亡き太閤のお咄《はな》し衆のひとりで、利家もよく知っているお坊主である。

両人は淀から連れ立って陸に上がり、輿に乗って、伏見の徳川邸へと赴いた。

屋敷に着くと、徳川家の近臣たちは、いずれも長袴を着るという正装で、丁重に出迎えた。

つまり利家を「大納言」の官位にふさわしい公卿待遇で迎えたわけである。いささか度が過ぎて、芝居じみたところもあったが、この下へも置かぬ扱いぶりは利家にとっても決して悪い気分はしなかった。

山海の珍味をそろえた立派な二の膳の料理が運ばれて、至れり尽くせりの饗応である。

「さあさあ、大納言どの――折角、京より招いた料理人どもが、大納言どののために腕によりをかけた料理じゃ。遠慮のう召し上がってくだされ」

腹の内はともかく、お互いなごやかに談笑する家康と利家だ。

折角、ここまで善美を尽くしてくれた饗応の膳に、手をつけぬとあっては、かえって失礼になろうかと、利家はすすめられるまま、箸をつけていた。

前田利家の病状が、一段と悪くなったのは、この伏見から戻って以後のことである。

こうして前田利家の伏見訪問が済むと、こんどは義理でも、家康のほうが、大坂を訪れなければならない番である。

しかも、利家は伏見から戻ったあと、病状が悪化して、床に就いたきりのありさまだという。

「——では、大納言どののお見舞いに」

という名目で、家康もようやく重い腰をあげた。

前例に従い、このときも調停役の加藤たち三人が随行することになった。

三月十一日。

家康は数名の家臣と、随行役の三人を従えて早朝、伏見を発った。

この家康の行列が、大坂まであと三里という地点までさしかかると、

「や、お待ち申しておりました」

と、街道わきから十名ばかりの人影が、腰を低く、出迎えに現われた。

いずれも大坂に詰めている大名連中だ。

「御内府さまには、遠路わざわざ大納言さまの病気御見舞いとの由、承りましてわれ

われも大いに感激仕りました。手前共も、是非ご一緒にお供をさせていただきます」

へつらい顔でそう言うや、ぞろぞろと行列の前後を固めるようにして、ついてくる。

ふだんから大坂にいるこの連中が、なにも今日、わざわざ病気見舞いに便乗することもあるまいに、と不審に思った家康が、

「これ、佐渡」

と、供に加えた謀臣の本多佐渡守正信を駕籠わきに招いて、

「あの連中、いったい、どういうことなのじゃ」

と小声に尋ねた。

「ご心配なく——手前が呼びかけまして、集めました面々でございますから」

「なに、お前が呼び集めたと」

「手前が手に入れました情報によりますと、大坂方の一部に、なにやら不穏な動きもあるとのことで——用心に越したことはございませんからな」

大坂方の一部に——と言われれば、それが誰を指しているか、家康にも直ぐ分かった。

三成の、顔が目前に浮かぶ。

「あの面々は、かねてより御前に心を寄せている連中。今日のよき護衛を務めましょう」

正信は、そう言って、にやりと笑ってみせた。

家康は黙ってうなずくと、駕籠の扉をしめた。

(それにしても、正信め、いつもながらの地獄耳。どこから情報を手に入れるのか)

こういう謀臣を持っていることは、いかにも心強いと頼もしく思う反面、ふと、こういう男にはあまり地位や高禄は与えぬに限るな、と考えたりする用心深い家康なのである。

やがて。

家康の一行が、玉造にある前田家の屋敷へ到着した。

表門の前には、先日、伏見へ主人の供をしてきた前田家の重臣たちが、威儀を正して出迎えに立っていた。

その重臣たちも、一行に予定外の大名たちが加わっているのを見て、いささかぎくっとした顔つきだった。

実は、この家康の一行が到着する直前のこと。前田の屋敷では、ちょっとしたいざこざが起こっていたのである。

利家も、いま死を予期する病いの床にあって、やはり気にかかるのは、自分一代で築き上げた「前田家」の行く末のことであった。

（なんとかして、倅の利長が無事にこの家を保ってくれればよいが……）

これまで利家自身が六十年の生涯で見届けてきた戦国大名の興亡浮沈を思えば、その望みもまことに心もとない限りなのだ。

ましてや、嫡子の利長は、親の目から見ても、どこか気弱く、頼りないところがある。

（このままでは、前田家は危ない）

そう考えはじめると、夜も眠られぬ心地なのだ。いまにして、亡き太閤が重病の床にあって、死んでも死にきれぬ思いで悶々としていた気持が、利家にも実感としてひしひしと分かる思いだった。

（やはり、怖るべき難敵は、徳川内府だ――将来を思えば、いまここで、わしが冥途の道連れに片づけておくべきかもしれぬ）

そう考えた利家は、二男の利政を枕元に呼んで、この決意を伝えた。

「父上がそこまで腹を決められたのでしたら、あとはこの利政がやりましょう。万事、お任せ下さい」

長男の利長とは気性のまるで違う利政が待っていたとばかりに乗り気になり、俄然、張り切った。

徳川家康が、屋敷へ到着したら、利家は病気中というので、病間の隣りの中の間で会見ということにして、そこまで案内をする。

「その途中の廊下に、屈強の者を伏せておき、必ずや仕留めてごらんに入れます」

利政は、自信ありげに胸を叩いてみせた。

「よいか、しくじりは絶対に許されぬこと。慎重にやるのだぞ」

そう念を押す利家には、まだ年の若い利政にどこか不安も覚えていたのだ。気性も激しく武将の器《うつわ》は備えているが、軽率なところもある利政だったからである。

果たして、利家の心配は当たった。

利政が、家中のなかから腕利きの者、数名を選出して、刺客《しかく》を命じたのはよいが、このやり方があまりにも大っぴらすぎた。いささか無神経なのである。

話はたちまち、長男の利長の耳へ伝わってしまったから大変だ。

「なに、利政がさようなことを――ええっ、なんたる無謀な真似をするのか」

血相変えた利長が、中の間への廊下へ駆けつけると、そのあたりの武者隠れに身を

ひそめていた家臣たちを見つけ出し、

「わしの命令じゃ、早々に引き退れ——命令を聞かぬというなら、わしが相手をいたすぞ」

頭から叱り飛ばして追い払ってしまった。

利長は、その足で父の病間へ駆け込むや、

「父上も、なんということをなされる。前田の家を潰されるご所存か」

と、利家の枕元へ詰め寄った。

利家も、長男に嚙みつかれては、もはや計画を諦めざるを得なかった。

こんな出来事のあった直後に、家康の一行が、前田邸に到着したのである。

しかも、その一行に十人ばかりの諸大名が、護衛といった形で、ぞろぞろついてきたのだから、前田家の重臣たちも、

(さては、こちらの企みが、いち早く漏れていたのか)

と、思わず顔いろを変えたのも無理はなかった。

しかし、家康の様子を見ると、一向に警戒したそぶりもないので、ほっと安堵した思いで、とりあえず大広間へ案内をした。随行の加藤ら三人や徳川家の家臣たち、そ

れに途中からついてきた諸大名たちまでが、そのまま大広間へ通された。

(暗殺計画を取りやめて、やはりよかった)

前田の家中でも、ひそかに胸をなでおろしていたのである。

「して、大納言どのの加減はいかがかな」

家康が、まずそれを尋ねた。

「はっ、おかげさまにて、だいぶ快方に向かっております。ただ、本来なら主人がこの大広間へ出向いてご挨拶いたすべきところでございますが、病中の身なので、失礼ながら奥の中の間にてご対面したいと申しております。お聞き届けいただけましょうか」

重臣の一人が、怖る怖る伺いを立てると、

「今日は大納言どのの病気見舞いに参ったのじゃ。さような気兼ねは無用のことじゃ」

家康は気軽に応じて席を立った。

「では、手前たちも」

責任上、清正や忠興らの三人も一緒に立ち上がって、中の間へついてゆく。

中の間での、利家と家康の会見は、ほんの短い形式的なものであった。

それというのも、利家の病状が案外に重く、坐っているのも辛そうに見えたからである。

（これは、もうさして長くはないな）

ひと目で、家康はそう見抜いていたのだ。

だから、この会見の席上で、病気のためか、気弱くなった利家から、

「御内府――どうか、わしの亡きあとも、倅の利長のこと、よろしくお願い仕る」

と、懇願のあったときも、

「何を申される大納言どの――さような取り越し苦労はなさらず、いま一度、元気になられることじゃ」

家康は、笑いに紛らわせて、なんの確答も与えなかった。

かたわらには、のちのちの生き証人ともなる加藤ら三人が控えている。家康は、それも計画した上で、笑いに紛らわせてしまったのだろう。

短い会見が終わって、家康は大広間に戻った。

この前の、伏見訪問の前例もあるから、前田家でも心を尽くした饗応の膳部をととのえて、家康の一行をもてなした。

しかも、予定外についてきた諸大名たちにまで、膳部を出さなければならないか

ら、前田家の料理方は、まさにてんてこ舞いの大騒ぎであった。
いい気なのは、お供をしてきた諸大名たちだ。とんだ御相伴にあずかって大喜びである。

この家のあるじ、利家亡きあとは、いよいよ家康のひとり天下になることは、誰の目にも見えている。

きょう、途中まで家康の一行を出迎えた諸大名なぞは、その計算ずくから、いち早く情勢を先取りして、家康に良き印象を与え、点数を稼いでおこうという陣笠連中だから、大広間正面の上座に席を占めた家康の前へ、ひとりひとりが、

「お流れ頂戴を」

とばかりに、まかり出るや、

「御内府さまが、遠路わざわざ大納言さまのお見舞いを遊ばされたことで、先般来のわだかまりもすっかり消え去り、これで世間も平穏になりましょう」

「そうなってくれれば有難いが」

「世の中には、まだ何やら企む奴もおりましょうが、御内府さまが目を光らせておいでになる限り、安心でございますからな」

追従《ついしょう》たらたら御機嫌をうかがう。

御相伴で前田家の御馳走にありつきながら、家康にゴマをすり、点数を稼いでいるのだから、ひどい連中である。

このとき、なんの前触れもなく、この大広間へのっそりと立ち現われた人物があった。

石田三成である。

よもや、と思った男の出現。しかも一同があっと息を呑んだのは、その三成の服装が、あまりにも異様だったからだ。

黒い肩衣、黒い小袖、黒の半袴。

上から下まで、すべて黒ずくめという常識外れの身なりで、下座につくや、はるか彼方の家康へ静かに一礼して、小声で一言、挨拶をするや、あとは無言。まるで巨大な鴉《からす》がうずくまったように、むっつりとした表情で控えている。

これには一座がすっかりシラけてしまった。

いままで家康にお追従をならべていた諸大名たちも、なんとなくバツの悪い感じで居心地が悪くなった。

考えてみれば、そもそもなんの用事もない自分たちが、この場で御相伴にあずかっ

ているのも、おかしなものだ。そこへ三成の冷たい視線があきらかに、

（ハテ、お手前方こそ、なんのために）

と、咎め立てるように、じろり向けられてくるのだから、堪らない。

「いや、手前、ちょっと所用を思い出しまして」

居たたまれずに、一人が言い訳をして席を立つや、つづいて、二人、三人と大名連中が早々に退散をはじめていた。

家康も、これですっかり気分をそこなったとみえ、この日は予定よりも早目に、帰途についたという。

三成の、この一見、奇矯な行動も、言わば家康へ媚を呈する陣笠連中への、痛烈な皮肉であり、批判であったわけだ。

そして、三成にすれば、この日、左近とひそかに企てていた家康の暗殺計画が、どこからともなく漏れ、この陣笠連中の耳にまで伝わっていたことへの、激しい憤りが、つい彼をこんな行為に走らせていたのだろう。

虎穴に入る

三成が、こんどの機会に家康の暗殺を企て、それが事前に漏れたために失敗に終わった、という事実は、いまや、大坂にいる諸大名のあいだでは、公然の秘密として知れ渡っていたのである。

「内府と大納言が、せっかく和解をされたというのに、平地に波乱を起こすような真似をするとは、怪しからん」

「豊臣家の安泰を願うべき奉行の立場にありながら、また合戦のタネを仕掛けるとは、どういう所存だ」

三成に対する風当たりは、いよいよ一段と激しさを増したようだ。

これが、今回の調停役を務めた加藤清正や細川忠興たちが煽り立てている意見だとは、三成にも直ぐと察しがついた。

「そういう自分たちはどうなんだ。亡き太閤殿下から受けた恩顧も忘れて、徳川内府へ尻尾を振っている自分の姿が恥ずかしくないのか。それでも豊臣家の家臣と言えるのか」

憤りをこめて、三成はそう言い返してやりたい思いであった。

しかし、なんとしても風当たりは強い。

だから三成は、それ以来、大坂城中で執務をとらねばならぬ場合を除いては、ほとんど前田邸へ詰めっきりで、利家の枕元に陣取っていた。

そこが、一番、安全な場所だったからである。

「三成め――うまく大納言さまの袖のかげへ逃げおって、いまいましい奴だ」

清正などにすれば、それがますます腹立たしい思いなのだ。

が――その三成の逃避にも、ついに限りがあった。

大納言利家の病状は、いよいよ重く、看護の手も尽きて、慶長四年の閏《うるう》三月三日の早朝、利家は眠るが如く、息を引き取ったのである。

享年は、秀吉と同じ六十二歳であった。

三成が、この報らせを受けたのは、この日の朝、七時ごろ、備前島の屋敷でこれから大坂城へ登城する身支度にとりかかっていたときであった。

「そうか――到頭、駄目だったか」

三成は、がっくりとして、その場に坐り込んでしまった。

やがては訪れる事態と、予想はしていたものの、やはり現実となってみると、その落胆と衝撃は大きい。

まだ幼い秀頼の後見役であり、事実上の豊臣家の大きな支えともなっている大黒柱が、ついに倒れたのだ。

「これで、豊臣家の行く末は――いや天下の行く末は、どうなることやら」

天下の重心は、いよいよ音を立てて徳川内府のほうへ傾いてゆくだろう。三成にとっては、まことに好ましくない情勢である。

しかも、それだけではない。

これまで三成が唯一の頼みとしてきた庇護者がいなくなってしまったのだ。まず、何よりもわが身にさし迫った危機が訪れることを覚悟しなければならなかった。

利家死去の報らせは、たちまち電撃のごとく四方へ飛び去り、伏見の家康のもとにも、半日と経たぬうちに伝わっていた。

「やはり駄目であったか。それは残念な」

家康は深く愁傷の色を浮かべたが、内心ではホッとしていたに違いない。まさに目の上のコブが取れた思いである。これで天下に誰ひとり、遠慮気兼ねをする相手がいなくなったのだ。

「さて、いかなる手を打つべきか」

しかし、それを家康が考えるまでもなかった。世の中うまくしたもので、周囲の連中が勝手に動き出してくれたのである。

これまでは大納言に遠慮をして、

「内輪揉めだけは、慎もう」

と、極力、石田三成への反感を抑えに抑えてきた武人派の気の荒い連中が、利家の死を迎えて、一気に自制心を失うや、

「おい、こうなったら、あの小面憎い三成めを、このままにはして置けんぞ」

まだ、利家が死んだその日のうちだというのに、加藤清正、黒田長政、細川忠興、福島正則、加藤嘉明、浅野幸長、池田輝政といった七人の面々が寄り集まって、

「これまでは大納言さまの手前もあったゆえ、じいっと堪《こら》えていたが、あの男のやり方は、何から何まで我慢がならん」

「大坂城中では、淀君さま。城を出れば大納言さまと、いつもわれわれの手出しのできぬ相手に縋って、そのかげでいろいろと策謀をめぐらしておる。怪しからん奴だ」

「われわれは、朝鮮の戦場でも、関白秀次どのの事件でも、あの三成のために、ひどい目にあわされているのだ。ここで一つ、その借りを返さなければ、腹の虫がおさまらん」

「よし。それではこの際、三成めも、大納言さまの冥途の道づれに、片づけてしまおうではないか」

と、物騒な相談がはじまった。

「それは面白いが、何かよい手立てでもあるのか」

「別に手立てなぞ必要はない。三成めは、今夜は必ず前田邸へ弔問に参るであろうから、その帰途を狙えばわけもないことだ」

「よし、それでゆこう」

なにしろ、戦場往来の大ざっぱな気質の武将たちのことだ。襲撃計画をたてるといっても、後世の暗殺計画のように陰湿な秘密主義にとざされたものではない。大声で議論をわめき散らしての相談だったし、企みなのだから、まだどこかおおらかなところがある。

「では、手筈を決めておこう」

と、加藤清正が、

「おれと細川が、先に前田邸へ弔問へ行って、奴の来るのを待ち受けておる」

「うむ、いいだろう」

と忠興が同意した。

「そこで三成が現われたら、うまく口実をもうけて、ふたりで奴を表に連れ出す。みんなは前田邸の近くで待っていてくれ」

「承知した」

と、一同がうなずいて、衆議一決するや、あとはお定まりの酒盛りとなった。

こんな調子の相談なのだから、秘密を保つどころか、人の口から口へと伝わってい
た。

たまたま、この話を耳にした者のなかに、桑島治右衛門という侍がいた。

「これは大変だ」

治右衛門、顔いろを変えた。

この男、以前に石田三成から恩義をうけていたことがある。

「いまこそ、石田どののご恩にむくいるときだ」

と、馬を曳き出すや、まっしぐらに大坂城へ馳せ向かった。

このとき、三成はまだ城中で、執務をしている最中だった。きょうは、少し早めに
それを切り上げて、玉造の前田邸へ弔問に出かけるつもりであった。

そこへ、かねて顔見知りの桑島治右衛門があわただしく駆け込んできて、

「一大事でござる」

と、加藤ら七将の襲撃計画を伝えた。

「なに」

三成が、驚くというよりも、あきれ顔で大きく首をふり、

「向こう見ずの猪武者どもが、いま、この大事なときをなんと心得ているのか」

思わず、腹立たしげに吐き出した。

大納言という強力な防壁がなくなれば、やがて、そうした事態も起こり得るだろうとは覚悟していたが、まさか、その日のうちに騒ぎ出すとは予想もしていなかったことである。

「馬鹿につける薬はない」

それに、いま、このときに豊臣家の内部で内輪揉めを起こそうとしている彼等の軽率さが、なんとしても腹立たしい。

(それもこれも、背後で糸をあやつる家康にうまく踊らされているからだ)

そう分かるだけに、三成は彼等の単純さがいっそう、いまいましくなるのだ。

——とは言うものの、三成もさし当たっての行動には、はたと困惑した。

荒武者の七人が血相変えて騒いでいるとあっては、このまま前田邸へ弔問に行くわけにはいかない。

弁舌ならば引けはとらないが、力ずくでは到底、七人を相手にする自信はなかっ

た。

「よろしければ、手前がご身辺の護衛を務めますが」

桑島治右衛門も、ことここに及んだからには、恩義のために一身を投げ出す覚悟なのであろう。

しかし、三成としては、これ以上の迷惑をかけることはできない。

「ご厚意はかたじけないが、この三成にも考えることがござれば、決してご心配には及ばぬ。よくぞ、お知らせ下さった。三成、この恩は決して忘れませぬぞ」

そう礼を述べて、治右衛門を引き取らせた三成は、すぐに執務を切り上げ、

「前田邸へ弔問に参る前に、ちょっと急用を思い出したので、あとのことは、よろしく頼む」

と、奉行仲間の長束正家にあとを託し、早々に下城した。

まっすぐ備前島のわが屋敷へ戻ったのである。

「殿のお帰りぃッ」

玄関先で、供の郎党の声が高らかに呼ばわった。

いつになく早い主人の帰館である。

（はてな）

と、島左近は思った。けさの話では、城中からまっすぐ前田邸へ弔問に行くということだった。それがこんなまだ明るい時分に戻ってきたのは、何か予定が変わったのか。

予感というのだろう。いささか気になったので、左近は、主人の居間へと足を向けた。

「いかがなされました。なにか、ございましたので」

「左近――あの猪武者どもが、さっそく騒ぎ出してな。始末の悪い連中だ」

「はて、騒ぎ出したと申しますと」

「大納言さまの道づれに、わしを殺すと、わめいておるそうな」

三成は苦笑すらまじえながら、桑島治右衛門から知らされた事情を、左近に語って聞かせた。

「それで、このまま前田邸へ出かけては、事面倒になると思い、いったん屋敷へ戻ってきたのだ」

「なるほど――相手が相手。話の通じる連中ではありませんからな。本日のところは、前田邸へは参らぬほうがよろしうございましょう」

左近も、その点は同じ意見だった。

「前田家には礼を欠くことになるが、事情が事情ゆえ、分かって下さるだろう」

「むしろ、問題は今後でございますな。たとえ今夜は肩すかしを喰わせたとしても、それで諦めて引き下がるような連中とは思えませぬ」

「そこなのだ。わしも案じておるのは——いかがいたしたらよいであろうな」

三成も、いささか持て余し気味の顔つきであった。話し合いでカタのつく連中ではないだけに、こうなると始末が悪い。

「とにかく、殿はここしばらく、この屋敷から外には出ぬことでございますな。いかに無茶な連中でも、この屋敷へまで討ち入ってくるような真似はいたしますまい」

「分からんぞ。あの連中のことだ」

「ご心配には及びませぬ。そのときは、この左近が見事、蹴散らしてごらんに入れます。この屋敷とて、備えさえ固めれば、城と同じこと。滅多に攻め落とされるものではございませんからな」

ことさら自信をこめて言い切ったのは、主人を励ます意味もあってのことだ。

しかし、問題はそんな最悪の事態になる以前に、なんとか解決をつけねばならないのである。

「――殿」

と、左近が言った。

「手前にいささか方策がございます。手前が戻りますまで、この屋敷からお動きにならず、お待ち下さいますように」

念を押すように、そう言い残した左近が、郎党に命じて愛馬を曳き出させるや、ピシリ、
ひと鞭くれて、真一文字に表門から走り出していった。

島左近が馬を飛ばして、訪れた先は、大老上杉景勝の大坂屋敷であった。

「手前、石田治部少輔の家臣で島左近と申す者――御当家の御家老に至急お目にかかりたい」

と、取り次ぎに出た侍に申し入れる。

相手も島左近の名は知っていたのだろう、丁重に客間へ通すと、「しばらく、お待ちを」と、退っていった。

やがて、廊下に気配がして、ひときわ大柄な侍がゆっくりと姿を現わした。年のころは四十前後。まさに容貌魁偉《かいい》といった人物である。

これが、上杉家にその人ありと天下に知られた名家老、直江山城守兼続《かねつぐ》であった。なんといっても上杉家が奥州の会津で百三十万八千石という大大名だから、その家臣たる家老といっても、米沢三十万石の城主という身分の直江山城守だ。

そこらの家老とは桁も違えば、格も違う。

その兼続と左近は、互いにその名前と評判はよく知っていたが、これが初対面であった。一瞬、見合わせた眸と眸の、鋭い交錯のうちに、両者が、

「――うむ」

と、その男同士の意気の通い合うものを感じ取っていたのである。

「突然、お訪ねいたしましたのは、主人の身に迫りました事態について、ご相談いたしたき儀があったからでござる」

「ほほう。石田どのの身に迫った事態と申されると、一体、何が起こられたので」

直江兼続が、まだ知る由もないのは当然のことだった。

左近は、事情を詳しく語って聞かせた。

「ふうむ。あの連中が、さような馬鹿げたことを――いやはや呆れた話だ」

兼続が、首をふって吐き出すように言った。

「いかに主人に含むところがあったにせよ、大納言さまがお亡くなりになったその日

のうちに、かような計画を企むとは軽挙妄動も甚だしい極みと申すべきです」

「喜ぶのは、伏見の狸親爺ぐらいだろう。とにかく、何か事あれかしと、手ぐすね引いて待ち望んでいるのだからな」

遠慮会釈もない兼続だが、その見るところは左近とまったく同じであった。

「よろしい。当方でなんとかいたそう。上杉も大老の一員、かかるときに役に立たねば案山子《かかし》も同然と笑われようからな」

冗談めかして笑いながらも、兼続はきっぱりとうなずいて引き受けた。そこに盤《ばん》石《じやく》の重味とたのもしさが感じられる。

左近は、やはり直江兼続へ狙いをつけた自分の目は正しかったと、あらためて思った。

毛利、宇喜多、上杉の三大老は、いずれも清正たち七将に対して、亡き大納言ほどの睨みが利かない。しかし、どこか人の好い毛利、宇喜多と違って、上杉景勝には骨があるし、家老に傑物の直江兼続がいるからには、

（七将たちの暴走を黙ってては見ていまい）

と睨んだ左近だったのである。

「では、よろしくお願い仕ります」

左近は、一礼して席を立った。兼続がそのまま、玄関まで見送りに出てきた。

よもや直江兼続がみずから玄関まで見送りに出るとは思わなかったので、左近もいささか恐縮した。

厚く礼を述べ立ち去ろうとしたとき、一人の青年武士が小砂利を踏み鳴らして、玄関先へ入ってきた。色白の額の広い細おもてで、目もとが涼しい青年だった。

青年は、兼続を見ると親しげに一礼した。

「やあ、ちょうどよい折りだ。ご紹介をしておこう」

と兼続がそう左近へ声をかけて、青年武士を引き合わせた。

「貴公もさぞかしお聞き及びの話と思うが、大谷刑部少輔《ぎょうぶしょうゆう》吉継どのが、肝心の娘御よりも親御のほうがすっかり惚れ込んで迎えられた、真田源二郎幸村という三国一の娘聟が、このイキのいい若者なのだ」

「や――あの真田どの」

左近も目をみはった。主人の三成と、大谷吉継は、秀吉のお小姓時代からの親友。それだけに、吉継自慢の娘聟の噂は、主人の口からもたびたび耳にしていたからである。

「ところで、こちらの御仁《ごじん》は……」

と、兼続が左近を紹介しようとしたとき、幸村が涼しげな目もとでほほえみ、

「島左近さまでございますな。お顔だけは以前よりよく存じ上げておりました。まだ若輩のこの手前、今後よろしく御指導をお願い仕ります」

と、丁重に挨拶をした。たしかにまだ若いが、そこにただの謙遜だけではない、しっかりしたものが感じられ、ふと左近は好感を覚えていた。

この幸村は、信州上田の城主、真田安房守《あわのかみ》昌幸の二男だが、秀吉の在世中は、一種の人質として大坂に出仕し、馬廻り衆を務めていた。

その間に、大谷吉継から人物を見込まれ、吉継の娘を妻に迎えて、まだ僅か三年というところであった。

もともと真田家と、越後にいた上杉家とは、地理的にもいろいろとかかわりがあり、幸村も以前から、直江兼続のところには出入りをしていたのである。

「じつは――」

と、その幸村は、兼続と左近の顔を等分に見やりながら、

「手前も、近々、信州上田へ引き揚げることになりましたので、本日はお別れのご挨拶に伺いました次第」

と言った。

「そうか、お許しが出たか」

兼続が、さも有らんといった顔つきでうなずいた。秀吉も亡きいま、幸村の身が拘束される理由もないわけで、舅の吉継を通じて、それが願い出されていたのだ。

「ちょうど、よい時機にお許しをいただきました。この上、大坂にいて、御内府の横暴ぶりを見せつけられていたのでは、胃の調子が悪くなるばかりですからな」

幸村は、歯に衣着《きぬ》せず、ずばりと言ってのけた。

左近が、ふと息を呑んだ。思いがけず、ここにも同志を見出したからである。

ところが、こうして左近が、上杉邸を訪れているうちに、事態は意外な展開を見せていたのだ。

左近が備前島の屋敷を飛び出していったのと、一足違いに、三成を訪れてきた者がある。

親友の佐竹義宣《よしのぶ》である。

常陸《ひたち》の水戸に城を構え、五十四万五千石を領する大大名だが、とかく古い家柄を鼻にかけて尊大ぶったところがあるので、人にあまり好かれなかった。そんな義宣が、ふしぎに三成とは気が合う仲だったのである。

三成も、こうした折りに義宣が駆けつけてくれたことは嬉しかったし、心強かった。

「噂は聞いた。うるさいことになったの」

義宣が髭をふるわせて豪快にわらった。

「まことに世の中には馬鹿者が多くて困ったものでござるよ」

三成は苦笑まじりに、腹のなかにわだかまる鬱憤をもらした。

「ところで、おぬし、どうする」

「さあ、それを思案しているところなのだ」

「思案の最中とは、悠々としていて大変よろしい。わしも、いま、おぬしの顔いろを見て安心をしたところだ。むろん、わしが参ったからには、むざむざと加藤らにおぬしを討たせるようなことはせぬ。屋敷から家臣も大勢つれて来ておるから安堵されるがよい」

「いや、左様に大仰に騒がれては、かえって困るのだ」

三成は、むしろ逆に義宣をなだめにかかった。

「ここであの七人の連中と争いを起こしては、みすみす内府の思う壺にはまるばかりだ。なんとしても、あの猪武者どもに肩すかしを喰わしてやらねばならぬ」

「では、逃げるというのか」

「逃げるが勝ちと申すこともござろう」

「佐和山の城までゆかれるつもりか。それならば、わしも乗りかかった船、道中の守護は引き受けるが」

「いや、そこが思案の最中でな。むろん、安心して戻れるところは佐和山よりほかはないが、このまま佐和山へ引き籠ったのではあまりに芸がなさすぎるし、それに、口さがない連中に奉行の職を投げ捨てて逃げ帰ったなどと言われるのも業腹《ごうはら》――なにか、あの猪どもの鼻をあかすような面白い手はないものかと、さっきからそれを思案していたところなのだが……」

と、そこまで言いかけた三成の脳裏に、ふと、このとき、一つの奇策がひらめいた。

「そうだ――これは面白いぞ」

思わず、われながらハタと膝を叩いて、

「義宣どの、ここは御好意に甘えて、是非ともお力を借りたい」

と、言い出した。

「ほほう、そんな面白い手を思いついたのか」

興深げに身を乗り出す義宣へ、

「されば……」

と三成が、二言三言、耳もとへささやいた。義宣が、目をみはった。

「や、随分と危ない真似を——ふうむ、しかし、これは意外と面白いかもしれぬな」

それから間もなく、佐竹義宣は、ことさらに仰々《ぎょうぎょう》しく行列をととのえて、大坂の城下を出立すると、伏見へ向かった。

義宣の上方における屋敷は、伏見にある。

今夜は、前田利家の通夜も行われるというのに、昼すぎ、にわかに大坂を発っていった義宣の行動は、一部の大名たちにも不審を抱かせた。

「なんだ。佐竹は大納言さまの弔問にも行かぬつもりなのか」

「ふだんから、付き合いの悪い男だからな」

「それにしても、礼儀を知らん奴だ」

とかく、義宣の評判はかんばしくないのである。

ところが、夜になって加藤清正たち七将のもとへ、見張りに出した者から、

「突然、三成の行方が知れなくなった」

という報告がもたらされてきた。

大坂城中にも、備前島の石田邸にも、玉造の前田邸にも、その姿が見当たらないというのである。

「しまった」

清正が、唇を噛んで大きくうめいた。

「さては三成め、佐竹の行列のなかに紛れ込んで逃げおったか」

遅まきながら、いまにして、それと気づいたのだ。

「おい。こうなれば、われわれも意地ずくだ。このままにはしておけん」

福島正則が、すっかり頭へ血がのぼった顔つきで、

「とにかく、われわれ一同で伏見へ追いかけ、佐竹のところへねじ込んでくれようではないか」

と、言い出した。

「だが、あの義宣という男も、なかなかの奴だ。腹を据えて、三成めをかくまったからには、素直に引き渡すとは思えんぞ」

浅野幸長が案じ顔で脇から口を出すと、

「構わん、そうなったら佐竹も一緒に成敗するまでだ」

正則が、とんでもないことをわめき出した。

「おいおい、それはいくらなんでも無茶だ。相手は五十四万石の大大名。事が面倒になるぞ」

「五十万石だろうと、七十万石だろうと、われわれ七人が結束してかかったら、怖れることはあるまい。どうせ、五奉行の一人、三成を成敗すれば、事が面倒になるのは目に見えた話——面倒ついでに、邪魔する奴も片づけるまでのことだ」

こうなると、正則は昔と少しも変わらぬ荒武者ぶりで、ただしゃにむに突っ走ってしまうだけだ。

「おぬしの言い分はよく分かった」

と、なだめるように細川忠興が片手で制しながら言った。

「つまりだ。そのくらいの覚悟と意気込みで、佐竹へねじ込んで行けば、相手も怖れをなして、三成を引き渡すに違いないという話なのだろう。よし、乗り込もうではないか」

衆議一決するや、七人が馬をつらねて、伏見へ急行した。

だが、すでにそのころ、佐竹義宣は伏見の屋敷へ帰り着いていた。

行列が、無事に大坂の城下を出たとたん、義宣は三成とふたりで、馬を飛ばして、伏見へ走っていたのだ。

その義宣が、何を思ってか、伏見向島にある徳川家康の屋敷を、ひょっこり訪れたのは、その日もたそがれどきのことであった。

「内府にお目にかかりたい」

尊大ぶった態度で申し入れる。

筋目正しい名門の家柄という誇りもあるし、五十四万石の大身という意識もあって、右京大夫義宣には、ふだんからそういう態度が露骨なので、あまり人に好かれない。

だが、きょうの場合には、それがむしろ堂々たる威圧感をともなって、人物を大きくさえ感じさせた。

「あいにく主人は、昨夜来、風邪《かぜ》気味にて引き籠っておりますれば、なにとぞ手前に御用件をお聞かせ願いとう存じます」

見えすいた言い訳を申し立てて、応対に現われたのが、本多佐渡守正信である。

いま、家康の側近にあって、家中随一の謀略家といわれたなかなかの曲者だ。

「されば」

と義宣は、単刀直入に言ってのけた。

「いま、石田治部少輔がわしの屋敷へ参っておる」

「ははあ」

それがどうかいたしましたか、という正信の顔つきだ。人を喰ったおとぼけぶりである。

「誰がけしかけたのか知らぬが、加藤、福島などという向こう見ずな連中が、治部少を斬るといって騒いでおる。馬鹿げた真似ではないか」

「なるほど、困ったことでござりますな」

「そこで」

義宣は、語調を一段と高めた。

「前田どの亡きあと、最高の地位にあって天下の仕置きをなさる御大老の徳川どのに願いがござる」

「つまり、向こう見ずな連中に意見を、と申されるのでございますな」

「いいや、彼等のことなぞ、わしの知った事ではない」

「すると、どのようなことを」

「問題は、治部少の身の安全じゃ。あの荒武者連中の気が鎮まるまで、治部少の身をご当家にて預かっていただきたい」

「えっ」

さすがに本多正信が虚を衝かれた形で、二の句が出なかった。

よもや佐竹義宣が、こんな話を持ち込んでくるとは、思ってもいなかったし、それに、いかに追いつめられて、わが身の処置に窮したとはいえ、まさか石田三成自身が、ここへ身を託してくるとは、考えも及ばなかったことである。

正信が返事に詰まっていたとき、追い討ちをかけるように、

「治部少も、それを望んでおるでな。よろしく頼む」

義宣が、このときはじめて微笑をうかべて言った。皮肉をこめた微笑である。

石田三成が、おのれの敵の本拠ともいうべき徳川の屋敷へ足を踏み入れたのは、その日も夜に入って、亥《い》の刻（午後十時）近い刻限のことであった。

ただひとり。供も連れていない。

しかも、その身なりは、この前に、前田邸で家康たちのところへ、むっつりと立ち現われたときの、あの黒ずくめの身なりそのままであった。

いままた、異様な黒衣をまとって徳川邸へ乗り込んできたあたり、三成の胸中に秘められた痛烈な反抗精神が、まざまざとうかがえる行為であった。

駕籠から降り立ったその黒い影が、無言で玄関先へのっそりと佇む。

迎えに出た家臣の者が一礼すると、三成は胸を反らしたまま、

「案内を頼む」

一言、尊大につぶやいたきりである。

七将に追われて、逃げ込んできたというような、そぶりはみじんも見えない。むしろ、天下の大老にわが身を託し、その処置を任せきったという悠々たる態度なのである。

突然、猟師のふところへ飛び込んできたこの窮鳥の処置に、逆に、当惑を覚えていたのは家康のほうであったと言えよう。

その家康は、奥の寝室にとじこもり、それがいつもの癖で、しきりに親指の爪を嚙みながら、さっきから思案を重ねていた。

「三成の小僧め、なかなか味な真似をやりおったわい」

ある意味では、絶好の機会ともいえる。

ここで三成の身柄を、加藤ら七将の手に引き渡してしまえば、前田利家も亡くなっ

たいま、家康にとって邪魔者は一挙にカタがつくことになる。

が、しかし——。

三成を片づけてしまったら、どうなるか。

もはや、当分のあいだ、真っ向から家康に嚙みついてくるような気概のある者はいなくなって、このまま天下は平穏無事となることだろう。

だが、それでは誠に都合が悪いのだ。家康はいつまでも豊臣家の大老として、秀頼に仕える身に甘んじていなければならなくなる。

天下を、手中には収められない。

「そんな悠長なことはしておられぬ。わしとて間もなく六十を迎えるのだからな」

さりとて、家康自身が機会を狙って、秀頼に叛くような手段をとることは、

——謀叛人
という汚名を着せられる下の下策だ。これでは天下の人心は摑めない。

明智光秀の例を引くまでもなく、世間というものは、謀叛に対して、きびしい目を向け、決してその終わりはよくないのである。

「と——すれば」

いま、家康が望みを達するためには、

「誰かが、わしに楯を突き、戦いを挑んでくれることが、最も手っ取り早い機会となるのだ」

そして、それをやるほど血の気の多い男となれば、まず三成より他に見当たらない。

「それだけではない」

と、家康はひとり、うなずいた。

もし、三成という「憎まれ者」をこの世から取り除いてしまったら、豊臣家の諸将たちの分裂と対抗もおのずと消滅してしまう。

そのときには、加藤、福島などという単純な連中は、ふたたび故太閤の恩顧に目ざめて、豊臣の家臣としての意識を取り戻すに相違ない。

これも、家康にとってはまことに都合が悪いことなのだ。

やはり「憎まれ者」は「憎まれ者」としての存在価値もある。残しておかなければならない。

家康の腹は、ほぼ決まった。

——いつか夜もふけている。

このとき、廊下を忍びやかにおとずれてきたのは、謀臣本多正信である。

正信は家康より四つ年上で、三河以来、家康若年のころから側近に仕えている。だが、永禄六年の三河の一向一揆の乱では家康にそむき、このためしばらく故国を離れて京都の松永弾正久秀のもとに食客となっていたことがある。

正信がいま、家中随一の謀臣として、家康の帷幄《いあく》（本営のこと）に暗躍する素地も、このころ希代の謀略家といわれた松永久秀から学びとったものなのであろう。

「正信——治部少はいかがいたしておる」

家康は尋ねた。

「おそらくまだ眠りについてはおりますまいが、一室でひっそりとしております」

正信は答えて、

「ところで、殿は治部少めをいかがなされるおつもりでございます」

うわ目づかいに家康の表情をうかがう。

「うむ。そこのところを、いま、とやかくと思案しておったのだが」

と、家康はおのれの結論はまだ言わずにおいて、

「正信——おぬしはどう思う」

「されば、ここが大事なところ。ご思慮あそばされますように」

「すると、早まって治部少を殺すなと申すのだな」

「御意《ぎよい》──治部少をここで御成敗なされるのは勿体ないことでございます。治部少を助けておかれれば、諸大名は殿にお味方いたしましょうが、治部少がいなくなれば、大名連中もおのおの我を立てて、扱いにくくなりましょう」

家康はわが意を得たというおもちでうなずいた。正信の意見と、計らずも一致したからである。

「よろしい。あとは、その方に万事まかせたぞ」

「はっ」

一礼して、正信は寝所から引き退っていった。

家康は、横になった。しかし、まだ直ぐには眠れない。

三成の問題はこれで片づいたが、これからどんな手を打つべきかと、次から次へと思案が浮かんでくるからである。

それから三日後の、慶長四年閏《うるう》三月七日のこと。

家康は、倅の結城秀康と堀尾吉晴の両人に、三成の道中保護を命じて、三成を江州の佐和山へと出立させた。

大老の資格において、家康は今回の騒ぎの責任を三成にとらせ、領地佐和山へ退隠を命じたのである。

「おぬしが奉行としておる限り、この上いかなる事態が生じるやもしれぬ。それでは秀頼公のおんためにもよろしからぬこととなろう」

こう言われては、三成も反論の余地がなかった。

とはいえ、これを機会に、佐和山へ引き籠ることは、三成としてもすでに予定の行動だったのである。

（奉行の職に縛られていては、何ひとつ準備することもできない。もし、家康がなんの処置もしなかったら、こっちから辞職の願いを申し出よう）

とすら考えていた三成なのだ。

「手前の至らぬゆえに、ご迷惑をおかけいたしまして申し訳もございません」

一応、素直にわびて、この解任の命令を受け入れたのである。

ところで、加藤、福島など七将の面々も、思いがけず、三成が徳川屋敷に保護されていると知って、それまでにも再三にわたって、向島へ押しかけ、

「是非とも、われわれに三成をお引き渡し願いたい」

と、強談判《こわだんぱん》に及んだが、そのつど、

「いや、殿にも皆々さまのお気持はよくお分かりでござる。とにかく、この際、万事

は殿のご処置におまかせなされたほうがよろしかろうと存じますが」

老獪《ろうかい》で、物やわらかな調子の本多正信に言いくるめられて、むなしく引き退っていたのである。

すると、そのあげくの果てに、石田三成が佐和山へ送り帰されると聞き及び、

「なんたることか」

と、七将たちもすっかり裏切られた思いで、大いに激怒し、大きく不満を爆発させた。

だが、しかし。

家康の倅の結城秀康と、堀尾吉晴の軍勢が、いかめしく道中警固の任にあたっているのを眺めては、いかに向こう見ずな面々でも手を出すことができず、

「御内府の考えが、さっぱり分からん」

と、地団駄踏みながらも、みすみす泣き寝入りとなってしまった。

こうして、七将と三成の確執は、なに一つ解決されることもなく、ただ、家康が大老の権限で一方的に処置してしまい、双方にしこりと不満は残されたままになっていたのである。

「これで、よし」

家康は、ひそかにほくそ笑んでいる。

双方に不満が残る限り、それは敵愾心《てきがい》と、闘争心を、いつまでも煽り立てる結果となるだろう。

「おそらく、三成とてこのまま引き退っておる男ではあるまいからな」

謀略の渦

三成の職を解いた、その通知は、さっそく大老家康の名で、大坂備前島にある石田の屋敷へも、もたらされた。

つまり――奉行の要職を解かれた以上、大坂に与えられている屋敷も、早々に引き払って明け渡すべきだという意味なのだ。

いったん、邪魔者を追い落としにかかったら、容赦なく迫ってくる家康のやり口が、そこにありありと感じられる。

「これで、いよいよ本性を現わしてくるな」

島左近には、これからの情勢が目に見えるような思いであった。

その左近も、大坂の屋敷を預かる立場として、ここは一応、大老家康の指示には従わざるを得なかった。

「よいか——すぐさま荷物いっさいをまとめて、佐和山へ送り出せるよう用意をはじめるのだ」

家中の者に、その準備を命じる。

俄然、屋敷中がひっくり返るような、あわただしさに包まれた。

左近は、その間にあって、居間に閉じこもると、いろいろな書類や文書に目を通し、整理をはじめた。あとあと問題となるような手紙や文書は、この際、すっかり灰と燃やして始末しておくに限る。

「それにしても——」

と、左近は、その整理をしながら、胸のうちでつぶやいていた。

「殿も、随分と思い切った真似をされたものだ」

あのとき、主人の三成が、左近の言い残していったように、いましばらくこの屋敷に踏みとどまっていてくれたら、上杉でも調停に乗り出し、事態はどう変わったかしれない。それなのに、左近が、戻らぬうちに、主人は佐竹義宣と相談して勝手に動き出し、家康のふところへとびこむという離れ業をやってのけた。

「それはそれで、思いがけぬ手としては面白いが、しかし、奉行の職を奪われた結果から見て、果たして今後、これが吉と出るのか、凶と出るのか」

その点になると、さすがに左近も、将棋の数十手さきまで読むようなもので、ふと、紛れがあって読み切れない思いがした。

左近は、庭に降り立って、文書を燃やし終わると、ごった返す邸内へ戻って、郎党の赤尾角兵衛を呼び寄せた。

「なんぞ、御用で」

この忠実な郎党は、筒井家の時代以来、歳こそとっても、小まめな務めぶりには少しも変わりはなかった。

左近は、あたりをうかがい小声に命じた。

「よいか、角兵衛――この大坂の市中で、わしらふたりが身を隠すのに手ごろな家を探し出し、借りておいてくれ」

「――えッ」

角兵衛が驚いて左近の顔を見返した。

「では、旦那さまには、石田家に見きりをつけてまた御浪人をなされるおつもりなので」

これには左近のほうも面喰らった。なるほど、そういう見方も成り立つわけだ。

「とにかく、当座、人目につかぬような家を探し出してくれ」

赤尾角兵衛から、もう石田家に見きりをつけ、また浪人するつもりなのかと言われて、左近もさすがに苦笑をもらした。

確かに角兵衛の言う通り、見きりをつけるとしたら、いまなのかもしれなかった。およそ主人の三成ほど、人間のカドがとれなくて、人付き合いの悪い男はない。今度の騒ぎでも分かる通り、どれほど多くの敵を作り、憎まれ者になっていることか。

事実、三成の頭脳は鋭く冴えて、切れ味もあざやかだ。だが、それがあまりにも表面に出すぎるために、人によっては尊大ぶった男と感じ、生意気な男と嫌われてしまう。

損な性分なのである。

「あの性分を直さぬ限り、天下取りは、まず難しいだろう」

左近の目にも、それははっきりと見えるのである。

しかし、それにもかかわらず、左近は三成という男が好きだった。清水寺の再会で、主従の誓いを心に決めたときから、

「この男と心中をしよう」

と、決意したその思いは、いまも変わらなかった。これが宿命というものかもしれ

ないと、自分でも近ごろ感じはじめている左近だった。

――その三成のために、当分のあいだ、大坂の市中に潜伏して、隠密行動に移るつもりの左近だったので、角兵衛に家の用意を命じたのである。

「おそらく、利家、三成と、邪魔者のいなくなった家康は本性を現わすだろう」

と、睨んだ左近のその読みは当たった。

三成の処置も済んで間もない、その月の十三日に、家康は伏見向島の屋敷から、伏見城へ移り、そこで起居することになった。

「伏見城を、空き城にしておくのも、天下のため、いかがかと思われる」

という、分かったような分からない理由からである。こうして徐々に手が打たれてゆく。

六月になると、家康は奉行たちへ命じて、

「朝鮮へ出兵していた諸将たちは、国元へ帰って休養をとるように」

と、伝えさせた。

これには諸大名も喜んだ。

なにしろ、秀吉の死のために、朝鮮から帰国しても、諸将たちはほとんど領国へ戻るいとまもなく、大坂や伏見へ詰めていたありさまだったのだ。

さっそく、加藤清正、黒田父子などの諸大名が、ぞくぞくと領国へ引き揚げていった。

それに引き続いて、宇喜多秀家、毛利輝元、上杉景勝の三大老も、長らく領国に帰っていないので、

「しばらく、暇《いとま》を」

と願い出して、久しぶりに国元へ戻ってゆくことになった。

家康は、こうした願いにも、こころよく応諾を与えている。

こうして、いまや大坂、伏見に残されたのは、大老の家康のほかには、数人の大名と、もうなんの力も権限も失っていた四奉行の面々だけというありさまになってしまった。

まさに、家康のひとり舞台である。

大坂の市中に潜伏したまま、こうした情勢を見守っていた島左近は、

「いよいよ捨てては置けん。このままでは、いつの間にか家康の掌中に天下が握られてしまうことになる」

その危機感をひしひしと抱きはじめた。

「――旦那さま」

或る日、使いから戻ってきた赤尾角兵衛が、

「町でふと耳にしたことでございますが、上杉さまも、どうやら明日あたり、御国元へお引き揚げになられるとか」

と、報らせをもたらした。

「ほう、明日だと」

それと聞いたとき、左近はふと思い立って、外出の身支度をはじめた。

一見して、浪人者と分かる風体で、おもては深編笠ですっぽりと隠す。これでは、途中で知人と出会っても、よもや島左近とは気づかれまい。

左近は、上杉家の大坂屋敷へと足を向けた。

その表門の近くへさしかかると、いつになく人の出入りも多く、なんとなくあわただしい気配が察せられる。明日の出立を控えて、いろいろと準備やら、跡始末に追われているのだろう。

門前の足軽に、名を告げて、直江兼続への取り次ぎを申し入れると、足軽も左近の意外な風体にはびっくりしたらしいが、微行《しのび》と察したか、すぐに邸内へと案内をした。

なるほど、邸内も荷造りなどで、ごった返している。

（はて、これだけの準備をしているところを見ると、当分大坂には戻らぬつもりか）

左近は、そう思った。

忙しい最中だったが、直江兼続は左近と聞くや、直ちに一室で会ってくれた。

「先日は、無理なお願いをいたしながら、手違いにて、あのような始末となり、誠に申し訳ない次第。なにとぞお許しのほどを」

左近は、まず詫び入った。

「いやいや、さすがに石田どの——あのような奇抜な手で、加藤らの鼻をあかしたとは、痛快ではないか」

「しかし、そのために主人も奉行の職を追われ、いまや秀頼公の膝下《しっか》には、誰ひとり骨のある者は見当たらぬありさま。困ったこととなりました」

「うむ。大納言どのも、治部少どのも居られぬいま、内府はわが物顔で伏見城におさまっておるが、当家をはじめ三大老が引き揚げたあとは、こんどは必ずや大坂城へも乗り込んでくるであろうな」

兼続も、いまいましげに言い放って、

「相手が弱腰と見れば、どこまでも横車を押して来る気なのだ。このままでは何をやるかしれたものではないぞ」

と、この点では左近と全く同じ見方だった。

「指をくわえて見ている場合ではございませんな」

「うむ、機を見てやらねばなるまい」

ふたりは、大きくうなずき合った。

「じつは、その前に手前に一策がありますので」

左近は、ふと、そこで声を落とした。


めっきりと秋の気配も濃くなって、九月を迎えた。

九月九日は、重陽《ちようよう》の節句である。

「秀頼さまへ、お祝いを」

という触れ込みで、家康は、九月はじめのある晴れた日に、伏見を発って大坂へ向かった。

伏見から淀川を船で下る。

一見のんびりとした船下りのようだが、両岸の要所要所には、服部半蔵の配下の者たちが前夜から配置について、警戒の目を光らせていたのである。

――と、このとき、途中の枚方《ひらかた》まで、ただひとりで、こっそりと出迎えに現われた者がある。奉行の一人、増田長盛であった。

警備についていた半蔵配下の伊賀者も、長盛の顔はよく見知っていただけに、

「増田さま――かようなところまでお出迎えとは、ご苦労さまなことで」

と、いささか不審なおももちを見せた。

奉行ともあろう者が、供もつれずただひとりで、しかも、大坂からはかなり遠い枚方まで出迎えに来たのだから、不審を抱いたのも無理はない。

「じつは、御内府さまに内密で申し上げたいことがあり、かく人目を忍んで参ったのじゃ。お目通りが叶うよう取り次いでくれぬか」

「承知仕りました」

そう言われて伊賀者も、これはただごとではないと察したのだろう。淀川を下ってくる船に向かって合図を送った。

家康の乗った御座船は、その合図を見て、栈橋のある岸辺に近づいてきた。

「おお、どなたかと思ったら増田どのではござらぬか」

船中から、真っ先に声をかけてきたのは本多正信である。

「御内府さまへ、火急のお知らせがございまして、駆けつけましたので」

いかにも意味ありげな言い方である。

「ふむ――とにかく、こちらへ」

正信は、長盛を船中へ招じ入れた。胴の間に坐っていた家康も、何ごとかと見守っている。その家康へ一礼した長盛が、

「一大事でございます。御内府さまがこのまま大坂城へおいでになるのは、危険でございますぞ」

口早やに申し立てた。

「なんじゃと」

本多正信が、きっとなって身を乗り出した。

「では、大坂城中に何やら隠謀があると申されるのか」

「いかにも」

長盛が、きっぱりとうなずいてみせた。

「御内府さまの登城の折りを狙い、刺客をさし向けようという動きが、秀頼公側近の一部にあると漏れ聞き及びましてございます」

「ほう、側近の一部に――はて、彼等だけでそのような大それた真似ができようか。誰ぞ背後で糸を引く者がおるのではあるまいか」

正信が探るような目つきで、長盛を見やると、長盛も小さく合点して言った。

「さすがに、ご慧眼《けいがん》。前田さまの御意向もあるとの噂も……」


大納言利家が亡きあと、前田家を継いだ利長は、父の役目もそのまま引き継いで豊臣秀頼の輔佐後見役となり、大坂に滞在して、城中へもしばしば出入りをしていた。

だが、その利長に対する家康からの目に見えぬ圧迫は、日ましに強まり、ともすれば対立の危機を招き兼ねなかった。

もとより利長には、家康と真っ向から争うほどの気概はない。消極的な平和主義者なのだ。利長は対立を回避するために、八月になると、ついに大坂を去って領地の金沢へ下向してしまった。

利長が大坂を去ることは、秀頼の後見役という、その役目と責任の放棄を意味している。

しかも、これは亡き利家の遺言にある、

「向こう三年間は加賀へ下ること無用にして、役目を守るべし」

という言いつけにも背くことだった。

この事態には、村井長頼、奥村永福《ながとみ》など前田家の老臣たちも、

「これで前田家も御運の末か」

と、ひそかに歎いたという。

――ところが
いま、増田長盛の密告するところによれば、大坂城中の一部の者たちの「家康暗殺計画」のうしろ楯は、その前田利長だという。

これは、どうもおかしな話だ。矛盾している話である。

家康も、すぐにそれと気づいて、

(これは誰ぞの謀略だな)

と、悟ったが、あえてそれは無視をした。この際、とにかく「問題」が生じてくれることは、待ち望んでいたところなのだ。

「よくぞ知らせてくれた。あとはわしに任せておくがよい」

家康は、長盛をねぎらうと、そのまま船を進めて、大坂城へ乗り込んでいった。

そして、城へ着いたとたん、先手を打っての早業で、秀頼側近の土方勘兵衛と大野治長のふたりを常陸の国に流罪、奉行の浅野長政を領国の甲斐で蟄居、という処分が電撃的に行われたのである。

これは、一面、内府家康の実力と威厳を城中の者たちに見せつける示威運動ともいえたかもしれない。

城中の者たちは、これですっかり縮み上がってしまったのである。

その家康が、城中西の丸にいる北政所のお気に入りの側近で、奥女中頭を務める孝《こう》蔵主《ぞうす》を呼び寄せたのは、この直後のことであった。

「わしの見るところ、大坂城内の現状は、上下とも風儀が乱れ、幼君を擁して隠謀の巣と化しておる。これでは豊臣家の行く末もいかがと思いやられる」

いきなり家康は、高飛車な調子でこう切り出した。

「恐れ入ります。奥を取り締まるわたくしにも責任のあること、申しわけございませぬ」

「いや、別におぬしを責めておるわけではない。実は、そこで相談があって、おぬしに来て貰ったのじゃ。近う寄れ」

家康は、孝蔵主を近くへ招き寄せると、ふと声を落とした。

ここで、家康と孝蔵主のあいだに、いかなる密議が凝らされたのか。

それは、当事者ふたりしか知る由もないが、それから四、五日のちに、北政所が、

「いまは、良人も亡くして髪をおろした身。城中にいるのも無駄なことゆえ、京都の

屋敷へ退隠し、余生を静かに送りたい」

と、公式に発表した。

秀吉の没後、北政所おねねは、すでに髪をおろして湖月尼と名乗っていたのである。

さらに三日後。

その湖月尼は、側近く仕える女たちを引きつれ、輿《こし》に乗って西の丸から退去をすると、京へ向かった。

京の禁裏（皇居）の辰巳《たつみ》の角にあたる三本木には、秀吉が幼い秀頼のために新しく建てた屋敷がある。ここは四町四方の広大な敷地のなかに阿古世ヶ池をそっくり取り込んで庭の眺めとした宏壮な屋敷だったが、いまはほとんど使われていない。

おねねの湖月尼は、この屋敷を当分の間の隠居所と決めたのである。

こうして、大坂城の西の丸から女主人が居なくなると、待ち構えていたように、それまで備前島のもと石田三成の屋敷に陣取っていた家康が、

「西の丸を空けておいては、もったいないし、城内の風儀の乱れを取り締まるためにも、大老のわしがおさまって、目を光らせるのが最もよい方法じゃ」

と、都合のいい理由をつけると、それこそ当然という顔つきで、西の丸へ乗り込

み、どっかり腰を据えてしまった。

まさに図々しいというか、人もなげな振舞いである。

――大坂城下の市中に身をひそませて、様子をうかがっていた島左近は、

「果たして、大坂城へ乗り込んだか」

あまりにも、自分の予想通りに、家康が行動してゆくので、却ってうす気味悪い思いすらしてきた。

「だとすれば、この次は当然……」

次の家康の行動が手に取るように、分かってくる。

左近が仕掛けた謀略の筋書通りに、

――前田征伐
に、乗り出す筈なのだ。

実は、増田長盛が枚方までこっそり出向いて、家康へ密告に及んだ訴えの内容は、すべて左近が仕組んで、長盛をけしかけ、やらせたことなのである。

長盛は、同じ近江衆として、石田三成とは一味同心の男だ。三成が奉行から失脚したあとは、自分も前途に不安を覚えていたところだから、

「これで、うまく行けば、否応なしに前田家も、徳川と決戦を覚悟せざるを得なくな

るだろう。そうなれば天下の諸大名も二つに割れて、大決戦となる。われわれ五奉行が、そのとき、秀頼公をいただいて立ち上がれば、相手がいかに家康だろうと、大義名分はこちらにあるのだ。勝利は間違いない」

左近から、こう焚きつけられて、密告の役を引き受けたのだった。

果たして、島左近の思った通りだった。

大坂城の西の丸へ家康が乗り込むのと、時期を合わせたように、徳川配下の軍勢がぞくぞくと西上してきて、大坂で集結をはじめたのである。

何も知らぬ市中の人々や、城中の女どもは、

「この大坂で、戦がはじまるのか」

と、青くなって騒ぎ出した。

秀吉の天下統一以来、戦乱からは遠ざかっていただけに、そのうろたえぶりは大きい。

そんな騒ぎがひろまるのを見計らって、家康が声明を出した。

「先般、大坂城内において、大老たるわしを暗殺せんとした企みが事前に発覚して、浅野、土方、大野ら数人の者が処分を受けた。しかるに調べによれば、彼等の背後に

あって、この陰謀を企てたのは、加賀の前田利長と、その姻戚の細川忠興の両者と判明した。これは明らかに天下の平穏を乱す反逆行為と言うべきである」

依って――と、ここでは家康は一段と調子を高め、

「大老の権限において、前田、細川両家を討伐するため、兵をさし向けることに決定いたした」

というのである。

大坂城の内外でも、人々は事の重大さに「あッ」と息を呑む思いであった。相手が前田家とあっては、思いがけぬ大きな合戦にもなり兼ねないからだ。

――ところが、この家康の声明のなかで指摘した「前田、細川の反逆行為」の根拠というのが、別に確実な証拠などある話ではなくて、出所は、増田長盛の密告にすぎない。

しかも、長盛自身、

「うしろ楯は、前田さまという噂でございます」

と、あいまいに申し立てている話なのだ。

これを取り上げて、真っ向から「討伐」を唱え出した家康の態度こそ、奇っ怪というべきものであった。

いや、家康にすれば、この際、ことの真偽なぞは、どうでもよかった。何らかの口実を見つけては、

「さあ、これでもか、これでもか」

と、因縁を吹っかけ、合戦に持ちこみたかったのだ。

このあたり、家康にもいささか焦りの色が見えている。

災難なのは、とんだ濡れ衣を着せられて喧嘩を吹っかけられた利長と忠興の両人である。

寝耳に水の、この家康の声明が加賀に帰国中の利長のもとへ伝えられたとき、

「な、なに」

驚きのあまり、利長は思わず手にしていた茶碗を取り落としたほどだった。

「何者かが仕組んで、ざん言をしたのに相違ない。このままでは、前田家が潰されてしまう」

利長は、さっそく家中の重臣たちを呼び集めた。

重臣たちも、ことの次第を聞き知って、俄然、色を失った。

このとき、前田家における重臣会議は、かなり意見が分かれて紛糾をしたという。

一部の重臣たちには、

「大納言さま亡きあとの足もとをつけ込み、かかる横暴な言いがかりをつけてくるとは、家康の根性のほどが知れるもの。たとえ一時の弁明と和解が成り立ったにせよ、今後の保証とはなりませぬ。ここは腹を据え、前田家の武門の意地をつらぬいて、堂々と受けて立つべきでございましょう」

と、激論を吐く者もあったが、当主の利長には、もともと家康と真っ向から対立しようなどという気概はない。

「とにかく、これは根も葉もない噂から生じた誤解。かかることで前田家の浮沈を賭けるような危ない真似はできぬ。ここは極力、誤解をとくように尽力すべきじゃ」

利長の、この一言で、ようやく論議に決着がつけられた。

そこで重臣の一人、横山長知《ながとも》を急遽、大坂へさし向けて弁明をさせることにした。

「よいか長知——徳川どのには、いかようにしても当家の立場を分かって下さるよう、極力、弁明につとめるのじゃ」

「はっ、心得ましてございます」

「前田家の安泰を保つためなら、多少の譲歩も止むを得ぬものと承知して、かかれ」

「ははっ」

主人利長の気持がそこまでの覚悟ならばと、長知も腹を据えて、大坂へ急行した。

横山は、大坂城へ登城するや、さっそく家康へ目通りを願って、必死に弁明と嘆願を申し立てた。

黙って、その申し開きを聞き入っていた家康が、

「では前田どのには、すべてが誤解で、この家康に対する害心なぞ、いささかも持たぬと言われぬのじゃな」

ことさら念を押すように訊き返した。

「はっ、いかにもその通りでございます」

ここぞとばかりに、長知も力をこめる。

「しかし、言葉だけならなんとでも申せるわけじゃ。真実、そうであるのなら、前田どのとして、それだけの誠意を行為で示してもらわねば、納得はできぬな」

「行為で示せとおっしゃいまするど、いかようにいたしましたら、御内府さまにご納得いただけますのでございましょうか」

長知は、怖る怖る尋ねた。

「されば……」

家康は、そこで区切って、ゆっくりと思案をしてから、言葉をつづけた。

「前田どのが、このわしに対して、なんの敵意も害意もないのなら、江戸に屋敷を構え、そこに御母堂の芳春院どのが移ってもらいたい。それが誠意のしるしと申せよう」

「――え」

横山長知も、とっさに返事に詰まった。

芳春院とは、前田利家の未亡人まつ女のことで、良人の死後、髪をおろし「芳春院」と名乗っている。

その利家未亡人に江戸へ出て滞在せよというのは、つまり人質になれ、という意味にほかならない。

家康にすれば、これほど屈辱的な条件を突きつければ、当然、前田は奮然として立ち上がり、合戦を挑んでくるであろう、という計算だったのだ。

これには、さすがの横山長知も即答はできず、いったん大坂屋敷へ引きさがったが、熟慮の末、

「前田家の安泰を思えば、この条件を呑むよりほかに道はない」

と、腹を決めた。もし、帰国して、これが独断専行だと咎められれば、切腹をして

詫びる覚悟まで固めていたのである。

ふたたび家康のもとへ参上した長知は、

「主人も決して御内府さまには底意なぞ抱かぬ以上、お申しつけ通りに誠意を示すでございましょう。そのときは、しかと前田家の意のあるところをお認めいただけますでございましょうな」

必死の形相で、念を押した。

「うむ、この家康に二言はない」

家康としても、そう言わざるを得ない。

横山は、直ちに金沢へ馳せ下って、主人利長に、この報告をした。

「なに――母上を、江戸へさし出せというのか」

いかにも足許を見てつけ込んできた、この条件には、利長も思わず唇を噛んだ。

しかし、徳川を相手にして戦い抜く自信もないからには、これを蹴ることもできないのである。

利長は苦悩の末に、

「よし――わしから母上にお話をして、お気持のほどを伺ってみよう」

と、言った。もし、母が江戸行きを断固として拒否すれば、そのときは前田家の運命を決戦に賭けるよりほかはない。

利家未亡人の芳春院は、倅利長からこの話を聞くや、小さくうなずいて、

「そなたも武門の家に生まれたからには、何よりも家を立て、家名を保つことを第一に考えねばなりませぬ。このような乱世を生き抜くためには、ただ剛情を張った強さだけで通るものではありません。時には、自分を殺して屈服することも生きるためには必要なことなのです」

「はっ」

「わたしは、もう齢をとってなんの役にも立たぬものと諦めていたのに、前田家のためにこれほどの大役が務まるとは嬉しいことです。母に覚悟はできております。なまじ、わたしの身のことなぞ考えて、前田家を潰すような真似をしてはなりませぬ」

「――母上」

みずからすすんで人質になろうと申し出る母の言葉に、利長もさしうつむいたまま、絶句してしまった。

「なにを悲しむことがあります。聞けば、関東の江戸という土地は、冬はこの北陸よりも雪が少なく、すごしよいところとか。わたしのような年寄りには有難いことです」

芳春院は、ことさらに利長を力づけるように明るい笑顔をみせた。

この芳春院の江戸行きが、徳川氏への諸大名からの人質第一号となったのである。

一方、前田利長と同様に、あらぬ嫌疑をかけられた細川忠興のほうも、急遽、田辺(舞鶴)から大坂へ馳せつけるや、

「滅相もないこと」

と、懸命に弁明につとめた。

「ほほう——しかと、さようなことは無いと申すのだな」

「ございませぬ。これは、何者かの謀略に違いありませぬ」

「しかし」

と、家康は、ここでも難題を吹っかけた。

「それには細川家としての誠意を示してもらわねば、信ずるわけにはゆかぬ」

「誠意を——」

「さよう、誠意のほどをな——前田家なぞでは、わざわざ江戸に屋敷を構え、そちらに御母堂の芳春院どのを住まわせると、こう申し出されておるからな」

細川家でも、当然、そのくらいのことはすべきだと、言わんばかりの家康の口調だ

った。

「はっ」

忠興も、こうなっては止むを得ない。

「当家といたしましては、三男の忠利を江戸へ詰めさせまするが、それにてご承服いただけましょうか」

と、申し出るよりほかなかった。

結局、こうして前田、細川両家の屈服という形で、この騒ぎも尻すぼまりに終わりを告げた。

家康の狙いも、結果においては、空振りとなってしまったのである。

ただ、両家から人質を取ったという点では、今後、諸大名に与える影響は大きく、どこまでも家康は、転んでもただは起きない男であった。

ちょうどこのころから、京の市中には、奇っ怪きわまる風説が乱れ飛びはじめた。

「家康が大坂城へ乗り込んだのは、秀頼の母の淀どのを強引に側室に迎えるためだったが、淀どのがそれをハネつけた」

とか、

「いや、すでに家康と淀どのは密通をしている仲らしい」

とか、さまざまな、みだらな噂が巷でささやかれた。

これでもか、これでもかと、次々に手を打ってゆく家康一流のやり方で、そんな噂を耳にすれば、そのうちに誰かが、

「怪しからん。家康をこのままのさばらしてはおけん」

と、立ち上がるであろうと、それを期待しての謀略であった。

これは、おそらく家康のふところ刀の謀臣、本多正信あたりが考えそうな手段で、正信の手の者たちが、わざと流した噂らしい。

「敵ながらあっぱれなもの――よく、ここまでやるな」

島左近も、市井にいるだけに、こんな噂がすぐ耳に入ってくる。ことが、ここまで徹底してくると、なかば呆れた思いだが、しかし、その家康の執念のほどは怖ろしいくらいなものである。

「やはり、捨てては置けぬ。この調子で押しまくるうちに、天下はいつの間にか家康へ転がり込んでしまうかもしれぬ」

前田家も、案外に脆《もろ》く屈服してしまった情勢を見ては、島左近も、いよいよ腰を上げざるを得なかった。

大坂市中の借家をたたむと、左近と角兵衛の主従はひそかに大坂を抜け出し、いっ

たん近江へ足を向けた。

やはり、佐和山城で蟄居中のあるじ、石田三成には、一応、報告をしておかねばならなかったからである。

その三成は、思ったよりも明るい表情で、元気であった。自分から望んだ佐和山蟄居だったからであろう。

「どうじゃ、その後の形勢は」

「それが一向にかんばしくございません。あの家康のしたたかな押しの一手にかかっては、前田も細川も、まるでカタなしのありさま。歯がゆいばかりで」

いまいましげに左近は吐き出して、これまでのいきさつを報告に及んだ。

「であろうな――わしも、利長は頼りにならぬ男と睨んでおった。しかし、母親まで人質に出すとは、思いのほかの腰抜けだ」

三成も失望の色を隠し切れなかった。

「こうなれば、残る手段はただ一つ。会津の上杉どのを動かし、東西より徳川勢を挟み討ちにする軍略よりほかにありません」

「うむ。それができれば上々だが、あの上杉が思い通りに動いてくれるかな」

三成は、景勝という人物に対して、いささか危惧を抱いていた。

「お案じには及びませぬ。上杉どのは必ず動かせてごらんに入れます」

左近が、自信をもって断言した。その脳裏には、景勝よりも、むしろ直江兼続の顔がはっきりと浮かびあがっている。

「よし。その工作はおぬしに任せよう。上杉が動くとなれば、同じ大老として、宇喜多も毛利も、きっと話に乗ってくるだろう。とくに毛利については目星もついておるのだ」

「安国寺恵瓊《えけい》の線でございますな」

「うむ」

三成はうなずいて、

「おぬしが工作を進めているうちに、わしはこの城の修築を済ませ、領内、国友村の鉄砲鍛冶《かじ》の尻を叩いて、できる限り鉄砲を作らせておこう」

俄然、三成の眸が輝いてきた。

こうして、ふたりの密議は終わった。

左近が、廊下を退ってゆくと、向こうからやって来た女性が立ち停まって、丁寧に会釈をした。小萩であった。

「ほう。そなた、このお城に参っていたのか」

「はい。お殿さまのお召しで」

妻子のいる佐和山城にまで小萩を呼び寄せたとは、随分なご執心だなと、ふとこのとき、左近は不安を感じた。それがなんの不安なのか、そのときは左近も漠然としていて正体が摑めなかった。

翌日。

赤尾角兵衛ひとりを供に従えた左近は、誰にも行先を告げずに、こっそり佐和山城から姿を消した。

一見、浪人風の旅姿である。

旅路は、すでに初冬の気配で、風も冷たい。

名将上杉謙信の養子となって、越後春日山城、五十五万石の身代を継いだ上杉景勝は、どちらかと言えば正直な、一本調子な一徹者であった。

秀吉は、小早川隆景の死後、この景勝を抜擢して五大老の一人に任じた。そしてさらに、要衝、会津に据えておいた蒲生氏郷が病死すると、そのあとに景勝を移した。

慶長三年三月のことで、これで景勝は、一躍して百二十万八千石の大大名となった。

そもそも秀吉が、氏郷のような逸材を会津に据えたのは、東北の伊達や最上に備えさせるだけではなく、むしろ、極秘命令として、

「関東の徳川を背後から監視せよ。いざというときは、討て」

という重大任務を与えていたところに意味がある。

景勝が、この極秘任務をそっくりそのまま受け継いだことは、ほぼ間違いない。

なぜなら、亡き秀吉は、主人の景勝よりも家老の直江兼続の手腕を大いに買っていた。兼続がいる限り、この大任をきっと果たすだろうと睨んだに相違ないからである。

——いま

その上杉景勝は、領国に戻って、黒川の居城（のちの会津若松城）にいる。

島左近は、上杉領へ足を踏み入れたとたん、各所に設けられた番所で呼びとめられ、いちいち調べを受けた。

「石田三成の使いの者」

ということで通行は許されたが、

「ずいぶんと厳重な構えだな」

左近も、内心、驚いていた。

黒川の城に着くと、すでに報告が届いていたのか、

「石田さまのお使いの方でござるな」

と、すぐに城内の一室へ導かれた。

「やあ――やはり思った通り、島どのでござったか」

そこへ姿を現わしたのは、思いがけず家老の直江兼続であった。

「各地の番所より、人相人柄についての報告もあり、もしやと思っていたところなので――お久しぶりだ」

「その節は――」

ふたりは、大坂以来の挨拶を交わした。

「ところで、あれ以後の出来事については、すでにご存じでございましょうな」

左近は、さっそく要件を切り出した。

「うむ。聞き及んでおる。前田ともあろう者が、徳川の一喝にふるえ上がって、人質まで出して屈服するとは情けない限りだ」

兼続が、腹立たしげに吐き捨てた。

「これで、内府はいよいよ図に乗って横車を押してくるでしょう。捨てて置けば、みすみす天下は内府の手中に転がり込んでしまうかもしれませんぞ」

「許せぬことだ」

兼続が、うめくようにつぶやく。

「そこで主人、三成も、かくなれば上杉どのと示し合わせ、東西より徳川を挟み討ちにするよりほかに手段はないと、腹を決め、それで手前を使者としてさし向けたような訳なのでございますが」

「――ふうむ」

即座に同意してくれると思った直江兼続が、ふと、腕を組んだまま、しばし思案をしているのである。

左近は、意外な思いがした。

「なにか、ご懸念のことでも……」

「うむ。無いでもない」

と、うなずいた兼続が、

「こと上杉方に関しては、手前が責任をもってまとめるから大丈夫だが、問題は、石田どのの上方勢にある」

「問題と申されますと」

「ことがことゆえ、この際、遠慮なく言わせて貰うが、さきごろの大納言どのの死去の節に起こった七将の騒ぎでも分かる通り、とかく石田どのは武将たちに敵を作り、憎まれているところがある。失礼ながら、その石田どのの呼びかけで、どれほどの大名たちの結束が望めるだろうか、懸念というのは、その点にかかっておる」

確かに、痛い急所を衝いた意見であった。

しかし、この点については、左近もすでに考えているところなのだ。

「なるほど、いかにも主人はあの気質ゆえ、思わざるところにも敵を作っているふしがあります。それゆえ、手前も、主人が上方勢の先頭に立って采配をふるのは不適当と考えております」

「ほう。すると上方勢は、誰が先頭に立つと申されるのだ」

「もちろん、名儀上のおん大将には秀頼さまをかつぎ出し、事実上の総指揮は、毛利輝元どのに采配をふっていただくつもりでおりまするが」

「なに」

さすがに、兼続が目をみはった。

徳川を討つ、という名目を立てるために、幼い豊臣秀頼を大将にかつぎ出す策略は、兼続も見当がついていたが、よもや、毛利まで引っ張り出すとは予想もしなかったことだ。

「しかし、毛利が動くであろうか」

この中国の強豪も、とかく昔から、いざとなったら腰が重いので有名なのだ。果たして、三成の誘いに応じて、乗り出してくるか、どうか。その辺は甚だ疑問に思えた。

「ご心配なく。必ず、毛利家を動かしてごらんに入れましょう」

左近は、自信をこめて言い切った。

「ほほう。よほどの成算があると見えるな」

「あります」

大きくうなずく左近である。

「よろしい」

兼続もまた、力をこめてうなずいた。

「これで話は決まった——あとは、いつ、いかなる作戦で口火を切るかが問題だが、その打ち合わせの前に、とにかく主人景勝に会っていただこう。折角、遠路はるばる見えられた使者だからの」

「いや、手前の役目は、あくまでも隠密の使い。表立って景勝さまにお目通りなどいたしては、あとあとの障りともなりましょう」

「なんの、上杉家ではそんな斟酌《しんしゃく》は無用のこと。やると決まれば、堂々とやり通すのが家風でな」

上杉景勝にも目通りし、そのあと直江兼続と、すべての打ち合わせを済ませた島左近は、

「折角、来られたのだ。ゆっくりしてゆかれるがよい」

という兼続のすすめも断って、すぐに会津を出立した。

実は、ほかにも目当てがあったからだ。

赤尾角兵衛を供に、左近は、途中から東山道へと足を向けた。

関東平野の平坦な道を行き尽くすと、やがてけわしい山路にかかる。

碓氷《うすい》峠だ。

峠を越えれば、信濃路。目の前に浅間山がそそり立っている。

そこから信州上田城は、もう近い。

左近は、いつぞや大坂の上杉邸で偶然出会った、あの真田源二郎幸村という青年に、もう一度逢いたいと思い、わざわざ回り道をしたのである。

海野をすぎると、すすきの原のかなたに、上田城の天守が見えてきた。

いかにも小さな城であった。

しかし、馬鹿にはできない。かつて天正十三年には、徳川の軍勢およそ七千が、この城を攻めて、ついに攻め落とせず、逆に真田昌幸の絶妙な軍略に翻弄されて敗退したという事実もあるくらいなのである。

それだけに、左近としては是非、上田城も見ておきたかったし、できれば真田父子にも逢っておきたかった。

左近たちが、上田城の大手前までさしかかったとき、うしろから勢いよく馬に乗った男が近づいてきた。

ふと、道をよけて左近は馬上の男を見やった。

一見して、猟師かと思われるような身なりの若い男だったが、しかし、その面体に見覚えがある。

真田幸村であった。

「やっ――あなたは」

馬上の幸村のほうも、左近に気づくと、大きく声をあげて、あざやかな手綱さばきで馬を停めた。

「これはお珍しい。島左近さまではありませぬか」

親しげに声をかけながらも、どうしてこんなところへと、驚きの色がさすがにおもてへあふれている。

「じつは……」

左近は隠し立てなく言った。

「会津へ使いに参ったその帰り道でな――ふと幸村どのにお目にかかりたくなって、寄り道をしたのだ」

「会津へ」

そう聞いただけで、幸村にもその使いの意味が分かったのだろう、真剣なまなざしで深くうなずくや、

「よくぞお立ち寄りくださいました。とにかく、まず城内へ」

と、馬を降りて、みずから案内に立つ。

「手前も、折りあらば島さまには是非もう一度、お目にかかりたいものと思っておりましたので」

信州上田の城主、真田安房守昌幸は、このときすでに六十に近い年齢だったが、まだまだ元気で、その意気たるや、まさに天下を呑むの気概にあふれている。

若いころは、名将武田信玄の側近として仕え、その軍略、兵法のすべてを目のあたりに学んだという昌幸だけに、こんな信州の片隅に置いておくのは勿体ないような戦上手で、しかも、なかなか謀略にもたけている。

確かに、ひと目、会っただけでも、いかにもそれらしい老獪《ろうかい》な感じの漂う人物であった。

「倅、幸村からも、石田どのや島どののお噂は、よく耳にしておりましてな。まだまだ豊臣の家中にも、わしの仲間がおるのかと、意を強うしていたので」

「仲間と申されますと」

左近が尋ね返した。

「さよう、なんと言ったらよいか――一言で申さば、家康嫌いの仲間、とでも言うべきか」

昌幸は、そうつぶやいて、にやりとほほえんだ。

「人間には、虫が好く好かぬということがあって、これは損得や、理屈を越えたもの。ましてや、旧主武田家を滅亡させた敵となると、どうにも好きにはなれぬ相手でな」

「なるほど、そのお気持はよく分かります」

左近は、うなずいて、

「手前や、主人三成の場合には、それとはいささか意味合いが異なりますが、好きになれぬという点では、確かに同感。しかも、相手がますます強大な力をつけ、いよいよ横暴になってくればくるほど、闘志も湧いてくるというもの。考えてみると、これは持ってうまれた損な性分かもしれませんな」

「お互いにな」

昌幸と左近は、顔見合わせて、大きく笑い出した。

そんな両人を、かたわらで若い幸村が微笑をたたえて見守っている。

「ところで、倅幸村から聞いた話では、島どのは、会津へ行かれた帰り道とのことだが」

「いかにも」

「では、上杉もいよいよ動くと申されるのか。わしには、あの景勝という御仁、いま一つ分からぬところがあるのだが」

左近は、内心、目をみはった。この昌幸もやはり同じ見方をしていたのか。信州の片隅に居りながら、見るべきところは、ちゃんと見抜いているこの老人に驚きを禁じ得なかった。

「しかし、上杉家は必ずや動きます」

「ほう、確約を得たと言われるのか」

「そこまでの話ではございませんが、上杉家にも、われわれと同じ損な性分の仲間がおりますからな」

「うむ。直江山城か――そうだ。あの男がおったな」

昌幸が小膝を叩いて、

「これは、だいぶ面白うなってきた。わしもこの歳、もはや左様な機会にめぐり逢うこともあるまいと諦めていたが、これは早計であった。いま一度、若返って勝負を賭けてみるか」

その面には、いきいきと生気がよみがえっていた。

それから十日ばかり後に、島左近は、佐和山へ戻ってきた。

出かけるときも、夜中、人目に触れぬようこっそり抜け出した左近だが、戻ったときも、城下の屋敷へ着いたのは夜ふけのことで、家中の誰ひとり知る者もなかった。

石田三成は、左近の帰りをよほど待ち兼ねていたらしく、あくる日、左近が城へ顔を出すと、

「おお、戻ったか」

すぐさま、ふたりだけで城の天守へ昇っていった。

佐和山城の内部は、壁などもすべて板張りで、質素な造りであった。これは実用一点張りで、無駄な装飾など要らぬものだと主張する三成の合理主義が、そのまま城造りにもあらわれていたのだ。

「どうであった、上杉の返辞は」

三成は、何よりも気になるおもちで、せわしく尋ねかけた。

「ご安心願います。上杉家に直江兼続どのが控えている限り、間違いはございませぬ」

「そうか」

三成も、ほっと安堵した様子だった。

「じつは、帰り道に信州へ回りまして、上田城の真田父子を訪れて参りました」

「ほう、真田父子を」

「これは、手前にとりましても、思わざる収穫で、よもや信州でこれほど頼もしい味方を得るとは存じませんでした」

左近は、上田城における真田昌幸との会談のあらましを報告に及んだ。

「なるほど、さような味方がいてくれたとは嬉しいことだ。これで会津の上杉、常陸の佐竹、信濃の真田と、三者が呼吸を合わせて立ち上がってくれれば、家康とてうかつには目を離せぬ情勢となる。あとは、こちらがいかに西国の勢力を結集させるかが、問題だな」

「殿——その点を直江兼続どのも、気にかけられて念を押しておいででございました」

「うむ。その点はしかと手を打つ」

「とくに毛利輝元どのを、総大将としてかつぎ出す件は、諸大名に与える影響も大きいこと。これだけは誤算があっては、取り返しのつかぬことと相成りますが」

「それは大丈夫だ」

確信をもってうなずいた三成が、

「輝元どのには、すでに安国寺恵瓊《えけい》が根回しをしている筈。いざとなれば、毛利が必ず立ち上がることは間違いない」

きっぱりと言い切る。

いまは、四国の伊予で六万石の大名に出世をしている恵瓊だが、もとをただせば毛利家の陣僧を務めて、高松城の講和には一役買った男。毛利とは縁が深い。

かねてより三成とは機脈を通じて、ひそかに動いているのだから、この点だけは三成も安心していたのである。

「よし——いよいよ、やるか」

目を輝かせ、力強く言い放った三成が、席を立つと、天守の廻廊に出た。

目の下に琵琶湖の美しい湖面が見渡せたが、三成はそれにも目もくれず、京、大坂方面の空を睨んで、じいっと佇んでいた。

会津征討

明けて、慶長五年（一六〇〇）の正月を迎えた。

去年の九月、重陽の節句にかこつけて大坂城に入った家康は、それ以来、西の丸にどっかりと腰を据えて、睨みを利かせている。

さながら大坂城には、本丸の秀頼と西の丸の家康と、ふたりの主人がいるような格好となっていた。

この正月、毛利、宇喜多の両大老は、年賀のために大坂まで出向いてきたが、ひとり、上杉景勝だけは、会津から上って来なかった。ただ、老臣の藤田信吉を代理としてさし向けてきただけである。

確かに会津は遠い。いちいち大坂まで出てくるのは大変だろう。その点は、家康にも理解はできたが、だからと言って済まされぬ事情があった。

景勝が、去年の八月、会津黒川の居城へ戻って以来というもの、ひそかに戦備をととのえ、居城をはじめ周辺の城砦の修築にかかり、各方面に通ずる道路、橋梁の整備に力をそそいでいるという情報を、すでに家康は手に入れていたからである。

しかも、それだけではない。上杉家では近ごろ、山上道及《やまがみどうきゅう》、上泉泰綱、前田利太《としおき》、岡野左内、車丹波などという、天下にその名を知られた豪の者の浪人達をぞくぞくと召し抱えているという。

（このまま、見すごしにはしておけぬ）

そう見て取った家康は、

「景勝どのとも、大事な相談があるゆえ、ぜひ、大坂へ上られるよう伝えるがよい」

と、藤田信吉に、主人を上洛させるように強くうながした。

このとき、家康はことさらに手厚く藤田信吉を遇して、青江直次の短刀や、白銀百枚、時服などを惜しげもなく与え、たくみに信吉の心を手なずけていたのである。

しかも、このあと、謀臣本多佐渡守が、藤田を別室へ招いて、密談数時間に及んでいる。

ここで、筋書のあらましは決まったと見るべきであろう。

その会談後、藤田信吉は、直ちに会津へ帰途についた。

「──はてな」

この老臣藤田の行動に疑念を抱いたのが、当時、上杉家の留守居役として伏見の屋敷を預かっていた千坂《ちざか》景親だ。

千坂にすれば、にわかに帰国となれば、当然藤田から自分にも事情を打ち明けての相談があるべきなのに、

「まるで、おれの目を逃れるように、帰国の途についたというのは、これはいささか怪しい。さては何かあったな」

そう感づいて、いろいろ調べてみると、藤田と徳川のあいだで、何やら密議があったということが判明した。

捨ててはおけない。

直ちに密使を国元の直江山城守のもとへ走らせ、

「どうやら徳川内府の次の目標が上杉家に向けられているらしい。なお、藤田信吉にも油断なきよう」

と、警報を発したのである。

よもや、千坂景親から、そんな密使が走っているとは、夢にも知らない藤田能登守信吉は、会津に帰国すると、早速、主人景勝の前へ出て、上方の情勢を報告した。

「上方には、当家のことについて、いろいろな情報やら、噂が流れており、徳川内府もそれを耳にされて、だいぶ神経をとがらせておられる様子でございます。このままにしておきましては、上杉家にとっても一大事という事態に立ち到るおそれがございましょう」

「それで、わしにどうしろと申すのだ」

「されば、ここは一度、大坂へ出仕をなされまして、他意のないところをお示しになれば、おのずと噂なども立ち消え、上杉の立場は安泰となると存じますが」

「わしに大坂へ行けというのか」

景勝は、気のすすまぬ顔で生返事をした。

そして、そのとき、景勝はついに確答を与えなかった。

だが、藤田信吉のほうは一向に屈しない。それからも機会があるたびに、しきりと大坂出仕を説いて、景勝の決断を迫った。

この様子を見て、

「さては藤田能登守め、よほどうまく家康に吹き込まれてきたな」

と、睨んだのは、直江山城守兼続だ。

伏見の千坂からの通報で、藤田信吉に疑いを抱いているだけに、こうまで執拗に主君へ大坂出仕を説くのを見ると、

「ウラに何かあるな」

そう思わざるを得ない。

うかつに主人景勝が、大坂へ出向いたりすれば、命のほども危ないかもしれぬ。

「よし、藤田をひっ捕え、ドロを吐かせてやろう」

兼続は、そう思った。

折から、三月十三日は、亡き上杉謙信の二十三回忌にあたり、上杉家中の諸将が黒川城に参集することになっている。

この機会に、藤田信吉を諸将の面前で詰問し、家康の魂胆を暴露すれば、効果はさらに大きいと考えた兼続が、その前日、

「おぬし等、藤田能登の屋敷へ踏み込み、奴めを取りおさえて参れ」

と、家臣の面々へ命令を下した。

「はっ」

と、承った手の者が、藤田信吉の屋敷へ赴くと、いち早く危険を察知したのだろ

う、屋敷には何も知らぬ家来たちが居るだけで、重立った面々や、信吉の妻子たちの姿も見当たらない。

この日の早朝、信吉と一緒に会津から出奔をしていたのである。

「な、なに——」

報告を受けた直江兼続が、

「しまった」

と、思わず唇を噛んだ。

千坂から通報があったのだ。なぜ、藤田が帰国したとたんに、捕えて詰問しておかなかったのかと、後悔したのだが、いまとなっては後の祭りである。

筋書は読めている。藤田の訴えで、家康は動き出すだろう。

だが、それではこちらにとって、時期が少し早すぎるのだ。

「時期が、まずい」

直江兼続が、思わずそうつぶやいたのには理由がある。

第一の理由は、完全に戦備をととのえるためには、いま少し時間が欲しかったことだ。

そして第二の理由は、季節がちょうどこれから夏に向かうということ。兼続にすれば、開戦を秋に考えていた。そして雪多い冬に向かえば、徳川方の動きは鈍くなり、すべてがこちらの思い通りに運ぶからだ。

「しかし――こうなっては、もはやいたし方がない。受けて立つばかりだ」

兼続も、そう腹を据えたのである。

果たして、事態は兼続の予想通りとなった。

会津を出奔した藤田信吉は、その足で江戸へ走った。

当時、江戸城には、徳川秀忠がいた。その江戸城へ、

「一大事について、申し上げたいことがございます」

と、信吉が駆け込み訴えをしたのだ。

相手が、上杉家の老臣というので、直ちに秀忠自身が目通りを許した。

ここで信吉は、上杉家の戦備の状況をつぶさに報告に及んだ。

「それは、まさに捨ててはおけぬ一大事じゃ。早速、大坂の父上に知らせるであろう」

秀忠は、早速、家康のもとへ急使を走らせた。

この藤田信吉の行動は、大坂で家康（或いは本多正信）から言い含められていた予

定の行動であった、という説もある。

とにかく、徳川方にすれば、なんらかの口実、なんらかのきっかけが欲しかったのは、間違いのない事実だ。

信吉の訴えは、まさにうってつけの好機というべきだった。

秀忠からの急報を受けた家康は、

「まず、してやったり」

と、ほほえむ思いであったに違いない。

しかし、だからと言って、直ぐに飛びつくような底の浅い家康ではない。

天下の内府、天下の大老としての家康は、事を運ぶのに、あくまでも正当性が必要なのだ。

手順も踏まなければならない。

まず、その手はじめとして上杉に対し、

――詰問状
を発した。四月一日のことである。

「佐渡――これに対する上杉の出方を、おぬしはどう思うかな」

家康は、ふと内心、不安を覚えながら、本多正信に問いかけた。

「ご心配には及びませぬ。よもや前田のように、あっさりと頭を下げてくることはございますまい」

「しかと、そう思うか」

「上杉には、直江山城守が控えておりますからな。まかり間違っても、さような真似はいたしませぬ。それに、去年、その直江のところへ、石田三成のふところ刀、島左近がひそかに訪れたという報らせも入っております。おそらく、何かの密約も交わされているに相違ございません」

本多正信は、どこから手に入れるのか知らないが、いつもながら情報にくわしい。しかも、それがほとんど間違ってはいないのである。

家康ですら、時として、この調法な謀臣をふと怖ろしく感じることもあるくらいだ。

四月十四日付で、詰問状に対する返答が、直江兼続から送られてきた。

その文章は激烈な調子で、一つ一つ、詰問をはね返し、まさに売られた喧嘩は、堂々と買おうという態度である。

まさに、本多正信の睨んだ通りなのだ。

「よし」

家康は、満足げにうなずいた。

こうなることを待ち望んでいたのだ。いったん、そうと決まれば、事は大きければ大きいほど、効果があがる。

家康は、とりあえず同じ大老の地位にある、毛利輝元と宇喜多秀家に、これまでのいきさつを報告し、

「かくなったからには、上杉景勝に天下を乱す逆心ありと、断ざるを得ない——よって天下の仕置きを預かる内大臣の名において、諸大名へ会津征伐を命ずることにした」

と、申し送った。

落度なく手続きを踏んでおけば、あとから文句をつけられる心配はない。

その上で、明らかに意識的な「やり過ぎ」を演じ、不平や文句の出るころには、揺ぎのない「既成事実」を作りあげておく、というのが、家康一流の手段であった。

こうして、家康は、諸大名へ、

「会津征討の出陣用意」

を命じた。

しかもこのとき、家康は、特に福島正則、細川忠興、加藤嘉明らに使者をさし向

け、

「今回の会津征伐には、殊に格別なるお働きを願うべく、先陣を承っていただきたい」

という申し入れをした。

うわべは申し入れだが、これは命令と同じである。

ところが、福島や細川たちは、家康から特に使者を向けられ、先陣を要請されたことで、ひどく感激しているのだから他愛がない。

用意周到な家康は、同時に伊達政宗や最上義光にも使いをさし向け、

「直ちに帰国をして、上杉の動きを背後から牽制いたすべく、出陣の用意をされたい」

と、申しつける。

仙台の伊達と、会津の上杉は、領分の境界争いなどのごたごたもあって、ふだんからとかく仲が悪い。

それだけに政宗などは、この命令を受けるや、

「待っていました」

とばかりに、張り切って奥州へ馳せ下っていった。

さらに家康は、北陸の前田利長、上杉の旧領越後に封ぜられている堀秀治にも、出陣の用意を命じて、越後方面からも会津を攻撃させる手配をした。

「これで上杉も、袋の鼠じゃ。いくらでも暴れるがよい」

こうして、周到なる準備をととのえた家康が、いよいよ、

「出陣命令」

を発したのは、慶長五年六月二日のことであった。

しかも、家康の関心は、絶えず近畿から以西の諸大名の反応ぶりや、その動きに、そそがれていた。

「必ずや、この機をとらえて、動き出す者がおるに違いない」

そう睨んでいたし、むしろ期待すらしていたのである。

その第一の候補者は、佐和山に蟄居中の石田三成だと睨んでいるのだが、相手もさすがに尻尾は出さず、いまのところなんの動きも見せようとはしなかった。

六月十六日、大坂城を出立した家康は、翌十七日は伏見城に滞在した。

この日、城内の千畳敷と呼ばれる奥座敷に立ち現われた家康は、機嫌よく四方を眺め回して、ひとりにこにこと、快心の笑みを漏らしたという。

ついに、待望の「天下取り」の機会が訪れたのだ。

名実ともに、天下のあるじになって、ふたたびここに佇む日のことを思い浮かべていたのかもしれない。

さて、ここで評議の末、

「奉行の増田長盛と長束正家の両人を大坂に残して、秀頼公の守護に当たらせる」

ことに決まった。

もっとも、石田三成と浅野長政が追放されているいま、五奉行はあと一人、坊主上がりの前田玄以がいるだけのありさま。勢力はすっかり弱体化して、この連中を留守番役にしたところで、何ひとつ企《たく》める筈がないと、家康は睨んでいた。

いや、それ以上に、この増田と長束を大坂に残しておけば、佐和山で機会を狙っている石田は、さぞかし動きやすいに違いなかろうと、そこまで先を読んでいた家康なのだ。

「そこで」

家康は、家臣たちを眺め回して、

「この伏見城の留守居として、鳥居元忠を主将として、内藤家長、元長父子、松平家忠、松平近正。おぬし等に残ってもらう」

と、指名をした。

「ははっ、しかと承りましてございます」

彦右衛門元忠が、両手を仕えて、きっぱりと言いきる。

「よいか――これからの上杉の出方いかんにもよるが、この上方方面においても、いついかなる事態が起ころうも計りしれぬ。そのときは、この伏見の城に立て籠り、関東よりの援軍が馳せ上るまで、頑張ってほしい。決して死に急ぎなぞする必要はない。要は、この拠点を守り通してほしいのじゃ」

「はっ」

「この城は、城作りの名人の太閤が、精魂こめて築き上げたところ。守りをしっかり固めれば、滅多に落ちる城ではない。もし、鉄砲の弾にこと欠いたならば、本丸天守に入れ置いた金銀を取り出し、弾に鋳込んで射つがよいぞ」

家康は、さながら当然のこととして、この京大坂の地に、異変が生じるのを予測していた。

むしろ、異変の生じることを願っていたと言えるだろう。

ただ、いかに家康でも、それが果たして、どんな形で起こり、どの程度の異変になるか、という点までは予測がつかなかった。

それだけに、家中でも特に信頼のおける鳥居元忠を留守居の主将にえらんだのだ。老巧な元忠ならば、どんな事態が生じようと、まず立派に任務を貫き通してくれると見て取ったからである。

——その夜。

家康は城内の一室に、鳥居元忠を呼び寄せた。

ふたりは、その昔、駿府の今川家へ「人質」として赴いた少年時代の思い出ばなしを、いつしかはじめていた。

三河の弱小領主の嫡男としては、否も応もなく、駿府へ人質として行かなければならなかったのである。当時、竹千代と呼ばれていた家康はまだ僅か八歳。お小姓としてお供をしていた元忠は十三歳。

「いつのことであったか。わしが怒って、そなたを縁側から突き落としたことがあったな」

「覚えております。あのころから、殿はなかなかお気性が激しく、末たのもしい方だと存じておりました」

「いや、そう言ってくれれば助かる。いま思うと、子供ごころにも、窮屈な人質ぐらしで苛立っていたのだろうな」

「駿府では、いろいろと辛いことばかりでございましたからな」

そんなことも、いまになってみれば懐かしい思い出で、ふたりの話はいつ果てるともなくつづいた。

しみじみとした、この主従の会話も、互いに口にこそしなかったが、こうしてひそかに今生の別れを告げていたのである。

伏見に残る元忠にしても、関東へ下る家康にしても、その前途はまったく予断を許さない情勢なのだ。

まさに、これから「天下を賭けた」熾烈《しれつ》な戦いが繰りひろげられるだろう。

果たして、家康の思い通りに天下を手中にして、この伏見城へ再び戻ってくることができるか。

それとも、思わざる事態から誤算が生じて、二度とこの地へは戻れぬ身となるか。

それは、神ならぬ身の家康だけに、まったく予測はつかないところだ。

（すでに采《さい》は投げられた。ことここに到ったら、全力を尽くすまでだ）

太閤秀吉ですら、天下を手に入れるためには、本能寺の変から山崎の合戦という、一世一代の危険な綱渡りを演じている。

（天下というものが、そう楽々と手に入るわけもない。こんどの戦いが、わしにとっ

ても一世一代の綱渡りとなるだろう。もし、一歩でも踏み違えれば、それまでのこと）

その覚悟はすでにできている。

だからこそ、今夜の家康は、いつまでも元忠と語りあかしたい心境だったのだ。

あくる六月十八日。家康の一行は、伏見城を出立した。

従う面々は、井伊直政、本多忠勝、榊原康政、本多正信など、帷幄《いあく》の側近をはじめとする手兵、およそ三千人。

午《うま》の刻近くには大津へ着くと、大津宰相京極高次の出迎えがあり、家康は大津城で丁重な饗応をうけた。

「このわしが留守のあいだは、高次どのが頼りじゃ、上方のことくれぐれも頼みますぞ」

そこに意味をこめて、念を押す家康へ、

「はっ、手前、力の及ぶ限り、御内府さまのご期待に添いたいと存じまする」

真っ正直な高次は、頼りにされているという一言で、すっかり感激したおももちだった。

家康の一行は、その日、夕方もまだ早い時刻に近江の石部に着き、そこで一泊することになった。

なにしろ三千からの人数を引きつれているのだ。野営させるにも手間がかかる。

するとそこへ、水口《みなくち》の城主で五奉行の一人の長束正家が挨拶に訪れてきて、

「御内府さまには、遠路はるばる会津への御出陣、ご苦労に存じます。つきましては、折角のお通りゆえ、明朝は是非、水口の城へお立ち寄り願わしう存じます。門出を祝し心ばかりのお膳をさし上げたいと、用意いたしておりますので」

と、申し出た。水口ならば、すぐ近い。

「それは忝《かたじけ》ないな」

家康も、こころよく申し出をうけた。

ところが、長束が戻って行ってから一刻ほど過ぎた夜のこと。

一人の足軽風の男が、この家康の宿所へ飛び込んできた。

「鷹が参ったと、本多佐渡守さまにお取り次ぎを願います」

取り次ぎをうけた本多正信が、

「なに——鷹が参ったと。すぐさま、庭へ通すがよい」

さっと、そのおもてに緊張が走っている。

人払いを命じて、その足軽風の男と庭先で会った正信が、やがて、あわただしい足どりで家康の寝所へと向かった。

そこで、いかなることが話し合われたのか、この夜中だというのに、にわかに側近の者たちへ、

「――出立」

の触れが出されたのである。

「途中、いかなる攻撃があろうもしれぬゆえ、いつでも戦える心構えにて、殿のご身辺を固めて参るのじゃぞ」

正信から、こう申し渡されたとき、側近の面々にさっと緊張がみなぎった。

行列の先頭に、鉄砲頭の服部半蔵をはじめ、水野太郎作、酒井与九郎、成瀬小吉、渡辺半蔵といった若手の連中が鉄砲の火縄に火をつけた臨戦態勢のまま進んでゆき、そのあとに騎馬の衆がつづく。

深夜の街道を、ひたひたと進んだ行列は、水口の城下にさしかかるや、いっそう足を早めて一気に走り抜ける。

こうして、あくる十九日の夜明けごろには、家康は早くも鈴鹿峠の難所を越えて、伊勢の関に着いていたのである。

「鷹」と名乗る男が、本多正信のところへもたらした情報は、

「佐和山の島左近に不穏な動きが見られますゆえ、水口から鈴鹿峠へかけての山路はくれぐれも御用心のほど」

「やはり、石田が何か企んでおるのか。とすれば水口の長束正家とて一味かもしれぬ」

わざわざ明朝の饗応を申し入れてきた裏には、何が隠されているか分からぬと考えた正信と家康が、相手のウラを掻いて、急遽、真夜中の強行突破という手段に出たのだった。

翌六月二十日に四日市から船に乗った家康は、三河の渥美湾にある佐久島へ寄り、二十二日には遠江《とおとうみ》の白須賀に上陸し、翌日、浜松から中泉へと着いている。

このあたりまでは、かなり道中を急いでいた家康が、以後はまことに悠々たる道中ぶりで、途中、鎌倉に廻って見物したり、金沢八景を遊覧するというありさま。

これは、ひそかに上方から異変の急報が来るのを、心待ちにしていたからではなかろうか。

が――その家康の期待も空しく、なんの通報もないまま、七月二日に江戸城へ到着

していた。

この家康を追うようにして、出陣命令をうけた諸大名が、ぞくぞくと東海道を下ってきたのである。

その顔ぶれは、
浅野幸長、福島正則、黒田長政、池田輝政、細川忠興、加藤嘉明、田中吉政、筒井定次、藤堂高虎、山内一豊、金森長近、
などのほか、信州からは真田昌幸、幸村父子も命令をうけて、集まってきた。

その兵力、およそ五万五千八百人といわれた。

とにかく、これだけの軍勢が、にわかに江戸の城下へ集結したのだから、その混乱ぶりも思いやられる。

当時の江戸の町といえば、まだ僅かに一筋の城下町（のちの新橋から日本橋、神田あたり）があるばかり。江戸入りした諸大名の軍勢は、それぞれ思い思いの場所に野営をするよりほかはなかったのである。

家康は、江戸へ到着したその諸大名たちを、七月七日、江戸城の二の丸へ呼び集めて、ねんごろな饗応をした。

そして、会津への進発は、

「来る七月二十一日が吉日なので、その日に出陣いたすことになった」

と、申し渡した。

まだ半月近くも先である。随分とのんびりした構えである。

大急ぎで東海道を馳せ下ってきた諸大名たちにすれば、いささか拍子抜けのするような話だった。

しかし、家康のほうは、目は会津へ向けられてはいるものの、心は上方に残っている。

「明日にも、使者が飛んでくるのではなかろうか」

と、その期待は、いまだに捨てきれずにいたのである。

ここで、話は、ちょっと前に戻る。

近江の佐和山城に蟄居していた石田三成は、六月二日に、いよいよ家康が諸大名へ、会津への出陣の触れを出したと耳にしたとき、

「してやったり」

と、内心、小躍りをする思いだった。

しかし、ここで尻尾を見せてしまうのは、まだ早すぎる。

うわべはあくまでも神妙に構え、恭順をよそおっていなければならない。

そこで、家臣の隅東権六に言い含めて、さっそく伏見城へ使いにさし向けた。

権六は、家康へ目通りを願い出すと、

「主人はただいま蟄居謹慎中の身でございますので、今回の会津出陣にはお供も叶いませぬが、主人三成が申しまするには、それでは以前は五奉行の職にあった者として、まことに申し訳ない次第。そこで自分の身代りとして、嫡男の重家を、大谷吉継さまにお預けいたし、会津出陣のお供をさせたいと存じますが、この段、いかがなものか――御内府さまの御意向を伺って参れとの申しつけで、手前、使いとして参上いたしました」

神妙な口ぶりで、怖る怖る伺いを立てた。

「ほほう――嫡男の重家どのを会津へ」

これは、或る意味では、三成が人質として息子をさし出すことになる。

家康としては、なんとも解し難い話だったし、痛しかゆしの話であった。

(はて――それでは三成に旗上げの野心はないということなのか)

これでは困るのである。

ちょっと肩すかしを喰わされた感じだが、さりとて、この申し出を突っぱねる理由が見当たらない。

（果たして、ほんとうに倅を出陣させるつもりなのか、どうか――或いは、わしの目をくらますための策略なのかもしれぬ）

そこまで勘ぐった家康は、腹を決めた。

「治部少も、あれ以来、苦労をしたとみえて、なかなか殊勝なことを申すではないか。よろしい。身代りの出陣をゆるすと申し伝えるがよい」

「ははっ、有難き仕合せでございます」

隅東権六も、ことさらに大袈裟なそぶりで応える。

「では、子息の件、わしのほうから大谷吉継へ申しつけておくゆえ、安心いたすがよい」

もう言い逃れはできんぞ、と言わんばかりに家康は追い討ちをかけた。

「重ね重ね、ご配慮を賜わり恐縮至極に存じます」

権六は、あくまでも神妙だ。

主人の三成が、これを実行する気のないことは、言うまでもないが、ここでそれを悟られては権六の使いは、なんの意味もなくなってしまう。

「さっそくお許しをいただきまして、主人もさぞかし喜ぶことでございましょう」

ボロの出ぬうちに、早々に権六は退出した。

見送った家康が、

「ハテ――」

と小首をかしげる。家康も信じていたわけではない。まさに狐と狸の化かし合いであった。


その家康が、六月十八日、伏見を発って関東へ下向するとの報らせが佐和山城へもたらされたとき、

「殿――これは絶好の機会ですぞ」

島左近は、さっそく三成のもとへ駆けつけて、進言した。

「水口の城には、われらと一味の長束どのもおられること。かの地で待ち伏せをして、前後より家康の一行へ夜襲をかければ、まず間違いなく家康を討ち果たせましょう」

「しかし」

と、三成はためらいの色を見せて、

「いま、こちらの正体を見せてしまって、もし、家康を仕損じたときには、おそらく

会津征伐を取りやめて、家康はこちらに攻めて来るであろう。それでは折角の上杉との作戦が無意味になってしまうではないか。ここはやはり、素知らぬふりで会津へ向かわせるべきであろう」

と、左近の策には応じなかった。

（手ぬるい。さようなことを言っている場合ではない）

と、癇癪を起こした左近は、三成には無断で、精鋭の手兵を率いると、水口へ急行したが、どこから情報が漏れたのか、家康の一行は、寸前に石部を発ち、真夜中、水口を素通りしたあとであった。

まさに、長蛇を逸してしまったのである。

こうした迎えた七月二日。

というと、それはちょうど家康が江戸へ到着した日のことだが、会津征伐へ出陣を命ぜられて、敦賀を出立してきた大谷吉継の率いる軍勢が、美濃の垂井《たるい》までさしかかった。

このとき、吉継はすでに癩《らい》病をわずらい、歩行もままならず、目もほとんど失明に近い状態で、輿《こし》に乗っての出陣であった。

かねての約束で、三成の一子、重家を会津へ従軍させることになっていたので、吉継はここから迎えの者を佐和山へ走らせた。

ところが――。

待っていた重家はやって来ないで、代りに三成の家臣の樫原彦右衛門が現われると、

「大谷さま――まことにご足労ながら、佐和山までお越しくださいますようにと、主人三成が申しておりますが、いかがでございましょうや」

と、丁重に伺い出た。

「ほう――わしに佐和山へ来てくれと」

「遠路、まことに恐縮ではございますが、是非、お目にかかって、ご相談申しあげたいことがあると、主人は申しておりますので」

「ふうむ」

吉継の、いまの身体では、確かにご足労なことだった。

しかし、三成とは長年の親友の仲でもあるし、現在の不遇な三成の立場には深く同情もしていた吉継だったから、

「よし、参ろう」

と、承諾をして、配下の軍勢はそのまま垂井に残すと、二、三の従者をつれて、輿

を佐和山へ向けさせた。

これが、大きな運命の転機になろうとは、吉継もまだ知らぬことであった。

佐和山の謀議

石田三成は、首を長くして、吉継の到着を待ちうけていた。

この佐和山へ蟄居してからも、すでに一年数ヶ月が経っている。親友の吉継と会うのも、ほんとうに久しぶりなのだ。

が、三成が吉継を待ちわびていたのは、そのなつかしさからだけではなかった。目当ては、ほかにある。

「やあ、遠路、お呼び立てをして申し訳ない」

迎えに出た三成は、しばらく会わぬうちに、すっかり病状の進んだ吉継の様子を見て、内心おどろいた。

(いかに命令を受けたからとは言え、この身体で会津まで出陣をするつもりだったのか)

そんな吉継を見ると、三成は自分のもくろみが大きく外れたような悪い予感がした。

城中の一室に招じ入れた三成は、吉継とふたりだけになったとき、はじめておのれの本心を打ち明けた。

「家康の近ごろの振舞いは、太閤殿下の御遺言に背くばかりか、秀頼公をもないがしろにしたもの。これをそのまま見すごしにしておいては、天下の示しがつかぬ。われわれ秀吉公の恩顧を受けた者として、もはや黙って見てはおられぬ。いま、家康が関東へ下ったこの機会を狙い、会津の上杉と東西より挟み討ちにして徳川を倒すべきである」

三成は力をこめて説いた。

だが、吉継は首を横にふった。

「なるほど、内府に勝手な振舞いも目につくが、まだ秀頼公に対しては、別に叛いたというわけではない。それゆえ、いま貴公が兵を挙げたとて、果たしてどれほどの者が味方に集まろうか。とくに貴公と仲の悪い浅野、福島などの面々は敵に回ろう。彼らこそ豊臣恩顧の者たちなのだ。彼らを味方に引き入れるためにも、いましばらく時節を待つべきではあるまいか」

そう、自重をうながすのである。

「いや、いまを外しては、もはや手遅れとなるばかりだ」

三成も、あとへは退かない。

「しかし、いまこの情勢で貴公が内府に戦《いくさ》を仕掛けるのは無謀に近いこと。まず勝算はござらぬぞ」

「困難な戦になることは、もとより承知の上。だが、いま立ち上がらねば、この三成の男も立たなくなる」

「では、もしや――」

と、吉継が息を呑んで、問いかけた。

「上杉家の直江と、すでに約束でも」

「……」

三成は、黙ってうなずいてみせた。

大谷吉継も深刻なおももちで、しばし黙り込んでしまった。

「ふうむ」

それから数日間。

吉継は、そのまま佐和山に逗留《とうりゅう》した。そして、三成と幾度か、議論をたたかわせた。

「用意も満足にととのわぬいま、みすみす勝つ見込みのない戦を挑もうといわれるのか」

そこまで極言して、三成の無謀を諫めたが、しかし、三成の決意は崩れない。

どこまで行っても、両者の議論は平行線を辿るばかりだった。

「もはや、詮方《せんかた》なし」

吉継も、ついに匙《さじ》を投げ、ふたりの意見は物別れとなってしまった。

七月七日。

吉継は、説得を諦めて、佐和山を去ることになった。

すっかり落胆したのか、三成は見送りにも現われなかったが、吉継が輿に乗ろうとしたとき、家老の島左近が近づいてきた。

「大谷さま――お見送りもせぬ主人のご無礼、なにとぞおゆるしのほどを願わしう存じまする」

「心配には及ばん――彼の気持はよく分かっておるのだ」

吉継は、そう言いながら、不自由な身体を輿へ移した。

「大谷さま」

左近が、このとき、小声で耳元へささやいた。

「信州上田の真田さま父子も、われわれに加担して下さると、お約束をいただきました」

「なに、真田が――」

幸村は、娘聟だけに吉継も聞き捨てにはできぬ話だ。

「それは、いつの話だ」

「昨年の末、手前が会津に参りました帰り道に、上田城へ立ち寄りました節、安房守さまにもお目にかかって、しかとお約束をいただいた話でございます」

吉継の両肩がぴくっと動いた。が、吉継はそれ以上なにも言わずに、

「――行け」

という、そぶりを示して輿をあげさせた。

佐和山城の大手門を出てゆくその輿を、左近はじいっと、いつまでも見送っていた。

(きっと考え直してくれるだろう。戻って来てくれるだろう。主人のためにも、是非、必要な吉継どのなのだ)

左近は、祈るような思いであった。

その大谷吉継は、いったん垂井の宿まで行ったが、なぜか、待ち受けていた軍勢に

出立の命令を下さず、そのまま垂井の宿にとどまっていた。

これまでの石田三成との長いあいだの友情を思うと、このまま友を見捨てて、関東へ下ることには忍び難いものがあった。

「それに――」

と、吉継は思った。

業の深い病魔に犯され、次第に五体をむしばまれてゆくわが身の行く末を考えたとき、

「どうせ、同じ死ぬ身なら、徳川の尻尾について、残り少ない余生を保つより、友のために、ここで、命を投げ出すべきではあるまいか」

その思いも強まってくるのである。

「島左近の話によれば、聟の幸村までが、無謀にも石田へ加担をするという。わしのまわりには、どうしてこうも家康嫌いばかりが揃っていることやら」

吉継は、さんざん思い悩んだ末に、

「いたし方ない。やはり、あの男を見捨ててはおけぬ。一緒に死んでやろう」

と、決意を固めた。

すでに、勝敗を超越した、その決意だった。

大谷吉継が、輿に乗って、ふたたび佐和山城へ引き返してきたのは、七月十一日のことであった。

この友情に、三成は感激した。

さっそく大坂にいる安国寺恵瓊《えけい》のもとに急使が走り、すぐさま恵瓊が佐和山へと駆けつけてきた。

ここで、世にいわれる

——佐和山の謀議

が、ひらかれたのである。

この密議の席には、三者のほかに島左近も加わって、西軍旗上げの綿密な打ち合わせが行われた。

やはり、戦《いくさ》の宣言をするからには、まず天下に「大義名分のあるところ」を示さなければ、諸大名を味方に誘うこともできない。

そこで、豊臣家の奉行の名において、家康のこれまでの横暴きわまる行状の数々を列記した、

——十三ヶ条の弾劾状《だんがいじょう》

を、家康のもとへ送りつけると同時に、天下に公表することにした。

そして、備前中納言宇喜多秀家への勧誘と説得には、石田三成自身があたり、安芸中納言毛利輝元には、安国寺恵瓊があたることに話がついた。

「ただし──」

と、恵瓊が、一つ条件をつけた。

「輝元どのを引っ張り出すからには、西軍の総大将として、すべての采配を任せるという約束をしていただかぬと、この勧誘はむずかしくなる。その点、しかとご承知願えようか」

「もちろん、異存はない」

三成にすれば、この際、一人でも有力な味方が欲しいところだ。大抵の条件なら呑むつもりでいた。

「ところで」

と、このとき、大谷吉継がやおら口をひらいた。

「そこまで話が決まったら、この際、わしから三成どのに申しておきたいことがある」

「ほう、手前に──して、なんのことかな」

三成が、顔を向けた。

「只今も、毛利どのを総大将として迎える話が出たが、たとえ、その話が不調に終わったときでも、とにかくこれからは三成どのがあまり表面だって動かぬことじゃ」

「――」

「先日も申した通り、三成どのは、とかくカドがあって人に憎まれやすく、敵も多い。ここで三成どのが先頭に立って旗をふっては、なかには味方につくのを二の足踏む武将も出てくるかもしれんからな――気を悪くされるな。これは友人として、老婆心から苦言を呈したまでのことなのじゃ」

「いや、忠告、よく承っておく」

三成も、相手が親友の吉継だけに、素直にその言を聞き入れたようだ。

かたわらに控えた島左近は、ほっと安堵した。

まさに吉継の忠告は、そっくりそのまま左近の考えているところと、一致していたからである。左近から言うよりも、吉継から言われたほうが、三成には効き目があったに違いない。

あとは、二、三の細かい手続きの打ち合わせをして、この密議は終わりを告げた。

それを待ちうけていた島左近が、

「ここで、ちょっと、手前からも申し上げたいことがございます」

と、口をひらいた。

「なんだ、左近」

三成が不審顔で尋ね返した。

「はあ――殿にもすでにお気づきのことと存じますが、これまで、とかくわれわれの動きや、計画が、いつの間にか家康方へ漏れ伝わっていて、まんまと裏をかかれたことが幾度かございます」

「ふむ。それは確かにあった」

「これは、われらの身辺に徳川方の間者《かんじゃ》が忍び込んでいる、何よりの証拠と申せましよう。しかし、いま、この決議がなされましたからには、もはやこれ以上、情報が漏れるようなことがあっては、取り返しのつかぬ事態となります」

「左近、なんとしても至急に、その間者を見つけ出さねばならんな」

「はっ、そのために手前、いささか細工をいたし、警備の手配もいたしておきました。――しかし、これはあくまでも用心のためのものに過ぎませぬ。どうか、大谷さまも、安国寺さまも、この点をしかとご承知下さいまして、滅多な者には今日のことをお漏らしになりませぬように、くれぐれも御用心のほどを」

「うむ、心得た」

吉継と恵瓊が、異口同音に答えて、深くうなずいてみせた。

「だが、三成どののもとに間者を放つとは、敵もさる者。おそらく家康のふところ刀、本多正信あたりのやりそうなことじゃ」

と、恵瓊が、ずばりと言って、

「あの正信という男。むかし松永久秀のところにいて、その手口を学んだというだけあって、なかなかの謀略家。このわしなぞも、危うくひっかかりそうになったことが、二、三度もあるからな」

いかにも憎々しげに吐き捨てる。

当代の策士といわれた恵瓊ですら、舌を巻くのだから、正信の謀略も相当なものなのだろう。

(なるほど、本多正信の手先の者か)

左近は、胸のなかで、ひとりうなずいていた。

これまで左近はその間者を、おそらく服部半蔵配下の伊賀者ではないかと、考えていたのである。

とすれば、相手は忍者。城中のどこに、どう姿を変えて忍び込んでいるかもしれぬと、用心の目を光らせていた。

しかし、正信の手先の者とすれば、もう一度、視角を変えて、見直してみる必要がありそうだ。

意外なところに、その間者がいるのかもしれない。

「もしや――」

ふと、このとき、左近の胸に思い浮かんだ顔がある。だが、左近はすぐに、

「まさか」

と、打ち消していた。


七月（旧暦）もなかばと言えば、はや夏も終わり。夜ともなれば、涼風のなかに秋の気配がめっきりと濃くなっている。

その夜、小萩は城中にあてがわれた自分の居間で、文机に向かってしきりに筆を走らせていた。

が、時おり、小萩は筆を置いて、じいっと考え込むことがある。

思い迷うような、そのまなざしだ。

しかし、間もなく、その迷いをふり払うようにして、小萩はまた筆をとりあげる。

いかにも女らしい、細かい字でびっしりと書きこんだ一通の書状をしたため終わると、小萩はそれを桐油紙で包んで、厳重に封をした。

われ知らず、ほっと吐息が漏れる。

そのとき、どこからともなく猫の泣き声が聞こえてきた。

（あ――もう約束の時刻になっていたのかしら）

小萩は、足音を忍ばせて、そっと居間を抜け出すや、廊下から暗い庭へ降り立った。

はや、夜もふけわたって、城内はひっそりと寝静まっている。

あたりに夜回りの警備の者もいないのを確かめてから、小萩は暗がりのなかを小走りに進んだ。

庭の奥まったあたりに、大きな石燈籠が据えられてある。そのほとりまで行くと、石燈籠のかげから人影が動いた。

小さく、猫の泣き声を立てる。これが合図だ。

小萩は、暗がりにうずくまる黒い人影に近づくや、厳封の書状を手渡して、

「これは、特に大事な報らせ――急いで、間違いなく届けるように」

と、小声で念を押すように言った。

「心得た」

うなずいた相手が、

「しかし、殿さまは、すでに江戸へ下っておられる。いくら急いでも五、六日はかかると思うから、それは承知しておいてくれ」

「え──五、六日も」

小萩が、われ知らず声を高く発していた。

「しッ、声が高い」

「もっと早く届けて──これは本当に大事な報らせなのだから」

「よし分かった。なんとかいたすから」

男はなだめるように言って、

「では」

と、闇の中へ素早く消えていった。

しばらく、その方角を見守っていた小萩が、やがてあたりを見回すと、用心深く足音を殺して、自分の居間へ立ち戻った。

しかし、どこか気が重かった。いかに、これらが自分に与えられた任務であり、務めなのだと、自分に言い聞かせても、小萩にはどこか重っ苦しい思いが残ってならない。

三成に、それだけ情が移ったからであろうか。

いや、それではない。間者として、その点は、はじめから割り切っていることなのだ。

むしろ小萩には、左近の信頼を裏切ることのほうが、痛切に辛い思いだったのである。

小萩から密書を受けとった中間《ちゆうげん》風の身なりの男は、城中の庭を真一文字に横切って走りつづけた。

風のように早く、足音もほとんど立てない独得の走り方。これは鍛練を積んだ伊賀者の走法であった。

たちまち、城のはずれの高い石垣の上へと出ていた。

身を低く這わせて、鋭く左右に目をくばる。見廻りの者もいないようだ。

「よし」

小さくうなずいた男が、そのまま垂直にそそり立つ石垣へ貼りつくと、巧みに伝わり降りてゆく。さながら猿《ましら》のような身軽さであった。

——が

その男にも、思わぬ油断があった。高い石垣の途中まで降りていったとき、片足になにやらひっかかるものが感じられた。

横に張られた一本の綱だ。

「——や」

それと気づいて、あわてて足をひっこめたが、もう間に合わなかった。

石垣のあちこちで、カラカラカラッと、鳴子が音を立てていたのだ。

「しまった」

男は舌打ち鳴らした。よもや、石垣の中途にこんな仕掛けがしてあろうとは、思ってもいなかったことだ。

しかし、だからと言って、いつまでも石垣の中途に貼りついているわけにもゆかない。

「ええ、行ってみろ」

腹を決めて、さらに石垣を這い降りてゆく。

「待てい——そこで止まれ」

石垣の下から、鋭く声が浴びせつけられたのは、このときだ。

ふと、足もとを見ると、石垣の真下に抜き身の槍を構えた警備の者たちが五、六人。いずれも油断のない身構えで待ち受けているではないか。

（これはいかん）

と石垣の上を見やると、そこにもいつの間にか、数人の人影が立ち現われて、覗き込んでいるのだ。これでは、逃げようもなかった。

「ゆっくりと、降りて参れ」

「……」

「言われた通りにせねば、田楽刺《でんがくざ》しに成敗いたすぞ」

仕方がない。観念をして、そろそろと石垣を伝わり降りてゆく。その背中や、腰のあたりに、容赦もなく槍の穂先が突きつけられてくる。

「それ、ひっ捕えて縛り上げろ」
二、三人の足軽たちが左右からおどりかかるや、麻縄で高手小手《たかてこて》に縛り上げる。
もはや、抵抗をしても無駄だと悟った男は、おとなしくされるがままになっている。

「誰か、御家老さまに曲者を捕まえましたと、知らせに参れ」

「はっ、心得ました」

足軽の一人が、石畳の道を足音高く走り去っていった。

島左近は、この夜ふけまで机に向かってまだ調べ物をしている最中だった。

そこへ、曲者を捕まえたという報らせが届いたのである。

「そうか。やはり網にかかったか」

大きくうなずくや、

「よし、この庭先へ連れて参れ。わしがじきじきに取り調べをいたす」

そう命じた。

やがて、警備の者たちにひっ立てられてきた男が、庭先に引き据えられる。

左近は、燭台を縁側に持ち出して、男の顔をしげしげと眺めた。見知らぬ顔だ。これはどうやら、城中にいる誰かと連絡をとるために忍び込んで来た者らしい。

しかも、そのひと癖ありげな、不敵な面《つら》だましいから察して、

(これは伊賀者だな)

と、見てとった。

(と、すれば間違いなく、服部半蔵配下の、徳川の手先)

予想通りだったとはいえ、この佐和山の城中にまで、その手が伸びていたのかと思

うと憤りがこみあげてくる。

「この城中に、おぬしの仲間の者が潜入しておることは、もはや明白となった。まず、その仲間のことから聞かせてもらおうか」

「仲間のことなぞと、なんの話か分からん。おれは、ただ、この城の様子をさぐりに来ただけの者だ」

「見えすいた嘘なぞ通用せんぞ——城中の誰と連絡をとったのか。観念してそれを正直に申せ」

「ふン」

男はうそぶくや横を向いたまま、もう何を訊かれても返辞すらしようとはしなかった。

「なかなかよい覚悟だ」

「……」

「しかし、こちらとしてもそれを聞き出さなければ、あとには退けぬのだ。よし、どうあっても仲間の名を吐かぬというのなら、それを申すまで、両手両足の指を一本ずつ斬り落としても吐かせてみせるぞ」

左近は、語気を荒げて脅しをかけた。

「……」

男はそれでも頑強に口を閉ざしたままだ。

「構わん。まず右手の指から斬り落とせ」

左近は、大声に配下の者へ命じた。

「はっ」

と、答えて、左右から男を取りおさえ、麻縄を解いて、両手を前へ揃えさせたとき、

「うッ」

男が、異様な呻き声を発し、ばったり前へのめった。

「やっ――」

配下の者たちが、男を引き起こしてみると、口からべっとりと血を吐いている。舌を嚙み切ったのだ。

さすがに伊賀者、その覚悟のほどは立派というよりほかはなかった。

「その男の、衣類、身体、くまなく調べてみろ。なにか出てくる筈だ」

左近は、いささか苛立ちの色さえ浮かべて、配下の面々へ鋭く命じた。

はや、深い眠りについていた三成だったが、ふと、自分を呼び起こす声に、目がさめた。

「誰じゃ、いま時分」

寝返りを打つと、不機嫌な声音《こわね》で問いかける。

「おやすみのところ恐れ入ります。左近にござります」

「なに」

島左近と知って、三成は床の上に起き直った。この夜中、なにごとを知らせに来たのかと、いぶかしげな表情だった。

「ご免蒙ります」

左近は、寝間のなかまで入ってくると、

「夜中ながら、至急、お目にかけねばならぬものを手に入れましたので持参いたしました」

「いったい、なんのことだ」

三成には、とっさに意味が呑み込めない。

「じつは今夜、手前の仕掛けておきました罠《わな》にかかって、曲者が一人、捕まりました」

「ほほう」

「これは伊賀者にて、城内の何者かと連絡をとり、城より抜け出そうとしたところを見つけたものでございます」

「伊賀者と申すと、徳川の手先だな」

「恐らくそれに違いございますまい。ただ残念なことに、曲者は舌を嚙み切り自害をいたしましたので、肝心なことは分かりませぬ」

「ふうむ」

しかし、と左近は話を継いだ。

「その曲者の衣類を調べましたところ、襟のなかに、かような書状が隠されておりましたので」

言いながら左近は、一通の書状を三成の枕元へさし出した。心なしか、沈痛なおももちの左近であった。

「燭台を近づけてくれぬか」

「はっ」

三成は、書状をとり上げ、燭台の火をたよりに、目を通しはじめる。

一瞬、三成のおもてに驚愕の色が走った。そこには、きょう城内で大谷吉継や安国寺恵瓊と協議をした、その会談の内容がほぼ八分通りは間違いなく、したためられてあるではないか。これが徳川方へ通報されたら、こちらの手の内はすべて曝露することになる。

——だが

三成の受けた驚きと、衝撃は、それだけでなかったのである。

「——殿」

と、左近が静かに言った。

「ごらんの通り、その筆蹟は女性のもの。それが誰の手で書かれたか、殿にはすでにお分かりのことでございましょう」

「……」

三成は、無言のまま凍りついたように動かなかった。

「では、手前はこれにて」

左近は一礼をするや、すべるように退ってゆく。

その背へ、

「——待て」

と、三成が声をかけた。苦しげな声であった。

呼びとめられて、左近も仕方なさそうに元の場所へ戻ると、坐り直した。

三成は、目の前にゆらぐ燭台の灯を、じいっと見つめたまま、うめくように言った。

「その方は、わしに小萩をどういたせと、申したいのだ」

「いえ、手前は別にどうとも申し上げるつもりはございませぬ。ただ、事実をお知らせいたしたまでのこと。ご処置は、殿のお考えでいかようにもなされませ」

「うむ」

小さくうなずいた三成が、ふと苦しげな表情を見せて、

「しかし、わしにはみずからの手で、小萩を手討ちにはできぬ。それはあまりにも、むごいこととは思わぬか」

「お気持のほどは、よく分かります」

「それだったら、おぬしの手で始末をつけてくれぬか。頼む」

「これは弱りましたな」

ふと、苦笑をうかべた左近が、

「殿――こう申してはなんでございますが、ことここに到ったいま、たかが間者の女ひとり、殺そうが生かそうが、大勢には響きませぬ。勝敗を左右するほどのことども

思えません。ですから、小萩の処置は、殿の思い通りになされたほうがよろしいでしょう」

そう言い残すや、こんどは三成が呼びとめるいとまも与えず、足早に、寝間から退っていった。

三成としても、その場で結論を出すのは辛《つら》いだろう。すこし、考える余裕を与えたほうがいい、と左近は思ったのだ。

その実、左近自身も、小萩の始末だけは、なるべく避けたいところだった。亡き妻、せつと、あまりにもおもざしが似ている小萩を、わが手にかけて殺すのは忍びない思いだったからである。

左近は自室に戻った。

しかし、すぐ床に入る気にもなれず、しばらく机の前に坐ったまま、考え込んでいた。

「太閤殿下の亡くなる前から、いち早く殿に目をつけ、小萩を間者として送り込んできたほどの家康だ。すでに上杉と呼応して旗上げする殿の腹の内も見抜いていたに違いない。それなのに、あえて上杉に誘い出された格好で、関東へ下っていったというのは、一体、いかなる考えがあってのことだ。これは油断ができん。家康という男、敵ながら恐ろしい相手だぞ」

左近は、身が引きしまる思いがすると同時に、闘志も湧いてくるのだった。

するとこのとき、三成側近の小姓が現われ、

「夜中、恐縮ながら、お殿さまがお召しでございます」

と告げた。

どうやら、三成も結論が出たらしい。

左近が、ふたたび三成の寝間へまかり出ると、三成は最前と同じ姿勢で、床の上に坐ったまま、顔をそむけるようにして、

「左近——人に知られぬよう、小萩を城より放逐してくれぬか」

と、ただそれだけ言った。


夜の闇のなかでも、とくに夜明け前のひとときがいっそう闇は濃い。

佐和山の城中は、深い眠りに沈んで、物音ひとつ聞こえなかった。

ましてや、城中でもこの一角は、昼間でもあまり人の近づかぬ淋しい場所。こんな時刻に人の足音がするのは珍しいことだった。

先に立ったのは島左近。

「暗いゆえ、石段に気をつけるがよい」

と、うしろの人影に注意を与える。

「はい」

神妙にうなずくのは、小萩であった。

暗い石段を降りてゆくと、その行く手に小さな門が建っている。どこか陰気な感じのただよう場所だ。

それもその筈。ここは不浄門であった。

城中で病死した者とか、罪を得て処刑された者とかの死体が運び出される、不吉な門なのである。

暗い闇のなかにも、ほのかに暁の気配がただよいはじめてくる。

左近は、足を停めてふり向いた。

「なぜ、こんな場所からこっそりと城を出されるのか。これ以上、申さずともおぬしの胸には思い当たるものがあるであろう」

「島さま――」

それまでうなだれていた小萩が、このとき、きっとおもてを上げた。

「どうして、わたくしを御成敗なさろうとはしないのでございます」

「……」

「わたくしは、殿さまや島さまをだまし、おふたりのご好意を裏切っていた回し者なのでございます。手討ちにされて当然ではございませぬか」

「まだ、若い身そらだと申すのに、なぜ、そう死に急ぐのだ」

「……」

「そなたが、任務を命ぜられて、われわれのもとに参った立場は、よく分かる。しかし、だからと言って、殿のご寵愛を受けたのは、その役目のためだけであったと申すのか。殿には、すこしの愛情もなかったことだと申すのか」

「そ、それは……」

「殿はな。そなたが間者と分かっても、処刑するには忍びないと思い悩まれた末に、わしにこの処置を命じられたのだ」

「……」

「その殿のお気持のほどが分かったら、何も申さずに、この城から出て行くがよい。そして、二度とはわれわれの前に姿を見せぬことだ。よいな」

左近は、そう申し渡すと、不浄門のかんぬきを外して、扉をあけた。

さあ、早くいけ——という態度である。

「——島さま」

小萩は、その左近の顔を見つめて、何か言いかけようとしたが、ふと思い直すと、深々と頭をさげて一礼するや、門の外へ小走りに走り去っていた。

左近は、じいっとその場に佇んだまま、小萩の姿が、遠く小さく消え去るまで見送っていた。

西軍旗上げ

佐和山城での協議を済ました安国寺恵瓊は、ただちにその足で、安芸へ急行した。

恵瓊も、むかしは毛利家の陣僧を務める身にすぎなかったが、高松城での交渉以来、秀吉に目をかけられたのをきっかけに、いつの間にか、伊予の国で六万石の大名にまでのし上がっていた。

それも彼独得の立ち回り方のうまさで、毛利輝元と豊臣秀吉の双方から信頼を受け、両者のパイプの役目を果たしていたからだった。

そうした恵瓊だけに、なかなかの策謀家で、秀吉亡きあと、真っ先に「家康打倒」をもくろんで、ひそかに三成へ働きかけてきたのも、この男だったのである。

この恵瓊が、安芸へ飛ぶや、

「天下の諸将が、いま毛利どのがおん大将として決起して下さるのなら、まさに徳川打倒の絶好のときと、いずれも殿の決断を待ち望んでおりまする」

とばかりに、弁舌巧みに輝元を煽り立てて、決起をうながした。

「するとこのわしに、あとの天下の処置も任せるというのじゃな」

天下取りへの色気も、充分にある輝元は、即座に意気込んで腰をあげた。この毛利元就の孫には、多分に「坊ちゃん大名」の一面もあって、簡単に人のおだてに乗るところがある。

ところが、この輝元の決意に対して、

「いや、それはいま一度、お考え直しをいただきます。いかに会津の上杉と挟み討ちの態勢にあるとは申せ、相手は百戦錬磨の徳川家康――容易な敵ではございませんぞ」

と、自重をすすめ、反対を唱えたのが、毛利家中の重臣、吉川《きっかわ》広家だ。

広家はもともと、亡き父の吉川元春と同じく、安国寺恵瓊を嫌っていたし、その背後に石田三成が糸を引いていると感じ取るや、

「へたをすれば、毛利は飾り物に利用されるだけだ」

と、あたまから信用できない思いだった。

しかし、その忠告も、はや輝元の耳には入らなかった。

「中国の雄、毛利家が、いまこそ天下制覇に乗り出すときだ」

と、張り切って、家中に出陣命令を発するや、その準備がととのうのも待ち切れぬ様子で、

「用意が出来次第、大坂へ駆けつけて参れ。わしは先に大坂城へ入っておる」

そう言い残すや、僅かの手兵を率いて、軍船に乗り込むと、瀬戸内の海路をまっすぐ大坂へと向かった。

――ちょうど、これと同じころには、備前中納言宇喜多秀家も、三成からの密使をうけていた。

「うむ、徳川を討つには、またとない機会。直ちに大坂へ参ると、告げるがよい」

秀家は、即座に承知をした。

ここにもまた、家康嫌いがいたのである。

秀家は、深く故太閤の恩義を感じている男だったし、秀家の妻は、秀吉が養女にしていた前田利家の娘、豪《ごう》である。この関係からも秀家が、家康を目の敵にしたのは当然だったかもしれない。

石田三成は、この情勢を見きわめて、佐和山城から腰をあげた。

この前の三者会談のあと、大谷吉継は兵を率いて、いったん敦賀に戻っている。

三成の重要な役目は、毛利や宇喜多が到着するまでに、大坂城内をしっかりと味方で固めておくことなのだ。

そこでまず三成は、兄の石田正澄と協議して、近江の愛知《えち》川に関所を構えさせ、ここで正澄たちにこれから会津征伐へ参加しようとする諸大名を阻止させることにした。

「では、あとを頼んだぞ」

島左近に後事を託しておいて、三成は僅かな手兵を引きつれ、大坂へ飛んだ。

いま大坂城の本丸には、幼君秀頼を守護する親衛隊の将士と、増田長盛、長束正家、前田玄以の三奉行がいる。

三成は、この三奉行の面々に会うと、

「亡き太閤殿下の恩顧にむくいるのは、いまこのときだ。このまま徳川の横暴を見すごしておいては、秀頼さまの行く末もいかなることになるやら、心もとない限りだぞ」

と、力をこめて説得した。

増田たち三奉行の表情には、あきらかに迷いの色が見えた。

彼等は、家康を怖れている。その家康を敵に回して戦うなぞ、滅相もないことだと思っているのだ。

しかし、その半面、豊臣家があってこその自分たち、秀頼あってこその奉行の地位という現実も、わきまえている。

「安心されい。東では会津の上杉、西では安芸の毛利、備前の宇喜多と、三大老がこぞって、徳川打倒に立ち上がったのだ。おめおめと負けるわけがないではないか」

「毛利どのが味方につかれるというのは、確かなことなので」

「確かも確か――われわれの総大将となって、采配をふってくださるというのだ」

「え――総大将に」

それと聞いて、増田や長束も安堵の色をうかべた。

中国路の雄、毛利家の大軍が味方についてくれるのなら、まず勝利は間違いないと思ったからだ。亡き秀吉が抜擢した「近江衆」の連中はソロバン勘定や事務的才能ではすぐれていたが、こと合戦となると自信のない連中ばかりである。この点は、福島正則や加藤清正といった「尾張衆」とは、まことに対照的だった。

その意味では、石田三成だとて戦術は苦手のほうだった。それだからこそ、島左近という「ふところ刀」を召し抱えているのである。

「この連中は、いざとなったら、アテにはならぬだろう」

三成にも、それは分かっていた。

ただ、旗上げには「豊臣家の奉行」という名において、諸大名へ呼びかけを行えば、まだまだ効果がある。

そのために、この三奉行をまず味方にしておく必要がある。

「そう、それだけのためだ」

三成は、割り切っていた。

石田三成は、ここで一つの有効な手を打とうと、もくろんだ。

それは、大坂や伏見の屋敷に残っている諸大名の妻子たちを、すべて人質として大坂城中へ収容しようという策である。

これを実施すれば、家康の命令に従って関東へ下っている諸大名たちは、かなり動揺をおぼえ、その足並みも乱れるに違いない。

いかに家康が叱咤激励して、会津征伐に駆り立てようとしても、妻子の身を案じて二の足を踏む者が出てくるだろう。

そこが狙いだ。

「さあ、それは少しやり過ぎではないかかな。妻子を人質にされたと知ったら、かえって、怒り狂って敵に回るのではあるまいか」

この計画を聞かされた増田長盛が、不安そうに首をかしげた。

「大勢いるなかには、そういう者もいるだろう。しかし、大半の者は、心の底では亡き太閤殿下の恩顧を感じながらも、うわべは羽振りのよい徳川へ尻尾をふっている連中なのだ。口実さえできれば、こちら方へ、なだれを打って寝返ってくるに違いない」

三成は、自信たっぷりに言いきり、

「とにかく、実行あるのみだ」

と、強引に踏みきった。

いまでこそ、隠退させられた身だが、以前は五奉行のなかで、第一人者の権勢をそなえていた三成だけに、いったん、こう言い出したらあとへは退かない。

そこで、まず手はじめに目をつけたのが、大坂天王寺に屋敷を構える細川忠興の留守邸であった。忠興には、三成もいささか恨みがある。

前田利家と家康が、あわや一戦を交えるところまで、せっかく三成がお膳立てをととのえたのに、この忠興の策謀でまんまと計画をぶちこわされているし、利家の死んだ夜には、忠興たちに追われて伏見の家康のもとへ逃げ込む羽目になった三成なのだ。

「こんどは、あのときのお返しに、忠興めに一泡吹かせてやる」

とばかりに、配下の者を細川邸へさし向けた。

七月十六日の夕刻のことである。

このとき、細川邸には、忠興の妻のガラシャ夫人と、少数の家臣が主人の留守を守っているだけであった。

このガラシャ夫人は、明智光秀の娘の玉で、かつて本能寺の変が起こったとき、良人の忠興からいったん離別された彼女だったが、もともと愛し合った夫婦仲。のちに徳川家康の口利きで、元通り復縁していたのである。

父光秀の死後は「叛逆者の娘」という烙印をおされて、心苦しい逆境の日々を送らざるを得なかった彼女は、いつか熱烈な切支丹信徒となっていた。

魂の救いをそこに求めたのであろう。

そのガラシャ夫人は、このとき三十八歳。すでに姥桜とはいえ、天下に聞こえた美人であった。

石田方の部将は、細川邸へ出向くと、このガラシャ夫人が、すぐさま大坂城へ移られるようにと、申し入れたのである。


何やら、にわかに屋敷の内外が騒がしくなったので、ガラシャ夫人が不審に思い、侍女の霜《しも》に様子を見させにやると、間もなく、その霜と一緒に、家老の小笠原少斎があわただしく入ってきた。

「奥方さま——ついに石田の手の者がやって参りました」

「では、あの噂は、やはり本当だったのですね」

二日ばかり前から、どこからともなく、

「徳川内府が、会津征伐で関東へ下ったスキを狙って、佐和山へ蟄居していた石田三成が旗上げをするらしい。そうなれば、会津征伐へ加わった諸大名の留守を預かる妻子たちは、いずれも人質にされるかもしれぬ」

という、おだやかならぬ噂が、しきりに流れていた。

よもや、と思っていたことが、ついに本当となったのである。

「それで、石田の手の者は、なんと申して参ったのです」

「奥方さまが、直ちに大坂城へ移られるように、との申し入れでございます。もし断ったらと、どうやら事面倒になりそうな気配が見えますするが」

少斎が、案じ顔で夫人の表情をうかがった。

「石田がなにを申して来ようとも、わたくしは良人の言いつけでこの屋敷の留守をしているのです。良人の許しもないのに、勝手に屋敷を出ることはできませぬ」

「しかし——それでは」

「少斎、それ以上、何も申すでない。石田ごときに屈服して、人質にされたとあっては、細川家の名折れ。ここは、たとえ少人数なりと防備を固め、意地を見せるべきです。石田方の申し出は、きっぱりと断るがよい」

毅然《きぜん》として、言い切るガラシャ夫人であった。

「ははっ、承知仕りました」

夫人の、この立派な態度に打たれて、小笠原少斎も覚悟を決めた。

直ちに、玄関へ戻ると、待ち受ける石田方の部将へ、

「奥方さまには、殿に無断で当屋敷を出ることはできぬとおっしゃられておる。戻られて、石田どのにそうお伝え願いたい」

と、はっきり申し渡した。

「では、当屋敷がいかなることになっても、構わぬと申されるのだな」

部将が脅しをこめてそう言い放つと、肩怒らせて足早に立ち去っていった。

少斎は、すぐさま屋敷にいる者共を呼び集めて、表裏の門を堅く閉じさせ、防備の配置につかせた。

果たして、それから半刻（一時間）も経たぬうちに、石田の軍兵、三百ばかりが細川邸の周辺にひたひたと押し寄せてきた。

「なんの、強気なことは申しても、相手は女だ。脅しをかければ、すぐに屈服してくるだろう」

そう、タカをくくった石田方では、ことさらに大勢の軍兵をさし向けると、屋敷をぐるりと取り巻き、鉄砲なんぞを射ちかけて、威嚇をはじめたのである。

細川邸の者たちも、門や塀のうちから、これに応戦して、鉄砲や弓矢などを放ちはじめた。

石田方では、よもやと思った細川邸の反撃に、狼狽すると同時に、怒りも覚えた。

「おのれ、構わんから門を打ち破って、攻め入れ」

と、部将たちが下知《げち》を飛ばした。

このまま引き下がっては、他の大名たちの手前もある。石田方としても、強硬手段に出るほかはなかった。

こうして、時ならぬ市街戦が展開する羽目となってしまったのである。

屋敷の内外に響き渡る鉄砲の音が、いちだんと激しさを加えてくる。

それを聞くうちに、

「もはや、これまで」

と、ガラシャ夫人は覚悟を決めていた。

「石見はおるか。これへ」

と、用人の河北石見を呼びつけるや、

「もはや逃れられぬ情勢となりました。屋敷に火を放つがよい」

決然と命令を下した。

「ははっ」

「そして少斎に居間へ来るように伝えなさい」

それだけを言い残すや、ガラシャ夫人はひとり、居間へ入った。

居間の奥には、さらに小さな一部屋が設けられてある。そこには彼女の信仰する切支丹の聖像が安置してあった。

ガラシャ夫人は、その聖像の前にひざまずいて、静かに祈りをささげた。

その彼女の耳には、もう表の喧騒も届かぬようであった。

長い祈念が終わったとき、廊下のかなたからせわしい足音が響いて、

「奥方さま」

と、ただならぬ声で、家老の小笠原少斎が呼びかけてきた。

「もはや、敵が門内に押し入って参りましたぞ」

「覚悟は、できております」

ガラシャ夫人は、静かにふり向くと、

「かねて申しつけてある通り、わたくしは自害はできませぬ。そなたの手で首を討っておくれ」

「はっ」

少斎が苦しげな表情で、小さくうなずいた。ガラシャ夫人が信仰する切支丹では、宗教上から自殺が禁じられていたのである。

邸内の騒ぎが、一段と大きく、間近に迫ってきたようだ。

「さ——猶予はなりませぬ。早く」

夫人から、せき立てられて、少斎がもはや仕方なく、

「ご免」

と、立ち上がるや、腰の大刀を抜き放って振りかぶった。

夫人は正面の聖像へ向かって、静かに合掌をすると、目をとじる。

一閃。

ガラシャ夫人の首は落ちた。

小笠原少斎は、夫人の首を討ったあと、その部屋と夫人の遺体に、火薬の粉をまき散らして、火を放った。

これも、かねてより万一の場合にはそうするようにと、夫人から命じられていたことなのである。

それだけの始末を済ますや、少斎は別室に走り入って、みずからも切腹して果てた。

河北石見も討ち死にを遂げ、細川家の留守居の者たちは、途中から逃亡した稲富一夢ひとりを除いて、ほとんど全員が壮烈な討ち死にをしていたのである。

——この細川邸の出来事は、石田三成に大きな衝撃を与えた。

よもや、と思った結末である。しかも、これが他の大名の妻子たちに及ぼす影響は大きい。

今後、人質作戦を続行して、もしも、他の家でもガラシャ夫人の二の舞が演ぜられるようなことになれば、三成の狙いは完全に狂ってしまう。

いや、かえって始末の悪い事態となってしまうのである。

「これは、考え直さねばならぬ」

三成も、さすがに方針を変えざるを得なかった。

そこで、他の大名の妻子たちを大坂城内へ収容することは断念して、ただ各大名の屋敷に監視の兵を配置するだけにとどめることにした。

だが、すでに細川家の出来事は、各大名の屋敷にも知れ渡っている。

どこの屋敷も、留守居の家臣たちが必死の構えで防備を固め、ものものしい雰囲気となっていた。

そんな緊張のなかで、大坂屋敷にいた加藤清正の妻女が、見事に大坂脱出に成功したという噂が、ぱっとひろまった。

これは家臣の者たちが、いろいろと計画を練った末の脱出作戦であった。

はじめ大木土佐という者が、十日ほど絶食して、重病人になりすまし、監視の兵が見張る表門を乗物に乗って出入りしていた。

監視の兵もそれを見馴れたころを見計らい、或る夜、乗物の奥に清正夫人をひそませ、病人の土佐がそれによりかかる姿勢で、いつもの通りに表門へさしかかった。監視の兵も、いつものことだから、よく見もせず、乗物の通行を許してしまう。乗物は一目散に、河口へ走り、そこで夫人を小舟の底に隠して、上へ荷物を置き、これで船番所の目をごまかすと、ついに大坂を脱出し、海上で待ち受けた大船に乗り移って九州へ向かったというのである。

こうしたことが、あちこちで起こってきたので、結局、石田三成の「人質計画」は完全な失敗に終わってしまった。

いや、失敗に終わっただけなら、まだ、ましだったのだが、細川ガラシャ夫人のことが関東まで伝わったから堪らない。

「なに——石田めが、そんなひどいことを」

大坂、伏見のあたりに妻子を残している諸大名たちが激怒して、反石田に結束したのだから、とんだ逆効果となってしまった。

細川邸の事件があった、そのあくる日の七月十七日に、毛利輝元の乗った軍船が、大坂の河口へ到着した。

待ち構えていた石田三成は、さっそく小舟で出迎えに行くや、

「直ちに軍議を催し、おん大将からいろいろと御指図を賜わりたい」

とばかりに、輝元をおだて上げた。

すっかり気をよくした輝元は、手兵をひきつれて堂々と大坂城へ乗り込んでいった。

こうして、大坂城の西の丸に家康の留守居として残っていた佐野肥後守綱正を、武力で脅して、強引に追い出すと、そのあとへ腰を据える。もういまから、家康の後釜《あとがま》になったつもりの輝元である。

この西の丸で、軍議がひらかれた。集まったのは、宇喜多秀家、石田三成、安国寺恵瓊、それに増田、長束、前田の三奉行の面々であった。

「まず最初に、いまわれわれが決起をする大義名分を、天下に示すことが肝要かと思いまする」

すでに佐和山の謀議で筋書きを決めてある通りに、恵瓊が口火を切って、これまで横暴をきわめてきた徳川家康の罪状を、いちいち数え上げ、それを十三ヶ条にまとめて、

——弾劾状《だんがい》

を作成することを提案した。

「よかろう」

輝元も、秀家も同意をしたので、恵瓊の手でその場で案文が作成された。

「これに、諸大名へ同調を呼びかける勧誘状を添えて、使者を出せば、たちまちこちらへ味方として加わる大名が、ぞくぞくと名乗り出てくることは間違いありませぬ」

自信たっぷりな恵瓊の口に乗せられて、輝元と秀家が、まず筆頭に名をつらねて署名をした。つづいて三奉行の面々が署名をする。

「手前は、その立場にある者ではございませんので、署名は控えさせていただきます」

と、まず恵瓊が辞退をした。

さすがにこの男は、自分の立場と役割を心得ている。つねに舞台裏で暗躍するのが策士の本領なのである。

「さよう、手前も現在は奉行の職を辞して、佐和山へ蟄居中ということになっている身ゆえ、名をつらねぬほうがよろしかろうと存じます」

と、三成も署名をさし控えた。

これは、島左近や大谷吉継からの苦言もあって、こんどの旗上げでは、なるべく表面には立つまいと、配慮してのことだった。

しかし、これは無駄なことだった。すでに「細川邸の事件」も生じてしまったいま、西軍の主謀者が石田三成だということは、とっくに世間へ知れ渡っている。

大坂にある諸大名の留守居から、いち早く関東へ出陣した主人たちへ、急報が発せられていたが、そのいずれもが、

「石田三成が旗上げをした」

と、報じているのである。

とかく、その動きが世間の目を惹くという点では、三成ほど注目されている人物も滅多にいない。

こうした呼びかけに応じて、大坂へ集結した西軍の主なる諸将は、島津義弘、小早川秀秋、吉川《きつかわ》広家、鍋島勝茂、長宗我部盛親、小西行長、脇坂安治、立花宗茂、秋月種長

など、多くは近畿以西の諸将で、その兵力は、九万三千に及ぶ大軍勢となった。

しかし、そのなかには会津征伐へ向かう途中を無理に引きとめられた者もあり、いやいやながら駆り出された者もあり、それとなく様子をうかがう者、東西双方へ二股

をかける者など、人さまざまで、十万近い大軍を集めたといっても、なんとなく士気はまとまらず、ばらばらな感じであった。

結局は、亡き秀吉や、家康のような、ずば抜けた統率者がいなかった、ということになるのだろう。

とはいえ、こうして近畿一帯は西軍の勢力圏となっていた。

だが、そのなかにあって、鳥居元忠の立て籠る伏見城と、細川幽斎（忠興の父）の丹後の田辺城（舞鶴市）の二ヶ所だけが、はっきりと東軍（徳川方）に属する拠点として、抵抗の構えをみせていた。

これは、まことに目ざわりな存在だ。これ以上、放置しておいては、西軍の諸将のなかにも動揺が生じ、寝返る者も現われるかもしれない。

「とにかく、まず伏見と田辺の両城を血祭りにあげるべきだ。それが士気を高めることともなる」

そう判断した毛利輝元は、丹波、但馬地方の諸将に田辺城の攻撃を命じ、つづいて七月十九日に、宇喜多、小早川、島津、をはじめとする諸将の軍勢、およそ四万を動員して、伏見城の包囲を命じた。

大坂城に陣取って、采配をふる輝元にとっては、まさに最高の気分の総大将ぶりであった。

ところがこのときすでに、西軍の中核ともいえる人物のなかに、ひそかに去就に迷っている者がいたのである。

その一人は、吉川広家である。

広家は、はじめから輝元が腰を上げることに反対だった。ましてや西軍の総大将なぞに祭り上げられては、毛利家の存亡にもかかわることだと、憂慮していた。

「このままでは、いかん。なんとかいまのうちに手を打たねば……」

広家は極秘裡に工作をはじめていた。

さらに、もう一人、迷いに迷っていたのが小早川秀秋である。

秀秋は、小早川隆景の養子となって、名門小早川家を継いではいるが、もともとは北政所（秀吉夫人おねね）の兄の木下家定の五男である。

当然、太閤の死後は「北政所派」の旗頭で、「淀君派」の石田三成とは、反りが合わなかった。ましてや、従来、家康から恩を受けている身でもある。

それだけに、立場上、西軍に属しながらも、三成に利用されるのかと思えば、いっこうに気が進まなかった。

伏見城の攻撃を命じられた小早川秀秋は、ひそかに京都へ急行して、三本木の屋敷

に隠棲する湖月尼（落飾したおねねの法名）を訪れ、

「叔母上――いま、この秀秋はいかにいたすべきでございましょうか」

と、おのれの取るべき道について教えを乞うたのである。

おねねは、まだ弱冠十九歳の甥を見やって、おもむろに策をさずけた。

「いまのそなたの立場では、一応、城攻めに加わるより仕方がないでしょう。しかし、伏見の城内には、そなたの兄の木下勝俊も立て籠っているのですから、機会を見ていち早く兄と和睦の話を進めることです」

「われわれ兄弟の交渉だけで、うまく話がまとまりましょうか」

「安心なさい。そのときには、わたしが大坂へ口を利き、豊臣家のためにも、無謀な戦いはやめるよう、働きかけますから」

「しかし、三成たちが、いまさらあとへ退きましょうか」

「秀頼公のお名で、それを命じれば、三成とて横車は押せぬ筈です」

果たして、そううまく事が運ぶだろうか。

三成とは、かねてより気脈を通じている淀君が、叔母の言う通りに動くだろうかと、秀秋もその点には不安を抱いたが、まさか叔母にそこまで突っ込んで言えなかった。

「よいか、秀秋。これだけは申しておきます」

と、湖月尼のおねねが、念を押すようにつけ加えた。

「こんどの戦いは、上杉と石田が仕組んで徳川どのに挑んだもので、決して豊臣と徳川の戦いではない、ということを忘れてはなりませぬぞ」

「――はっ」

「ですから、いかなる場合にも、豊臣家には累《るい》を及ぼさぬように配慮して行動をするのです。わたしも、幼い秀頼を決して表面には立たせぬように働きかけます」

秀秋は、黙って叔母の話を聞いていたが、

「一つだけ叔母上にお訊きしますが、この戦い、徳川方と石田方と、いずれが勝ったほうが、豊臣家のためには良いとお考えでしょうか」

と、真剣な顔つきで尋ねた。

「むずかしい問いですね――いずれが良いとも軍配はあげ兼ねます。ただ、どちらが勝っても、天下の実権はその勝った者の手に握られることでしょう」

「秀頼公が、まだあまりにもおさなすぎますからな」

「そこで言えることは、三成と家康との人柄を考えてみたとき、まだしも家康のほうが信義を重んじるところがあるのではないでしょうか。その点、三成という男は、なかなか冴えた頭の持ち主ですが、それだけに油断のできぬ怖ろしいところがあります。まして、人からああも憎まれる性格では、たとえ、合戦に勝って実権を握っても、その天下は決して長続きはしないでしょう」

この叔母の言葉が、秀秋の脳裏に深く刻みつけられた。

伏見城は、城作りの名人といわれた秀吉が生涯の最後に「太閤の居城」として築いた城郭である。

それだけに宇治川を臨んで風光明媚な場所だが、要害もまた堅固な城であった。

この伏見城に、鳥居元忠を守将として、内藤家長、元長父子、それに松平家忠、松平近正ら、徳川譜代の面々が立て籠っていた。

大坂城の西の丸を、毛利輝元から追い出された佐野綱正も、兵五百人を引きつれて、この伏見城へ投じている。

西軍の総大将の毛利輝元が、いよいよ、

「伏見城攻撃」

の命令を発したと聞いたとき、元忠は、

「上様（家康）の言いつけ通り、あくまでもこの城を死守するためには、まず、城内にいる不純分子を一掃することだ」

と、考えた。

元忠のいう、不純分子とは、木下勝俊のことであった。もともと、勝俊は、秀吉が生存していたころからの伏見定番で、そのまま城中にいるこの城の主《ぬし》みたいな存在だったが、

「秀吉未亡人の甥にあたる木下勝俊なぞを、そのままにしておいて籠城すれば、いつ内部から敵に内通するかもしれぬ」

そう案じた鳥居元忠が、強引に言いがかりをつけて、勝俊を城から退去させてしまった。

これは叔母のおねねから指示をうけてきた小早川秀秋にとっても、大きな誤算となった。これでは和平工作の手の打ちようがない。

秀秋は、仕方がなく伏見城攻略の軍勢に加わるよりほかはなかった。

このとき、もう一人、ひそかに徳川方へ心を寄せていたのが、薩摩の島津義弘であった。

義弘は、内密に使者をさし向けて、

「われらも、共に城中へ立て籠ろう」

と、申し入れたが、元忠は、

「うかつには信じられぬ。城内の一角を乗っ取る謀略かもしれぬ」

そう疑って、この申し入れをきっぱりとハネつけてしまった。

こうして、城を守る者は、純粋に徳川の手の者で固めて、その兵数、わずかに千八百人。

これに対する城攻めの西軍は、四万に及ぶ大軍で、蟻の這い出るスキマもなく、ぐるりと伏見城を取り囲んだ。

いよいよ、戦いの火ぶたが切られたのは、七月十九日の薄暮のことであった。

はげしい銃撃戦が、そのまま二十日、二十一日と引きつづき、とくに二十一日の夜には、西軍の攻撃が一段と熾烈《しれつ》さを加えてきた。

しかし、城内の応戦ぶりは、少しも屈した気配がない。

守将の鳥居元忠以下、いずれも必死の覚悟を決めているだけに、たとえ人数は少なくても要害を誇る城の守りは固い。

これには、西軍のほうもいささか持て余し気味である。

二十四日、二十五日と過ぎても、戦況は以前として膠着状態であった。

この情況を知って、業《ごう》を煮やしたのは石田三成である。

三成は、ちょうどこのとき、江州の佐和山城へ戻っていた。島左近と、今後の打ち合わせをするためであった。

いよいよ合戦となれば、左近の豊富な経験から編み出される「軍略」を頼るよりほかはない三成なのだ。

「伏見城や田辺城の攻略に、これほど手間取っていては、士気にもかかわって来ますぞ。殿が行かれて、諸将の尻を叩かれるべきです」

「しかし、ただむやみと督励するばかりでは、人は動かぬ。なにか、城を攻め落とす良い手立てはないか」

「あります。あたら名城だからと惜しむ気持なぞを抱いたら、城は攻め落とせません。四方より火箭《ひや》を放って、火攻めにすれば城内は混乱し、必ずや突破口がひらかれる筈です」

左近から策を授けられた三成は、すぐさま伏見へ急行して、諸将へ檄《げき》を飛ばした。

これには、

「なんだ。三成ごときが偉そうに指図なぞいたしおって」

と、腹を立てた武将もあったが、とにかくこれが刺激となって、七月二十九日から火攻めを加えた総攻撃が開始された。

それでもなお頑強に抗戦する城兵だったが、八月一日の午前零時ごろ、ついに松の丸の一角より火の手があがった。

これは火箭の攻撃が効を奏したのだという説と、松の丸を守っていた甲賀の郷士が西軍に内通して火を放ったのだという説があるが、いずれにしても、これで西軍は突破口を得ることができて、城中へ乱入をしはじめたのである。

こうしてまず松の丸、名古屋丸が西軍の手に落ちた。

午前十時ごろ、島津の兵は、治部少輔丸へと迫った。ここを守る松平家忠は、従兵八百人と共に、みずから槍をふるって奮戦し、ついに力尽きて壮烈な討ち死にを遂げた。従兵たちも、また全滅をしたのである。

このころ、小早川秀秋の部下は、火箭を放って、天守閣を焼き打ちにかけはじめる。

「最後の決戦じゃ」

本丸に立て籠った鳥居元忠は、手兵を率いて、突撃して出ること三回。そのたびに寄せ手の西軍を大きく撃退したが、味方の兵もまた過半数を失っていた。

いつしか、元忠が気づいたときには、あたりにいる従兵は、僅か十数人となっている。

「もはや、これまで」

疲れきった身体を、石段にどっかりとおろした元忠は、われとわが刃を咽喉に突き立てて自害をした。

伏見城が、完全に陥落をしたのは、この日、八月一日の午後三時のことであった。城兵千八百人は、そのほとんどが戦死したが、寄せ手の軍勢でも死傷者は、なんと三千人に及んだという。

伏見城一つに、これだけの兵力と日数をついやしたことは、のちのちの作戦からも計り知れぬ大損失となったのである。

小山の陣

――一方
江戸城にあって、会津出陣の準備をしながらも、関東方面の情勢をしきりと気にかけていた徳川家康は、七月中旬を過ぎてもなんの報らせも来なかったので、ついに諸大名へ出陣の命令を下していた。
その部署は、まず徳川秀忠を前軍の総大将に据えて、その配下に結城秀康、松平忠吉、榊原康政、本多忠勝、石川康長、真田昌幸、松平忠政など、主として徳川譜代の諸将をつけて、およそ三万七千の軍勢を編成させると、七月十九日に江戸を出発させた。

後軍は、家康みずから指揮にあたり、これは家康の本陣を守る旗本をのぞいては、ほとんどが諸大名の軍勢で固めてあった。

この後軍が、江戸を発ったのが、二日おくれの七月二十一日のこと。

なにしろ三万を超える軍勢が行進をするのだから、その動きは早くはない。その日は鳩が谷に宿し、翌日は岩槻、二十三日は古河《こが》、そして二十四日にようやく下野《しもつけ》の小《お》山《やま》まで進軍をしていた。

大軍を動かすときは、朝は早く発ち、夕方は早目に着いて宿営の準備をさせなければならない。

小山に着いたのは、陽ざしもまだ明るいうちであった。

旗本連中が、本陣の設営をしているところへ、一人の男が飛び込んできた。どこから来たのか、衣服も泥まみれの姿で、息づかいも荒々しい。

「貴様――何者だ」

「伏見の鳥居元忠より、使いに参った者でござる。至急、上様にお取り次ぎを」

それと聞くや、すぐさま家康のもとへ報らせが走る。

「なに——元忠から使いが参ったか」

家康は、これを待っていたのだ。

すでに、大坂方面でただならぬ気配のあることはいろいろな筋から情報として伝えられてきたが、家康は誰よりも確実な鳥居元忠からの報告を、首を長くして待っていたのである。

この元忠からの急使は、七月十八日に伏見を発してきたのだから、まさに伏見城への攻撃が、はじまる前日のこと。

もっとも新しい上方の情勢が、詳しくもたらされたわけである。

「そうか——やはり予想通り、石田三成が中心となって動き出したか」

そこまでは、家康もほぼ予想していたことであったが、しかし予想外のことも生じていたのである。

「よもや、三成ごとき青二才の手には乗るまいと思っていたのに、毛利、宇喜多の両大老をはじめ、島津や立花などの九州勢まで味方に引き入れたとは、三成もなかなかやるわい」

考えてみると、石田三成の背後には、策士安国寺恵瓊が控えており、親友には大谷吉継、小西行長がおり、そして、家臣には島左近だの、蒲生郷舎《さといえ》などという、一筋縄ではゆかぬ武略の士もついているのである。

「すこしばかり、相手を甘く見すぎていたかもしれぬ」

しかし、とにかくこれで関西方面の情勢が、はっきりしたのだ。捨ててはおけない。

家康は、直ちに徳川家中の重臣たちを本陣に呼び集めて軍議をひらいた。

いまはまだ、諸大名たちに無用の混乱をおこさせたくないので、この軍議は内密のうちに行われた。

「さて――只今、伏見城の鳥居元忠より急報が届いて、上方の動きが判明した」

おもむろにそう口をひらいた家康から、容易ならぬ情勢を知らされて、重臣たちも一瞬、押し黙ってしまった。

誰もが、或る程度の「動き」があるだろうとは予想していたことだ。しかし、ここまで「大きく組織された動き」になろうとは思わなかったことである。

「石田め、佐和山に蟄居していると見せかけて、いつの間にそんな手を打ちおったのか」

本多忠勝がいまいましげに吐き出した。

「石田ひとりの仕業ではない。おそらく毛利をかつぎ出したのは安国寺の仕業と見るが」

さすがに謀臣、本多正信がいち早く、それと見抜いていた。

とはいえ、誰の胸にも事の重大さが、ひしひしと感じられていたのは紛れもない事実であった。

「されば――」

と、本多正信がまず意見を述べはじめた。

「かかる事態に及んだからには、とりあえず会津征伐は取りやめにいたし、心底のほどがしれぬ諸大名たちには帰国を命ずるべきでございましょう。その後に、われわれ徳川家中の者だけが結束して、箱根山の険に守りを固めれば、いかなる大軍が押し寄せようと関東の地を踏ませるものではございませぬ。まして敵は長途を攻め下ってきた寄り合い世帯、打ち破るのはわけもないことと存じます」

関東の本拠地で守りを固めようという、守戦論である。

これに反対したのが井伊直政である。

「箱根山で守りを固めると言われるが、小田原の北条氏の先例もあること。決して万全な策とは申せますまい。第一に、さような受け身にまわった戦法では、味方の士気もふるいませんぞ」

「では、井伊――おぬしの考えはどうだと申すのだ」

「忌憚《きたん》なく申せば、いまこそ殿が天下を取る絶好の機会と言うべきでしょう。となれば、会津の上杉などは打ち捨てておいて、われわれは一気に関西へと攻め上るべきだと存じます」

「われらが関東を留守にすれば、みすみす上杉に踏み荒らされることになるではないか」

「いや、その上杉は背後から、奥州の伊達と最上に牽制をさせておけば、まず、うかつには動けぬ筈。いまこそ、守りよりも攻めの戦法をとるべきだと存じます」

この本多正信と井伊直政の論争を聞き入っていた家康が、

「待て」

と、両人を制して、しばし思案をしていたが、うむと大きくうなずき、力強く言った。

「いまは守りに守って散るよりも、攻めに攻めて散るべきかもしれぬ。この一戦に賭けて見ようではないか」

家康の腹は決まった。

ここで家康は、会津征伐に参加していた諸大名を、あらためて本陣へ召集した。福島、細川、黒田、浅野以下、二十数人の面々が、何事かと、ぞくぞく詰めかけてきた。

「わざわざ方々にお集まり願ったのは、上方において、いささか情勢に異変が生じたからじゃ」

と、家康が言い出すや、諸大名が顔を見合わせ、ざわついた。

「たぶん、会津の上杉と示し合わせてのことと思われるが、大坂において石田三成が長束、増田などの奉行をけしかけ、この家康を弾劾すると称して兵を挙げたと申すことじゃ」

「なに――あの治部少めが」

石田と聞いて、たちまち血相を変えたのは、福島、細川、黒田といった面々である。以前から大の三成嫌い。その名を耳にしただけで、反感と闘志が剝き出しになってくる。

家康も、この辺については、充分、計算に入れていたふしが、見うけられる。

なぜなら、このとき、家康はわざと敵の名前を石田三成ひとりに絞っていたからだ。

三成の背後に、毛利や宇喜多、小早川、さらには九州の小西、島津、四国の長宗我部までが敵に回ったことについては、一言も触れようとしなかった。

この敵の実体を知ったら、諸大名の動揺はさらに大きくなると読んでいたためだ。

「——さて」

と、一段と語調を強めた家康が、

「このように情勢が変わったいま、このまま会津攻めをつづけるわけには参らなくなった。わしはむしろ、大坂の石田方こそ先に退治せねばならぬと決意を固めたのじゃ」

きっぱりと、西上作戦の方針を宣言した。

諸大名たちは、その意気込みに圧倒されたのか、一様に、緊張のおももちで押し黙っているばかりである。

「しかし——方々のなかには、いま妻子を大坂や伏見近辺の屋敷へ残して来られた者もあり、さぞかし、その身の上のほども案じられることと思う。いや、これは決して無理もない、当然の気持だと思う」

「……」

「もし、そのために石田方と戦うのをためらう者があるのならば、遠慮なくここより陣を引き払って、石田方に味方をされるがよい。家康、決して恨みには思わぬ」

堂々と申し渡した。

一座がしばし静まり返った。重っ苦しい空気が流れたそのとき、

「いや、これは御内府のお言葉とも思えませせぬ」

と、口をひらいたのは福島正則であった。

「われら、かかる大事のときにのぞんで、妻子に心惹かれ、武士の道を踏み違えるような者ではございませぬ。御内府のため、あくまでも身命をなげうって御味方をつかまつる所存でござる。方々、さようでござろう」

と、諸大名達をふり向いて同意を求めた。

「いかにも」

「当然でござる」

誰もが、人に負けじとばかりに声を張りあげて、口々に味方を誓った。

ここで福島正則は、武士の道だなぞと、いかにもしかつめらしいことを口にしたが、その本心をいえば、もっと現実的な利害打算から出たことだった。

もともと、近江衆で、淀君派の石田三成とは反りが合わず、不倶戴天《ふぐたいてん》の仇敵とすら思っている正則だ。いまさら三成と手を組めるわけがない。

それに、秀吉亡きあと、いまや天下の実権が家康の手に移りつつあることは、正則の目にもはっきりと映っている。いま、家康に加担することは、わが身を守り、わが家名を保つためにも、絶対の安全策なのだ。

だから、先陣を承って石田を倒すことは、家康のためというよりは、自分自身の安泰のためなのである。

まさに利害打算のかたまりだが、これは正則ひとりのことではない。この場に居合わせた諸大名のほとんどが、皆そうであった。

山内一豊《かずとよ》なども、まさにそれだ。

このとき、一豊はあせっていた。正則たちが真っ先に味方を申し出て、家康の心証をよくし、点数を稼いでいるのに、一瞬、出遅れた一豊は目立たぬ存在になっている。

「なんとか、目立つことをせねば……」

その一種の功名心というか、追従《ついしょう》心が、突如、一豊にあるひらめきを与えたのである。

「御内府さま」

いきなり、声を張りあげて身を乗り出した一豊が、こう言い出した。

「石田征伐のため、上方へ御出陣の際には、なにとぞ、手前の居城を御自由にお使い下さいまし。手前は家中の者一同を召し連れ、先陣を承りますれば、城は空き城同然のありさま。そこへ御旗本勢を籠めおかれますれば、手前も後顧の憂いはなく、御内府さま御本隊もお心安く江戸表を御進発なされますことでございましょう」

一豊の居城は、当時、東海道筋の掛川にあった。

なるほど、江戸と京都の中間点にある掛川城が、提供されて、家康が自由に使える拠点となれば、軍勢の進退にも大いに役立つ。

「うむ。山内どの、かたじけない」

家康が満足げにうなずくのを見て、同じように東海道筋へ居城を構える面々が、われもわれもと、同じように城の提供を申し出た。

これで、徳川勢の上方への進軍は、完全に思いのままという形になった。

考えてみると、これはその昔、天正十八年に豊臣秀吉が小田原の北条氏を攻めるべく、東海道を京より関東めざして進んだとき、当時三河から遠江、駿河と東海道筋を領国にしていた徳川家康が、沿道の諸城を秀吉に提供して、自由に使用させたのと、全く同じことである。

時代の移り変わりは、おそろしい。

天正のころ、秀吉配下の気鋭の武将として、堂々と家康の領地を通過していった面々が、いまは逆に、その家康のために、おのれの居城をそっくり提供しようというのだ。

とにかく、こうして諸大名たちは、みずから石田征伐の先陣を買って出たのである。


徳川秀忠の指揮下に配属され、会津出陣を命ぜられた信州上田の真田昌幸、信幸、幸村の父子兄弟は、七月二十一日には、下野国、犬伏の里まで進んでいた。

犬伏は、佐野（栃木県佐野市）の東、一里半ばかりの地点である。

その夜、この真田の陣中へ一人の男が風のように紛れ込んできた。

「手前、石田より使いの者。安房守さまにお取り次ぎを」

と、男は陣中警備の者にそう名乗った。

「なに――石田の使いだと。すぐにこれへ」

安房守昌幸は、それと聞くや直ちに使者を引見した。

使いの者は、衣類の中へ縫い込んであった密書を、昌幸の前へさし出した。

予想していた通り、挙兵を知らせ協力を求める石田三成自筆の文書であった。それに、二大老三奉行が署名した「徳川内府の弾劾状」と檄文も添えられてあった。

「ご苦労であった――返事をしたためるあいだ、暫時、休息をいたすがよい」

そう言い残して、昌幸は床几《しょうぎ》から立ち上がった。

この真田の陣営は、当地にある寺を本陣として使っている。

昌幸は、家来たちに、

「だれも無断で近づいてはならんぞ」

と、きびしく人払いを命じて、長男の伊豆守信幸と二男の左衛門佐《さえもんのすけ》幸村を呼ぶと、寺の本堂の須弥檀の前へ、三人だけで鼎坐《ていざ》した。

信幸は、この犬伏の里とはほど近い天明《てんみよう》の宿営地から、急遽、呼び出されて来たのである。

「父上、重大な相談ごととはなんでございます」

坐るやいなや、信幸はいぶかしげに尋ねた。

「話の前に、まずこの書状を読むがよい」

昌幸は、三成からの密書を倅たちの前へさし出した。この老獪な人物も、真田一族の運命を決する重大なときだけに、ふだんと違って重っ苦しい表情だった。

「や——これは」

まず密書を一読した信幸が、はっとしたように父の顔を見返した。

「父上、まさか、この石田の呼びかけに応じようとなさるのではありますまいな」

「信幸。はじめから応ぜぬつもりなら、何もこうして父子三人が相談に集まる必要もないわけではないか」

「では父上は——」

「わしはな。石田の呼びかけに応ずるというよりは、この機会にわし自身の運命に、一つの賭けをしてみたいと思うのだ」

二男の幸村は、すでに島左近が上田城を訪れてきたときから、この日のあることを予想していただけに、父の言葉にもただ大きくうなずくばかりだ。

しかし、ふだんは沼田城にいて、父とも離れていた長男の信幸にとっては、まさに寝耳に水の父の一言だった。

「父上は、石田に味方して、家康公を敵に回そうと言われるのでございますか。無謀も甚だしい真似ですぞ」

乱世を生き抜く小領主の悲しさで、昌幸はその以前、長男の信幸を徳川家に人質に出し、二男の幸村を豊臣家へ人質に出した。

この関係で、信幸は徳川家の重臣本多忠勝の娘を嫁にして、信幸自身が家康の人物に心酔しきっていた。一方、弟の幸村は大谷吉継の娘と夫婦になり、心情的にも豊臣派であり、大の家康嫌いとなっている。

この兄弟の立場の違いが、いま計らずも正面衝突する場面となってしまった。

「兄上」

と、幸村は口をひらいた。

「われらは、必ずしも石田方が勝つことを期待し、また、それを望んで加担するわけではありません。石田は石田、われらはわれら。ただ、いまこのとき、石田と徳川が天下を二分して相争い、互いに傷つき、互いに疲れ果てたその機会こそ、われらにも天下取りの道がひらけようというものです」

「幸村ッ」

信幸がきっと片膝立てて詰め寄った。

「お前がさようなことを申して父上を煽り立てたのだな」

「いまさら手前などに乗せられる父上ではないことは、兄上もよくご存じの筈。むしろ、手前こそ父上によって開眼させられたと申すべきでしょう」

「馬鹿な。子として、なぜ父の無謀を諫めぬのだ」

信幸がそう叫んだとき、父の昌幸が口をさしはさんだ。

「では信幸――お前は石田方には、まず勝ち目はないと見るのだな」

「おそらく、十中の七、八までは」

「十のうち二つか三つの勝ち目、それで充分ではないか。バクチとはそうしたものだ」

「父上、しかしそれはあまりに無謀というものでございましょう」

「虎穴に入らずんば虎児を得ず。楽をして天下を取ろうとは思わぬ」

よもや父にそこまでの大それた野心があろうとは思わなかった信幸だけに、さっと顔面蒼白となった。もはや返す言葉もなく、しばらくうつむいていたが、

「父上」

と、思いつめた表情で呼びかけた。

「かくなりました以上はいたし方ありませぬ。この場で私をお斬り捨て下さい」

「なに」

「手前も家康公の恩義を蒙った身。いま徳川に叛くことはできませぬ。父上には不孝

なれど、倅ひとり失ったものとお諦め下さい」

「そうか。それほどまでの決意か」

昌幸はさすがに落胆の色を隠せなかったが、しかし彼はすぐに立ち直っていた。

「かような時世に父子兄弟が足並みを揃えようとしたのが、そもそも無理な相談だったかもしれぬ。よし、今日只今より、われら三人、親でもない、子でもない、兄弟でもない。おのおの天涯孤独の一人の男として、おのれの信ずるまま、悔いのない道を行くこととしよう」

その一言を最後に、昌幸は決然として席を立った。

この夜のうちに、昌幸と幸村は陣を引き払って信州の上田へ戻った。従軍の諸大名のうち、離反者は、この真田父子だけであった。

家康は小山での軍議で「西上作戦」を発表するや、諸大名を西へ向けて先発させた。

つづいて家康自身も江戸へ引き返すことになったが、ここで問題になったのが、会津の上杉景勝と、水戸の佐竹義宣の動きである。

彼等は、家康が、西へ向かうと知れば、必ず背後から関東を狙ってくるだろう。

「誰ぞに、彼等の押さえとして関東を守らせねばならぬ。この大役、誰がよいかの」

家康も、この人選には迷っていたとき、本多正信が即座に言った。

「誰かれと、いまさら申すまでもなく、それは秀康さまよりほかにござりますまい」

結城秀康は、幼名を於義丸《おぎまる》といって、家康の二男だが、天正十二年に秀吉の許へ人質として行き、その養子となり、天正十八年には室町以来の名家結城氏の跡を継いでいた。

性格的には秀忠と違って気性の荒いところがあり、家康は於義丸のころからあまり好きになれなかった。だが、武将としては抜群の素質を備えた秀康なのである。

「うむ、秀康ならやるであろう」

家康も小膝を叩いて同意した。

そこで秀康を本陣に呼んで、家康みずから策をさずけた。

「よいな。その方は宇都宮城に立て籠り、上杉が兵を進めて参ったら、鬼怒川を越えるのを待ち、その背後を遮断せよ。そして上杉が兵を還さんとするときに乗じて、追撃に移るのじゃ。それまでは決して自分のほうから進んで戦いを挑んではならぬぞ」

「はっ心得ました」

若い秀康は、相手が上杉景勝とあれば敵に不足はないと、大いに張り切った。いや、何よりも自分が関東防衛の総指揮を任されたという、この大任が嬉しかったようだ。

しかし、あくまで慎重な家康は、秀忠に譜代の軍勢三万数千人をつけて、しばらく宇都宮の近くに陣を布かせ、城の後詰《ごづめ》（応援）として上杉の動きに備えさせることにした。

こうして、あとの処置をすませた家康が、僅かな手勢を率いて、小山を出立したのは八月四日のことである。

六日には早くも江戸城へ帰り着いていた家康だが、どうしたことか、そのまま江戸城に腰を据えると、一向に動き出す気配が見られない。

さすがに家康もここへきて、うかつには動き出せぬ思いだった。

小山の陣所で、諸将たちに「西上作戦」は告げたものの、その諸将たちはいずれも元をただせば「豊臣恩顧」の諸大名ばかりなのである。

もし、石田三成や毛利輝元が、大坂城の幼君秀頼を、総大将と仰いで、戦場までかつぎだしてきたら、石田憎しで張り切っていた福島や黒田、加藤といった面々も、果たしてどこまで戦意を燃やすことができるか、まことに微妙なところだ。

「まず、諸将たちの向背を、しかと見定めてからでなくては、乗り込んでは行けぬ」

とにかく家康は、江戸に腰を据えたまま、八方睨みの姿勢である。

長良川

このとき、家康とまったく同じに、八方睨みの姿勢をとっている男が、もう一人いた。

佐和山城にいた島左近である。

左近の手もとには、刻々と諸方から情報がもたらされてくる。それをもとにして、囲碁の布石を眺めるように情報を分析してゆくのだが、

「どうも、気に入らん」

と、左近には大いに不満があった。

「いかに要害の地とはいえ、たかが千八百ぐらいの人数で立て籠る伏見城の攻略に、あまりにも手間がかかりすぎた」

四方からの大軍で包囲して、落城まで十日以上の日数もかかったというのは、少し手ぬるすぎて、歯がゆい。

その半分以下の軍勢で充分だし、余計な軍勢を十日も前から他方面へさし向けてい

たら、もっと有効な作戦が展開できた筈なのだ。

「とにかく、いまは一刻も早く進撃をして、木曾川下流の尾張の要地を、しっかりと手中におさえてしまうことが肝心なのだ」

ところが、そうした手は何一つ打たれてはいないありさまなのである。

「戦《いくさ》を知らなさすぎる」

主人の石田三成は、もともと合戦が苦手で、それゆえ島左近を高禄で召し抱えたくらいだから、仕方がないとしても、毛利や宇喜多などの武将たちが、そこに気づかぬというのは、どうしたことか。

どこか、お義理で戦をやっているという感じがしないでもない。

「頼りにならん。いや、頼りにするほうが間違いなのだ」

そう考えたとき、左近は決然として実行に移った。

勝負の決着は、自分自身でつけねばならないのだ。

左近は、まだ伏見にいる主人の三成のもとへ使者を走らせた。自分の考えと、今後のとるべき作戦を伝えさせたのである。

そして、使者を出すと同時に、

「直ちに出陣の用意」

と、城にあった将兵たちへ命令を下した。

一刻を争ういま、三成の返事を待ってはいられない思いであった。

石田家には、その後、左近のすすめで何人かの名の知れた浪人者が召し抱えられている。なかでも左近が信頼を寄せていたのが、蒲生氏郷亡きあと、蒲生家が禄高を削られたために浪人となっていた、蒲生郷舎《さといえ》と舞兵庫の両人だ。

名将といわれた氏郷のもとにあって、両人とも合戦の場数を踏んだ豪の者だから、進退駆け引きは充分に心得ている。

「おぬしらに、それぞれ兵を預けるゆえ、美濃路へ先陣として繰り出してくれ。こちらの目的は、美濃から尾張にかけて、拠点となるべき城を一つでも多く確保することにある。狙いが狙いゆえ、なるべくは戦わずして脅しかけ、城を損《そこな》わず手に入れることが肝心なのだ」

「なるほど、承知仕った」

両人によく言い含めて先発させたあと、左近は本隊を率いて佐和山城を出立した。

島左近の目指した、まず最初の目標は大垣城であった。

美濃の垂井まで軍勢をすすめた左近は、そこに本隊をとどめて、先陣の蒲生隊、舞隊を左右から大垣城のすぐ近くまで進出させた。

大垣城の城主、伊藤盛正はこの事態にすっかりうろたえてしまった。

もともと、あまり性根の据わっていない武将だったから、天下の形勢が東西に二分されるとなれば、

「さあ、どちらにつくべきか」

と、迷いに迷っている最中だった。

そこへ、いち早く石田の軍勢が迫ってくるや、使者をさし向けてきたのだ。

「先日、毛利、宇喜多の両御大老ならびに三奉行の名において、諸将に呼びかけられた如く、その地位に驕り、天下をほしいままにする専横な徳川内府を討つため、立ち上がったわれらでござる。豊臣家には深い恩顧のある御当家のことゆえ、御味方は当然と思われる。さればわれわれのために、直ちに城門をひらき迎え入れられたい」

さあ、味方をするのか。味方をする気があるのなら城を開放して使わせろと、返答を迫ってきたのである。

「——否《いな》」

と、答えれば、直ちに城攻めにかかることは、その兵の配置を見ても察しがつく。

城主の伊藤盛正は、老臣の伊藤頼母《たのも》と、伊藤伊予を呼んで協議をした。

「いまは、大坂方に味方いたすより仕方ございますまい。なんといっても徳川方は、遠い関東にあり、当城が立て籠ったところで、救援のあるわけもなく、みすみす伏見城と同じ運命になるばかりでございますぞ」

老臣たちの意見は、それに一致していた。

「うむ――では、味方をいたすと返事をする。城を明け渡す用意をしてくれ」

「かしこまりました」

城方の方針が決まって、返事の使者が、石田方の陣営へ走った。

垂井の本陣でこれを聞いた島左近が、

「これでよし」

と、満足げにうなずいた。一兵も損ずることなく、大垣城を手に入れたのだ。この拠点を得た意味は大きい。

ここで猶予を与えてはいけないから、直ちに軍勢を進発させて、堂々と大垣城へ乗り込んでゆく。

城門は大きくひらかれ、城中の兵たちも笑顔で迎え入れる。

このとき、櫓《やぐら》の上から、これを見守っていた城主の盛正が、

「――ややっ」

と、目をみはって叫んだ。

石田勢の中央を、悠々と馬にまたがり進んでくる武将の顔を見ると、これが石田三成ではなく、なんとその家老の島左近ではないか。

尤も、家老のほうが主人よりは貫禄がそなわっていたともいえる。

「ええ、まんまと家老にしてやられたのか」

盛正、くやしがったが、いまさらどうにもならない。

さて一方——。

東海道を急いで西上してきた福島、黒田、浅野、細川、加藤などの諸将が、八月十四日に福島正則の居城である尾張の清洲城まで辿り着くと、そこでいっせいに進軍を停めてしまった。

情況はすでに、この清洲城が西軍と対峙《たいじ》する最前線となっていたからだ。

このとき、清洲の近くで、はっきり西軍の味方と名乗りをあげ、城を堅めていたのは、

清洲から六里の地点の犬山城の石川貞清。

およそ七里さきの岐阜城の織田秀信。

五里あまりさきの竹ヶ鼻城の杉浦五左衛門。

などで、そのあいだには木曾川という天然の障害が横たわり、彼等の背後には大垣城に立て籠る西軍の部隊が控えている。

これでは、うかつに進めなかった。

「とにかく、徳川御内府の出馬を待つよりほかはあるまい」

と、相談が一決して、諸将たちはここで家康の西上を待ったが、一向にそれらしい気配も見られない。

こうして、四、五日をなすこともなくすごしていた。

そこへ八月十九日になって、家康の使者として村越茂助が清洲へやって来た。軍目付《いくさめつけ》として、諸将たちと一緒に先に来ていた井伊直政と本多忠勝の両人が、茂助を迎えて、

「おい、村越――殿には、いまどのあたりまで進まれておるのだ」

と、尋ねると、

「いや、殿はまだ江戸においでになる」

という返事。これには、ふたりも驚いた。

「そりゃまずいぞ。諸将たちは、御内府はすぐにも御出馬と思い込んでいるし、おれ

達もそう言いつづけてきたのだからな」

「それゆえ、そのことでおれが使いを仰せつかって来たのだ」

「して、殿には、なんと」

「いや、それは諸将が揃ったところでなくては申せぬ。まあ、おれに任せてくれ」

なにを家康から言い含められてきたのか、茂助が自信たっぷりに胸を叩いた。

やがて、軍目付の井伊直政と同道で、福島たち諸将の揃うところへ現われた村越が、

「このたびは、いずれの方々も早速のご出陣、ご苦労に存ずるとの、殿のお言葉でござる」

と、まず挨拶に及んだ。

「して、御内府には、いずれまでおいでか」

福島正則が、早速、それを尋ねた。

「まだ、江戸においでになります」

「なに、まだ江戸じゃと——これは奇っ怪な、御内府には出馬されぬおつもりなのか」

正則、思わず血相が変わっている。

「いや、決して出馬されぬわけではありませぬが、先陣を承る方々が、一向に手出しもなされぬとあっては、ご出馬もできますまい。まずは、お味方の証拠をお見せくだされば、殿にもさっそくご出馬なされましょう」

歯に衣《きぬ》着せぬ調子で、ずばりと言ってのける。

そばにいた井伊直政のほうが、あっと青くなったほどだ。こんなことを言って、諸将を怒らせてしまったら、どうするのか。

諸将たちが本心からの味方だという証拠を行動で示さぬから、家康も動かぬのだと、そこまでズバリと指摘されて、

「——や」

諸将たちは、愕然と顔を見合わせていた。

しかも彼等は、このとき、

「なに、そこまで信用されていないのか」

と、怒りを覚えるよりも、

「なるほど、これは気が利かなかった」

と、家康から心事を疑われるのを怖れる気持のほうが先に立っていたのである。

すでに、そこまで家康に飼い馴らされていたと、言うべきかもしれない。

福島正則が、真っ先にうなずいて、

「これはいかにも御内府の申される通りだ。われら、早速、戦を仕掛け、御内府に戦果をお知らせ仕る。なあご一同」

と、諸将たちをふり向く。

細川、黒田たちも大きくうなずいて、同意を示した。

井伊と本多は、ほっとした思いである。

そこで翌二十日、諸将たちは軍議をひらいて、どこから攻めるべきか協議をした。

「戦法からいえば、敵の陣形の中央を衝くのが、難しいだけに効果も大きい」

「よし、それでゆこう」

「となれば、攻撃目標は岐阜城ということになる——あのけわしい山城。ちと、攻め落とすのは厄介だぞ」

「だから、やり甲斐があるというものだ」

戦う以上は、のちのちのためにも手柄は大きいほうがいい、と思っている連中なのだ。

たちまち軍議は一決した。

――ところが
この軍議の結果を、いち早く西軍側に伝えた者がある。

大垣城に、石田の旗印を堂々とかかげて陣取っていた島左近のもとへ、

「取り急ぎ、大事なお知らせ」

と、真夜中、駆けつけてきた忍びの者があった。

「なに、忍びの者が」

不寝番の兵士から取り次ぎをうけた左近が、ふと小首をかしげた。

心当たりがないのである。油断のならぬ思いはしたが、

「よし、ここへ通せ」

と、左近は命じた。

燭台がただ一つともるだけの薄暗い室内へ通されてきた黒装束の黒い人影が、ただ黙って両手を仕え、頭をさげている。

取り次ぎの侍が去ったとき、

「その方――何者だ。いや、何者からの回し者じゃ」

左近が鋭い口調で浴びせかけた。相手を刺客《しかく》と睨んだからである。

「左近さま」

と、いきなり呼びかけてきた声音《こわね》は、意外にも女のものであった。

「わたくしでございます」

覆面を脱ぎ去って、そこに現われた顔は、小萩にまぎれもなかった。

彼女は、佐和山で一命を助けられたその恩義に報いて、東軍の情報をもたらしに来たのである。


岐阜城は、金華山の山頂に築いた城郭を本丸として、南は山つづきに稲葉山、瑞竜寺山の砦《とりで》を控え、北は長良川の流れにのぞむ断崖を控えた要害の地であった。

かつては斎藤道三の居城であったあとを、織田信長がさらに手を入れて増築した城郭で、その険阻な地形からも、守るに易く攻めるに難いといわれた名城であった。

いま、この城のあるじは、織田秀信。

秀信は、信長の孫にあたる。本能寺の変のあとの清洲会議で、秀吉が織田家の相続人に推した幼君、三法師が成人して、この秀信となったのである。

秀信が、いち早く大坂の呼びかけに応じ、西軍に味方したのは、その生い立ちからも当然だったと言えよう。

福島や細川、黒田といった諸将たちも、この岐阜城には幾度か登城をしていたから、城の様子はよく心得ている。それだけに守りを堅められたら攻め難くなることも充分分かっていた。

「まず最初に、犬山城と竹ヶ鼻城を攻めると見せかけて、敵の兵力を分散させ、そこを狙って一気に岐阜へ攻めかけよう」

と、軍議が一決した。

しかし、この策も「岐阜城攻撃」の情報がいち早く西軍に漏れていたのだから、効果はほとんど無かったのである。

ただ、このとき、西軍側にも大きな誤算があった。

島左近の独断でいち早く大垣城までは進出を果たしていたが、肝心の主力部隊、石田三成、小西行長、宇喜多秀家、島津義弘が率いる諸部隊は、まだ大垣に到着していなかったのである。

これでは、いかに情報を摑んでも島左近としても動きようがなかった。とりあえず、柏原彦右衛門、河瀬左馬助、松田軍太夫などに兵を添えて、岐阜城の応援に走らせるのが精一杯であった。

「よいな、天然の要害を備えた城じゃ。きっと籠城作戦をとるのだぞ。そうすれば本軍の到着次第、必ず救援に向かう」

それまでの辛抱だと、左近は懇々と申し渡して送り出した。

しかし、これが守られなかった。

年も若く、合戦の経験もない織田秀信がひとり初陣に張り切って、城外の迎撃作戦を主張し、木曾川で東軍を迎え討つ作戦を展開したからである。

結局、これが裏目に出た。

合戦には経験豊かな東軍の猛将たちにかかっては、ひとたまりもない。

前線部隊はたちまち撃破されて、東軍は難なく木曾川を各所で渡ると、一気に岐阜城目指して進撃してきた。

織田秀信はうろたえた。あわてて岐阜城へ退却すると、城の防備を固めさせたが、いったんこうなると城方の将兵の士気はさっぱりふるわない。

しかも、攻める東軍の諸将たちは、岐阜城の配置を隅から隅まで心得ている面々なのだ。

南方の大手より山を登る七曲《ななまがり》。

西の搦手《からめて》より登る百曲《ひやくまがり》。

その双方へ分かれて攻撃が開始される。

どんな名城でも、どんな要害でも、これを守る城将に人を得なければ、結局は役に立たない。

その意味では、織田秀信も、いたずらに祖父信長の名声をけがすだけにしか過ぎない存在であった。

いち早く瑞竜寺山や稲葉山の砦に籠る将兵を引き揚げさせて、金華山の本丸に兵をまとめ、必死に防備を固めていたら、あるいは大垣城からの援兵が来るまで、持ちこたえられたかもしれない。

それすら怠った城方へ、怒濤の如く諸将の軍が攻めかけてきた。

ましてや、福島正則と池田輝政は、はじめから先陣争いを演じ、互いに闘志を剝き出しにしていたから、その攻撃ぶりも火を吐くような激しさだった。

これに負けじと、細川忠興、加藤嘉明、浅野幸長の諸部隊も攻めかかる。

なにしろ、東軍の諸将たちは、ここで目立つ功名手柄を立てて、家康に好い印象を持たれなくてはと、いずれも燃えているのだから意気込みが違う。

瑞竜寺山の砦がまず陥落し、つづいて稲葉山の砦も、ついに落ちた。

こうして東軍の諸部隊は、いまや四方から金華山の本丸へと迫ったのである。

城兵たちは浮き足立ち、なかには持ち場を捨てて逃げ出す連中もあり、次々と木戸は破られてゆく。

東軍が見上げるばかりの急な山道をじりじりと攻め登って、いよいよ頂上の城郭へとりついたときには、城兵の大半が逃亡するか、討ち死にをしたあとで、秀信の身辺に残る者は、わずかに数十人というありさまだった。

秀信もこうなっては力尽き、

「腹を切る」

と、言い出したが、老臣の木造具正《こづくりともまさ》が押しとどめ、降伏をすすめた。

敵とはいえ、東軍の諸将は信長、秀吉の時代からの顔見知りばかり。よもや信長の孫の首を打つとは言い出すまいと考えたからだ。

具正は、本丸から傘を高くさし出して休戦を求めた。これが当時のしきたりであった。

八月二十三日の午後のことだった。

諸将たちのなかには、江戸の家康への遠慮気兼ねもあって、秀信の助命には難色を示す者もあったが、このときはさすがに福島正則が、

「われらとしては、信長公の血筋を引く者をむざむざと殺すことはできぬ。もし、このことで御内府のお怒りにあえば、この正則が責めを負う」

と、きっぱり言い放って、助命を押し切った。

この結果、秀信は従者数人と共に城を出ると、池田輝政、浅野幸長両家の兵に守られて、上加納の円徳寺へ送られた。

秀信は、ここで髪をおろし、武士を捨てた。僧体になることが、助命の条件でもあったのである。

のちに、家康の指図で、秀信は高野山へ入り、そのまま再び世に出ることなくして病死をしたという。

天然の要害といわれた金華山の岐阜城が、いかに猛攻をうけたからとはいえ、僅か半日あまりの攻防戦であっけなく落城をしてしまっては、島左近も手の打ちようがなかった。

急を知らされ、石田三成が大垣城へ馬を飛ばせてきたときは、すでに間に合わなかったのである。

しかも、小西行長や宇喜多秀家、島津義弘の諸部隊が到着したのは、それよりもさらに遅れたのだから、もう話にもならない。

こうして見ると、西軍の動きはどうも緩慢で、いつも一手遅れをとっている。

岐阜城が落ち、竹ヶ鼻城も落とされたとなれば、この大垣城が、すでに西軍の最前線となったわけである。

東軍は、当然のこと、大垣目指して進出してくるに違いない。

三成は、左近と協議して、とりあえず、石田の手兵を長良川の合渡《ごうど》へさし向けることに決めた。

岐阜から、東軍が大垣を目指すとすれば、ここが長良川の渡河《とが》地点。進出を喰い止めるには絶好の場所なのである。

左近は、石田家中でも豪の者として知られた舞兵庫に、森九兵衛、杉江勘兵衛たち浪人あがりの部将を添え、兵一千をあずけて、合渡村へと向かわせた。

一方、木曾川を越えて竹ヶ鼻城を攻略した東軍の一部が、そのまま進んで長良川の下流（このあたりを墨俣《すのまた》と呼んだ）を渡り、この大垣を急襲してくることは充分考えられるので、これにも備えなければならなかった。

「島津どのの兵に墨俣へ向かっていただいてはどうでしょう」

左近が提案した。

「そして、残る石田の本隊と宇喜多どの、小西どの諸部隊が、大垣城の前面に備え、いずれの方面へも、直ちに対応できる態勢をとっていれば、まず万全でございましょう」

「よかろう」

三成も賛成をして、

「それに伊勢路方面にいる長宗我部、長束、安国寺、それに吉川の部隊にも美濃路へ転じるように使者を出したほうがよいな」

と、言い出した。

三成も、福島たち東軍の諸将が岐阜城をおさえたことで、東西両軍のぶつかり合う決戦場は、この美濃路になりそうだと感じ出したようだ。

「それにしても、伊勢路方面に向かった諸部隊が、あまりにも手間がかかりすぎた。本来なら、いまごろはとっくに桑名、長島から尾張へ進出していてよい筈なのだ。そうなっていれば、福島や池田も、ああやすやすとは岐阜攻めができなかったであろうに」

いまさら返らぬことながら、三成もつい腹立たしげに愚痴が出る。

果たして、どこまで本気で戦う気があるのかと、疑いたくなるほど、西軍の諸将の動きは鈍くて遅い。

（亡き太閤殿下だったら、とても許せぬ怠慢だと、たちまち一喝浴びせられるであろ

うに)

それができるほど、実力も地位も具《そな》わっていないところに、三成の悲しさがあった。

ところで、このとき。

東軍側には、島左近の予測を上回る動きがあったのである。

それというのは、八月二十二日の夜に木曾川の下流地点で渡河をした黒田長政、田中吉政、藤堂高虎の諸部隊が、徹夜で進軍をして、二十三日の朝、岐阜の城下へ辿り着くと、すでに福島、細川、加藤の部隊が城攻めをはじめている最中だった。

城下の町筋には、その小荷駄隊があふれていて、あとから着いた黒田たちの部隊は、先に進むこともできないありさまだ。

「いまさら、われわれが加勢をせずとも、落城は間近いだろう」

ことさらに功名心の強いのが、当時の武将たちだから、先陣を他人に奪《と》られたとなったら、いまさら手を出す気にはなれない。

いくら働いても、功名はそっちに行ってしまうからだ。

「よし、それならば」

と、黒田長政が言い出した。

「岐阜が攻められたと知ったら、大垣にいる敵兵も黙っては見ておれまい。きっと救援にやってくる。それを途中で待ち伏せ、叩いてやろうではないか」

「うむ。それがいい」

田中と藤堂も賛成をして、直ちに岐阜のはずれから東山道沿いに、長良川の渡河地点まで進んでいった。

流れの向う側が合渡で、それでこのあたりの長良の流れを、土地では合渡川とも呼んでいたのである。

たまたま、同じ地点に着目した島左近の命令で、舞兵庫の率いる石田方一千の兵が、この対岸の合渡まで進んできたから、計らずもここで出会いがしらの正面衝突となってしまった。

「やっ——敵だぞ」

川面《かわも》に立ちこめる霧のかなたに対岸の敵兵を発見するや、たちまち、双方の岸辺から銃撃戦が開始された。

部隊の人数からいっても、東軍のほうが断然優勢だったが、敵の目の前で「渡河作戦」を強行するのは、あまりにも犠牲が大きすぎる。

そこで田中吉政が、土地の者に黄金を与えて、浅瀬のあるところを聞き出し、すこし上流に回って、そこからいっせいに兵を進めさせた。

これに勢いを得た黒田長政の部隊が、銃撃の援護をうけながら、渡河を開始した。

こうなると、兵数で劣る石田方としては、防ぎようがない。

たちまち黒田一成《かずしげ》、後藤又兵衛の一隊が、合渡に上陸すると、舞兵庫の部隊に突入してくる。

一方、田中吉政の部隊も、上流の方から石田隊へ突入してきたから、たまらず石田隊は総崩れとなってしまった。

杉江勘兵衛は、味方の退却を助けるために踏みとどまって、必死の防戦をくりひろげたが、衆寡敵せず、ついに討ち死にを遂げていた。

「──無念」

舞兵庫も敗走する兵をまとめて大垣へ退却するよりほかはなかった。

合渡川の防衛が、東軍の意外に早い進出で失敗に帰し、石田隊の敗走という結果になったことは、西軍の諸将に大きな衝撃を与えた。

この敗報がもたらされたとき、ちょうど石田三成は、大垣城から東方の沢渡《さわたり》というところで、島津義弘を前線の墨俣《すのまた》より招き、小西行長と三者で、今後の戦略について打ち合わせをしていた最中であった。

「なに、舞兵庫の部隊が破られたと」

軍扇を握りしめて、思わず床几から腰を浮かした三成が、せわしなく訊いた。

「して、敵は誰が来たのだ」

「黒田長政、田中吉政、藤堂高虎の諸部隊でございました」

使者の答えに、かたわらの義弘と行長が思わず顔を見合わせた。

相手としては手強い連中だったからだ。なるほど、この面々に攻められては、わずか一千の手兵の舞兵庫が敗れたのも当然かもしれない。

「とにかく、大垣城へ引き返し、立て籠ろう」

三成があわただしく言い出した。

「待たれい。わしの兵は、まだ前線の墨俣におるのだ。その兵を収めるまでこの地からの退却は控えられたい」

島津義弘が憤然として申し出したが、

「そうは申されるが、もしこの地で黒田らと戦う羽目になれば、地の利もない。合渡の二の舞いを踏むことになる」

と、三成と行長は耳も貸さずに、兵をまとめて大垣城へ引き返していった。

いざとなると、ひどいものである。

義弘は、使いを走らせ、墨俣を守る島津義久に急遽、その兵を撤退させたが、幸い、対岸から敵の追撃が無かったから助かったものの、危ないところだったのである。

さすがに三成も、あとで気が咎めたのか、大垣城外まで一人馬を走らせて、この島津隊の帰還を出迎えた。

――ところで

合渡川で、石田隊を破った東軍の黒田や藤堂らは、その日のうちに大垣城から僅か五十町ほど距《へだ》てた、東山道の宿駅、美濃赤坂まで進むと、そこで陣を大垣城に対して構え、睨み合いの形となった。

しかし、彼等もさすがに西軍の主力というべき、石田、小西、宇喜多、それに島津という諸将が立て籠る大垣城には、すぐには手を出し兼ねたのだろう。そのまま睨み合いの日がつづいた。

岐阜城を攻略した福島、細川、加藤、浅野、池田といった諸部隊も、あとからぞくぞくとこの赤坂近辺へ集結してきて、それぞれ陣地を構えはじめたが、いずれも柵をめぐらし、守備を堅めるという陣形で、これは城攻めの構えではない。

そして、そのまま数日たっても、東軍にはなんの動きも見られなかった。

「——はてな」

大垣城の天守から、この東軍の構えを眺めて首をかしげたのは、島左近である。

「おかしい。これは何かあるぞ」


慶長五年、九月一日。

それまで江戸城に腰を据えて、四方の情勢を見きわめていた徳川家康が、この日、ついに腰をあげた。

すでに八月二十八日には、岐阜城の攻略と合渡川の決戦の情報が、家康のもとに届いていた。僅か五日で江戸に達したこの情報の早さは、注目すべきものである。

これで、福島たち諸将の心底のほどは、はっきりと分かったのだ。

もはや、ためらうこともなく、家康は出陣へと踏み切った。

この日、家康は前線の藤堂、黒田などの諸将へ使いを発して、これまでの働きを褒めたたえると共に、

「わしと秀忠の軍勢が、そちらへ到着するまでは、そのまま手を出さずに待つように」

と、指令を出した。

前には、心底を見きわめるために、早く戦えと急き立《せ》て、こんどは自分たち父子が行くまで待てという、家康の命令も、ずいぶん勝手なものだが、事ここに至っては、おのれの采配で、勝敗を決しなければ、気のすまぬ思いの家康だった。

九月一日、その当時「御隠居曲輪《くるわ》」と呼ばれていた江戸城の西の丸から出陣をした家康は、三万二千あまりの軍勢を従えて、東海道を西へ上った。

三日には小田原へ着いていた。

このとき、筑前中納言小早川秀秋からの密使が到着して、永井右近太夫を通じて、家康のもとへ、

「立場上、石田方に従ってはいるが、秀秋の本心は、徳川どののお味方」

という、秀秋の書状がさし出された。だが、この折りには、

「小せがれめ、小細工を弄してわしをだまそうというのか。あてにはならん」

と家康は、あたまから取り合おうとはしなかった。

もともと用心深く、猜疑《さいぎ》心の強い家康なのだ。よほどの確証がなければ、うかつには信じようとはしない。

四日、三島

六日、島田と、道を進むうちにも、ひんぴんとして美濃、尾張方面をはじめ、京、大坂方面からの情報までが、家康のもとへ届けられてくる。

これらの情報をもたらすのは、いずれも服部半蔵配下の伊賀者たちで、家康は居ながらにして天下の情報を摑んでいたのである。

もちろん、家康のことだ。この伊賀者たちから、ただ報告を聞くだけでは済まさなかった。彼等に、それぞれ指示を与えて、西軍諸将の結束を乱すような、破壊工作も命じている。

これで各地にさまざまな風聞が飛び交えば、西軍の諸将は互いに疑心暗鬼を生じ、足なみも大きく乱れてくるだろう。

こうした裏工作にかけては、家康も決して秀吉に劣らない、その道の達人なのである。

八日。白須賀まで着いたとき、ふたたび小早川秀秋の密使がやってきたが、ここでも家康はまだ会おうともしなかった。

大垣城では、依然として美濃赤坂に陣を布いた東軍の諸将たちとの、不気味な睨み合いがつづいていた。

岐阜城攻めから、赤坂への進出までは、さながら怒濤のような勢いを示した福島、黒田らの猛将たちが、ここでピタリと動きをとめ、静まり返っている。

「おかしい。きゃつ等は何を企んでおるのだ。まるで何かを待っているようだ」

島左近には、しきりにそれが気がかりでならなかった。

すると、九月八日のこと。

左近が夕刻の見回りのため、城内、三の丸のあたりを巡回していたとき、

ピューッ

鋭く風を切る音が頭上をかすめて、どこからともなく矢が射かけられた。

「やっ——曲者」

まわりにいた足軽たちが血相変えて、さっと四方に走り出した。しかし、すでに薄暮のころ、それらしき人影も見当たらなかった。

左近が、ふと背後の白壁に突きささった矢を見ると、矢羽のところに結び文がつけられてあるではないか。

「——む」

矢を引き抜き、結び文をほどいてみると、

――内府、江戸を出立。四日、三島へ到着とのこと。

走り書きで、こうしたためられてあった。その文字は、あきらかに女の手によるもの。

「――小萩だな」

左近は直感的にそうひらめいた。

それにしても、この報らせが真実ならば、重大事である。

「やはり、そうだったのか」

不可解だった東軍の赤坂での滞陣の意味が、これで読めた。彼等は家康を待っているのだ。

左近は、すぐさま石田三成のところへ行くと、結び文を見せた。

「なに、家康が――ま、まさか」

三成の顔色がさっと変わった。

会津の上杉と常陸の佐竹がいる限り、そうやすやすと西上して来られる筈がないと、タカをくっていた三成だけに、その衝撃は大きかったようだ。

「岐阜城への攻撃も事前に知らせてきた小萩が、よもや嘘を知らせてくるとは思えませぬ。こうなれば、家康との決戦を覚悟いたさねばなりません」

「ふうむ」

「いずれは雌雄を決せねばならぬ相手。またとない勝負の機会ではございませぬか」

左近はむしろ、それを待ち望んでいたと言わんばかりの意気込みで、

「いよいよ相手が家康となれば、こちらも総力を結集した陣容が必要となります。そこで手前に一つの提案があります」

「なんじゃ、それは」

「この際、大坂城の毛利輝元どのに、秀頼公を奉じて、この大垣まで出陣していただくことが、味方の士気を高め、敵の意気をくじくためにも、是非必要なのです」

「左近――秀頼公は、まだ八歳の幼君ではないか。その幼君を戦場へかつぎ出せと申すのか」

「いかにも、秀頼公の出馬こそ必要なのです」

左近は、きっぱり言いきった。

「いま、家康に巧みにあやつられ、けしかけられて、ただ一途に石田憎しと牙を剝いている福島や黒田、加藤、池田、山内などといった猪武者たちも、前面に秀頼公が出馬なされば、亡き太閤への恩顧との板挟みとなって、迷いと動揺が生じるのは当然のこと。いかに家康でも、これをおさえることはできますまい」

「ふうむ、敵の結束に乱れが出るか」

「そればかりか、情勢によっては、寝返ってくる者も現われましょう。それゆえ、是非この際、毛利どのと秀頼公の出馬を計らっていただきたいのです」

左近から説得されて、三成もその気になった。まだ幼い秀頼の出陣には、生母淀君の反対も予想されるが、この決戦に勝つためには、それも押し切らねばならない。

「よし、なまじの使者なぞではラチがあかぬ。わし自身が参って、話をつけてくる」

三成は、そう腹を決めるや、ほかの誰にも告げずに、こっそり城を抜け出すと、数人を従え、馬を飛ばして大坂へ走った。

この石田三成の強引な要請で、大坂城中でもようやく秀頼の出馬に意見が傾き、毛利輝元も総指揮官として一緒に出陣することを了承した。

三成は、この承諾をとりつけると、安心して、ひと足先に大垣城へ戻った。

大坂城では、直ちに出陣の準備がはじめられた。

ところがこのとき、思いがけない事態が生じたのである。

西軍の有力な部将として越前方面に出撃していた大津宰相京極高次が、突如、戦線を離脱し、居城の大津城へ引き返すと、東軍への味方を宣言して、城に立て籠ったのだ。

この高次の姉竜子は、亡き太閤の寵愛をうけた「松の丸どの」であり、高次の妻、はつ、は淀君の妹であると共に、徳川秀忠の夫人、江与の方の姉にあたるという、東西双方に微妙な立場にある一家だった。

その高次が東軍へ寝返った。

しかも、大津城といえば、京大坂方面と、美濃を結ぶ道すじの、その咽喉もとをおさえた要衝なのだ。

放置してはおけない。

毛利輝元は、直ちに立花宗茂、毛利元康、毛利秀包《ひでかね》などに、大津城攻撃を命じて、およそ一万五千の軍勢をさし向けさせた。

この軍勢は、すぐにも美濃方面へ出陣してくるものと、左近が期待をしていた兵力だったのである。

ここで、すでに誤算が生じた。

しかも、誤算はこれだけでは済まなかった。

大垣へ戻った三成からの再三にわたる催促で、毛利輝元もようやく重い腰を上げて、大坂城から出陣しようとしたとき、城内にあやしい風聞がひろまった。

奉行の一人、増田長盛がどうやら東軍と気脈を通じているらしい、という噂がパッとひろまったのだ。

これで輝元と秀頼の出馬が一時見合わせとなってしまった。

雨夜の篝火《かがりび》

——さて一方
家康が九月一日に江戸を出陣するよりも以前に、秀忠の率いる軍勢が動いていた。

宇都宮城の後詰《ごづめ》として、会津の上杉の出方をうかがっていた秀忠のもとに、江戸の家康から、

「直ちに陣を引き払い、中仙道を進んで、美濃路でわしの到着を待て」

という指令が届いたのは、八月二十二日の夜のことだった。

そこで宇都宮城を守る結城秀康に連絡し、あとのことを打ち合わせた上で、秀忠の軍勢が宇都宮を引き払ったのが二十四日の朝。

およそ三万八千の軍勢は、ほとんど徳川譜代の部将で固められている。家康にとっても、もっとも信頼のおけるのが、この秀忠の率いる軍勢だったわけだ。

まだ弱冠二十二歳の秀忠を助ける配下の武将は、原康政を先陣の将として、大久保

忠隣、本多正信、酒井忠重、奥平家昌、牧野康成、戸田一西、真田信幸、森忠政、石川康長などの面々であった。

この秀忠軍が、碓氷峠《うすい》を越えて軽井沢に着いたのが、ちょうど九月一日。
行く手の信州上田城に、西軍へ味方を宣言した真田昌幸、幸村の父子が立て籠っているという物見の者の報らせである。

浅間山の麓を小諸《こもろ》まで進んだ軍勢は、ここで評議をひらいた。

「不届きな真田め。石田に加勢するとは許せぬ。上田如き小城、ひとひねりに攻め落として、門出の血祭りにあげてくれよう」

頭から呑んでかかった勢いで意気まく者が大半だったが、なかに戸田一西だけが、

「いやわれらが真に戦うべき敵の主力は、美濃路にいるのだ。上田城如きは一部の兵を置いて備えさせれば充分。われらはうち捨てて先へ進むべきだ」

と、異論を唱えた。

しかし、若い秀忠は総大将として大いに張り切っていたところだから、

「目の前に叛旗をひるがえす敵を見ながら、素通りしたとあっては、この秀忠の名折れとなる。目ざわりな真田父子を、まず退治することが先だ」

と、断を下して、上田城攻撃に踏み切った。

――だが

若い秀忠は知る由もなかったが、徳川の家中には、この上田城に関して、まことに厭な思い出がある。

天正十三年（一五八五）に、徳川勢がこの城を攻めた折り、まんまと真田昌幸の軍略にひっかかって、神川で大敗北を喫しているのである。

「真田手ごわし」

の観念は、このとき以来、徳川の家中に植えつけられている。

しかし、秀忠にとって不幸だったのは、このときの配下の部将のなかに、天正十三年の上田攻めの経験者が誰もいなかったということである。

苦い経験を持つ者がいないだけに、

「わずか二千数百の真田勢。いかに抵抗したところで、タカの知れた話」

と、甘く見てかかった。

ところが、この上田城に立て籠った真田安房守昌幸といえば、信玄ゆずりの戦の名人なのだから、相手が悪かった。

大軍に城を取り囲まれても、鳴りを静めて備えを固め、うかつに攻め寄せれば、思わぬ反撃に出てきて、手痛い目にあうし、さりとて、遠巻きの態勢をとっていれば、夜襲を仕掛けてくるといった始末で、三万八千の徳川勢がこの小さな城一つに手こずって、九月九日まで、上田に釘づけにされてしまった。

ついに秀忠も、いったん陣を引き払い小諸まで軍勢を返させた。

徳川の面目にかけて、いま一度、総攻撃の城攻めを仕掛けるか。それとも上田などは見捨てて関西へ向かうべきか。またもや諸将のあいだで激論となった。

「いかになんでも、このままではわれわれの面目が丸潰れだ」

と、あくまで上田攻めを主張する空気が強かったが、ちょうどそこへ、家康の書状を持った使者が到着したのだ。

この書状は九月一日付のもので、

「わしは本日、江戸を発して上方へ向かう。その方の軍勢も道を急ぎ、一日も早く美濃路へ出るように」

という、重ねての指示である。

この使者がちょっとした手違いと、途中の河川の増水のために、意外に手間取って遅れたのが、秀忠にとっては不運であった。

「や――これは」

すでに家康が江戸を出立して十日近くにもなると知って、秀忠もうろたえた。

これ以上、真田なぞにこだわっていられるときではないのだ。にわかに方針を変えて、森忠政、仙石秀久、など信濃に領地を持つ諸将を上田城のおさえとして残すと、本軍はあわただしく小諸を出発した。

「しかし、油断のならぬ真田勢。途中の険路に伏兵を配置してあるかもしれませぬ」

いささか真田恐怖症にとりつかれた本多正信の進言で、わざと本道である和田峠越えを避け、大門峠の東を通る行者越えという間道をえらんで、諏訪に向かった。

この間道は、その名の通り修験者などが通う峠道だから、山道もけわしい。将士のなかには、槍の鞘を木の枝に引っかけて失う者もかなり多かったという。

このなかで榊原康政だけは、二千の手勢を率いると、堂々と本道の和田峠越えの道をとった。真田勢と一戦まじえる覚悟だったのである。

果たして、上田城の将兵のなかには、

「おのれ、これ見よがしの榊原勢――追い討ちかけて、ひと泡吹かせてくれようか」

と、気負い立つ連中も多かったが、さすがに戦機を心得た真田昌幸は、

「待て、――うかつに、はやるでない。榊原ほどの武将が、その備えなくして、かような真似をいたすわけがない。へたに追い討ちなぞかけたら、かえって痛い目にあう

ぞ」

叱りつけるようにたしなめて、兵を動かさなかった。

東海道を進んだ家康のほうは、九月十一日には、尾張の清洲に着いていた。

道中すじでも、刻々と情報を入手している家康だったから、伊勢から美濃へかけての敵方の布陣は、手に取るように心得ている。

この日、すでに前から連絡をとってあったので、美濃赤坂の陣地から軍目付《いくさめつけ》の井伊直政と本多忠勝の両人がここまで戻っていて、家康を出迎えた。

その夜、三人と清洲城内の一室で、人を遠ざけて軍議に入った。

まず、直政と忠勝の両人から敵味方の兵力の、およその見積もりが報告された。

それによると、西軍のうち、大垣城から美濃路にかけて集結をして、当面の敵となる兵力は、概算で七万八千から八万内外。

これに対して、味方の兵力は、いま清洲に到着した家康の軍勢まで加えて約七万だという。

「そこで、手前考えまするに」

と、本多忠勝が提言した。

「いま、この敵の大軍と真正面から激突することは、まことに危険な賭けと言わねばなりません。そこで、殿にはしばらくこの城にとどまり、中仙道を進まれてくる秀忠さまの軍勢の到着をお待ちになるのが、最も賢明な策かと存じます。なんと申しましても、秀忠さまの兵力は、譜代の者で固めた手勢。いざとなれば、これほど信頼のおけるものはございません」

「その秀忠の軍勢は、いま、どこまで来ておるのだ」

「はっ、それがいまのところ、まだ連絡もございませんので、しかと分かり兼ねますので」

「なに、まだ連絡もないと」

思わず目を剝いた家康が、

「若い秀忠だけなら、いざ知らず、榊原や本多、大久保までが付いていながら、なんとしたことじゃ」

と、不機嫌に吐き捨てながら、ふと、このとき、思い当たるものがあった。

「そうか。愚か者め——上田の真田父子に、まんまとたぶらかされて、手間取っておるのじゃな」

大きく舌打ち鳴らす。

「――殿」

と、井伊直政が口をひらいた。

「この上、時期を引き延ばせば、敵はいよいよ備えを固めるばかりでございますし、大坂城の毛利輝元までが出馬してくるかもしれません。その前に、一挙に敵を叩くべきだと存じます。それに、これ以上、赤坂の陣地で福島らの諸将を釘づけにしておくことは、士気にもかかわってくることでございますぞ」

「ふむ、それも一理ある見方じゃ」

家康はうなずいたものの、しかし、井伊、本多、いずれの意見に対しても、採択を下さなかった。

なにか、家康自身のなかに、まだ迷うものがあるようだった。

その夜の軍議は、結論の出ぬまま終わった。

あくる十一日。

「道中の疲れか、少し風邪気味らしい」

家康は、そう言い出して、そのまま清洲城に逗留した。

やがて九月十二日の夕刻。

この清洲城へ、前戦から馬を駆って馳せ戻ってきた者がある。

藤堂高虎であった。

じつは家康、この高虎の来るのを心待ちにしていたのだ。すぐさま、城内の一室へ招じ入れると、ふたりだけで密談に入った。

考えてみると、家康にとって高虎ほど調法な男はいない。

いつも小まめに立ち回って、さまざまな情報をかき集めると、真っ先に報告にやって来るし、素早く家康の意中を読みとって、これと思う敵の武将へ謀略を仕掛けたり、寝返りを誘いかけたり、じつにその裏工作が巧みなのである。

戦場でのいくさぶりは、あまり達者とはいえない高虎だが、こうした裏工作も陰の大きな戦功だったし、これも才能といえるのなら、まさに天才的な才能の持ち主なのだ。

「なに、毛利家の吉川広家より、お味方つかまつると申してきたと」

高虎から報告をうけて、家康も思わず声がはずんだ。予想外のことだったからである。

「はっ——今回、毛利家が石田方にかつぎ出されたのも、すべて安国寺恵瓊の巧妙な口車《くちぐるま》に中納言（輝元）が乗せられたもので、決して本意からではない。いま毛利家の安堵を保証して下さるのなら、この広家が責任をもって毛利家の軍勢の動きを封じ、必ず敵対はいたさせませぬと、かように申して来ておりますので」

「ふうむ。毛利家の安堵をとは、随分、虫のよい申し入れではないか」

家康が唇をゆがめて、声もなく笑った。毛利輝元が、西軍の総大将に祭りあげられたこの機会をとらえて、一挙に中国路の雄、毛利家を叩き潰してしまいたいのが、家康の本音《ほんね》なのである。

と、すれば、ここで吉川広家の申し出なぞ蹴ってしまえばよいのだが、現在の彼我の兵力や、情況からいえば、一人でも多くの寝返りを誘いたいのも、また本音なのだ。

「そのほかに――」

と、藤堂高虎はつけ加えた。

「脇坂安治、朽木《くつき》元綱、小川祐忠《すけただ》、赤座直保の面々も、いよいよ決戦という局面になれば、手前の合図一つで、お味方に寝返る手筈になっております」

「ほほう」

「これらは兵力としては、決して強力ではございません。しかし、いざというときまで伏せておいて用いれば、敵に与える打撃はかなりのものと思われます」

「なるほど、それはおぬしの判断に任せよう。ところで、おぬしの目から見て、金吾中納言（小早川秀秋）はどう思うかな。わしのところへ、しきりに使者をよこして、味方をしたいと申しておるのだが、果たしてどこまで信じてよいものやら」

「おそらく秀秋の背後には、叔母の湖月尼（太閤未亡人おねね）どのがついているものと思われますゆえ、石田との関係から考えても、信じてよいかと存じまするが」

「うむ、それはそうかもしれんな」

家康の風邪気味は、たちまち、このときから快方に向かった。


あくる九月十三日の朝、家康は三万の軍勢を引きつれて、清洲を出立した。

途中には、木曾川の渡河という障害があり、行く手の大垣には、西軍の大軍が集結をしているのだから、家康も慎重に構えて、ひとまず岐阜に向かった。

どうやら途中には、案じていたような西軍の待ち伏せもなかった。

「すでに、相手にはわしの動きも知れておるであろうに、動いて来ぬというのは、どういう考えなのか」

家康は西軍の意図をはかり兼ねた。

しかし、これは家康も少々相手を買いかぶりすぎた考え方であった。

戦略にかけては経験豊富な家康が、自分が西軍ならばこの場合、こうも出るだろう、ああも出るだろうと、予測して警戒をしたまでのことで、当の相手のほうには、そこまでの戦略もなければ、それを実行できるだけの結束もなかったのである。

島左近ひとりが、いかに苦心をして対策を立てようが、悲しいことに彼は、石田の家来という立場にすぎない。

西軍の諸将を思いのままに動かすことなぞ、到底できることではなかった。そこに、左近の限界があったと言えよう。

さて、家康は岐阜で一夜を明かすと、翌朝には、道を大きく迂回して、美濃赤坂へと向かった。

赤坂では、福島、浅野、黒田、細川の諸将が首を長くして、家康を待ちうけている。

家康は、赤坂へ着くや、直ちに岡山という小高い丘の上に、本陣を構え、馬印や紋どころ入りの旗を堂々と押し立てて、

「家康、ここにあり」

と、言わんばかりに、その意気を示した。

この岡山から、大垣城までは、直線距離にして、約一里ばかりの近さだから、大垣城内外の備えも、手にとるように眺め渡せる。

「さて、いかにこの敵と戦うべきか」

家康は、大垣城を眺めながら、思案を練った。

江戸城ではかなり慎重に情勢を見守り、東海道を上る道筋でも、絶えず情報を手に入れていた家康だが、この美濃赤坂へ到着するまで、別に具体的な作戦を立てていたわけではない。

やはり、いかに家康でも実際に現地に立ってみなければ、適切な作戦を練ることはむずかしかったからだ。

家康は、さきに軍目付として、この地に来ている本多忠勝を呼び寄せた。

「いま、大垣城には、どれほどの総数が立て籠っておる」

「はっ——およその見積もりでございますが、石田、小西、宇喜多、それに島津の軍勢を合わせまして、三万ほどの総勢かと見ておりますが」

「そのほかに、近くにおる敵は」

「垂井《たるい》の近くの南宮山《なんぐうさん》に吉川広家、毛利秀元が陣を構え、その背後に安国寺、長束、長宗我部が陣を布いております」

「ふむ。戦が長びけば、それも動いてくるというわけじゃな」

家康が、幾度か小さくうなずいた。

大垣城内の兵士たちのあいだに、噂がぱっと広まった。

「敵陣に、江戸から徳川御内府が到着したということだぞ」

「――まさか。そんな筈はあるまい。いま関東では、徳川勢と上杉勢が真っ向から激戦を交わしているころ。御内府が来られるわけがないではないか」

「いや、それが本当に着陣しているというのだ。はっきりと旗を見届けた者がいるのだ」

「えっ、本当だとすると、これは一体、どういうことになっておるのだ」

噂が広まるにつれて、兵士たちの動揺も目に見えて大きくなってきた。

よもやと思った家康が、現われたと聞いただけで、言い知れぬ恐怖感がつのってきたらしい。

「これはいかん」

浮き足立ったこの空気を感じ取って、憂慮したのは島左近である。

「このまま放置できぬ。味方の士気を高めるためにも、なんとか手を打つ必要がある」

そう思案をした左近は、三成に一策を進言した。

「しかし、左近。それは危険ではないか。もし失敗をしたら、かえってまずい結果を生むことになる」

三成が案じ顔で承認を渋ったが、

「失敗をおそれていては、合戦はできませぬ。手前を信じて、お任せ願います」

左近は、強引に押し切って、三成を承諾させてしまった。

さっそく左近は、蒲生郷舎《さといえ》を呼んで、事情を打ち明け、

「味方の士気を高めるためには、ここで一戦を仕掛け、気負い込む敵の出鼻を叩いてみせることが必要なのだ。それを、おぬしとわしのふたりでやろうというのだが、どうだ手を貸してくれるか」

と、持ちかけた。

「いや、それは面白い。是非やらせていただきたい」

郷舎が、俄然、張り切って話に乗ってきた。

「島どの、それで兵はどれくらい連れて参りますか」

「左様――おぬしが五百。わしが五百。そのぐらいの人数で充分だろう」

そこで、左近と郷舎が、作戦の打ち合わせを綿密に行って、

「よし。では、直ちに兵をまとめよ。準備のととのい次第、出発じゃ」

と、ふたりは左右に別れた。

ところが、どこから伝わったのか、この話を聞きつけたのが、宇喜多秀家の家中でその人ありと知られた明石掃部助《かもんのすけ》全登と長船吉兵衛の両人。

「おぬし達だけで抜け駆けとは許せん。われわれも参加させろ」

と、意気込んで申し入れてきた。

敵を目の前にしてウズウズしていたところなのだ。断ったとて、あとへ退く連中ではない。

左近も、仕方なく自分たちの作戦を打ち明けて、協力を求めた。

大垣城と、美濃赤坂のあいだには、杭瀬《くいせ》川の流れがある。この川は、家康が本陣を構えた岡山の東方を流れ、大垣の西をすぎて下流に至る。

大垣より行くと、その岸に沿うて木戸、一色、笠縫、笠木などの村落が点在している。

杭瀬川上流の西には、東軍の陣地が並んでいて、最前線には中村一栄《かずしげ》、有馬豊氏の両陣営が、柵をめぐらして構えていた。

島左近と蒲生郷舎は兵を二手に分けて大垣を出発すると、途中で、木戸、一色のあたりにある森の中に一部の兵を伏せておいて、わざと目立つように白昼堂々と、杭瀬川を渡りはじめた。

　左近と打ち合わせた明石全登などの宇喜多勢八百あまりも、ひそかに川に沿うて兵を伏せさせた。

　それとは知らぬ東軍最前線の中村一栄の陣地では、

「や――あの旗指物は、石田の家中の島左近と蒲生郷舎だな。おのれ、いかにその名を知られた豪の者とはいえ、僅かの兵を引きつれ、これ見よがしに出撃してくるとは人を小馬鹿にした振舞い。引き寄せておいて、一気に攻め崩してしまえ」

　中村家の部将、野一色頼母《のいっしきたのも》と藪内匠《やぶたくみ》が兵たちに下知を与えて、機会をうかがう。

　むろん、それは計算ずみの左近だ。わざと挑戦をするように中村の陣地の前へ兵をすすめてゆく。

「それ、かかれ」

　突如、中村の兵が陣地の柵を破って出撃をしてきた。

「退け――退却じゃ」

　左近と郷舎が、兵をまとめるや、一斉に退却をはじめた。兵数の点からいっても、真正面に対抗して勝てるわけもなかった。

「敵は逃げるぞ、追い討ちをかけろ」

勝ちに乗じた中村隊の兵士たちは、つい調子に乗って、そのまま杭瀬川を渡って追撃していた。

——と、その途端に、木戸、一色あたりの森かげにいた伏兵がおどり出て、その退路を遮断してしまう。

同時に満を持していた宇喜多勢が明石全登の号令一下、中村勢の前面から攻撃を仕掛けてきた。それだけではない。いままで退却一方だった島左近と蒲生郷舎の兵たちも、くるりと一転して、反撃に出てくる。

中村隊は前後から挟み討ちにあって、たちまち隊形も乱れ、総崩れとなってしまった。隊長の野一色頼母をはじめ、名の知れた将士三十余人が討ち死にを遂げるという大惨敗となってしまったのである。

隣りに陣地を構えていた有馬豊氏は、この中村隊の苦戦を見て、捨てては置けず、救援の兵をさし向けたが、勢いに乗った島、蒲生の兵にあっては敵ではない。

これもたちまち蹴散らされてしまう。

岡山の本陣で、この戦況を見ていた家康は苦々しげに舌打ちして、

「川を越えて深追いする奴があるか」

と、本多忠勝に命じて、退却の命令を伝えさせた。

結局、この小競り合いは、西軍の作戦勝ちでケリがついた。小競り合いとはいえ、家康の目の前で勝ちを収めたというところに、この戦いの価値があった。

確かに大垣城内の士気は、大いにふるい立ったのである。

左近たちが意気揚々と、大垣城外の陣地へ戻ったころ、岡山の家康の本陣では、福島、池田、黒田、細川、藤堂らの諸将を集めての軍議がひらかれていた。

これは家康が到着の挨拶をするという意味も含まれて、ひらかれた軍議だったが、今後の作戦方針を決める重大な意味も持っていたのである。

この軍議の席上、池田輝政と井伊直政の両人は、

「いま目の前の大垣城には、敵の中心勢力ともいうべき石田、宇喜多、小西の兵力が集結しております。この兵力を叩けば、こんどの合戦の勝負はついたようなもの。まさに絶好の機会と思われますが」

と、直ちに大垣城の攻撃へ移るべきだと主張をした。

ところが、これに対して、福島正則と本多忠勝は、

「なるほど、いま大垣城に立て籠るのは敵の主力に相違ありませぬが、それだけに一

朝一夕に、城を攻め落とすことは難しかろうと思われます。もし、この城攻めに手間取っていれば、情勢もどう変わってくるかしれませぬ。それよりも、この敵は捨てておいて、一気に美濃路を進み、石田の本拠たる佐和山城を攻め落とし、その勢いで大坂城に迫り、敵の総大将たる毛利輝元と勝敗を決すべきだと存じます」

と、口をそろえて反対意見を述べ立てた。

「ふむ、いずれの意見も尤もな申し分じゃ」

慎重に構えた家康は、いずれともすぐには結論を出さず、熟慮を重ねていたが、すでに家康自身の腹の中では、一つの方針が固まっていたのである。

もともと家康は、姉川の合戦や小牧、長久手の合戦での水際立った指揮ぶりからも分かる通り、野戦が得意で、どちらかと言えば、城攻めは得意ではなかった。

この点は、高松城の水攻めや、小田原城攻めで本領を発揮した秀吉とは、まことに好対照を示している。

それだけに、家康とすれば、いま目の前の大垣城に立て籠る石田たち、西軍の主力部隊を、なんとか城から外へおびき出したいと思っている。

双方が野戦で陣を構える形になれば、多少の兵力の差など問題ではなく、勝機を摑む自信はあるのだ。

なにやら目算がついたのだろう。家康は大きくうなずいた。

「よろしい。一気に佐和山を衝き、大坂へ向かうといたそう。一部の兵を大垣に備えさせておき、残る全部隊は、明朝、出立とする」

きっぱりと、そう告げ、

「全部隊、いまから出発の準備をととのえ、わしの命令次第、直ちに発てるようにいたしておくように」

と、命じた。

「うむ」

――ところで
この時点で、西軍の諸部隊は、どういう配置になっていたのだろうか。
大垣城には、石田、小西、宇喜多、島津という主力部隊が集結していたが、そのほかに伊勢路から転進してきたかなりの部隊が、この近くへ進出してきていた。
まず、その筆頭に数えられる大部隊は、毛利秀元と吉川広家が率いる毛利勢およそ一万六千である。この毛利勢は大垣の西方、美濃の垂井宿を眼下に見下ろす南宮山の上に陣を布いていた。

その毛利勢のうしろに安国寺恵瓊の部隊が控え、さらにその後方に長束正家、そして、なおも後方の栗原山に長宗我部盛親が陣を構えていた。

そして一方、石田三成の要請で、北国路から転じてきた大谷吉継、脇坂安治、朽木元綱、小川祐忠、赤座直保などの諸部隊が、関ヶ原の西端まで進んできて、山中村の高地に陣を布いている。

また、すでにこのころから注意人物と目されていた小早川秀秋が、三成から再々の催促をうけて、ようやく重い腰を上げ、関ヶ原を見下ろす松尾山まで出てくると、そこに陣を張っていた。

三成もそこまで計算していたわけではないのだろうが、偶然にもこの諸部隊の配置は、家康の進路をさえぎるには絶好の布陣となっていたのである。

しかし、その実態は、東軍に秋波を送って、内通を約した者、寝返りを申し入れた者もあり、さらには臆病風に吹かれて逃げ腰の者もあるというありさまで、決して強力な布陣とは言えなかった。

なかでもひどいのは、四国からわざわざ参戦していた長宗我部盛親の部隊で、およそ進退不自由な山の奥に陣を布き、怖る怖る形勢を見守っている。これでは一体なんのために戦場へ出てきたのか、さっぱり意味が分からなかった。

もともと僧侶あがりの安国寺恵瓊や、商人あがりの長束正家が、臆病風に吹かれて尻込みするのはいたし方もなかったが、盛親のようなれっきとした武将が、こうした態度を示したのは、いかにもうなずけなかった。

やはり、根本になにか欠けるものがあったのだろう。

こうした諸将の消極的な態度に、深く不安を覚えていた島左近は、いま一度、三成に進言をした。

「くどいようではございますが、ここはどうあっても、西軍総大将として毛利輝元さまの御出馬が、全軍の士気を高めるためにも、結束を固めるためにも必要なこと。秀頼公の御出陣は無理ならば、それは止むを得ませぬが、輝元さまだけは、なんとしてでも出馬なされるよう、催促の使者をおつかわし願います」

もはや間に合わぬかもしれぬと思いながらも、そう申し出ずにはいられなかった。

「うむ、使者を出してみよう」

三成も、同じ不安は覚えていたらしく、すぐに同意した。

この九月十四日の午後三時ごろのことであった。

家康と諸将たちが本陣で取り決めた軍略が、陣中にいた小萩の耳に入った。

「東軍は、目の前の大垣城を打ち捨てて、一気に佐和山城を目指して進む」

と、いうのだ。

しかも、その出発は明朝に迫っている。

小萩は、あっと思った。

東軍の主力が、怒濤の如く佐和山城へ押し寄せたら、僅かな留守部隊では到底防げる筈もなく、城はあっという間に陥落してしまうだろう。

三成が、いかに大垣城で頑張ろうと、所詮は他人の城。本拠を失っては動きがとれなくなってしまうだけだ。

「島さまも、まだご存じないに違いない」

そう思うと、小萩は捨ててはおけなくなった。

彼女は忍びの装束に身を固めると、陣所をひそかに抜け出した。この身なりなら、誰が見ても、大垣城の様子をさぐりに出かける忍びの者と思うだろう。

だが、その小萩の計算は甘かった。すでに、同じ仲間の伊賀者たちから、

「このごろ、小萩は怪しいぞ」

と、ひそかに目をつけられていた彼女だったのである。

このときも、仲間のひとりが小萩の行動を見張っていたが、彼女が無断で陣所の柵

から抜け出して行くのを見るや、

「うぬ、やっぱり……」

男は、はっきりと小萩の裏切りを悟ったのだ。こうなっては、たとえ親兄弟の仲でも容赦しないのが、この仲間の掟である。

男は、陣中の近くにあった鉄砲を手にするや、柵際に駆け寄り、小萩のうしろ姿に狙いを定めた。

轟然たる銃声一発。

「──あっ」

小萩は、はじかれたように前へのめった。右肩を射抜かれ、灼けつくような痛みに、右腕がまるでしびれている。

だが、次の瞬間、彼女は必死で跳ね起きると、走り出していた。

後方に、足音が迫ってきたからである。ここで捕えられては、万事休すとなってしまう。

小萩は、よろめきながらも、必死で逃げた。

「待てい──もう逃がれられぬ。無駄なことだぞ」

男の声が、背後に迫ってくる。

目の前にいきなり杭瀬川の流れがひろがった。小萩はためらいもなく、その流れのなかへ身を投じた。

「うぬっ」

男は、岸辺に沿って、なおも追った。

小萩は、時折り、流れのなかに頭をのぞかせるだけで、ぐんぐん下流に向かってゆく。

これでは手裏剣で仕留めることもできない。

その伊賀者の姿を見咎めた、西軍の陣地から、一発、二発、銃声が轟く。

「ちッ」

男は舌打ち鳴らして、草むらに飛び込むより仕方がなかった。

大垣城の前面に陣地を構築して、赤坂方面の東軍の動きに備え、警戒に当たっている西軍の一部隊があった。

この部隊の指揮をとっていたのは、島左近である。東軍の中村一栄の部隊をこっぴどく叩いたので、いずれ東軍の面目にかけて、仕返しの奇襲があるものと予想した左近は、みずから指揮をとって、それに備えていたのである。

その左近のところへ、見張りに立っていた兵の一人が駆けつけてきた。

「島さま——小萩と申す忍びの女が、是非、島さまに申し上げたいことがあると、参っておりますが」

「なに、小萩が——よし、すぐここへ連れて参るがよい」

「いいえ、それが深手を負っていて、動けぬ始末なので」

「なんじゃと」

さすがに驚いた左近が、その兵と共に陣地のはずれへ急いで駆けつけた。

そこは杭瀬川の流れにも程近い地点で、左近も敵からの奇襲を最も用心していた方面であった。

「さては、その奇襲のことを知らせに来てくれたのだな」

左近は、てっきりそう思っていた。

が、その場に駆けつけて見ると、上半身を血に染めた小萩が、はや息も絶え絶えのありさまで横たわっている。よもや、これほどの重傷とは思わなかった左近である。

「鉄砲で射たれた身で、川を泳ぎ下ってきたので、出血も甚だしく、もう手当てのいたしようもありません」

小萩のそばに付き添っていた部下の一人がそう報告をした。

左近は黙ってうなずくや、その場に膝を突いて小萩を抱え起こした。

「わしだ——分かるか、小萩」

「あ——左近さま」

わずかに目を見ひらいた小萩が、わななく手をさしのべながら、

「た、大変でございます」

と、あえぐように言った。

「して、大変とは」

「御内府は、全軍に明朝の出発を命じられました」

「なに、全軍に出発を」

とっさに左近の脳裡にひらめくものがあった。

「では、この大垣を打ち捨てて、佐和山から大坂を衝くという作戦なのか」

「は、はい」

大きくうなずいた小萩が、それで安心をしたのか、がっくりと首を垂れてしまった。

「これ、小萩、しっかりせい」

左近が、耳もとへ口を寄せ呼びかけたが、もう二度と小萩の目はひらかなかった。

「小萩——礼を申すぞ」

わが身を犠牲にしてまで、急を知らせに来てくれた小萩の気持に、左近は、しばし深々と頭を下げた。

そして、この小萩の犠牲的な行為を決して無駄にはできぬと、決意を固めていた。

部下の兵たちに、小萩を手厚く埋葬するように命じた島左近は、急遽、大垣城へ馳せ向かった。

「——いかに、手を打つべきか」

左近の脳裡は、そのことで一杯だった。

さすがに家康は油断のならぬ相手。目の前の敵を打ち捨てて、一挙に「本拠」を衝く作戦をとったとは、大胆きわまりないやり方である。

それだけに、こちらにとっても絶好の機会だと言えば言えるのである。

「よし、一挙に勝負と出て、この合戦にけりをつけてやろう」

左近の胸には、一つの陣形がすでに思い描かれているのだ。

左近から重大な報らせをうけた石田三成は、直ちに城内の一室に諸将を呼び寄せ、厳重に人払いを命じて、軍議をひらいた。

小西行長、宇喜多秀家、島津義弘の三人も、この家康の作戦を知らされるや、

「ほう、まことか」

と、一様に驚きの色を隠せなかった。

よもや、家康がこんなに思いきった作戦に出るとは予想もしていなかったのだ。

「よし、そうとあれば、面白い手がある」

島津義弘が、俄然、勇み立って身を乗り出し、

「赤坂周辺の敵陣営は、明早朝の出立という触れで、いまごろごった返しておるだろう。警備も手薄になるに違いない。そこを狙い敵兵が寝込んだ真夜中に、夜襲をかければ、必ずや相当の戦果がある筈――この義弘が、先陣を承ろうではないか」

と、申し出した。

「しかし――」

三成は渋った。彼にすれば、ここでヘタにしくじって本拠の佐和山城を無防備のまま攻められることを、何よりも怖れていたのだ。

「大垣より赤坂までは、一望の水田で道も細い。いかに夜襲とはいえ、多くの軍勢を自在に動かすには、あまりにも不便な地勢。大きな戦果を得ることは、まず望めぬと思う」

「では、ほかにいかなる手立てがあると申すのだ」

義弘、いささか不満顔で尋ね返した。

「されば、われわれが今宵のうちにこの城を抜け出し、野口村より牧田へと迂回して、関ヶ原に先回りをし、すでに関ヶ原に着いている大谷らの北国勢と合流して、家康の軍勢を待ち伏せするのが、最良の手段と思われるが、いかがでござろう」

これは三成の意見というよりは、島左近の発案であった。

東軍と雌雄を決する一大決戦を展開するには、関ヶ原こそ、まさに打ってつけの場所であったし、味方の諸部隊の配置を考えれば、家康を関ヶ原まで誘い出すことは、まさに袋の中へ鼠を追い込んだようなものなのだ。

「なに――これから夜道を関ヶ原へ出るというのか。およそ四里もある道をか」

「わずか四里でござる。夜襲をかけて、危険な賭けをいたすより、楽な動きで、しかも勝利は間違いのない手立てだと思われるが」

自信をもって言いきる三成だった。

九月十四日の夕刻から、折りあしく雨がしとしとと降り出してきた。

大垣城の守備として、福原直高、秋月種長らの部将に兵七千五百を添えて、あとに残した西軍の主力部隊は、夜の七時ごろ、この雨のなかを、ひそかに城から退却を開始した。

先頭には石田の部隊が二列縦隊となって進み、つづいて島津勢、小西勢、宇喜多勢という順序で城をあとにする。

この軍事行動は、あくまでも隠密な作戦なのだ。秋雨蕭条《しょうじょう》として降りしきる四面暗黒のなかを、松明《たいまつ》も点火させず、馬のいななきをとめるため馬舌を縛《ばく》すという用心深さで、黙々と行進をしてゆく。

前方には、栗原山の低い山なみが黒々と横たわり、そこに陣を布く長宗我部の陣営の篝火《かがりび》が、点々と赤く燃えている。それだけが、この暗夜のなかでの唯一の目標となったのである。

道は細く、うねうねと曲がっているうえに、人馬の通行で、たちまちぬかるみ、滑りやすくなっている。

野口村をすぎ、栗原山の裾を回るころには、将兵とも全身ずぶ濡れとなり、秋冷肌に迫って、その行進はいよいよ困難をきわめていた。

「さあ、立ち停まってはいかん。あとの部隊がつかえるからな。もう少しの辛抱だぞ。関ヶ原へ着けば、ゆっくりと休めるのだ」

組頭に励まされて、足軽雑兵たちは、重い足を引き摺ってゆく。大垣から野口、牧田と迂回して、関ヶ原まではおよそ四里の道のりといわれているが、この雨中の悪路では、誰もがその倍ほどの遠い道のりに感じたに違いない。天候だけは、人間の力ではどうにもならないが、この冷たい秋雨は三成にとっても計算外のもので、西軍にとって大きな打撃となっていた。

もし、この夜、雨さえ降らなければ、西軍の行動はもっと敏速で、四里の夜道も軽く踏破して、関ヶ原へも十四日の夜ふけには到着をしていただろう。そして、それだけ早ければ余裕をもって陣地の構築もできたであろうし、交代で休養をとることもできたであろう。

しかし、実際には、この夜、石田勢の先頭が関ヶ原の西端、小関村に到着して、北国街道の要所をおさえたのは、十五日の午前一時すぎのことであった。

直ちに陣地の前面へ壕《ごう》を掘り、二重の柵をめぐらして、備えを固める。こうした作業に追われる足軽、雑兵たちは、休むどころか、ひと眠りするひまもないまま、夜明けを迎えていたのである。

先頭の石田勢ですらこのありさまだったから、後続の島津、小西、宇喜多勢に至っては、関ヶ原まで到着したのがやっとのことで、陣地構築すら満足に行えぬうちに、夜明けを迎えていた。

西軍の誤算はここにもあったが、さらに、もっと大きな誤算がひそんでいたのである。

男は勝負

石田の部隊が、雨のなかの悪路を、大垣から関ヶ原へと向かっていたとき、三成と左近は、馬を走らせて別行動をとっていた。

「左近」

と、馬を停めて振り向いた三成が、

「ふたりで一緒に回っていては時間の無駄じゃ。手分けをしよう。わしは南宮山へ行って、毛利秀元と吉川広家に会い、ついでに安国寺恵瓊とも打ち合わせてくる。おぬしは、長宗我部と長束の陣所へ行ってくれ」

と、命じた。

「承知仕った」

ふたりは、そこで左右に別れた。

左近が、まず馬首を向けたのは、栗原山に陣所を構える長宗我部盛親のところだった。

左近は篝火を目当てに山中の小道を辿りながら、

「馬鹿な。長宗我部ともあろう武将が、こんな奥まった山中に陣を張って、一体どう戦うつもりなのだ」

と、腹立たしくなってきた。

それでつい、盛親に会うや、開口一番、

「盛親どの――かようなところでは、敵の動きも分かりますまい。いま、この山の裏手を小西、宇喜多の部隊が通過しておりますから、そのあとから陣を移して、関ヶ原へと回っていただきたい」

と、申し入れた。

すると、盛親が目を剥いて、

「それは、石田の指図か――われらは伊勢路で阿濃津城や長島城を攻めて、将兵も疲れ切っておるところを、美濃路への転進を命じられ、ここへ移って参ったのだ。この上、第一線へ駆り出して、長宗我部の将兵をこき使い、みな殺しにでもしようと言うのか」

と、噛みついてきた。

「いや、決してこき使おうなどというつもりはない。四国の雄者、長宗我部どのが、かかる場所におられては勿体ない話。明日こそ、おそらく東軍と決戦のときを迎えるであろうと思われるので、是非、お力を貸していただきたいと存じたので」

左近も陪臣の身の悲しさ、そう相手をおだて上げて頼むよりほかはなかった。

「わしはわしの考えで動く。いまさら、石田の指図なぞ受けんでもよい。もどったら、三成にそう伝えておけ」

ことさらに、ふんぞり返って盛親が言い放った。

(――この男、虚勢を張っている)

左近は、そう見抜いていた。

おのれ自身が、家康の出現におびえて、臆病風に吹かれているのを、逆に高姿勢に出て隠そうとしている気持が、そこにありありとうかがえた。

(駄目だ。こんな男はあてにできん)

そう見限りをつけると、左近は、長宗我部の陣所をあとにして、長束正家のもとへ馬を走らせた。

この正家も、南宮山の後方に陣を張っていて、敵からは遠い場所だった。

しかし、左近は、ここでもまた失望せざるを得なかった。この商人あがりの男には、まるで戦意というものが感じられなかったからである。

烏合《うごう》の衆という言葉は、いま、まさに西軍の諸将にぴたりと当てはまるものだったかもしれない。

ずば抜けた力量と統率力をもつ大将がいないために、お互いが自己本位の考え方で、勝手な動きをしている。

（主人の三成に、いま少し実力が具わっていたら、彼等を思いのままに使えるのだが）

左近には、それが残念でならなかった。

長束正家の陣所をあとにした左近は、さらに馬を駆って、松尾山へと向かった。

ここには小早川秀秋が陣を構えている。できれば、秀秋に直接会って話をしたいと思っていたが、陪臣の身で、いきなり中納言に会いたいと申し入れるわけにもゆかない。

そこで、松尾山の陣所に行くと、とりあえず小早川の老臣、平岡石見守頼勝に面会を申し入れた。左近も、この平岡とはかねてより顔見知りの仲だ。

「目下の情勢では、いよいよ明朝には、この関ヶ原で東西両軍がぶつかり合っての決戦となる見通しだ。そこで……」

と、左近は戦略のあらましを告げ、

「戦機を見て、天満山でノロシを打ち上げるゆえ、合図と共に山上より一気に攻めくだって、東軍の腹背を衝いていただきたい」

と、要請した。

「心得た」

平岡は、言葉短くうなずいてみせた。

「ところで、中納言さまに一言御挨拶を申し上げたいのだが」

「折角だが、殿にはこの雨でお風邪《かぜ》でも召したらしく、ご気分がすぐれぬと申されて、おやすみになったところなのだ」

そう言われては、それ以上、押してというわけにもゆかない。

左近は、小早川の陣をあとにすると、こんどは関ヶ原西端の台地にある大谷吉継の陣所へ馬を走らせた。

こちらは、石田からの連絡を待っていたらしく、すぐに吉継がみずから会ってくれた。

　このとき、吉継は病状がさらに悪化して、両眼はほとんど失明に近いありさまだった。

　左近から、情況をくわしく聞き及んだ吉継が、ふと、見えぬ目を向けて、

「おぬしや三成どのは、どう思っておるか存ぜぬが、わしの見るところでは、金吾中納言（秀秋）はどうも油断がならぬ感じだ。あるいは、内府（家康）となにやら密約を交わしておるかもしれぬぞ」

　と、ずばり指摘をした。

「やはり……」

　島左近も、その点についてはいささか危惧の念を抱いていた。それだからこそ、今夜は秀秋に直接、会ってみたいと思ったのだが、それも果たせなかったところだ。

「大谷さまも、さようご覧になられますか」

「うむ。この通り、わしの目はもう殆ど見えぬが、人間、有難いもので、そうなるとかえって人の心がよく見えてくるものだ」

　吉継は、ほろ苦く笑って、

「いざ戦端がひらかれたら、わしが小早川の動きは見張るが、三成どのにも油断せぬよう伝えておくがよい」

と、つけ加えた。

この九月十五日の午前一時ごろ。

美濃赤坂に近い岡山の本陣へ、あわただしくひとりの男が駆け戻ってきた。

雨降りしきる暗闇にまぎれた、その黒い人影は、本陣周辺を固める警備の者たちへ合言葉をかけながら、真一文字に本陣の奥へとはいってゆく。

この本陣には、急ごしらえの仮小屋ながら、陣屋が幾棟か建てられており、その奥まった一棟が家康の寝所となっていた。

「何者だっ」

不審番の侍が鋭く声を放つ。ここでは合言葉だけでは通れない。

「服部半蔵配下の銅八と申す者でございます。至急お知らせの筋があり、駆けつけました」

「よし。しばらくそこで待て」

陣屋の奥へ入った不審番の者が、すでに臥《ふせ》っていた家康に、それと告げた。

「うむ。その者を縁先へ回せ」

この時刻、駆けつけてきたからには、よほどの大事なのだろうと、家康にもすぐ察しはついたのである。

伊賀者の銅八は、縁先へ通された。

家康は、臥所《ふしど》の上から声をかけた。

「して、何事じゃ」

「申し上げます。大垣城におりました石田、小西、宇喜多、それに島津の兵が、ひそかに城を抜け出し、南宮山の南方を迂回して関ヶ原方面へ移動をいたしております」

「なに」

家康が、上体を大きく乗り出した。

「敵が先に動いたか」

してやったり、と眸が輝いた。

家康にすれば、敵の主力が大垣城に立て籠っているのを打ち捨てて、西進する作戦には多少のためらいも感じていたところなのだ。

その敵の主力が、城を出てくれたとなれば、まさに望むところだ。

（石田らは、関ヶ原で待ち伏せ、戦いを挑んでくるつもりなのであろう。よろしい。堂々と受けて立って、一気に勝敗を決するまでのことだ）

家康の胸中に戛然《かつぜん》と鳴るものがあった。

「全部隊に触れを出し、直ちに佐和山へ向けて進撃と伝えよ」

ついに、断は下された。

よもや家康にしても、いまこうした形で、しかも関ヶ原の地で、一大決戦になろうとは予想もしていなかったことである。

これは、相手の石田や小西たちにしても同じことだったろう。

双方とも、はじめから綿密に組み立てられた作戦ではなく、さながら目に見えぬ運命の糸にたぐり寄せられるようにして、関ヶ原へと向かい、一種の遭遇戦を展開する結果となったのである。

やがて、東軍の先陣を承って、福島正則の部隊と黒田長政の部隊が、互いに抜け駆けの功名をいましめて、二列縦隊になると、赤坂を出立していった。

ときに、午前三時すぎ。

小雨は、まだ降りしきり、夜の道は真っ暗である。

関ヶ原は、美濃の国不破郡にある中仙道の古くからある一宿駅である。

この宿場町は、伊吹山脈が近江より分かれて両分する谷間にある。世にいう美濃の中道《なかみち》とは、このあたりの通路をいったものだ。

三方を伊吹山地にかこまれ、残る一方もまた突起した山でふさがれている。

この山の左右の谷間を、それぞれ道が走り、一つが尾張へ向かう中仙道であり、一つが伊勢へ向かう牧田路である。

また、その反対側――つまり関ヶ原の西端にも、二つの道が延びている。西南に行くのが中仙道で、これ近江から京へと出る。西北に行くのが北国街道で、近江長浜から柳ヶ瀬を経て越前へと向かう。

こうして見ると、この関ヶ原という地は山間の一寒村ながら、まことに四通八達の交通の要衝というべきで、その昔、このあたりに、

――不破の関
が設けられていたのも、決して偶然ではなかった。

関ヶ原という地名も、この不破の関から由来するものなのだろう。とにかく、文字通りに、山に囲まれた山間の平原であった。

石田三成は、関ヶ原に到着するや、本陣を相川山の麓にある丘陵の笹尾に設けて、北国街道をまずおさえた。

陣地の前には壕《ごう》を掘り、二種の柵をめぐらして、その前面に島左近と蒲生郷舎が、それぞれ精鋭を率い、左右に分かれて陣を張った。

この石田の陣地が、西軍では最左翼の位置を占めていた。

これから右へ一町半ほどへだてたところに島津義弘と島津豊久の陣があった。

そして、島津の陣のさらに右、天満山のあたりにかけて小西行長、宇喜多秀家の両部隊が大挙して陣を布いている。

すでに、いち早く関ヶ原へ到着していた大谷吉継は、はじめ山中村に陣を構えていたが、石田たち諸将が、北国街道をおさえて東軍を迎え討つ態勢をととのえたので、これと連繋を保つために、戸田重政、木下頼継、平為広、大谷吉勝の部隊を、藤川の川岸に移動させ、中仙道をおさえさせた。

そして、吉継自身は、

「金吾中納言（小早川秀秋）こそ獅子身中の虫、油断はできぬ」

と、松尾山の小早川に備えて、精兵六百を率い、いつでも動けるように八方睨みの態勢で、後方に陣を布いていた。

この大谷の陣地と、松尾山の小早川の陣地のあいだには、左から順に赤座直保、小川祐忠、朽木元綱、脇坂安治の諸将が陣を布いている。

大谷吉継の腹づもりでは、もし小早川に不審な動きの見られたときには、まず真っ先にこの赤座や脇坂らの諸将を防ぎに当たらせる予定であった。

あに図らんや、この四人の面々もひそかに東軍と款《かん》を通じていたとは、さすがに吉継もまだ知らなかったことである。

これが、関ヶ原で東軍を待ち構える、西軍の大よその陣形であった。

東軍の先鋒が、関ヶ原に足を踏み入れたのは、しらじら明けのころだったが、夜来の秋雨はまだわずかに雨脚が残り、しかも山間の地だけに、乳白色の濃霧がいちめんに立ちこめて、あたりの様子はまるで分からず、うかつに動けば方角すら見失い兼ねないありさまだった。

このとき、福島隊の先頭の者は、牧田路から関ヶ原へとはいってきた宇喜多隊の最後尾の者と、霧のなかでぶつかり合って、

「敵か、味方か」

と、お互いに見きわめもつかず、しばし混乱をしたという話も伝わっているほどだ。

とにかく、そこで斥候《せっこう》を出し前方をさぐらせてみると、十数町さきに小西、宇喜多の大部隊が陣地を構えていることが判明した。

「すわ、敵が待ち伏せておるぞ」

東軍の諸将たちは、一、二町後退して、さっそく陣を布いた。

その陣形の最左翼は福島正則の部隊で、これはちょうど宇喜多勢の陣地に真正面から対していた。

東軍の最右翼に位置したのは黒田長政。こちらは石田勢の陣地と真っ向から睨み合う形となった。

その両者の中間に陣を布いたのが、細川忠興、加藤嘉明、田中吉政、筒井定次などの諸部隊と、家康の四男松平下野守《しもつけのかみ》忠吉《ただよし》と、その舅《しゅうと》で後見役を務める井伊直政の部隊である。これらの諸部隊は、小西、島津の陣と対していた。

そして、この背後には、金森、生駒、織田、古田などの諸隊が控え、また最左翼の福島のうしろには、藤堂高虎、京極高知、寺沢広高の部隊が控えて、大谷吉継の陣に備えていたのである。

家康は、これらの先陣部隊からの報告を聞きつつ、馬を進めて、南宮山の山裾にあたる桃配《ももくばり》山まで進出すると、この地を本陣と定めた。

『慶長年中卜斎《ぼくさい》記』によると、

「十五日小雨ふる。山あいなれば、霧深くして五十間さきは見えず、霧あがれば百間も、百五十間さきも、わずかに見ゆるかと思えば、そのまま霧おりて、敵の旗すこしばかり見ゆることもあるかと思えば、そのまま見えず。家康公おん馬立てさせられ候ところと、石田、小西、宇喜多、大谷などの陣場とは、そのあいだ一里ばかりなり」

という状況であった。

東西両軍とも、満を持しての睨み合いとなったが、なんとしてもこの霧では動きがとれなかった。

うかつに戦いなぞはじめたら、味方と同士討ちすらやりかねなかったからである。

しかし――。

戦いの場にのぞみ、敵を目の前にして、じいっと睨み合いをつづけるという状態ほど、将兵たちを苛立たせるものはない。

極度の緊張感を持続させているうちに、それはいつか極限に達して、正気と狂気が紙一重というぎりぎりの状態にまで追い込まれてくる。

午前七時ごろになって、夜来の雨はようやくあがったが、霧はなお深く、両軍とも相対峙したまま、まだ行動は起こさなかった。

「ええっ、いつまで睨み合っておるのだ」

ついに堪えきれなくなったのが、まだ若い松平忠吉である。

ましてや、総大将家康の子としての立場と、はじめて体験する戦場の緊張感に、もうこれ以上、我慢ができなくなっていたのだ。

後見役の井伊直政にも、そのはやる気持はよく分かったし、舅として、忠吉に功名を立てさせてやりたい気持もやまやまだった。

「よろしうござる。万事、手前にお任せいただきたい」

あたりの状況に目を配っていた直政が、

「時分はよし」

と、見定めたのだろう。選り抜きの精鋭三十人の騎士を従えると、忠吉と馬首をならべて、福島勢の側面へすすみ出た。

霧のなかで、これを見咎め、

「あいや、待たれい」

声を張り上げてきた者がある。

福島勢の先頭部隊の指揮をとっていた可兒《かに》才蔵であった。

「どなたか存ぜぬが、今日の先陣は福島左衛門大夫が承っておる。抜け駆けは許しませんぞ。無用にされたい」

可兒の立場とすれば、この言い分は尤もであった。

「これは福島家ご家中の方か、――手前は、徳川家の井伊直政じゃ」

「おお、井伊どのか。拙者は可児才蔵でござるよ」

互いに旧知の仲だったが、この霧のなかでは面体もしかと見分けられなかったのは仕方がない。

「可児どのが先陣とは心強い。手前、ただいま下野守忠吉どののお供をして物見に出かけるところ。決して抜け駆けなぞいたすつもりはござらん」

直政、とっさにそう答えた。嘘も方便、あとから言い訳はいくらでもつくと、たかをくっていたのだ。

とは知らぬ才蔵は、

「いや、それはお役目ご苦労――この霧でござれば、充分、心して参られい」

なんの疑いも抱かずに、一行を見送った。

「それ、参るぞ」

直政と忠吉の一行は、霧のなかを真一文字に突き進んだ。

正面は、宇喜多秀家の陣地だ。

霧の向こうに、だんだんとその旗印が見えてくる。

直政、構わずに真正面から接近をしてゆく。とにかく、いつまで睨み合っていてもラチがあかぬ。早く戦端をひらいてしまうに限ると、腹を決めていた直政なのだ。

果たして、宇喜多陣から一行めがけて鉄砲が射ち出されてきた。

さながら挑発するように、直政の一行はそこから馬首をめぐらせて引き返しはじめたが、この銃声を聞くや、福島隊の先頭部隊がもう我慢ができず、鉄砲隊をくり出して、宇喜多陣地へ一斉射撃を開始した。

時に、午前八時。


まだ霽《は》れやらぬ霧のなかで、ついに戦いの口火は切られた。

宇喜多秀家は、前衛から本隊にいたる全部隊を五段に展開して、備えを固めるや、福島正則の部隊へ痛烈な反撃をはじめた。

「それ、福島勢が戦っておるぞ。おくれを取るな」

と、ばかりに、藤堂高虎、京極高知、寺沢広高らの部隊も側面から進んで、大谷吉継の陣へ攻撃をはじめる。

こうなると、東軍の他の部隊も尻に火がついたような思いで、

「攻撃開始」

と、命令がいっせいに下され、織田有楽、古田重勝、佐久間安政らの諸部隊が、小

西行長の陣地に押し寄せた。

一方、田中吉政、細川忠興、加藤嘉明、金森長近、黒田長政などの部隊も、

「おのれ、三成め――今日こそ決着をつけてくれる」

と、これまでの憎悪を、一気に燃やして、怒濤の如く石田の陣地へ攻め寄せた。

「うむ。黒田に細川、加藤の面々か」

石田の陣地から、近づく旗指物を眺め渡して、島左近は大きくうなずいた。いずれも因縁のある面々ではないか。

「ようし、相手にとって不足はない。きりきり舞いをさせてくれよう」

俄然、左近の身うちに激しい闘志がみなぎってきた。

同じ前衛として陣を張る蒲生郷舎へ伝令を走らせ、

「おぬしのほうは陣地の防衛に専念し、決して出撃いたすな」

と、申し送っておいて、左近は配下の士卒へきびしい口調で命令を下した。

「わしの戦う相手は、目前の黒田や細川ではない。奴等なぞ問題ではないのだ。本当の敵は、その背後に控える徳川内府だ。いまから敵陣を突破して、家康の本陣へなだれ込む。覚悟してついて参れ」

「はっ」

配下の面々が、いっせいに緊張をみなぎらせた。

確かにこれは決死の覚悟がなければ、できぬ戦いだ。

「それっ、進め」

左近の号令一下、およそ二千の部隊が、真っ向から黒田勢めがけて突進した。

「ややっ」

よもや、と思った相手の出方に、黒田勢もやや混乱気味で後退すると、やや陣形を左右にひろげた。島左近の部隊を、左右から押し包もうという作戦なのだ。

ところが、相手はそれにも構わず真一文字に突進をつづけてくる。

「やっ——さては」

このときになって黒田長政も、相手の意図に気づいたのである。

「いかん。やつらを進ませては一大事だぞ。加藤や細川の部隊にも知らせて、喰い止めさせるのだ」

東軍のあいだに、伝令の騎馬が駆けめぐって、たちまち色めき立った。

島左近の部隊は、敵中深く進んだ地点で、黒田、細川、加藤、田中といった諸部隊から、いっせいに攻撃の的《まと》となって、包囲をされていた。

決死の覚悟の島左近以下、少しもひるまず果敢に戦ったが、東軍のほうも必死である。この陣形を突破されたら、家康の本陣まで、もうなんの防禦もなかったからだ。

しかし、多勢に無勢。島左近の部隊はじりじりと後退させられて、次第に旗色が悪くなってきた。

ところが、これを見ていながら西軍の島津勢は、救援にも動き出そうとはせず、ただ傍観をしているのである。

「なんたること。友軍を見殺しにする気か」

苛立った石田三成が、家臣の八十島助左衛門を使者として島津陣地へさし向け、出撃を要請させたが、島津勢は聞き流しにしたまま動こうとはしない。

これは、大垣で島津義弘の献策がほとんど用いられず、墨俣《すのまた》では島津勢が置き去りにされたことで、すっかりヘソを曲げていたからだった。こんなところにも西軍側の不統一ぶりがあらわに見えていた。

午前十時。

「いまこそ戦機は熟した」

と、見てとった三成は、かねての手筈通り、天満山でノロシを打ち上げ、南宮山の吉川広家や毛利秀元、それに松尾山の小早川秀秋の陣地へ、

「――攻撃開始」

の合図を送った。

そのころには、島左近の部隊も多少の損傷は出しながらも、一応、陣地まで退却して、再度、出撃の態勢をととのえていた。

だから合図によって、三方から一斉に攻勢に出る筈だったのだが、どうしたことか、南宮山でも、松尾山でも、一向に反応が見られない。全く動く気配がないのだ。

「さては――やはり噂の通り」

三成も、この場に及んで、彼等の裏切りを確認させられた思いであった。

特に許せないのは、小早川の裏切りだ。

「おのれ、秀秋め」

と、口惜しげに松尾山の方角を睨んだが、このとき、同じように松尾山を見つめて、苛立たしい思いに駆られていたのが、桃配山の徳川家康であった。

戦況は一進一退。いずれが有利とも判じかねる五分と五分の情勢である。

それだけに、戦場を眼下に見下ろす松尾山山上の小早川の動向こそ、東西両軍の勝敗のカギを握っているとも言えるのだ。

さすがに百戦錬磨の家康も、このときばかりは落ち着かぬ心地で、再三、伝令の者

を前線の黒田長政のもとへ走らせるや、

「小早川の寝返りは、確かであろうな」

と、念を押させたほどである。

しかし、肝心の小早川勢は、依然として山上に旗をなびかせたまま、動き出そうとはしなかった。

手に取るように戦況が見渡せる位置だけに、秀秋自身も内心迷い、決断を下しかねていたのかもしれない。

すでに、時刻は正午になろうとしている。

だが、いまだに小早川秀秋は、その去就を明らかにしようとはしない。

家康は、床几に腰をおろしながらも、内心の苛立ちを隠しきれず、こうした場合のそれが癖で、しきりに左手の親指の爪を嚙みながら、

「おのれ、小せがれめ。わしをたぶらかしおったか」

と、地団駄踏まんばかりに、うめいていた。

おそらく家康の生涯のなかでも、これほどもどかしく、不安な思いのときは、ほかには無かっただろう。

ついに我慢のできなくなった家康は、側近の久留島孫兵衛を呼び寄せ、

「金吾中納言は、いまだに旗色を明らかにせぬ。この上はいたし方がない。なんじ、松尾山へ行って、小早川の陣へ鉄砲を射ち込み、反応を試してみよ」

と、命じた。

「えっ、鉄砲を射ちかけますので」

「そうじゃ。さすれば秀秋とて態度を明らかにせずにはおられまい」

だが、これはまことに危険な賭けであった。まかり間違えば、小早川勢を敵方へ追い込む結果ともなり兼ねないのである。

それも承知の家康だが、事ここに及んでは、あえてその危険な賭けに踏み切らざるを得なかったのだ。

「ははっ、心得ました」

と、孫兵衛は本陣から走り出るや、鉄砲頭の者に命じて、鉄砲足軽二十人を引きつれさせると、

「急げ」

みずから先頭に立って、松尾山の麓へと走った。

「よいか、目標は松尾山の小早川の陣所だ。一人五発ずつ、つるべ打ちに射ち込め」

孫兵衛が命令を下すや、なにも知らぬ足軽たちは勇み立って、二段構えに銃列を布くと、容赦もなく発砲をはじめた。

さあ、これでもか。敵か味方か、はっきりせいと、態度の決定を迫ったのである。

それまでは、水を打ったように鎮《しず》まり返っていた小早川の陣中も、俄然、色めき立った。

極く一部の重臣をのぞいて、一般の家臣たちにはまだ何も知らされていなかったから、自分たちはてっきり西軍側だと思い込んでいる。そこへ、東軍から鉄砲を射ち込まれたのだ。

「これ以上、何を待てというのだ。命令は、まだ出ぬのか」

と、殺気立って騒ぎ出した。

このとき、黒田長政から派遣されて小早川の陣中にいた大久保猪之助という侍が、小早川家の重臣平岡頼勝のところへ詰め寄るや、

「見られよ。御内府（家康）さまも業《ごう》を煮やして、鉄砲隊をさし向けられたのだ。いまだに態度を明らかにしないのは、いかなる御量見なのか――もし、主人長政との約束を違《たが》え、東軍への寝返りはやめるという仰せなれば、手前、この場で貴公と刺し違えるばかりだ。ご返答はいかに」

　と、脇差の柄に手をかけて激しく迫った。

　これには平岡頼勝も困った。まさか、主人の秀秋が迷っているためとも言えないか
ら、

「ご心配には及ばぬ。決して黒田どのをあざむくような真似はいたさぬ。ただ、戦に
は汐どきもござれば、いましばらくわれらの裁量にお任せ願いたい」

と、その場は懸命になだめておいて、主人の小早川秀秋のもとへ駆けつけた。

「殿――もはや、これ以上の猶予はゆるされません。ご決断を願います」

「うむ」

　秀秋にも、それは充分分かっていた。

　この土壇場まで、裏切り者の汚名を着せられることにためらいを覚えていた秀秋だ
が、この十九歳の青年武将は、ついに自分自身の生涯を左右する、最後の決断を下し
て、

「よし、徳川どのへ味方をする。直ちに大谷隊を攻撃せよ」

と、平岡に命令を発した。

「ははっ、心得ました」

　平岡頼勝は、すぐさま諸隊長を招集して、この命令を伝達した。

ところが、このとき、

「いや、さような命令は受けられませんぞ」

と、ただ一人、異論を唱えたのが、先手の隊長を務める松野主馬という男である。

「いま、このときになって東軍へ寝返るなどというのは、武士の道にも外れ、さらには大恩ある豊臣家のためにも、秀頼さまのためにもならぬこと。手前は断じて承服いたしかねる」

そう言い張るや、頑として命令を聞き入れず、あげくの果てには、

「もし、あくまでも東軍へ味方されるというのなら、余人はいざ知らず、この主馬一人にて東軍へ斬り込んで討ち死にをするまでのことだ」

とまで言い出す始末。

「まあ、待て。松野」

と、主馬とは親しい仲の、使番の村上右衛門がかたわらへ連れ出して、

「おぬしは知らぬこととて、これを戦況を見た上での日和見《ひよりみ》的な寝返りと思ったかもしれぬが、決してそうではないのだ。殿が、御内府へ味方を申し出したのは、今日にはじまったことではなく、すでに十日も前から黒田長政どのを通じて密約を取り交わしていたことなのだ」

「なに」

「しかも、これは京におられる湖月尼さま（おねね）の御意向によること。おぬしが案ずるような、豊臣家の不為となるようなことではないのだ」

そこまで打ち明けられて、主馬も、これ以上、反対を唱えることができなくなってしまった。

とはいえ、松野主馬の潔癖な武士気質からすれば、この寝返りはなんとしても容認できない。

「さような事情があるなら、手前も反対はいたすまい。しかし、手前としてはこれ以上、小早川家に仕える気にはなれなくなった。この場から退散いたすゆえ、殿にお伝え願いたい」

憤然として、戦場から離脱した主馬は、そのまま小早川家を見限って浪人となった。

松野主馬のような男もいたが、結局、小早川勢は東軍へ寝返りと態度を決して、松尾山より総勢一万三千の部隊が怒濤の如く馳せ下るや、大谷吉継の陣地へ側面から攻め込んだのである。

大谷側でも、すでに小早川を注意人物として見ていたくらいだから、万一の備えはできていた。

「うぬっ。思った通り、秀秋め裏切りおったか」

小早川勢が、自分の陣地めがけて迫ってくるのを見てとった吉継は、このときに備えて温存しておいた六百の決死隊をくり出すや、真っ向から反撃に移らせた。

この大谷吉継の陣地の前面にあって、東軍の藤堂高虎や京極高知の部隊と交戦していた平為広と戸田重政の部隊も、

「おのれ、寝返りとはゆるせぬ」

と、怒りを発するや、前面の敵をうち捨てて、にわかに鋒先を転じ、小早川勢の側面へ火を吐くような攻撃を加えた。

いずれも秀秋の裏切りに怒り狂って、将兵ともに一団となった反撃だから、その勢いには当たるべからざるものがある。たちまち小早川勢は押しまくられて、五町ばかり撃退され、秀秋の将士三十人ばかりが討ち死にを遂げていた。

先頭部隊のこの体《てい》たらくに、

「ええっ、なんたるざまだ」

若いだけに秀秋は地団駄踏んで口惜しがり、みずから采配をふると、

「敵はたかの知れた少人数ではないか。一気に突き崩せ」

本隊を指揮して、松尾山の斜面を攻め下った。

いかに勇猛果敢な大谷隊も、この小早川の大部隊に攻め立てられては、次第に死傷者の数もふえて、旗色が悪くなってきた。

大谷吉継は、病のために身体も糜爛《びらん》し、両眼も失明したありさまだったが、輿《こし》に乗って陣頭指揮にあたっている。その悲壮な姿が、部下の将兵たちをいっそう奮起させていたのだが、

「脇坂や朽木の陣はどうしておる。合図を送って、早く反撃に出よと催促せい」

と、見えぬ目で戦況を読みとりながら、側近の者に命じた。

「はっ、すでに再三、合図は送っておりますが、一向に動き出す気配がございませぬ」

「なに、動かぬと」

醜くなった面体を隠すためにかぶった目ばかり頭巾のなかで、吉継の表情がギクッと動いたようだ。

小早川の寝返りに備えて、吉継の陣地と松尾山の中間地点に、脇坂、朽木、小川、赤座の諸部隊を配置し、いざというときに、小早川勢へ当たらせるつもりの吉継だっ

たのだ。

しかし、そこにどうやら誤算があったようだ。

「そうか――あの連中までが、獅子身中の虫であったのか」

いざとなると、人のこころは分からないものだと、吉継は輿の上で、われ知らず長大息をもらしていた。

ちょうどこのとき。

東軍のなかにあって、戦況を見きわめていた藤堂高虎が、

「うむ。いま、この折りだ」

と大きくうなずくや、馬側に従う近臣の者へ声をかけた。

「例の旗を――」

「はっ」

と、家臣の一人が、柄に細く巻きつけて背負うていた旗を抜き出して、馬上の主人へ手渡した。

布をひろげると、色もあざやかな赤旗である。

高虎は、馬上から高く、大きく旗を左右に振りはじめた。

その正面には、西軍の脇坂安治、朽木元綱、小川祐忠、赤座直保の諸部隊が陣を構えている。高虎は、数回、旗を振るや、じいっと、その前面の陣地を見入った。

「……」

高虎にとっても緊張のひとときだったが、しばらくすると、向かって最左翼の脇坂安治の陣地から、同じような赤旗が、大きく左右に振られるのが見えた。

「――よし」

高虎は、満足げに笑みをうかべた。

それと同時に、これまで静まり返って戦況を見守っていた脇坂ら四部隊の将兵が、にわかに活発に動き出すや、鉾先を大谷陣中の平、戸田の部隊へ向けて、攻撃をはじめたのである。

「ややっ、脇坂や朽木らまで寝返ったか」

小早川の大軍を相手に、精一杯の戦いをくりひろげていた平為広や戸田重政にとって、これは大打撃であった。

それまでは必死に頑張っていた士卒たちも、力尽きたのか、たちまち支えきれずに崩れてゆく。

「それ大谷陣の一角が崩れはじめたぞ。攻めるのはいまだ」

と、勢いづいた小早川勢をはじめ、東軍の藤堂、京極、寺沢という部隊までが押し寄せてきたから、三方に敵をうけて、大谷陣はいよいよ苦境に陥った。

大谷陣のなかで、それまで比較的に損害も受けず、兵力を温存していた、吉継の長男大谷吉勝、二男木下頼継の両部隊も、いまは総力を投入して防戦につとめたが、すでに大勢は決している。

いったん崩れた陣形を立て直すことは、まず不可能といってよい。

「平どのが討ち死にをなされました」

つづいて、

「戸田重政どのも討ち死にを」

と、悲報が相次いでもたらされる。

「よし、こうなったら本隊と合流して、父上を守ろう」

病魔に犯されて、五体も不自由な身で、戦場に臨んでいる父、大谷吉継の悲壮な覚悟を思うと、倅の吉勝や頼継は、このままのめのめとは引き退れぬ思いに駆られて、士卒をまとめると、後方の本隊のほうへと合流していった。

とにかく西軍のなかにあって、この大谷陣の戦いぶりほど見事なものはなかった。

小早川秀秋の寝返りにつづいて、脇坂、朽木などの諸部隊までが裏切ったとき、

「もはや、これまで」

と、大谷吉継は、観念の臍《ほぞ》を固めていた。

早晩、いまわしい病魔に五体を蝕《むしば》まれて失う命なのだ。この決戦場で最期を遂げられることは、武将として、むしろ本望というべきであった。

「――五助」

と、近臣の湯浅五助を呼び寄せるや、

「わしを輿《こし》から降ろしてくれぬか」

静かに言いつけた。

えっ、と五助が目をみはった。いまにも敵兵がなだれ込んで来ようという戦場なのである。身体の不自由な吉継が、輿を降りてどうしようというのか。

「五助、早くせい」

と、急き立てた吉継が、

「どうやら最期のときが来たようじゃ――まごまごしておって、名もなき雑兵の手にかかり恥を晒したくないからの」

と言った。五助が、はっと胸をつかれた。

輿をかつぐ雑兵たちに申しつけて、五助は本陣のうしろの木かげに輿を運ばせ、そこで主人の身体を支えながら、地上に助けおろした。

「五助——介錯《かいしゃく》をたのむ」

「ははっ」

「よいか。わしの首を打ったならば、どこぞ人知れぬ場所へ埋め、決して敵の手には渡してくれるな」

「しかと心得ましてございます」

吉継のその気持は痛いほどよく分かる五助だった。

癩病で醜く崩れた面体を、死後までも人目には晒したくないその思いが、吉継を早くも自決の道へと走らせたのであろう。

吉継は、静かに脇差を抜き放つと、肌おしひろげ、左脇腹へ突き立てた。

「たのむ」

うめくようにつぶやいて、前のめりに首さしのべる。

「御免っ」

五助は涙と共に、大刀を振りおろした。

この後、湯浅五助は、主人の首を人知れぬ場所へ隠し埋めると、戦場へとって返し、みずからも壮烈な討ち死にを遂げた。このため、戦後になっても、大谷吉継の首だけはついに行方が知れなかったという。

こうして大谷吉継の部隊は、大半の家臣が討ち死にをして敗れ去った。吉継の二子、吉勝と頼継は、父のあとを追い切腹して果てようとしたが、従者たちから諫められ、とにかく再挙を期して、越前へと落ちていった。

大谷隊が崩れると、それまでは必死に持ちこたえていた宇喜多、小西の陣地も、側面から攻めつけられる形となって、脆《もろ》くも崩れはじめた。

「おのれ、秀秋め。かくなる上は一騎討ちで決着をつけねば気が済まぬ」

宇喜多秀家は、小早川の裏切りを憤り、単騎、乗り出そうといきまいたが、明石全登に諫められ、侍臣数人に守られて戦場を落ちていった。

いまや、西軍で残るのは、島津と石田の陣地だけとなってしまった。

勝ちに乗じて、勢いづいた黒田、細川、田中の諸部隊が、石田方の陣地めがけて正面からはげしく攻め立てれば、大谷、小西の陣地を突きくずした藤堂、京極などの諸部隊も、右側面から石田めがけて迫ってくる。

いよいよ集中攻撃である。

その石田方の最前線を固めていたのが、島左近の指揮する部隊。

「敵も疲れておるのだ。ここが頑張りどころだぞ。一歩たりとも退くな。退いたら負けじゃぞ」

左近、声をからして配下の面々を叱咤激励した。

すでに朝方からの激戦のくり返しで、身には数ヶ所の手傷を負うていたが、なおその意気だけはさかんであった。

「この戦場こそ、おれにとっては、ふさわしい死に場所」

とは、早くも心に決めている左近であった。

乱世を生き抜いてきた男として、生涯の夢を賭けたこの大勝負の決戦場こそ、またとない絶好の死に場所ではないか。

左近が構想をえがき、筋書きを立てた、この天下分け目の決戦にも、いくつかの手違いがあり、誤算もあった。

しかし、いまは、そんなことなぞ問題ではなかった。たとえ敗れたりとはいえ、ここまでの大勝負を挑《いど》めたら、男としていささかの悔いもない。

「退くな。退いてはならん」

戦場の真っ只中《ただ》へ仁王立ちとなって下知《げち》を飛ばすが、浮き足立って崩れはじめた陣立てを、立て直すのは至難のわざといっていい。

いつしか、あたりに味方の兵たちの姿は、見えなくなっていた。

左近は、槍を杖にして、きっと、迫り来る敵兵を睨み据えた。

「島左近じゃ——討って手柄にせい」

大音声に呼ばわったつもりだったが、声はかすれて、戦場の喚声のなかにかき消されている。

はや疲れきって、動くのも億劫《おっくう》であった。

敵方の武者の一人が、仁王立ちの左近を見かけるや、大刀を構えて迫ってきた。

「討て——島左近じゃ」

左近は、かすかに微笑をうかべた。

ようやくこれで死ねるかという、安堵感がそこにただよっていた。


こうして島左近の指揮する第一線部隊が潰《つい》え去ると、次に控えたのが、蒲生郷舎《さといえ》、大膳父子が指揮をとる陣地の防衛部隊である。

ここでも火の出るような激しい攻防戦がくりひろげられた。

前線から退いてきた兵たちから、

「島左近さま、討ち死に」

という報らせがあったとき、蒲生郷舎も、

「もはや、これまで」

と、覚悟を決めた。郷舎は、倅の大膳をふり向いて、命じた。

「その方、本陣へ参り、殿《との》にこの場から立ち退かれるよう、おすすめいたせ」

「はっ」

「それも、この陣地をわしが支えるあいだのこと。猶予はないぞ」

「心得ました」

大膳が走り去るのを見届けて、郷舎は部下たちに命令を下した。

「敵兵をできるだけ引きつけておいて、いっせいに討って出るのだ。敵が退却しても、半町以上は深追いいたすな、よいな」

陣地の柵越しに、三方から押し寄せてくる敵の大軍を見わたしながら、郷舎もまた、ここを死に場所と思い定めていたのである。

一方、蒲生大膳から、早く戦場から退去するようすすめられた石田三成は、

「いいや」

と、頑強にかぶりを振った。

「ここまで、よくぞ戦ってくれた部下たちを見捨てて、わしが先に立ち退くことはできん」

と言うのである。

「しかし、殿」

と、大膳もあとへは退かなかった。

「勝負は、ここでついたわけではございませぬ。まだ佐和山のお城があります。大坂城には毛利輝元どのも大軍を擁して控えておられるのでございますぞ」

「毛利なぞ、当てにはならぬ」

それはこれまでの経過からも、つくづくと痛感している三成であった。

「毛利どのはどうあろうと、殿がおいでにならなくなったら、秀頼さまのお身の上がどうなることか。その点をお考え下され、なにとぞ御再挙の計らいを」

大膳からそう言われて、三成もふと表情を動かした。

家康の真の目的が、豊臣家の討滅にあることは、誰よりも一番よく見抜いていた三成なのである。

「よし、あとは任せたぞ」

三成は、すっくと床几から立ち上がっていた。

蒲生大膳から急き立てられるようにして、三成は数人の近臣と、十人ばかりの雑兵に守られて、本陣をあとにすると、西北の山中へと落ちのびていった。

西軍のなかで、ただ一部隊、最後まで戦場に取りのこされたのが、島津義弘を主将とする島津軍千五百人であった。

それまで島津勢は、陣地をひしと固めたまま、ほとんど戦わなかったので、兵力はそっくり温存していたのである。

石田勢も潰滅したいま、東軍の攻撃目標は、いよいよこの島津だけとなった。

この陣地めがけて迫ってきたのは、東軍の本多忠勝、福島正則、それに小早川秀秋の諸部隊であった。

攻めては退き、また攻め寄せるという東軍の総攻撃にあっては、人数の点で大きなひらきのある島津勢は、だんだんと死傷者も多くなり、苦戦の様相を呈してきた。

島津義弘は、部将たちを集めるや、

「背後には伊吹山の険があり、前には敵の大軍がある。いまさらわしのような老いぼれが逃がれるすべもない。かくなったら一期の思い出に家康の旗本へ突入して、いさぎよく死ぬばかりじゃ」

と、言い放った。

「いや、それはあまりにも死に急ぎと申すもの。最後まで望みは捨てぬのが、武士《もののふ》の道でございますぞ」

島津豊久と阿多盛淳《あたもりあつ》の両人が懸命に諫めて、とにかく敵中を突破して退却を計ろうということに一決した。考えれば、これもかなり危険なわざだったが、島津勢としては、ほかにとる道もなかったのである。

そこで、残る島津勢は、主君の義弘を中心にして円陣を組み、一団となって、ぐるぐる水車のように回転しながら、敵軍のなかへ突き進んでいった。

これを福島、小早川、それに本多と井伊の諸隊が取りかこんで追撃してゆく。

島津勢は、次第に傷つき倒れる者が続出して、人数が減ってゆく。

まず島津豊久が、部下十数人とともに踏みとどまって敵の追撃を喰いとめ、壮烈な討ち死にを遂げた。

つづいて、阿多盛淳も、みずから、

「われこそは、兵庫入道（義弘）」

と、身代りに名乗って、討ち死にをし、主君の退却を助けた。

こうして、島津勢がようやく牧田川を越えて、戦場から逃れ出たときには、残る者、義弘以下、わずかに八十余人というありさまであった。

すさまじいばかりの退却戦だったが、これが関ヶ原決戦の最後を飾る戦いとなった。

東軍大勝利のうちに、この一大決戦が終わりを告げたのは、午後二時半ごろのことであった。

この日、西軍の死傷者は八千余人に及んだといわれている（東軍については、記録がなく不明である）。

それにしても、南宮山の周辺にいた西軍の諸部隊は、いったい何をしていたのだろう。

この日、早朝から南宮山には、遠く鉄砲の音や、鬨《とき》の声が西北の方向から響いてきて、関ヶ原で、合戦の起こったことは知れていたはずである。

だのに、彼等はいっこうに山を下ろうともしなかった。

いや、はじめのうちこそ、安国寺恵瓊や長束正家も、前夜の三成との約束もあるので、毛利の大軍とともに山を下り、前方の垂井《たるい》付近に陣を張る東軍の池田輝政や、浅野幸長、山内一豊などに攻撃を仕掛けようと、毛利秀元のもとへ使者をさし向け、催促していたのである。

ところが、毛利勢の先陣をうけたまわる吉川《きっかわ》広家が、なんのかんのと言を左右して、いっこうに軍を動かさない。

安国寺や長束にも、それを強引に押し切って行動に出るほどの積極さはなかった。結局、彼等も僧侶や商人あがりのにわか武将だけに、自分たちの非力はよく知っていて、ただ毛利をたより、その尻馬に乗ろうとしていたにすぎない。

肝心の毛利勢一万五千が動かないので、そのまま、安国寺や長束もなすことなく時間をすごすうちに、西軍の大敗が伝わってきたので、両人はすっかり浮き足立ち、そのまま部隊を引きつれて伊勢方面へ逃げはじめた。

栗原山に陣を構えていた長宗我部盛親も、まったく同じことで、何ひとつ行動をとるわけでもなく、ただ様子をうかがううちに敗報に接して、これも一目散に逃げ出している。いったい、なんのためにここまで出陣してきたのかと、首をひねりたくなるような不甲斐なさである。

おそらく彼等は、相手が家康と聞いただけで、はじめから臆病風に吹かれていたのに違いない。

結局、西軍は、作戦上の部隊の配置からいえば、完全に勝利を得られた形だったのだが、肝心なところで、その駒が動かず、裏切りが続出して、敗れ去ったといえよう。

この日、午後四時ごろから関ヶ原一帯は、車軸を流すような大雨となり、死骸を洗った雨水があふれ出て、川も血に染まった。

このため、東軍の兵士たちが夕食の支度で、米を浸したところ、いずれも朱色《あけ》にそまった飯になったという。

完

この作品は、一九九〇年一月にPHP研究所より刊行された文庫版『島 左近』を改版し、再編集したものである。

現代では使用されなくなった表現や、差別的表現と受け取られかねない表現が使用されている場合もありますが、作品の時代背景や当時の事情を考慮し、かつ作品性を尊重するため、初出をもとに収録しております。作品には差別的意図がないことをご理解いただけますようお願い申し上げます。

著者紹介

佐竹申伍（さたけ・しんご）

1921年、東京に生まれる。日本大学芸術学部卒業。映画関係の仕事を経て、文筆活動にはいる。

主な著書に、『岩崎弥太郎』『剛勇塙団右衛門』（以上、光風社出版）、『幻の幕仏同盟』『真田幸村』『蒲生氏郷』（以上、青樹社）、『大石内蔵助』（ＰＨＰ研究所）などがある。2005年逝去。

ＰＨＰ文庫　新装版　島 左近　石田三成を支えた義将

2017年９月15日　第１版第１刷

著者　佐竹申伍
発行者　後藤淳一
発行所　株式会社ＰＨＰ研究所
東京本部　〒135-8137　江東区豊洲5-6-52
文庫出版部　☎03-3520-9617（編集）
普及一部　☎03-3520-9630（販売）
京都本部　〒601-8411　京都市南区西九条北ノ内町11
PHP INTERFACE　http://www.php.co.jp/
組版　株式会社PHPエディターズ・グループ
印刷所　製本所　共同印刷株式会社

ISBN978-4-569-76770-3